**Scarlett Bailey** aime écrire des histoires depuis l'enfance. Avant de rédiger son premier roman, *Tendre veillée*, elle a travaillé comme serveuse, ouvreuse de cinéma et libraire. Passionnée de vieux films, Scarlett n'aime rien tant que passer un dimanche après-midi pluvieux à regarder des classiques en ingurgitant d'importantes quantités de chocolat. Elle vit actuellement dans le Hertfordshire avec son chien et une impressionnante collection de chaussures.

Scarlett Bailey

# Tendre veillée

Traduit de l'anglais (Grande-Bretagne)
par Éléonore Kempler

Milady Romance

Milady est un label des éditions Bragelonne

Titre original : *The Night Before Christmas*






ISBN : 978-2-8112-1110-3

Bragelonne – Milady
60-62, rue d'Hauteville – 75010 Paris

E-mail : info@milady.fr
Site Internet : www.milady.fr

*Pour Adam, avec tout mon amour.*

## Remerciements

Mes sincères remerciements à Gillian Green de Ebury Press, qui m'a beaucoup inspirée et avec laquelle j'ai pris plaisir à travailler.

Un grand merci à Lizzy Kremer pour son remarquable travail d'agent.

Mille mercis à mes amis pour leur soutien sans faille et leur patience, même lorsque je les ai condamnés à fêter Noël avec moi pendant toute une année !

# Prologue

*4 décembre*

Lydia Grant ne s'attendait pas à découvrir la bague de fiançailles qui lui était destinée en ce matin bruineux et humide de décembre, mais c'était chose faite. Son petit ami, Stephen, s'était levé bien avant l'aube, accordant à Lydia le privilège d'avoir le lit pour elle toute seule. C'était un rare cadeau dont elle avait profité en adoptant la position de l'étoile de mer et en faisant taire le radio-réveil à quatre reprises, émergeant et replongeant dans le sommeil avec délices jusqu'à 6 h 50, quand elle s'était redressée d'un coup, se rappelant qui elle était.

La nuit, elle était une romantique invétérée, mettant à profit chaque précieuse seconde de temps libre pour se perdre dans l'âge d'or des films d'amour hollywoodiens qu'elle aimait tant depuis l'enfance. Elle était capable de tomber encore et encore amoureuse de Cary Grant ou de Trevor Howard ; et même, à l'occasion – mais pas tant que cela dernièrement – de son propre petit ami.

Mais la journée – une journée qui aurait dû commencer à 6 h 30 tapantes – elle était Lydia Grant, jeune avocate pugnace aux dents longues, œuvrant pour la justice. Et, dans à peine plus d'une heure, elle devait être au tribunal pour représenter l'épouse d'un chirurgien de quarante-six ans accusée de fraude à la carte de crédit pour des montants atteignant plusieurs dizaines de milliers de livres. N'ayant reçu le dossier de sa cliente qu'à 20 h 30 la veille, Lydia devait se remuer si elle voulait arriver au tribunal à temps pour aborder le cas avec l'accusée avant le début de la procédure, et assurer à Mme Harris que tout se passerait bien. Après tout, s'il existait un avocat capable de démontrer à un juge qu'une femme avait besoin de deux cents paires de chaussures de créateur, il s'agissait certainement de Lydia Grant. En cas d'échec, elle plaiderait la responsabilité restreinte. Qui n'était jamais devenue folle à force de désirer une paire de chaussures que l'on ne pouvait pas s'offrir au moins une fois dans sa vie ?

Dangereusement en retard, Lydia remercia sa bonne étoile que l'appartement de Stephen situé à Holborn – désormais également le sien, se rappela-t-elle, même si étrangement, alors qu'ils vivaient ensemble depuis six mois, elle était incapable de s'empêcher de l'appeler « l'appartement de Stephen » – ne soit qu'à un quart d'heure de marche du tribunal. Elle sauta du lit et s'autorisa une douche rapide, avant de nouer ses longs cheveux châtain foncé en un chignon soigné avec une aisance née de l'habitude. Enfilant un élégant chemisier blanc et un sobre tailleur-pantalon qu'elle avait sortis avant d'aller se coucher, elle donna un rapide coup de chiffon à ses bottes Gucci à talons aiguilles. Prenant un moment pour jeter un coup d'œil pressé au miroir du couloir – et faire une grimace à son reflet – elle se déclara à voix haute qu'aujourd'hui elle avait besoin d'être une femme forte, confiante et capable : une femme qui ne doutait jamais, pas même une seconde, qui allait montrer au juge et au jury à quel point les charges étaient ridicules. Elle leur ferait comprendre que sa cliente était la véritable victime dans cette affaire, la victime d'un époux fortuné qui refusait de lui acheter les chaussures dont elle avait besoin.

Pour ne rien arranger, Lydia n'arrivait pas à trouver la moindre paire de chaussettes noires dans le tiroir que Stephen avait cérémonieusement vidé quand il l'avait invitée à emménager.

—Après tout, Lydia, lui avait-il dit quand il lui avait donné la clé de son appartement d'un air désinvolte, il est temps que nous avancions, tu ne crois pas ?

Cela n'avait peut-être pas été le moment le plus romantique de sa vie, mais ce n'en était pas moins une étape cruciale. Un pas de plus vers un engagement que, jusqu'à récemment, elle n'aurait jamais cru possible, même s'il s'agissait d'un engagement qui ne lui offrait qu'un seul tiroir.

Elle trouva des chaussettes de sport, des socquettes, une paire de chaussettes roses à paillettes que sa demi-sœur de onze ans, née du troisième mariage de son père, lui avait offerte pour son anniversaire, ainsi qu'une quantité de collants tous emmêlés en une grosse boule, mais pas de chaussettes convenables pour glisser dans ses bottes porte-bonheur. Frôlant dangereusement la limite du retard acceptable, Lydia avait fait ce que n'importe quelle femme forte, capable et sûre d'elle aurait fait : elle avait décidé d'emprunter une paire de chaussettes à son petit ami. Lorsqu'elle ouvrit le tiroir d'un coup sec, ce qu'elle découvrit sur les chaussettes soigneusement appariées lui causa un choc sans précédent.

C'était une petite boîte carrée de cette teinte turquoise pâle tirant sur le vert si caractéristique, ornée des mots « Tiffany & Co », imprimés en noir sur le couvercle.

Sans même réfléchir à ce que cela pouvait signifier, Lydia s'empara de l'écrin et l'ouvrit, comme un enfant avide déchirant un paquet de bonbons. Et elle était là, lui faisant un clin d'œil dans la lumière électrique de rigueur en ce sombre matin d'hiver.

Une bague de fiançailles Tiffany Bezet en platine, sertie d'un diamant princesse d'un carat. Lydia prit une profonde inspiration. Elle était parfaite. Elle était magnifique. Et plus important, c'était la bague dont elle avait toujours rêvé, choisie par un homme qui avait consacré un temps et un soin considérables à connaître ses goûts. Un homme qui savait qu'elle transportait toujours un exemplaire corné et déchiré de *Diamants sur canapé* dans sa sacoche et que, depuis son adolescence, elle considérait que le summum du romantisme était justement de recevoir une telle bague, présentée dans cette boîte si merveilleusement caractéristique. C'était une bague choisie par un homme qui l'aimait assez pour lui offrir exactement ce qu'elle attendait. Par un homme qui – Lydia en était désormais certaine –, devait beaucoup l'aimer pour tomber si juste, et qui savait que lui faire sa demande à cette période de l'année la comblerait de joie, car enfin elle aurait un Noël à la hauteur de ses espérances.

C'est pourquoi la seconde pensée qui jaillit dans la tête de Lydia Grant ce matin-là, alors qu'elle contemplait la bague, était assez surprenante.

Lydia Grant n'était absolument pas certaine de vouloir se marier.

# Chapitre premier

*21 décembre*

Lydia jeta un regard en coin à Stephen, qui tapotait le volant du doigt depuis la dernière station-service.

— On dirait qu'on va quand même éviter le pire du mauvais temps, fit-elle remarquer, les yeux plissés, en observant par la fenêtre les nuages plombés et volumineux, bas sur l'horizon et lourds de neige. La météo a annoncé des conditions de circulation dangereuses, de la neige, de la neige et encore de la neige… mais regarde, elle commence tout juste à tomber.

Lydia désigna du menton le pare-brise où les premiers flocons délicats qui avaient commencé à tourbillonner se posaient brièvement avant d'être brutalement balayés en une seconde.

Stephen ne répondit rien.

— Bon, tu vas faire la tête pour cela pendant l'intégralité des cinq cents kilomètres ? lui demanda-t-elle avec impatience. Mon Dieu, j'ai dit que je paierai le péage sur la M6.

— Là n'est pas la question et tu le sais, rétorqua Stephen, les yeux rivés sur la route. Il s'agit de notre premier Noël.

— Non, c'est faux, dit Lydia en poussant un soupir. C'est notre deuxième Noël. Tu ne te souviens pas d'avoir passé le réveillon ivre, avec un bonnet de Père Noël sur la tête, chez ma mère l'an dernier ?

Lydia fit la grimace au souvenir de leur premier véritable Noël ensemble, où sa mère, qui avait commencé à boire du Baileys au petit déjeuner, assise sur les genoux de son beau-père, lui dévorait la bouche pendant que la reine prononçait son discours en fond sonore et que Stephen tentait de venir à bout d'une dinde trop cuite et de pommes de terre trop crues.

— Ça aurait dû être, notre premier Noël à tous les deux, répliqua Stephen. Cette année, tu as été catégorique : pas de famille et pas d'excursion-éclair du Kent jusqu'à Birmingham juste pour retrouver tes parents divers et variés et ta multitude de demi-frères et sœurs. Cette année, je me rappelle distinctement t'avoir entendue dire que nous allions faire comme bon nous semblait, ce par quoi tu sous-entendais clairement faire comme bon te semblait. Je suis vraiment stupide.

— Mes parents divers et variés ? se plaignit Lydia. À t'entendre, je viens d'une famille de mormons ou je suis issue d'une sorte de communauté hippie. De nos jours, on appelle cela une famille recomposée, Stephen, ce que toi, entre tous, devrais savoir, monsieur Droit de la Famille.

— Tu sais très bien ce que je veux dire. C'était quoi, l'an dernier ? Ta mère et Greg le matin de Noël, qui étaient pratiquement en train de s'envoyer en l'air dans le fauteuil inclinable de ta grand-mère. Ensuite, il a fallu se lever aux aurores le 26 pour arriver à temps chez ton père et Janie pour le déjeuner, où tu as tellement de demi-frères et sœurs, et de demi-demi-frères et sœurs qu'on dirait qu'on visite une crèche. Voyons, quel âge a ton père ? Comment trouve-t-il l'énergie ?

— Je ne sais pas, tu devrais peut-être lui demander, marmonna Lydia dans sa barbe. Tu sais à quoi ressemble ma famille.

L'enfance de Lydia avait été loin d'être parfaite, chose qu'elle s'était donné beaucoup de mal à expliquer à Stephen depuis que leur relation était devenue sérieuse, sachant que, tôt ou tard, il devrait les rencontrer. Et elle avait beau les aimer – la plupart du temps –, ce n'était pas exactement le genre de famille qu'on attendait impatiemment de présenter au petit ami le plus impliqué qu'on ait jamais eu.

Ses parents avaient vécu une romance-éclair, se mariant un mois après leur rencontre, pour découvrir, après avoir conçu Lydia, qu'ils se détestaient de toute leur âme. Les Noëls de son enfance étaient loin de ressembler aux versions sur grand écran qu'elle adorait, où il neigeait systématiquement, où tout le monde s'aime et où tout est bien qui finit bien. Les Noëls d'enfance de Lydia étaient accompagnés d'une bande-son cauchemardesque faite de mots courroucés, de récriminations amères et de portes claquées, jusqu'à ce que Lydia ait douze ans et que son père les quitte pour de bon, elle et sa mère, le jour de Noël. À l'échelle d'une vie entière de Noëls décevants, celui-ci remportait facilement le titre du pire et, pendant les quelques années suivantes, elle était devenue la monnaie d'échange au milieu de la bataille toujours plus âpre qui opposait ses parents, alternant les vacances chez l'un et chez l'autre sans se sentir chez elle nulle part. Depuis lors, sa mère s'était remariée, peut-être avec un peu trop de bonheur au goût de Lydia, compte tenu de l'incident au précédent Noël, et son père semblait participer à un concours pour décrocher le record de l'homme au plus grand nombre de mariages.

— Papa a des soucis. Toute sa vie, il a vécu sa crise de la quarantaine. Au moins, tu l'as rencontré dans sa période Janie. Je l'apprécie, en fait. Sa seconde épouse était une vraie peau de vache. Elle m'appelait toujours « la fille ». Elle n'utilisait jamais mon prénom, juste « la fille », avec une expression qui semblait dire que ça sentait mauvais. J'en suis venue à redouter quand c'était leur tour de m'avoir à Noël…

Lydia faisait toujours de son mieux pour ne pas en vouloir à son père pour les années Karen : pour l'avoir abandonnée seule dans le salon devant la télé pour le déjeuner de Noël, ne s'être jamais souvenu de lui acheter un cadeau, même s'il avait dépensé chaque sou qu'il n'avait pas pour Karen. Et pour avoir accepté, dès que Karen l'avait exigé, que Lydia ne vienne plus du tout à Noël, ni à Pâques, ni n'importe quand d'ailleurs. Lydia avait résolu de ne pas en vouloir à son père d'avoir laissé Karen l'exclure presque totalement de sa vie parce que, après tout, il avait quitté cette sorcière avant qu'il ne soit trop tard. Et après cela, il avait fait des efforts symboliques pour reconstruire leur relation. Du moins jusqu'à ce qu'il se mette à fréquenter la très plantureuse – quoique bien plus avenante – Janie. Dans tous les cas, Lydia était heureuse que Karen ait disparu. Son père était heureux avec Janie, et elle pensait toujours à lui offrir quelques cosmétiques de chez Lush, ce qui la rendait encore plus sympathique.

Remarquant que l'expression de Stephen s'adoucissait légèrement, Lydia tendit la main et la posa sur sa cuisse un moment.

— Quoi qu'il en soit, ce n'est pas comme si on fêtait Noël en famille, pas vrai ? Nous n'allons pas nous trimballer de Broadstairs à Birmingham. Nous aurons un véritable Noël dans la magnifique région du Lake District, rien que tous les deux.

— Rien que tous les deux… et toutes tes amies, marmonna Stephen. J'ai dit à ma mère que nous n'allions pas chez elle cette année parce que nous faisions notre propre fête, parce que…

Stephen se retint d'en dire davantage, et Lydia, entendant la sonnette d'alarme près de son cœur, estima qu'il valait mieux ne pas insister. Ayant désormais rencontré sa mère en de nombreuses occasions, elle pouvait dire en toute honnêteté qu'elle aurait préféré s'arracher les yeux avec un clou rouillé plutôt que de devoir endurer un autre de ses regards qui disaient : « Tu ne seras jamais assez bien pour mon fils unique », ce qui risquait d'être fâcheux si elle épousait Stephen. Mentalement, Lydia ajouta « La mère de Stephen » à sa liste de pour et de contre sur ce mariage, lui attribuant une place de choix dans la catégorie « contre ». Son père était sympa mais de cette façon paisible et modeste laissant deviner que toute sa joie de vivre avait été absorbée par cette harpie qu'il avait épousée, ce qui, tout bien considéré, ne pouvait rejoindre la colonne des « pour ».

— Écoute, je suis désolée d'avoir accepté de fêter Noël chez Katy et Jim sans te demander ton avis d'abord, s'excusa Lydia, et pas pour la première fois. Mais quand Katy a téléphoné, elle courait dans tous les sens. Cela fait six mois qu'elle, Jim et les enfants ont racheté l'hôtel et… eh bien, en lisant entre les lignes, je pense que c'est un gouffre financier. J'ignore ce qui leur a pris… Après tout, Jim travaillait dans la banque d'investissement, et l'expérience de Katy s'apparentant le plus à la tenue d'un hôtel haut de gamme au milieu de nulle part, c'est de nous avoir offert à boire après avoir passé la nuit dehors quand nous étions étudiantes. Ils ont mis jusqu'à leur dernier penny dans Heron's Pike. Si ça ne marche pas, ils vont être dans de beaux draps. Katy dit qu'ils affichent complet pour le nouvel an et qu'elle a besoin d'un peu d'entraînement. Autant confier cette mission à ses trois plus vieilles amies et leurs mecs adorables et craquants.

Stephen ne dit rien, gardant les yeux rivés sur la route tandis que l'averse de neige s'intensifiait. Lydia se détourna pour regarder par la vitre, un frisson lui parcourant l'échine quand elle songea aux photos de la maison que Katy lui avait envoyées. Heron's Pike semblait être le décor d'un Noël parfait.

— En outre, réfléchis-y, Stephen, poursuivit-elle. Il s'agit de Lake District, et Heron's Pike est une magnifique demeure victorienne, à deux pas du lac Derwentwater. Elle a son propre petit hangar à bateau, et Katy dit que le village d'à côté ressemble à une carte postale. (Lydia poussa un soupir.) Ce sera exactement comme dans *L'amour chante et danse*, quand Bing Crosby entonne *White Christmas* et que je me mets toujours à pleurer. Et regarde, ce sera aussi un Noël blanc, un vrai avec de la neige, des feux de cheminée, à boire et à manger, et des gens qui s'apprécient vraiment, pour une fois. Personnellement, je suis impatiente de le passer avec toi et mes meilleures amies. Je souhaiterais simplement que tu les aimes autant que moi.

— Ce n'est pas que je n'aime pas tes amies, commença prudemment Stephen. Alex est géniale, même si c'est sans doute la femme la plus effrayante que j'aie jamais rencontrée, surtout maintenant qu'elle est enceinte. Et c'est OK avec David tant que tu n'as pas de problème à parler des Romains ou des Normands, ou du sujet de son cours. Je n'ai rencontré Katy et Jim qu'au mariage d'Alex, et je n'ai pas trop eu l'occasion de leur parler parce que, si tu te souviens, Katy a été survoltée par le champagne gratuit, a fondu en larmes, avant de tomber dans les pommes au dessert. Mais je suis sûr que c'est un couple adorable. Tout comme je suis certain que leurs enfants et les grands-parents sont charmants. Mais Noël avec Joanna Summers ? La reine du télé-achat ? Je regrette, Lydia, mais c'est tellement en bas de ma liste de Noël que c'est au même niveau que me retrouver bloqué sur une île déserte et être forcé de manger mes propres jambes pour survivre.

— Tu es sévère ! s'exclama Lydia en gloussant malgré elle. Je sais qu'il faut du temps pour apprécier Joanna mais, toutes les quatre, nous sommes les meilleures amies du monde depuis notre rencontre à l'université. Et c'est une bonne amie, la meilleure.

Les quatre filles s'étaient rencontrées la première semaine de leur premier semestre, et le hasard avait voulu qu'elles soient logées dans le même couloir de la résidence étudiante. Partager une maison pendant les deux dernières années – surmontant les garçons, les examens, divers drames familiaux et une véritable tragédie – avait scellé leur amitié pour la vie entière.

— Qui plus est, ajouta Lydia, si Joanna ne m'avait pas laissée vivre chez elle sans payer de loyer pendant que j'étudiais pour le barreau, j'aurais coulé.

— Elle est tellement imbue d'elle-même, à se pavaner comme si elle était chez elle.

— C'est son image télévisuelle, pas sa véritable nature. Il a fallu qu'elle se montre coriace.

Parmi les quatre filles, Joanna était celle qui s'était adaptée le plus facilement à la vie étudiante et n'avait pas rencontré de difficulté à vivre loin de chez elle. Elle blaguait peut-être sur le fait qu'elle avait été élevée par des loups mais, en réalité, elle avait été ballottée de pensionnat en pensionnat par ses parents dès l'âge de sept ans. Elle avait dû apprendre à faire face.

— Il faut des tripes pour faire son boulot. Ce bel aplomb, c'est plus pour garder une façade qu'autre chose.

— Elle est tellement superficielle, rétorqua Stephen. Elle fait de la pub à la télé pour vendre de la camelote à des gens qui ne peuvent pas se le permettre, Lydia, ajouta-t-il. Crois-tu vraiment que débiter des âneries sur le fait que tu peux devenir l'heureuse propriétaire d'une bague en authentique diamant synthétique pour seulement 49,99 livres, en deux mensualités, nécessite d'avoir du cran ?

— Mon Dieu, tu es tellement snob ! répliqua Lydia alors que la neige se mettait à tomber pour de bon et que le dernier panneau affichait une nouvelle limitation de vitesse à quatre-vingts kilomètres-heure. Tout le monde ne peut pas être payé à sauver le monde comme toi, tu sais.

— Non, mais certaines personnes pourraient y mettre un peu du leur pour essayer, riposta Stephen, jetant un coup d'œil insistant à Lydia.

Celle-ci se mordit la lèvre. Elle faisait de son mieux pour suivre son rythme, son travail avec des organisations caritatives, tous ces trucs d'aide juridique et de bénévolat du week-end, mais cela ne lui paraissait jamais assez. Stephen oubliait que, alors qu'il se trouvait à une étape confortable et assurée de sa carrière, elle en était encore à ses débuts. Elle devait faire le travail que lui confiaient les cabinets d'avocats, quand il arrivait, et cela lui laissait à peine le temps de respirer, encore moins de passer chaque minute restante à faire le bien de façon incessante, comme Stephen.

Lydia décida d'ignorer sa raillerie.

— En outre, j'aimerais te voir jouer les présentateurs télé en direct. Elle est tenue de réfléchir vite et bien. C'est pour cela qu'elle est la meilleure, pas seulement parce qu'elle est belle. Parfois, si j'ai un dossier qui me rend particulièrement nerveuse, je pense à elle, et cela me donne du courage.

— Qui aurait cru que ces bêtises pouvaient être une telle source d'inspiration, grommela Stephen à voix basse, mais une fois encore, Lydia laissa passer.

Alors qu'elle aimait Joanna au plus profond de sa superficialité, et qu'elle la défendrait jusqu'au bout, elle était secrètement ravie que Stephen ne soit pas tombé instantanément sous le charme de sa superbe amie aux longues jambes et à la chevelure digne d'un Titien. Bon nombre de ses ex-petits amis l'avaient déçue à cet égard et, même si Lydia savait que Joanna n'enfreindrait jamais, au grand jamais, la règle d'or quand il était question de chiper le copain d'une amie, elle n'avait pas eu la même assurance concernant certains de ses ex-petits amis. Lydia prenait plus ou moins exemple sur ses parents en matière d'idylles infernales. Par le passé, elle était tombée amoureuse pour un rien, et son éternel optimisme romantique l'avait vue malheureuse en amour plus souvent qu'à son tour. C'était avant qu'elle ne rencontre le stable et raisonnable Stephen. Après un moment de réflexion, Lydia ajouta la mention : « N'a pas succombé à Joanna » à sa liste de pour.

— Ce qui m'intrigue, c'est ce nouveau mec que Joanna amène, reprit Lydia. Alex dit qu'elle est folle de lui, qu'il est sans aucun doute celui qu'elle épousera.

— Sans aucun doute celui qu'elle épousera jusqu'à ce qu'elle ait obtenu une grosse bague de fiançailles hors de prix qui n'aura certainement pas été achetée sur BuyIt ! TV, dit Stephen d'un ton cynique. Après quoi, je suis sûr qu'il suivra le chemin de ses autres fiancés éphémères, et qu'elle aura tout simplement un autre diamant d'une taille obscène à ajouter à sa collection.

Lydia se tortilla dans son siège, tirant sur la ceinture de sécurité qui, après quelques heures, avait commencé à lui irriter le cou. La conversation commençait également à naviguer un peu trop près du vent pour sa tranquillité d'esprit. Au cours des deux dernières semaines, Lydia avait senti la présence de la bague de fiançailles dans le tiroir de Stephen comme celle d'une bombe à retardement dans un mauvais film de série B. Mais Stephen s'était révélé un expert pour lui dissimuler ses projets de lui faire sa demande. Même quand elle avait anéanti sa suggestion d'une escapade dans un cottage à la campagne en tête à tête, le suppliant de les laisser plutôt passer Noël avec ses amies, il avait bien caché sa déception. Avant leur départ ce matin, elle avait inventé une excuse pour remonter à l'appartement et vérifier, mais à l'évidence, la bombe venait avec eux. Et toute cette discussion sur les bagues paraissait chargée de sous-entendus qu'elle était désireuse d'éviter.

— Je trouve que c'est courageux de sa part de ne pas épouser un homme juste parce qu'il lui a demandé ou parce que le mariage a l'air bien sur le papier. C'est courageux de résister, de faire une pause et de reprendre son souffle. Elle a toujours pris conscience que quelque chose clochait et a changé d'avis. J'aimerais que mes parents aient fait pareil ; ils auraient été bien plus heureux et beaucoup plus tôt.

— Eh bien moi pas, dit Stephen en quittant la route des yeux une seconde pour lui sourire. Si c'était le cas, je ne t'aurais pas. J'espère seulement que ce pauvre bougre sait dans quoi il s'embarque avec Joanna. Bon, je suppose que s'il survit à un Noël avec vous quatre, il est à peu près capable de survivre à tout.

— Nous ne sommes pas si terribles que ça, si ? lui demanda Lydia, même si elle savait que, quand ses amies et elle étaient ensemble, elles régressaient simultanément d'environ dix ans, couvrant tout bruit à cinq kilomètres à la ronde, chacune vociférant pour être entendue au-dessus des autres, conformément aux usages en vigueur dans leur résidence étudiante.

— Non, admit Stephen qui s'était un peu calmé. Non, vous n'êtes pas si terribles, y compris Joanna. C'est juste que… C'est juste que je croyais que cette année serait différente, sans famille, sans amis, rien que toi et moi. C'est ainsi que je me l'étais imaginé.

— Je sais, et cela aurait été délicieux, vraiment, répondit Lydia, soudain dévorée de culpabilité d'avoir délibérément choisi d'éviter de passer un moment qu'on aurait pu décrire comme une « période pour une potentielle demande romantique » seule avec Stephen, juste au cas où il poserait la question et qu'elle ne serait pas prête à y répondre.

Et voilà, il faisait la tête parce qu'elle l'avait persuadé de les laisser passer Noël avec ses amies, mais il ne se doutait pas qu'elle faisait cela pour lui. Mieux valait qu'elle soit en mesure de répondre avec assurance quand il finirait par lui faire sa demande, plutôt qu'un « Hum, eh bien... Le fait est que je ne suis pas certaine, peux-tu m'accorder un mois, ou un an ou deux pour y réfléchir ? ». Surtout, avant que Stephen lui présente cette magnifique bague, Lydia voulait plus que tout s'être convaincue de répondre « oui ».

Oui, parce que Stephen était assurément séduisant, avec son charme nordique, ses cheveux blonds, ses yeux azur et sa mâchoire virile et carrée, et il aurait sûrement contribué efficacement au patrimoine génétique des beaux enfants que Lydia s'était vaguement imaginé avoir un jour. Oui, parce que c'était un homme réellement gentil, le genre d'homme qui se souciait de ce qui arrivait dans le monde et œuvrait à le rendre meilleur. Mais, plus important, oui, parce qu'elle l'aimait.

Cette hésitation ne ressemblait pas du tout à Lydia. Quand il était question d'amour, en général elle se précipitait là où même les idiots reculaient. Après tout, elle avait rencontré Stephen à l'improviste, se laissant emporter dans une histoire avec lui sans arrière-pensée, et elle était assez satisfaite de leur relation depuis un peu plus d'un an. Alors pourquoi s'arrêter net, à présent ?

Peut-être que ce qui la décourageait à franchir cette dernière étape avant le mariage était le souvenir de sa mère, contemplant d'un regard vide la dinde carbonisée gisant dans l'évier le jour où son père avait fini par quitter la maison. Ou le défilé des petits amis que maman avait ramenés à la maison, dans les années précédant sa rencontre avec Greg.

À l'époque, on aurait cru qu'il y en avait un différent assis à table à chaque Noël, pendant que sa mère le flattait avec une gratitude inconvenante, s'attendant à ce que Lydia le traite comme un membre de leur petite famille délabrée. Sa mère avait toujours été persuadée que la fois suivante serait la bonne. Mais en réalité, il lui avait fallu beaucoup d'œufs cassés pour faire son omelette, et si sa mère n'avait jamais su quand elle faisait sa dernière erreur monumentale, alors comment le saurait-elle ?

Toutefois, si elle était vraiment honnête, Lydia savait que c'était son passé plus récent qui la retenait. Dont le moindre n'était pas le fait que, quand elle avait rencontré Stephen, elle était horriblement, profondément – et de façon très théâtrale – en plein dépit amoureux.

# Chapitre 2

Lydia avait rencontré Stephen lors d'une course de bienfaisance pour le cancer du sein. Elle ne voulait pas participer à une course de bienfaisance parce que, selon elle, les mots « course » et « bienfaits » ne pouvaient décemment cohabiter dans la même phrase. En fait, ce jour-là, elle avait prévu de se traîner jusque chez Selfridges pour dépenser bien trop d'argent dans une paire de chaussures qu'elle ne porterait jamais, mais qui, sachant qu'elle était là, même dans une boîte dans son placard, lui remonterait le moral. C'était sa tradition habituelle, consacrée par l'usage, de se remettre d'une rupture. Cela faisait moins grossir que de se jeter dans le pot de glace Ben & Jerry's dont elle aurait sinon eu besoin pour cesser de penser à ses problèmes, et c'était un stratagème qui ne l'avait jusqu'à présent jamais déçue.

Alex, néanmoins, avait eu d'autres projets pour elle. La sage et raisonnable Alex, qui disait les choses franchement, et qui en ce moment même empruntait également la M6 dans la vieille Golf de son mari David. À l'époque, Alex avait déclaré à Lydia que la guérison et l'amour-propre ne se trouvaient pas au fond d'une boîte de Jimmy Choo, et que faire quelque chose de bien pour les autres l'aiderait à calmer son cœur endolori, sinon brisé. De plus, David s'étant esquivé pour intervenir dans le cadre d'un colloque consacré à l'histoire de la Rome antique, elle avait besoin de quelqu'un à qui mettre une raclée. Lydia n'était pas totalement certaine d'être d'accord avec sa meilleure amie sur ce point, mais s'il était une chose qu'elle avait apprise en côtoyant Alex pendant toutes ces années, c'était qu'on ne lui refusait rien.

Alex était quelqu'un de bien à tous les égards. Elle mangeait équilibré et faisait du sport tous les jours, courant environ cinquante kilomètres par semaine, mettant à profit chaque minute de temps libre pour parcourir sans relâche les rues de Londres. Elle cuisinait elle-même, avec de vrais fruits et légumes, pas des plats qu'elle réchauffait au micro-ondes avant de les manger au lit. Depuis son diplôme, elle travaillait comme collecteur de fonds pour une organisation en faveur de la recherche contre le cancer du sein, ce qui consistait en gros à effrayer de riches hommes d'affaires pour qu'ils lui donnent leur argent, une cause qui lui était chère, vu que la maladie avait eu raison de sa mère lors de leur dernière année d'université.

Alex avait vécu des heures sombres, accablée par le chagrin, elle n'était plus que l'ombre d'elle-même, et elle n'avait qu'une envie : rentrer chez elle, auprès d'un père qui était à peine capable de s'aider lui-même et ignorait comment réconforter sa fille perdue et en colère. Au cours de ces premiers mois affreux, Lydia était restée avec Alex chaque nuit, parfois toute la nuit, tenant son amie dans ses bras pendant qu'elle pleurait, à parler quand elle en avait envie, à respecter son silence quand elle se taisait. À descendre du vin de mauvaise qualité, remplir le verre de l'autre et explorer tous les bars de la création. Non que Joanna et Katy n'aient pas été également présentes pour Alex, car elles avaient été là, mais la gravité de cette disparition semblait les effrayer un peu ; elles craignaient de faire ou dire la mauvaise chose.

Mais Lydia savait ce que c'était que perdre à jamais la personne sans laquelle on ne s'imaginait pas vivre. Même si elle avait toujours ses deux parents, s'accrocher aux vestiges de sa famille lui avait paru parfois une bataille sans précédent. Alex avait perdu sa mère, et ne pourrait jamais la récupérer, mais Lydia savait exactement ce que son amie adorée avait dû faire pour surmonter cette épreuve. Avec Joanna et Katy, elle avait gardé Alex sur les rails, l'avait poussée à se concentrer sur ses études, lui avait dit de se rappeler combien sa mère serait heureuse de la voir diplômée, et de continuer quoi qu'il arrive. Cela avait été une dernière année difficile, mais après la cérémonie de remise des diplômes par cet après-midi de juillet, Alex avait pris Lydia à part et l'avait remerciée de ne l'avoir jamais abandonnée, de l'avoir aidée à déployer les efforts pour rendre sa mère fière d'elle. Et à partir de ce moment-là, Lydia avait vu son amie devenir de plus en plus forte.

Amazone d'un mètre quatre-vingts, Alex incarnait le mot « formidable » ; se jeter d'un avion ou gravir une montagne à toute vitesse, c'était son quotidien, tant qu'elle était sponsorisée pour le faire. Et comme son mariage n'était qu'à quelques mois de là, elle s'était retrouvée dans une frénésie sportive, exigeant que Lydia, en sa qualité de demoiselle d'honneur en chef, se joigne à elle pour une partie de cette torture. Tout ce que Lydia avait à faire, c'était parcourir cinq misérables kilomètres, ainsi qu'Alex l'avait décrit, pour aider à trouver un remède à la maladie qui avait tué sa mère ; il était donc franchement impossible, et il aurait été vain, de tenter de lui opposer un refus. Consciencieusement, Lydia avait enfilé un tee-shirt rose et un boa en plumes, avait incité autant de collègues que possible à la sponsoriser, et s'était alignée sur le départ parmi une foule de coureurs, portant qui des ailes de fée, qui un costume de vache, s'apprêtant à vivre la pire heure de sa vie.

Et c'était alors qu'elle avait surpris Stephen qui lui souriait. *Bien trop beau pour être hétéro*, avait été la première pensée de Lydia, guère aidée par le fait qu'il portait un tutu rose fluo et un diadème. Son expression était pourtant aimable et ouverte, le genre de visage qu'il était difficile de ne pas trouver à son goût. Il avait l'air simple, et cela lui plaisait.

Le coup de feu annonçant le départ avait résonné et, sans surprise, Alex était partie comme un boulet de canon dans le lointain bleuté, abandonnant Lydia en difficulté dans son sillage, avec le souhait désespéré d'avoir porté ses baskets neuves au moins une fois avant d'essayer de courir avec. C'était une journée chaude et, ainsi qu'elle l'avait soupçonné, son programme d'entraînement consistant à prendre l'escalier plutôt que l'ascenseur n'était pas suffisant.

Juste au moment où elle envisageait de s'esquiver dans un Starbucks qu'elle avait repéré à l'extérieur du parc, le beau mec en tutu était revenu sur ses pas et s'était mis à courir à côté d'elle avant de lui dire bonjour.

— Le rose te va bien, lui dit-il, parvenant à esquisser un sourire détendu aussi facilement qu'il suivait son rythme.

Brusquement, Lydia regretta sa décision de se maquiller ce matin-là ; elle sentait presque son mascara dégouliner le long de ses joues, et ressemblait probablement à un travesti bourré, mais c'était peut-être pour cette raison qu'il lui parlait.

— Toi aussi, répliqua-t-elle avec hésitation en désignant le tutu.

— Je sais, dit Stephen dans un éclat de rire. Mais les mecs au bureau ont dit qu'ils doubleraient leur parrainage si je le portais, alors avais-je vraiment le choix ? Ils ont décrété que seul un mec, un vrai, pouvait porter du rose, hein ? Eh bien, je suppose que cela doit faire de moi l'homme le plus viril du monde ! Même si le diadème est de moi.

Lydia se mit à rire à son tour.

— Sérieusement, c'est une œuvre caritative tellement importante, que je suis plus qu'heureux de passer pour un idiot si ça peut aider.

Il poursuivit :

— Mais si j'avais su qu'une fille sublime comme toi serait là, j'y aurais peut-être réfléchi à deux fois.

— Oh… vraiment ? Eh bien, hum, oui… c'est une œuvre très importante.

Lydia avait hoché la tête, soulagée d'être déjà rouge comme une écrevisse. Ainsi, il serait incapable de voir qu'elle rougissait.

— As-tu perdu quelqu'un du cancer du sein ? lui demanda Stephen. J'ai perdu ma tante, quand j'étais plus jeune. J'étais accablé. Elle était l'archétype de la tante géniale, je pouvais parler de tout avec elle, elle m'a toujours inspiré… elle me manque.

— Non, pas moi, pas personnellement, répondit Lydia. Mais ma meilleure amie, Alex, celle qui est en tête, a perdu sa mère quand nous étions à l'université. Cela a failli la détruire. En temps normal, je ne…

Juste à temps, Lydia s'empêcha de dire : « Je ne ferais rien de semblable, je suis bien trop paresseuse », et finit sa phrase ainsi :

— … lui permettrais pas de faire quelque chose sans moi. Saut en parachute, rappel… tout ce que tu veux, on l'a fait. Ensemble. On forme une équipe. Une équipe de bonnes actions pour collecter des fonds. En plus, elle me fait peur.

Lydia gratifia Stephen d'un sourire éclatant. Ce fut alors qu'elle remarqua son regard bleu glacier, pétillant d'humour.

— Ce doit être formidable d'avoir quelqu'un d'aussi bien que toi à ses côtés, dit-il.

— Oh, oui, je suis avocate. Je suis un peu la Wonder Woman du monde légal, à aider ceux qui sont dans le besoin et faire écrouer les méchants.

Lydia se souvenait avoir été enchantée que Stephen ait l'air aussi impressionné.

— Vraiment ? Je suis avocat également. Je m'occupe de divorces et de droit de la famille, essentiellement pour payer le loyer. Mais j'offre également autant d'aide juridique que possible, je représente des demandeurs d'asile, des gens du voyage, des sans-abri… Ceux qui n'ont jamais personne à leurs côtés. J'estime qu'il est très important de prendre la défense de ces gens qui bien souvent n'ont pas de quoi se faire entendre, pas toi ?

— Oh si, répondit Lydia. Oui, moi aussi.

Ils avaient couru en silence pendant quelques minutes tandis que le soleil montait dans le ciel, la chaleur d'août s'intensifiant à mesure que la journée avançait. Lydia se surprit à se demander si Stephen remarquerait qu'elle jetait un coup d'œil à son visage dans le miroir compact qu'elle avait glissé dans sa poche, désespérant de savoir combien son apparence était affreuse, avec son maquillage qui coulait inexorablement et sa chevelure épaisse plaquée sur son crâne par la transpiration. Aucune de ses armes de séduction habituelles n'était disponible. Alex avait insisté pour qu'elle retire son soutien-gorge « spécial décolleté » et enfile une brassière de sport, et même elle n'avait pas envisagé de courir cinq kilomètres avec le genre de talons aiguilles qui lui faisaient ses plus belles jambes. Raison pour laquelle elle avait été surprise et ravie par les paroles suivantes de Stephen.

— Euh… est-ce que, tu sais, tu aimerais aller prendre un verre après ? C'est pas grave si tu n'as pas envie, je n'en ferai pas une maladie, lui dit-il, revenant sur ses paroles d'un air gêné, ce qui ne fit que le rendre plus charmant.

— Oh… hum.

Après l'issue déchirante de son dernier imbroglio amoureux, Lydia s'était promis au moins une année sans homme, pour se remettre les idées en place. Mais il faisait tellement beau, et Stephen paraissait si gentil, qu'il aurait été grossier de refuser.

— Oui, merci. Mais regarde-moi, je suis tout en sueur et beurk.

Lydia fit la grimace.

— À mes yeux, tu es formidable, assura Stephen avec son charme simple et décontracté. Mais si tu préfères, je pourrais te retrouver quelque part un peu plus tard ? Quand nous aurons tous les deux eu l'occasion de nous rafraîchir.

Quand la ligne d'arrivée fut enfin en vue, ils avaient pris leurs dispositions pour se retrouver dans un pub à mi-chemin de leurs appartements respectifs, échangeant des adieux informels au moment même où Alex traversait le terrain comme une flèche, fraîche comme une rose, pour la questionner.

— Est-ce que tu viens de choper pendant une course de bienfaisance ? avait-elle demandé, mi-admirative, mi-horrifiée, comme si flirter avait, d'une façon ou d'une autre, pu saper cet acte charitable.

— Non ! Oui !

Lydia flancha instantanément sous son regard scrutateur.

— Est-ce que tu l'as vu ? Il est charmant.

— Tu es vraiment une pouffiasse, la réprimanda doucement Alex. Est-ce que tu n'es pas censée avoir le cœur brisé ?

Lydia salua de la main Stephen qui s'en allait.

— Si, mais quel intérêt de se morfondre ? Je pourrais me contenter d'un homme aimable et sans chichis pour me changer les idées et, de toute façon, tu as rencontré ton futur mari pendant une marche à travers la Sibérie ! lui rappela Lydia, pensant au timide et gentil David qui ne paraissait pas être assez viril pour une femme telle qu'Alex, mais qui devait l'être, de toute évidence, vu qu'elle n'avait jamais été aussi heureuse.

— Eh bien, il faisait froid et son sac de couchage était meilleur que le mien, décréta Alex en souriant avec tendresse. Donc, est-ce que cette course de bienfaisance t'a mieux remonté le moral qu'une vaine séance de shopping ?

— Je te donne raison pour une fois, fut-elle obligée d'admettre.

— Semi-marathon à Leeds la semaine prochaine ?

— Pas même si tu me promettais George Clooney sur la ligne d'arrivée !

Ce soir-là, Lydia avait choisi avec soin une robe en lin avec un imprimé floral jaune et rose, s'était brossé les cheveux jusqu'à ce qu'ils ondulent jusqu'au bas de son dos. Elle avait remercié le hasard d'avoir décidé la veille de mettre de l'autobronzant, dans l'espoir vain que cela améliorerait l'apparence de ses cuisses dans un short en lycra, et avait mis une touche de maquillage, du mascara et du gloss. Le genre de maquillage que porterait une vertueuse avocate au cœur d'or, participant à des courses de bienfaisance et offrant de l'aide juridique, se dit-elle en enfilant une paire de chaussures à talons jaune citron avant d'aller rejoindre Stephen.

Passer du temps avec lui lors de cette soirée avait été remarquablement apaisant, comme se baigner dans de l'eau fraîche après avoir eu trop chaud. Stephen se révéla drôle, charmant, plein d'autodérision et gentil. Il était, en dehors d'Alex, la première personne de sa connaissance que l'action caritative rendait indubitablement enthousiaste, au point de considérer son travail plus comme une gêne que comme une carrière. Il semblait vraiment se soucier du monde en dehors de sa petite bulle d'existence, et Lydia voyait que la compassion qu'il montrait en parlant des gens qu'il aidait était tout à fait sincère. Cela la rendait humble, l'impressionnait et, de façon inattendue, donnait à Stephen un air sexy. Un peu comme si elle sortait avec un super-héros.

À la fin de la soirée, Lydia l'avait laissé la raccompagner chez elle, à l'appartement qu'elle partageait avec Joanna, puis l'avait laissé monter pour prendre un café, rassurée de savoir que sa « logeuse » serait absente toute la nuit. La bouilloire n'avait même pas sifflé quand Stephen l'embrassa. C'était un baiser poli, tout d'abord à peine sensible, si hésitant que Lydia se demanda presque si elle l'avait imaginé. Peu à peu – de façon particulièrement lente – une sorte de consensus enthousiaste s'était établi entre eux, Stephen lui tenant poliment la taille d'une main, tandis que, de l'autre, il effleurait par accident le côté de son sein, pendant qu'ils s'efforçaient de découvrir la bouche de l'autre.

Après plusieurs minutes à s'embrasser, ne sachant pas trop quoi faire ensuite, Lydia – aussi impulsive que d'habitude – avait invité Stephen à passer la nuit avec elle. Mais il avait décliné sa proposition.

— Souhaiterais-tu me revoir ? demanda-t-il.

Lydia hocha la tête. Il y avait quelque chose dans les bonnes manières de Stephen qui apaisait et calmait la douleur poignante de son cœur affligé.

— Rien ne presse, pas vrai ? avait-il déclaré, s'arrêtant pour l'embrasser une fois de plus sur le bout du nez. En plus, pour ce que je peux en dire, tu ressembles à mon idée de la femme parfaite. Je serais dingue de m'éloigner de toi. Si on prenait notre temps… ?

C'était exactement les bonnes paroles, pile au bon moment. Des paroles que Lydia n'avait pas conscience d'avoir besoin d'entendre jusqu'à ce que Stephen les prononce. Depuis ce moment-là, environ un an et demi auparavant, ils étaient officiellement ensemble. Tout le monde s'accordait à dire qu'ils étaient faits l'un pour l'autre, qu'il fallait garder Stephen, qu'il était charmant, le genre d'homme stable et loyal qu'on ne trouve pas à tous les coins de rue. Et avec toutes ces louanges, Lydia s'était laissée glisser, quoique lentement, dans sa première relation sérieuse et durable, emménagement et partage de tiroirs inclus, avec Stephen.

Avant de découvrir la bague, elle avait vaguement supposé que l'existence qu'elle partageait avec Stephen déboucherait tôt ou tard sur un mariage. Mais la bague avait rendu sa supposition réelle, et l'avait forcée à se pencher sur les petites lézardes que, jusqu'à présent, elle avait si bien réussi à maquiller.

Comme le fait que, au cours des derniers mois, Stephen et elle s'étaient rarement vus plus de deux heures par jour ; que la dernière fois qu'ils avaient fait l'amour, ou s'étaient même embrassés un peu plus qu'en passant, avait eu lieu lors de ce long week-end en septembre, voilà bientôt trois mois. Le pire était que la stagnation de leur vie sexuelle ne paraissait pas du tout poser de problème à Stephen. Il ne lui disait jamais qu'elle lui manquait.

En outre, elle craignait que la soi-disant femme parfaite que Stephen avait cru rencontrer ce premier soir après la course de bienfaisance n'ait été qu'une approximation de la véritable Lydia, et qu'il prenait peu à peu conscience qu'elle n'était pas tout à fait aussi angélique qu'elle l'avait laissé entendre. Son travail était une compétition effrénée et, même si elle offrait autant d'aide juridique que possible, elle ne pouvait le faire que quand son assistant le lui permettait. Et sa première course de bienfaisance avait également été sa dernière, ses baskets quasi impeccables se languissant au fond de son tiers de penderie depuis qu'elle s'était installée avec Stephen.

Si Stephen lui consacrait un peu du temps qu'il passait à œuvrer pour diverses causes et un peu de l'attention qu'il accordait aux gens qu'il aidait, Lydia se sentirait sûrement plus détendue à l'idée de l'épouser. Sans doute redouterait-elle moins d'être tenue pour acquise, condamnée à passer le restant de ses jours auprès d'un homme qui estimait avoir fini sa cour et avait décidé qu'aucun effort supplémentaire n'était requis. C'était vrai, Stephen avait fait d'elle une femme meilleure et plus mature ; il l'avait poussée à se soucier plus du monde hors de sa bulle, et Lydia l'aimait aussi pour cela. Mais elle doutait qu'il aimerait toutes les petites pensées vaines, idiotes, paranoïaques et immatures qui continuaient de hanter son esprit, même si le monde autour d'elle exigeait qu'elle soit adulte et raisonnable.

Elle doutait qu'il aimerait son fantasme tenace et persistant dans lequel il consacrait au moins une partie de cette passion qui l'animait tant à la ravir dès qu'il en avait l'occasion. De même, elle aurait aimé que le contact de sa main, même en passant, la fasse brûler de désir. Elle voulait partager un regard avec lui dans une pièce bondée, un regard lourd de promesses, de désir qui serait comblé dès qu'ils pourraient trouver une pièce qui fermait à clé. En secret, Lydia avait toujours espéré que l'homme qu'elle épouserait embrasserait comme Rhett Butler, qu'il l'embrasserait comme chaque femme méritait d'être embrassée. Au lieu de quoi, depuis qu'elle avait découvert la bague, Lydia avait l'impression de ressembler de plus en plus à Holly Golightly dans *Diamants sur canapé*, faisant semblant d'être le genre de personne qu'elle n'était tout simplement pas. Holly tentait de dissimuler la fugueuse débraillée qu'elle était vraiment sous le vernis vide de glamour et de sophistication. Parfois, Lydia trouvait épuisant de lutter pour cacher ses imperfections à son homme parfait.

Si chaque relation de couple finit par aboutir à un stade où les deux partenaires vivent dans une satisfaction confortable, Lydia se demandait si cela ne devrait pas précéder la demande en mariage. Elle pensa à la dernière fois qu'elle avait trouvé le courage de prendre l'initiative d'un rapport sexuel avec Stephen. Il était déjà au lit et elle venait de voir Harry comprendre enfin qu'il était fait pour être avec Sally, si bien que son cœur était empli du pouvoir conquérant de l'amour pour venir à bout de tous les obstacles, même de l'épuisement de son compagnon. Avec précaution, Lydia s'était glissée nue dans le lit, se pressant contre le dos de Stephen et lui caressant légèrement la cuisse. Avant qu'elle puisse poursuivre son exploration, il avait arrêté sa main de la sienne, la tapotant fermement avant de l'écarter entièrement de sa jambe, la reposant sur celle de Lydia.

— Désolé, chérie, est-ce que ça t'ennuie ? Je rêve d'une bonne nuit de sommeil.

Lydia se souvenait que la douleur d'un rejet aussi indélicat l'avait gardée éveillée pendant plusieurs heures, à regarder l'obscurité.

Nul ne savait mieux qu'elle ce qu'on obtenait à pourchasser le fantasme de la romance et de la passion : une succession de cœurs brisés et une vie pleine de chaos et de confusion, ballottée d'une déception à l'autre. Au moins avec Stephen, elle savait qu'il serait au bout de la table à chaque Noël, toujours. Et pour elle, plus que pour beaucoup de monde, ce devrait être suffisant.

Pourtant, bizarrement, ce n'était pas le cas.

À présent, jetant un coup d'œil à Stephen qui, en dépit d'une route presque entièrement dégagée, conduisait raisonnablement trois kilomètres-heure en dessous de la limitation, Lydia poussa un soupir en son for intérieur. Elle était bien résolue à passer un Noël parfait. La seule personne qui pouvait empêcher les choses de se passer exactement selon ses plans n'était autre qu'elle-même.

— Écoute…

Lydia rompit le silence alors que Stephen prenait la sortie de l'autoroute pour rejoindre une route qui serpentait dans la campagne vallonnée.

— Je veux seulement te remercier d'avoir accepté de venir. Je suis impatiente de retrouver les filles, c'est vrai. Mais il n'y a personne avec qui j'aimerais plus passer Noël qu'avec toi.

— Je sais que cela représente beaucoup pour toi, reconnut Stephen avec un sourire. Et je sais que ce sera génial. C'est seulement que… On ne fait que se croiser ces derniers temps. Mon travail au centre d'accueil a pris le dessus, et le cabinet t'a fait travailler comme une forcenée. Je suis toujours épuisé, tu regardes tes vieux films idiots jusqu'à une heure tardive. Tout cela nuit à notre intimité. Je remarque ces choses-là, tu sais, même si tu es convaincue du contraire. J'attends que l'occasion se présente pour te consacrer toute mon attention. Ce Noël, je suis tout à toi, même si je ne t'aurai pas entièrement pour moi. Je veux que tu saches combien je t'aime.

— Vraiment ? demanda Lydia, touchée de manière inattendue et espérant que les promesses du début de leur relation – l'étincelle de passion qu'ils avaient autrefois éprouvée l'un pour l'autre – était sur le point de faire un retour spectaculaire. Eh bien, nous aurons tout le temps de nous retrouver. Katy dit que notre chambre est l'une des plus jolies, avec vue sur le lac, lit à baldaquin et cheminée. (Elle lui lança une œillade.) Dès qu'on pourra décemment fausser compagnie aux autres, on se cachera à l'étage et on pourra peut-être… euh… se retrouver ?

— Je me demande s'il arrive qu'il fasse assez froid pour que le lac gèle, s'interrogea Stephen d'un air absent, ignorant une fois de plus son ouverture, et ralentissant parce que la route tournait brusquement. Je me demande si la glace serait assez épaisse pour qu'on puisse marcher dessus.

— Hmm.

Lydia tenta de dissimuler sa déception en regardant le paysage disparaître dans la lumière déclinante.

— Je me le demande.

# Chapitre 3

— Je ne crois pas m'être déjà trouvée aussi loin de tout auparavant, déclara Lydia un peu à bout de souffle pendant que Stephen, guidé par la voix légèrement suffisante du GPS, conduisait sur les routes de campagne étroites et tortueuses, des flocons dansant de façon erratique dans le faisceau des phares.

La neige tombait dru quand Stephen arrêta la Prius dans l'allée en gravier imposante qui menait à Heron's Pike House. Le soleil s'était couché plusieurs heures auparavant, enveloppant les collines et les lacs d'un manteau de ténèbres, et Lydia ne parvenait qu'à entrevoir les montagnes environnantes, dressées comme des géants indistincts dans le ciel d'hiver. Les lacs, qu'elle savait être là, étaient totalement invisibles.

— Tout est près de quelque part, Lily. L'emplacement n'est pas toujours défini par le grand magasin le plus proche, gloussa Stephen, comme il en avait l'habitude quand il faisait comme si elle n'était qu'une fille idiote à la tête vide, et non une avocate sans complaisance et très diplômée.

Au début, Lydia appréciait cela, trouvant que c'était drôle et un peu tendre, cette façon dont il la guidait comme si elle avait besoin d'une protection.

Mais récemment, cela s'était plutôt mis à lui taper sur les nerfs, juste un peu. Néanmoins, déterminée à être heureuse au moins pendant les quatre jours à venir, elle ignora sa taquinerie et attendit d'apercevoir Heron's Pike House scintillant sous la neige, avec la même impatience qu'un enfant qui désire être le premier à voir la mer.

Quand la nouvelle demeure de ses amis fut enfin en vue, elle brillait comme un phare. L'endroit était si joli que Lydia eut presque l'impression d'avoir été transportée dans l'une de ces cartes de Noël de son enfance, celles qui dépeignaient toujours un paysage enneigé et étaient couvertes de paillettes. Les conifères récemment plantés qui bordaient l'allée avaient été ornés de guirlandes lumineuses, créant une piste d'atterrissage parfaite pour que le Père Noël y pose son traîneau. Depuis leur position privilégiée, la maison elle-même semblait vibrer de chaleur, baignée dans la lumière théâtrale des projecteurs qui jetaient des ombres du haut de ses fausses tours gothiques et de ses remparts. Touche finale savamment conçue, la porte d'entrée lambrissée peinte en rouge était parfaitement éclairée pour mettre en valeur la couronne faite main qui y était suspendue, hérissée de houx, de rubans brillants en tartan, de bâtons de cannelle et d'oranges séchées.

— Du Katy tout craché, déclara affectueusement Lydia en levant la tête vers la maison. Elle a attendu toute sa vie de préparer des gâteaux et d'opter pour une déco vichy. Elle doit se sentir dans son élément, à jouer les châtelaines. Je te parie dix livres qu'elle fabriquera des déguisements aux enfants dans une vieille paire de rideaux avant le 26.

Bâtie en pierre de Cumbria, la maison était une folie de la grande époque victorienne. Katy lui avait dit qu'elle avait appartenu à la même famille pendant plusieurs générations et s'était peu à peu délabrée. Dessinée à l'origine comme deux maisons jumelles, Katy et Jim avaient cassé le mur pour créer une demeure à double entrée munie d'élégantes baies vitrées qui, d'après Katy, avaient coûté une fortune à rénover. Les créneaux ostentatoires et entièrement décoratifs qui bordaient le toit étaient arrêtés net de façon extravagante par deux tourelles élaborées, qui marquaient majestueusement chaque coin de la maison, n'ayant l'air de manquer que de deux princesses aux longs cheveux pour s'y languir.

Même de l'extérieur, la joie de Katy à rendre son lustre à cette vieille demeure était évidente. De plus, d'après Jim, le mari de Katy, cette maison était donnée. Mais ce qu'ils avaient économisé sur l'achat de leur folie victorienne, ils le dépensaient visiblement à transformer celle-ci en un problème croissant.

— C'est très majestueux, commenta Stephen, se penchant pour regarder par la vitre de Lydia et l'embrassant sur l'oreille en même temps, ce qui la poussa à lui pardonner sa remarque sur les filles à la tête vide.

— Majestueux !

Elle sourit chaleureusement de cet euphémisme caractéristique de Stephen.

— C'est magnifique ! J'ai envie de l'emballer dans du papier cadeau, d'y mettre un nœud et de la rapporter à la maison. C'est l'endroit idéal pour passer un Noël parfait !

Stephen sourit, lui tournant doucement le visage pour la regarder droit dans les yeux.

— Je n'ai jamais rencontré quelqu'un d'aussi adorable que vous, Lydia Grant, dit-il.

À l'instant précis où Stephen l'embrassa, tous les doutes de Lydia qui figuraient sur sa liste de « contre », se volatilisèrent en un instant.

Peut-être était-elle vraiment tête de linotte, se dit-elle ; peut-être qu'en cette occasion elle réfléchissait trop. Peut-être que les problèmes venaient d'elle, et non de Stephen. Il ne connaissait personne de plus adorable qu'elle, et c'était peut-être une bonne raison pour épouser un homme. Peut-être que tout irait bien finalement.

Soudain incapable d'attendre plus longtemps, Lydia ouvrit la portière, se sentant immédiatement gelée alors qu'une rafale de vent froid de la région les engloutissait. Elle resserra les pans de son manteau autour d'elle et monta presque en courant l'escalier de marbre blanc qui menait à la porte d'entrée, négociant avec l'impressionnante couronne pour découvrir un vieux heurtoir en cuivre en forme de tête de lion. Lydia frappa trois fois puis, par sécurité, appuya également sur la sonnette électronique toute neuve, déclenchant, quelque part dans les tréfonds de la maison, les aboiements d'un chien très nerveux.

— J'ai l'impression que nous risquons de rester ici un peu plus longtemps que quatre jours, dit Stephen en posant les pieds sur l'épaisse couche de neige qui s'était accumulée quand il sortit de la voiture. Il neige abondamment. Entre et réchauffe-toi, je vais prendre les bagages dans le coffre.

Lydia referma les bras autour d'elle et sauta d'un pied sur l'autre tandis qu'elle entendait des cris perçants à l'intérieur. Le bruit devait légitimement venir des enfants, mais elle reconnut la voix de Katy et, sans surprise, ce fut elle qui ouvrit la porte à la volée, étreignant immédiatement Lydia avec enthousiasme. Le chien de Katy, un lurcher gris à l'aspect bigarré d'âge indéterminé, se mit à sauter autour de ses genoux. De sa main libre, Lydia caressa la tête douce de Vincent van Dog, ainsi nommé parce qu'il était arrivé au refuge canin où Katy l'avait sauvé avec une oreille manquante, pour une raison inconnue.

— Lydia ! s'exclama Katy en prenant le visage de celle-ci entre ses mains et déposant un baiser sur chacune de ses joues froides, avant de l'attirer dans la chaleur bienfaisante de la maison. Mon Dieu, c'est tellement agréable de te voir ! Pendant un moment, j'ai craint que personne n'arrive jusqu'ici. Alex et David sont arrivés ce matin, mais papa et maman sont coincés à Perth, les parents de Jim sont toujours dans le Surrey, et Joanna n'a pas donné signe de vie, même si elle est en route. Jim estime que d'ici une heure ou deux les routes des environs seront impraticables et que nous serons bloqués par la neige !

Katy poussa un nouveau cri aigu, battant des mains comme une petite fille.

— Mais au moins tu es là. Tu m'as vraiment manqué, tu sais.

Avec douceur, Lydia ôta l'ourlet de son manteau des dents de Vincent, certaine qu'il n'essayait d'y faire un trou que pour lui souhaiter la bienvenue.

— Inutile d'avoir l'air surprise, dit-elle tout en frottant le museau de Vincent alors qu'elle observait avec bonheur l'entrée impressionnante.

Celle-ci avait été convertie en hall d'accueil, avec des fauteuils en cuir brillant et une réception. L'espace confortable avait été accessoirisé avec une petite cloche en laiton et un sapin de Noël, niché dans le creux de l'escalier décrivant une courbe majestueuse, qui aurait fait honte à celui installé sur Trafalgar Square.

— Je ne me manquerais pas du tout si je vivais ici, souffla Lydia tout en étreignant son amie. Oh, Katy, c'est magnifique ! Cette maison est faite pour Noël.

— Je sais ! s'exclama cette dernière. Génial, pas vrai ?

La lourde porte s'ouvrit en craquant derrière elles, et Stephen entra en titubant, les cheveux et les épaules couverts de neige, les bras chargés de tous leurs sacs et cadeaux.

— Oh Stephen, pauvre chéri, entre donc, dit Katy en lui prenant un des sacs.

— Sérieusement, Lydia, qu'est-ce que tu as là-dedans ? lui demanda Stephen en déposant les sacs sur le carrelage avec soulagement. Avais-tu besoin d'apporter un évier de cuisine ?

— J'aurais aimé qu'elle le fasse. (Katy sourit et fit la bise à Stephen pour lui dire bonjour.) Nous en aurions l'utilité, à vrai dire.

— Tu sais, je n'ai apporté que l'essentiel.

Lydia prit un autre sac à Stephen, qui grimaça, mettant les mains au creux de son dos et émettant un son qui ressemblait clairement à celui d'un vieillard.

— Même si beaucoup de gens pourraient se demander si quatre paires de chaussures à talons étaient vitales pour quelques jours dans le Lake District, dit-il sèchement en faisant un clin d'œil à Katy.

— Seulement quatre ? Lydia, tu refrènes tes élans ! C'est à cause de la récession ? plaisanta Katy, se sentant soudain forcée de reprendre son amie dans ses bras et de l'embrasser une fois de plus, pour faire bonne mesure.

— Dieu du ciel, je ne pense pas que quelqu'un ait été aussi heureux de me voir depuis… Je ne crois pas que quelqu'un ait déjà été aussi heureux de me voir, déclara Lydia. Bon, est-ce qu'on arrive tout simplement, ou est-ce que tu nous accueilles officiellement comme une hôtelière officielle ?

— Quoi ? Oh oui… oui, tout à fait.

Katy fit une parodie de révérence à ses invités et s'affaira derrière le petit comptoir, où elle était éclipsée par ce qui devait représenter quatre mètres cinquante d'épicéa norvégien. L'escalier, remarqua Lydia avec joie, était exactement le genre d'escalier à descendre dans une robe en velours rouge, à la manière de Scarlett O'Hara, ce qui était particulièrement heureux, vu qu'il se trouvait justement qu'elle avait emballé une tenue de ce genre pour le jour de Noël. Certes, elle n'arrivait qu'au genou et n'avait pas la moindre crinoline, mais c'était une robe qui faisait de l'effet et qui s'accorderait à merveille avec un escalier faisant lui aussi de l'effet. Lydia résolut de demander à Katy de la filmer avec son téléphone dès que tout le monde aurait le dos tourné, en particulier Stephen. Ou Joanna, qui apporterait sans doute une robe à crinoline dotée d'une traîne par-dessus le marché.

Tandis qu'ils attendaient que Katy joue son rôle d'hôtesse et déplace plusieurs tas de papier à en-tête, Lydia sentit Stephen chercher sa main et la prendre, pressant doucement ses doigts. Elle lui sourit, la chaleur de Noël se répandant en elle alors qu'elle regardait le sapin. Katy et les enfants s'étaient assurément lâchés ; pas une aiguille n'était nue. Il était couvert de mètres et de mètres de ruban écossais en guise de guirlandes, et chaque branche était chargée de toute une gamme de décorations, allant d'une sélection de rouges-gorges plutôt macabres qui semblaient être constitués de véritables plumes, terminés par des yeux en perles, à des étoiles en pâte à sel, sur certaines desquelles il manquait ce que l'on pourrait considérer comme le nombre conventionnel de branches, alors que d'autres en avaient considérablement plus. Elle savait qu'on pouvait faire confiance à Katy pour offrir à ses enfants un Noël traditionnel et à l'ancienne, et l'enfant en Lydia, qui n'avait jamais connu de véritable Noël, poussa un soupir de contentement.

Enfin, Katy parut prête à les accueillir de façon officielle.

— Bienvenue à Heron's Pike Hotel, récita-t-elle avec soin, leur offrant un sourire figé qu'elle faisait apparaître et disparaître instantanément. Vous êtes dans la chambre numéro huit, peut-être l'une de nos meilleures, avec une vue splendide sur le lac et les montagnes. Le petit déjeuner est servi entre 8 et 10 heures, les réservations pour le dîner doivent être effectuées avant 16 heures, et les plats à emporter ne sont pas autorisés dans les chambres, ce qui, pour être honnête, ne pose pas de problème, puisque l'indien le plus proche est à Keswick et que, le temps que vous soyez de retour ici, ce sera froid de toute façon, mais Jim dit que nous devons le spécifier.

Katy reprit son calme.

— Vous trouverez un assortiment de brochures touristiques dans votre chambre, ainsi que de quoi préparer du thé et du café, et des biscuits offerts par la maison. Sauf qu'il n'y a pas encore de bouilloire parce que la livraison a été retardée par la neige, probablement pas de biscuits non plus vu que les enfants se sont levés tôt et qu'ils aiment les sablés. (Katy leur présenta une vieille clé en métal, visiblement lourde.) Oh, et ne perdez pas la clé ; nous ne pouvons pas en faire refaire sans l'aide d'un forgeron. Profitez bien de votre séjour !

Le sourire refit son apparition.

— Comment j'étais ?

— Tu y viens, sans aucun doute, affirma Lydia en souriant d'un air encourageant. Essaie peut-être un peu moins d'honnêteté pour les clients qui paient. Bon, où sont Jim et les enfants ?

— Ils torturent Alex et David. Juste pour te prévenir, Alex est un peu… disons… grincheuse, probablement à cause du long trajet. Laissez vos sacs ici pour l'instant et venez dire bonjour. Nous sommes dans le salon réservé à la famille, il est bien plus agréable que celui des clients, j'espère que ça ne vous ennuie pas.

Katy fit traverser à Lydia et Stephen ce que Lydia supposa être le salon pour les clients, plus formel. Situé sur le devant la maison à gauche de l'escalier, c'était une pièce majestueuse, dont les moulures en plâtre intactes, apparemment d'origine, sur le plafond haut formaient au centre une rose ornementée, entourée de guirlandes et de festons d'un feuillage élaboré. Les volets en chêne allant du sol au plafond étaient ouverts en signe de défi au vent qui faisait trembler les vitres et fouettait la neige en une gracieuse frénésie à l'extérieur. Pas vraiment en accord avec l'époque, les murs étaient peints en blanc et bleu céladon d'inspiration géorgienne, ce qui, supposait-elle, était plus à la mode et accueillant qu'un papier peint aux motifs chargés. Il y avait deux paires de sofas, quelques fauteuils dépareillés de style « bohème » et même une chaise longue, disposés autour de ce qui ressemblait à une sélection de magazines de décoration installés en éventails sur de petites tables, pour créer trois ou quatre espaces plus intimes dans la grandeur imposante de la pièce. Décorée de houx fraîchement coupé et faite de marbre blanc, une belle cheminée d'origine se trouvait là, au-dessus de laquelle était suspendu un miroir ovale qui avait dû renvoyer son reflet à plus d'une jeune femme pleine d'espoir au cours du siècle écoulé. On avait préparé un feu, qui n'avait pas encore été allumé, donnant à la pièce une impression d'anticipation, comme une princesse endormie sur le point d'être éveillée d'un baiser.

— Il est presque impossible de garder cette pièce au chaud, déclara Katy en se frottant les mains et en frissonnant tandis qu'ils la suivaient, Vincent van Dog trottinant sur ses talons. Jim dit que c'est à cause du fantôme d'une des sœurs qui vivaient là. Une ineptie, évidemment, et vraiment agaçante vu que les enfants le croient et qu'ils débarquent désormais dans notre lit toutes les nuits en criant que Molly la Folle veut les traîner dans le lac. En théorie cela ne me dérangerait pas, mais ils n'arrêtent pas de remuer. Tilly est la pire ; c'est comme dormir avec une pieuvre hyperactive. C'est bon pour Jim, il serait capable de dormir pendant un séisme mais, pour être honnête, sans un repos bien mérité, c'est moi qui vais me jeter dans le lac !

Katy sourit tristement, mais Lydia se rendit compte qu'elle avait vraiment l'air un peu pâle derrière sa mine réjouie. Accueillir à Noël devait ajouter sa part de fatigue, songea Lydia, qui décida d'être une invitée très obligeante.

— Il n'y a vraiment pas de fantôme ici, rien que des plafonds hauts et des fenêtres qui laissent passer les courants d'air et, compte tenu du fait que l'antique chauffage central n'est pas allé au-delà de cette pièce, il n'y a pas de radiateurs non plus.

Remarquant une bergère en porcelaine qui n'était pas à la bonne place sur le manteau de la cheminée, Katy grimpa sur un tabouret pour la remettre d'aplomb, se retournant pour inspecter la pièce et tout son travail.

— Cette pièce n'a pas servi pendant des années. Quand nous sommes arrivés, elle était pleine de bazar et on aurait dit que la famille avait laissé ses animaux de compagnie l'envahir. Mais j'ai trouvé cette vieille chaise longue, en bon état, ce qui est surprenant, sous toutes les saletés, et quelques autres bricoles que nous avons disposées çà et là, comme la petite bergère, là, et cette très vieille photo de l'année où le lac a gelé et les gens ont pu patiner dessus.

Lydia lança un regard surpris à Stephen, mais il paraissait absorbé par la contemplation de ce nouvel environnement.

— Bien sûr, reprit Katy, nous allumerons le feu une fois que les vrais clients seront arrivés, mais il m'a fallu une éternité pour réussir à rendre cette pièce correcte, donc pour l'instant je me contente de venir l'observer de temps à autre, et de menacer les enfants de mort s'ils touchent quoi que ce soit.

— C'est très distingué, dit Lydia. J'ai l'impression que je pourrais faire le tour de la pièce au bras de Mr Darcy. Katy, tu es si intelligente, tu as métamorphosé cet intérieur en couverture de magazine.

— Tu le penses vraiment ?

Katy rayonnait, toute trace de fatigue ayant, du moins temporairement, quitté son visage.

— J'en suis plutôt fière, je dois le reconnaître. Viens, à présent c'est au tour des délices cachés du commun de Heron's Pike.

Empruntant un couloir sombre, étroit et lambrissé, Katy ouvrit une autre porte en bois pour dévoiler le salon de la famille, qui faisait environ la moitié de la surface de l'autre, mais était encore plus ravissant et infiniment plus confortable, et que la chaleur du feu parfumé aux pommes de pin rendait étincelant. Ses devoirs d'hôte achevés pour l'instant, Vincent se roula en boule devant l'âtre, s'endormant presque immédiatement, en dépit du vacarme d'une pièce fourmillant d'enfants excités. Lydia savait que, techniquement, on ne pouvait pas considérer que deux enfants suffisaient à « fourmiller », mais bizarrement, en dépit de leurs six et quatre ans respectifs, Jake et Tilly y parvenaient en général.

— Est-ce que tu veux entendre une chanson qui parle de soutif ? demanda Jake à Lydia en guise de bonjour, au moment où elle entra dans la pièce.

— Tu as bïen dit « soutif » ?

— Mon Dieu, non, pas encore ! Jake, si tu me chantes ce truc encore une fois, je te balance dans le lac, grommela Alex.

— Tu ne le feras pas parce que je m'enfuirai et que tu ne pourras pas m'attraper, se moqua Jake, pas le moins du monde offensé ou intimidé par sa tante honoraire. Tu n'es pas très rapide et tu es très grosse.

— Jakey, mon grand, nous aimons tous ta chanson, déclara Jim en traversant la pièce pour accueillir les nouveaux arrivés, mais attends au moins que Tata Lydia soit assise avec un verre de pétillant à la main !

Lydia esquiva Jake et serra Jim dans ses bras, déposant un léger baiser sur sa joue, ce qui nécessita quelques efforts vu qu'il faisait un impressionnant mètre quatre-vingt-dix et qu'il avait l'air assez rude depuis qu'il avait perdu son costume trois pièces et laissé sa coupe de cheveux raisonnable pousser un peu. La barbe de trois jours ne lui allait pas mal non plus, songea Lydia, se demandant si le même look irait à Stephen. Une maison remarquable, un mari bien charpenté, des enfants mignons quoique turbulents… Lydia ne put s'empêcher d'être un peu jalouse ; Katy paraissait vraiment ne manquer de rien.

Visiblement déjà un peu joyeux, Jim sentait le vin chaud, remarqua Lydia avant qu'il la lâche pour gratifier Stephen d'une de ces accolades bourrues dont il avait le secret.

— Ravi que vous ne soyez pas morts dans un fossé, déclara-t-il joyeusement. Est-ce que Katy vous a dit que nos parents sont tous coincés chez eux ? Donc pas de grands-parents pour les gamins. Dommage pour eux, mais on pourra organiser une autre fête à l'occasion du nouvel an. Et, vous savez, chaque journée passée sans membre de ma belle-famille est toujours un bonus, d'après moi.

— Jim ! le gronda gentiment Katy tandis qu'elle fouillait dans un vieux buffet en bois sombre et en sortait deux verres à vin qu'elle tendit à ses invités.

— Ne fais pas semblant de ne pas éprouver la même chose, gloussa Jim en remplissant les verres d'un vin rouge rubis sorti tout droit d'une carafe en cristal. Comment est-ce que tu appelles ma mère ? Méduse ?

— Les enfants ! siffla Katy, désignant du menton Jake qui, après le rejet de sa chanson, grattait l'oreille de Vincent, et Tilly, qui chantonnait dans un coin tout en se créant une tenue faite exclusivement de guirlandes.

— Eh bien, tu vas me dire bonjour à moi, ou est-ce que je suis démodée à présent que je fais la taille d'une maison ? demanda Alex à Lydia depuis le canapé, où elle était plus ou moins échouée, ses longues jambes reposant sur un tabouret, son ventre gonflé comme une pleine lune.

— Bonjour chérie, dit Lydia en se laissant tomber à côté d'elle. Je jurerais que tu es encore plus imposante que quand je t'ai vue la semaine dernière ! Tu es sûre que tu en as encore pour un mois ?

— Certaine, répondit Alex en regardant son ventre, sourcils froncés. Même si je commence à avoir l'impression d'être enceinte depuis un siècle.

— Les éléphantes sont enceintes pendant presque deux ans, annonça Jake en s'écartant de la cheminée pour poser le menton sur le ventre rond d'Alex et le regarder de haut. Peut-être que tu es une éléphante.

— Sympa, dit Alex en pinçant les lèvres. Vraiment sympa !

— Salut Lydia, Stephen ! s'exclama David, le mari d'Alex, alors qu'il revenait d'un endroit qui était visiblement froid, vu qu'il avait toujours une écharpe autour du cou et se frottait les mains. Ça fait plaisir de vous voir ! C'est affreux dehors. Lexi, quoi que tu fasses, ne commence pas à avoir des contractions maintenant, nous n'aurons aucune chance de t'amener à un hôpital et je doute fortement que cette maison soit stérile.

— Eh, je nettoie, protesta Katy.

— Et l'accouchement n'est pas prévu avant cinq semaines ! rétorqua Alex. Est-ce qu'on pourrait, s'il vous plaît, cesser de s'étendre sur mon ventre énorme et imposant, et parler d'autre chose pour une fois !

— Les hormones, articula David en silence pour Lydia, ce qui poussa Alex à lui décocher un regard qui l'aurait tué, si seulement les lois de l'univers l'avaient permis.

— Donc ! s'exclama Lydia en s'installant à côté d'Alex et en lui prenant la main. N'est-ce pas parfait ? Nous quatre réunies pour Noël. Est-ce que tu sais que, pendant toutes ces années d'amitié, nous ne l'avons jamais fait ? Même quand nous étions à la fac, nous partions toujours chacune de notre côté pour Noël. Puis il y a eu les copains, les maris et la belle-famille. Et regarde-nous aujourd'hui, il neige, il y a un feu dans la cheminée et un sapin, nous sommes à la campagne. La vie n'est-elle pas magnifique ?

— Bon sang de bonsoir ! Est-ce que tu es possédée par l'esprit de Judy Garland ? demanda Alex d'un ton irrité. Je suppose que ce doit être merveilleux si tu n'as ni hémorroïdes, ni des reflux gastriques en permanence. Et des poteaux, regarde mes poteaux ! Et si je ne retrouvais jamais mes chevilles ? Et si je me transformais en l'une de ces femmes qui ne peuvent porter que des pantalons à ceinture élastique, qui ont en permanence le goûter de leurs enfants sur leur tee-shirt et qui n'ont jamais une coupe de cheveux décente ?

— Qu'est-ce que tu racontes, dit Katy en remettant d'un air embarrassé sa masse de boucles blondes derrière ses oreilles et en frottant une tache orange qui maculait son chemisier. Et il ne s'agit pas du goûter des enfants, mais du tien. Je t'ai préparé des lasagnes, Alex, parce que c'est ton plat préféré. Parce que je t'aime, espèce de grosse vache.

Alex mit la tête dans ses mains et poussa un grognement.

— Oh, mon Dieu ! Je suis désolée, vraiment désolée. Je suis une sale pétasse en ce moment, c'est à cause des hormones.

— C'est ce que je disais, l'interrompit David, y gagnant un nouveau regard assassin.

— Les vaches ont la même durée de gestation que les femmes, lui apprit Jake. Tu ressembles un peu à une vache.

— Et maintenant, annonça Tilly en sortant de son coin, ressemblant à un début d'incendie scintillant, je vais faire un spectacle.

— Oh Seigneur, à l'aide ! gémit Alex, s'enfouissant une fois de plus le visage dans ses mains.

Ce fut à ce moment précis que la sonnette retentit et que Vincent se réveilla et bondit comme un chien d'attaque un peu dérangé.

— Oh, ce doit être Joanna ! dit Katy d'un air ravi en regardant Lydia.

— Et le nouveau copain de Joanna ! s'exclama Lydia. En route, allons voir à quoi il ressemble !

Deux femmes, deux enfants et un chien se ruèrent vers la porte, tous, à l'exception peut-être du chien, désireux de découvrir le nouvel homme de la vie de Joanna Summer.

— Attendez-moi ! cria Alex en faisant des gestes frénétiques à David pour qu'il la remette sur pieds, sa voix disparaissant derrière Lydia et Katy tandis qu'elles luttaient pour la première place. Attendez-moi putain, sales connasses !

Au bout du compte, Katy, qui ne portait pas des bottes à talons aiguilles élégantes mais peu pratiques, arriva la première, ouvrant la porte d'un coup et attirant Joanna à l'intérieur pour l'étreindre avec force.

— Jo-Jo ! hurla-t-elle joyeusement alors que Vincent faisait de son mieux pour malmener la nouvelle arrivante. Regarde-toi !

Joanna était effectivement ravissante. Vêtue d'un manteau en laine blanc bordé de fausse fourrure et d'un chapeau assorti, ses cheveux roux cascadaient dans son dos. On aurait dit qu'elle venait de sortir du remake de *Docteur Jivago*.

— Comment fais-tu pour descendre d'une voiture après quatre cents kilomètres de route et ressembler à ça ? demanda Lydia à son ancienne colocataire, en l'embrassant sur la joue.

— Je ne sais pas, chérie, je suis naturellement glamour, c'est tout, je pense. (Joanna lui adressa un grand sourire.) Et vous aussi. Regarde-toi, Katy, avec tes joues roses de paysanne, et toi, Lydia, toute de sophistication citadine : vous me faites rougir de ma tenue, toutes les deux.

Le fait que Joanna répondait toujours à un compliment par un autre faisait partie de son charme. Elle se penchait désormais pour embrasser gracieusement Tilly, avant d'ébouriffer les cheveux de Jake, écartant Vincent de son chemin d'un air dégoûté mais avec douceur de l'extrémité de sa botte.

— On veut savoir si tu vas vraiment te marier cette fois-ci ! lui apprit Jake.

Katy haussa les épaules.

— Je ne vais pas faire semblant de ne pas l'avoir entraîné à dire cela. Alors, c'est le cas ?

— Et est-ce que je pourrai être demoiselle d'honneur ? poursuivit Tilly.

Joanna posa les doigts sur ses lèvres, jetant un coup d'œil par-dessus son épaule dans l'obscurité.

— Chut ! Ce n'est que le début, mais les signes sont bons.

Prenant soin de s'adresser directement aux petits, elle ajouta :

— Mais nous ne voulons pas lui faire peur, pas vrai les enfants ? Donc, si vous pouvez garder vos questions pour vous, alors oui, Tilly pourra être demoiselle d'honneur, et non, Jake ne sera pas obligé d'être dans le cortège.

— Tata Jo, dit Tilly, je te regarde tout le temps à la télé. J'espère que tu m'as pris un diadème pour Noël, comme ceux dans ton émission qui sont en pur zirconium.

— Il y aurait moyen que quelqu'un me donne un coup de main avec cette malle ? lança quelqu'un doté d'un fort accent américain derrière une brassée de cadeaux. Je pense que Joanna a empaqueté Londres !

Lydia se figea. Un je-ne-sais-quoi dans ces quelques mots étouffés faisait résonner quelque chose de familier en elle. Non… ce n'était pas possible, hein ?

— Tiens, laisse-moi t'aider, proposa David, arrivant avec Alex, qui se dandinait un ou deux pas devant lui, désireuse de saluer Joanna.

— Salut Jo, tu ressembles à une pute russe ! l'accueillit-elle joyeusement.

— Et tu es radieuse ! l'informa Joanna avec sérénité.

— Quoi, comme un déchet radioactif ?

Lydia entendit vaguement la réponse d'Alex tandis que, toute la scène semblant soudain se dérouler au ralenti, elle observait David soulager le petit ami de Joanna de sa pile de cadeaux, un par un. Son cœur bondissait dans sa poitrine alors qu'elle le voyait pencher la tête sous l'effort nécessaire à tirer une grosse malle aux coins recouverts de laiton dans le hall d'accueil. Des cheveux châtain clair, épais et ondulés, avec ce contour familier et si souvent embrassé. C'était impossible. Lydia retint son souffle, dans l'espoir qu'elle se faisait des illusions ou qu'elle était ivre après une gorgée de vin, tout en sachant que ce n'était pas le cas.

Son lourd chargement enfin posé, l'homme mystérieux se redressa et sourit.

— Bonjour, tout le monde, je suis Jack.

Mais Lydia sut immédiatement qu'il n'était pas Jack pour tout le monde. Pour elle, il avait été Jackson Blake. Beau, américain et profondément charmeur. Le nouveau compagnon de Joanna n'était autre que l'amour de la vie de Lydia, disparu depuis longtemps.

# Chapitre 4

Le jour où Lydia avait vu Jackson Blake pour la première fois était un jeudi brûlant de mai, environ un mois et demi avant qu'elle rencontre Stephen. Comme les années précédentes, l'été était arrivé en avance et, pour Lydia, qui fuyait la chaleur et l'odeur de renfermé de son cabinet, on aurait dit que l'équivalent de trois mois d'ensoleillement poli anglais s'étaient consumés en une seule journée enfiévrée.

La journée de Lydia ne s'était pas bien passée. Elle avait perdu un procès et sa cliente allait purger six mois pour trafic de cannabis. C'était bien sa chance de tomber sur une juge ultraconservatrice qui ne comprenait pas que sa cliente âgée ne s'était mise à acheter de la drogue que pour apaiser les douleurs arthritiques de son mari, distribuant au passage quelques grammes à ses voisins de la maison de retraite. Les bases de l'appel avaient déjà été établies, même si la procédure ne serait probablement pas assez rapide pour faire sortir sa cliente de prison avant la fin de sa sentence. Lydia était déterminée à faire casser la condamnation, non seulement pour sa cliente, mais parce qu'elle n'aimait pas perdre. Mais plus que cela, elle avait détesté l'expression sur le visage de

Janet Thorne qui attendait qu'on l'emmène, assise en silence dans l'étouffant box des accusés, sachant qu'elle ne reverrait pas son mari handicapé pendant au moins trois mois.

Lydia avait ralenti à l'approche de la station de métro. Elle savait que Joanna ne serait pas à la maison vu qu'elle était en *prime time* sur BuyIt ! TV. Et elle n'était pas impatiente de rentrer dans un appartement vide qui empestait la nourriture indienne et la bière englouties la veille au soir et qu'aucune d'entre elles n'avait pris la peine de nettoyer. Le pub en haut de la rue était envahi de buveurs qui se déversaient sur le trottoir. Lydia se demanda si l'intérieur serait frais en comparaison, et relativement vide. N'étant pas du genre à boire seule dans les bars en temps normal, elle avait traversé la chaussée sans réfléchir, et s'était retrouvée devant le bar à commander un grand gin-tonic avant même de s'en rendre compte.

L'intérieur du pub à l'ancienne avait beau être frais et spacieux, il était désert. Tirant un tabouret, Lydia se plaça devant le bar, et était sur le point de sortir quelques dossiers pour les examiner quand elle se ravisa et prit son édition Penguin Modern Classics abîmée mais adorée de *Diamants sur canapé*. Au fil des ans, elle estimait que le livre était devenu une sorte de talisman, de porte-bonheur. Mais au début, il s'agissait seulement de son roman préféré, qu'elle avait lu et relu depuis que, à l'âge de douze ans, son professeur d'anglais le lui avait tendu en disant : « Écoute, je sais que ce doit être difficile d'être coincée au milieu du divorce de tes parents. Essaie de te perdre dans un bon livre, je trouve que ça aide. » Elle avait cessé de compter le nombre de fois où elle l'avait lu depuis, mais il l'avait toujours aidée.

Absorbée dans son roman, il lui avait fallu un moment pour prendre conscience que quelqu'un l'observait. Elle leva les yeux pour croiser le regard d'un homme de l'autre côté du bar, et les baissa immédiatement, regardant fixement les mots devant elle sans vraiment les lire. Pendant cette fraction de seconde, elle avait glané que l'homme était plutôt grand, bien charpenté, portait une chemise blanche immaculée sans cravate et avait des yeux assez bleus pour qu'elle le remarque à l'autre bout de la pièce. Attendant encore un moment, Lydia leva de nouveau la tête. L'homme avait disparu.

— Le film ou le livre ? lui demanda un léger accent américain, ce qui la fit pivoter sur son tabouret.

Il était là, appuyé au comptoir, son épaisse chevelure châtain doré un peu plus longue que la moyenne, sa chemise au col ouvert dévoilant une peau bronzée. Il sentait divinement bon, et ces yeux bleus…

— Le livre, répondit immédiatement Lydia, satisfaite de voir qu'il était impressionné qu'elle sache ce que signifiait sa question pour le moins cryptique.

— Vraiment ? Vraiment la Holly de Truman Capote plutôt que celle d'Audrey Hepburn ? La détresse et la désespérance plutôt que George Peppard qui ramène Cat sous la pluie ? J'aurais cru que la plupart des filles choisiraient toujours la fin du film.

— Le film est magnifique, reprit Lydia. Et c'est d'autant mieux que ça se termine bien pour Holly, mais le livre est sorti en premier, alors ce doit être le livre... et, d'ailleurs, je ne suis pas comme la plupart des filles.

Lydia s'autorisa à prononcer la phrase qu'il avait, elle le savait parfaitement, préparée pour elle.

— C'est ce que je constate.

Il baissa les yeux sur son verre pendant un moment avant de la dévisager. Il était vraiment doué, se rappelait-elle avoir pensé. Et cela aurait peut-être dû être un signal d'alerte – l'expérience du dragueur – mais elle était trop absorbée par l'instant.

Ils s'étaient présentés, avaient échangé uniquement leurs prénoms, et s'étaient serré la main. Lydia se souvenait que, quand il avait pris la sienne, brièvement mais fermement, cela avait envoyé une décharge électrique dans tout son corps.

— Est-ce que vous me laisseriez vous offrir à boire ? lui demanda Jackson, et Lydia avait hésité, même si elle savait qu'elle allait dire oui, jouant le jeu avec autant d'habileté que lui.

— Je ne devrais pas, articula-t-elle lentement, d'un air pensif, en se mordillant la lèvre inférieure.

— S'il vous plaît ? insista-t-il. Cela fait longtemps que je n'ai pas rencontré quelqu'un avec qui parler de la grande littérature américaine.

— Oh, dans ce cas, je regrette de vous décevoir, vu que c'est le seul classique américain que j'aie lu, enfin, sauf si on compte *Autant en emporte le vent*.

Jackson l'observa longuement d'un regard en coin.

— Vous avez quelque chose de Scarlett O'Hara.

— Eh bien, merci infiniment, je crois.

Lydia battit des cils, baissant le menton alors qu'elle se penchait légèrement en avant, améliorant d'un soupçon la vue sur son décolleté attirant, silencieusement ravie de découvrir qu'elle savait toujours flirter.

Il y avait eu une époque où elle et Joanna étaient un danger public pour les hommes, deux machines à draguer perfectionnées qui ne cessaient de sortir et d'avoir des histoires banales et sans suite. Et puis, un matin, Lydia s'était réveillée avec du mascara étalé sur l'oreiller et une migraine lancinante, pour découvrir que si elle voulait progresser au sein de son cabinet, elle ne devait plus essayer de suivre Joanna. Sa belle et exubérante colocataire avait déjà fait son chemin ; c'était le cas depuis qu'une directrice de casting pour une agence de mannequins l'avait repérée au centre commercial quand elles étaient à l'université. À partir de ce moment-là, Joanna avait exploité sa beauté et sa personnalité pour avancer, et pourquoi s'en priver ? Si Lydia lui avait ressemblé, elle aurait fait exactement la même chose.

Joanna avait quitté la fac avant d'avoir son diplôme de sociologie – personne ne se faisait d'illusion sur sa capacité à réussir l'examen final, elle la première. Une rapide carrière en tant que mannequin pour la lingerie et les catalogues l'avait conduite à apparaître vêtue d'un peignoir en soie chinoise sur une chaîne de télé-achat, où elle avait éclipsé la présentatrice désabusée et légèrement ivre, et s'était dégotté un nouveau boulot lucratif et un nouveau galant – son réalisateur – le tout en l'espace d'un après-midi.

La carrière avait en fait duré plus longtemps que la liaison, mais alors que Joanna était toujours heureuse de faire posément son chemin dans la population masculine de Londres, Lydia avait commencé à se fatiguer de sortir avec des types. À vrai dire, elle ne pouvait pas suivre le rythme de Joanna, surtout si elle souhaitait réussir sa carrière. Par conséquent, cela faisait un long moment – presque deux ans, en fait – qu'elle n'avait pas flirté avec un étranger dans un bar ; deux ans de professionnalisme, à garder la tête dans le guidon et à travailler comme une forcenée pour arriver à sa position actuelle.

Sauf que la journée était chaude et teintée d'échec, et regarder un visage comme celui de Jackson Blake était exactement ce dont elle avait besoin.

— Je reprendrai bien un gin-tonic, merci, dit Lydia.

Tandis que le soleil disparaissait derrière l'horizon, laissant une traînée d'étoiles dans son sillage, et que la chaleur déclinait miséricordieusement, Lydia en apprit plus sur Jackson. Il avait grandi dans le New Jersey, d'un père plombier et d'une « maman » maîtresse d'école. Il avait travaillé pour financer ses études, arpentant les rues de New York dès qu'il avait été diplômé, frappant à la porte de toutes les maisons d'édition célèbres pour tenter de s'immiscer. En fin de compte, il avait décroché un poste de stagiaire chez Seinfeld & Sachs, et avait gravi les échelons jusqu'à devenir directeur d'édition, acceptant une mutation à Londres quelques mois auparavant avec pour mission de remettre sur les rails le bureau londonien en difficulté.

— Ce que personne ne dit à un homme célibataire et hétéro sur le milieu de l'édition, c'est que cela ressemble à jeter un agneau qui vient de naître dans un bassin de piranhas à talons aiguilles en quête de mecs, plaisanta Jackson. Dès que tu franchis la porte d'entrée, elles t'extorquent ton lieu de résidence, ta situation de famille, tes revenus et tes primes, et te demandent quelles sont tes disponibilités en juin.

— Oh, pauvre de toi ! Est-ce que toutes ces dames sont amoureuses de toi ? demanda Lydia en faisant la moue d'un air taquin. Ce doit être atroce…

— C'est terrible, confirma Jackson avec solennité. Le comble de l'angoisse, c'est qu'elles ont toutes leur syndrome prémenstruel en même temps ! Ce sont les jérémiades collectives que je ne supporte pas.

— Jackson, espèce de macho ! avait répliqué Lydia, mi-estomaquée, mi-gloussante, lui donnant un léger coup sur l'épaule et sentant un frisson d'excitation quand il lui prit la main et la serra.

— Je sais, je suis désolé. Ce n'est pas du tout comme ça, dit-il en haussant un sourcil. Disons que ça l'est seulement en grande partie.

Lydia avait soutenu son regard tandis qu'il se servait de sa main captive pour l'attirer plus près de lui jusqu'à ce que leurs lèvres ne soient séparées que de quelques millimètres.

— Tu ressembles à un grand verre d'eau fraîche, dit-il.

Lydia avait laissé leurs lèvres se toucher un moment avant de reculer, se laissant glisser de son tabouret et ramassant sa mallette.

— Je dois y aller, dit-elle. Ce fut un plaisir de vous rencontrer, Jackson Blake.

— Ça te dirait qu'on se revoie ? lui demanda-t-il. Je travaille juste à côté, on pourrait peut-être déjeuner ensemble ?

— Je n'ai pas vraiment un travail compatible avec une pause déjeuner.

Lydia haussa les épaules, appréciant de jouer avec le feu un peu plus longtemps.

— Alors est-ce que tu accepterais de me revoir ici demain soir ? Je réserverai et je t'emmènerai dîner.

Lydia avait hésité ; elle était censée dîner avec Alex et les filles pour parler de leurs robes de demoiselles d'honneur, et du fait qu'Alex paraissait déterminée à les rendre toutes aussi hideuses que possible, ayant de façon inattendue développé un nouvel intérêt pour les manches bouffantes. Elle aurait beau apprécier une soirée à regarder cet homme sexy en face d'elle, un dîner en prévision du mariage avec sa meilleure amie était impossible à esquiver, même pour un spécimen de premier choix à la mâchoire saillante comme Jackson.

— Désolée, je ne peux pas. J'ai quelque chose de prévu.

Lydia croisa les doigts mentalement, espérant qu'il insisterait rien qu'une fois de plus.

— Waouh, tu la joues vraiment difficile, c'est très inhabituel pour une Anglaise, vous êtes d'ordinaire si accommodantes.

— Eh ! le réprimanda-t-elle.

— Désolé. Écoute, j'aimerais vraiment te revoir. Pourquoi pas samedi ? demanda-t-il avec appréhension, se recroquevillant comme s'il s'attendait à prendre une gifle pour avoir osé poser la question.

— Oui, c'est bon, je pense, accepta Lydia en prenant soin de ne pas paraître trop excitée. Mais pas ici. J'habite à l'autre bout de la ville, et je n'aime pas revenir près de mon lieu de travail quand je suis en congé. Retrouvons-nous au Porcupine à Tottenham Court Road, à 19 h 30. Tu n'as plus qu'à repérer un endroit sympa pour m'emmener dîner.

— Bien madame, acquiesça Jackson en se mettant au garde-à-vous. À présent, laisse-moi te raccompagner à la station de métro, je t'en prie.

— Mais pourquoi ? C'est juste au bout de la rue, fit remarquer Lydia.

Jackson eut un petit rire, secouant la tête tout en lui prenant la main.

— Tu dois vraiment demander pourquoi ? Parce que j'ai besoin d'une bonne raison pour te donner un baiser d'adieu, femme, voilà pourquoi.

Tandis que Lydia laissait le grondement de la rame la bercer dans un demi-sommeil jusqu'à chez elle, elle s'était adossée au siège et, avec un sourire reflétant son état d'ébriété, elle avait conclu que, en matière de baisers d'adieu, celui-ci avait été plus que satisfaisant.

Elle avait passé la journée suivante entièrement taraudée par deux questions.

*Premièrement : que porter ?*

*Deuxièmement : viendra-t-il ?*

Dans la chaleur prometteuse et sensuelle de la nuit dernière, Jackson et elle avaient oublié d'échanger leurs numéros de téléphone. Il n'avait aucun moyen de la plaquer en douceur s'il décidait de reculer, et la seule façon de savoir s'il était réel ou s'il n'était qu'un symptôme de la vague de chaleur, était d'honorer ce rendez-vous. L'idée de se faire poser un lapin causa une vive inquiétude à Lydia, qui se souvenait de cette cuisante impression d'humiliation qu'elle avait ressentie quand, à l'âge de seize ans, elle était allée retrouver Tony Bellamy au cinéma de la grande rue, excessivement maquillée, dans des chaussures à talons qui la faisaient claudiquer. Et comment elle avait dû supporter les rires et les sarcasmes de ses camarades d'école pendant qu'elle était plantée là, jusqu'à ce que l'un des copains de Tony lui apprenne qu'il ne viendrait pas. Il était au cimetière, à rouler des pelles à Melanie Davies.

Ce qui signifiait qu'à chaque tenue que Lydia essayait, elle se prenait à imaginer, non pas à quoi elle ressemblerait dans les bras de Jackson Blake, mais plutôt qu'elle aurait l'air d'un citron dans une robe imprimée en soie et des sandales à lanières un samedi soir au bar du Porcupine sur Tottenham Court Road, à attendre un rendez-vous qui ne viendrait pas.

Toutes les trois minutes, Lydia décidait qu'elle n'irait pas. Puis elle se rappelait ce baiser d'adieu, et des papillons se mettaient à tourbillonner dans son ventre.

— Il est possible que tu sois complètement idiote, Lydia Grant, suggéra-t-elle à son reflet dans le miroir en pied. Mais tu ne peux pas risquer de rater un nouveau baiser comme celui-ci.

Juste avant son départ, Joanna avait émergé de sa chambre, les cheveux emmêlés, le maquillage de la veille formant de longues traînées sous les yeux. Et pourtant, cela n'altérait en rien sa beauté.

— Aïe aïe aïe, dit-elle en s'affalant face à elle à la table de la cuisine. Je crois que j'ai abusé des parties de jambes en l'air. Prépare-moi mon petit déjeuner, chérie.

— Un petit déjeuner ? Il est presque 19 heures, Joanna. En outre, où es-tu passée la nuit dernière après la Grande Débâcle des Demoiselles d'Honneur ? Nous tentions de convaincre Alex que la couleur puce ne va à personne, et tout à coup, tu t'es volatilisée dans la nuit.

— Pas dans la nuit, chérie. À Cuba, rectifia Joanna, regardant avec une moue éloquente la bouilloire, que Lydia remplit et alluma en dépit de son exaspération. Il y avait une soirée salsa au premier étage, alors j'ai pensé que j'allais juste y faire un petit tour et y jeter un coup d'œil après être passée aux toilettes. C'est ainsi que je suis tombée sur Enrique. J'allais revenir et reprendre notre conversation au sujet des manches bouffantes, mais chérie… le rythme latin enfiévré m'appelait, alors je me suis dit que je te laisserais persuader Alex de ne pas nous déguiser en mutantes. C'est un peu ton travail, de discutailler, après tout. Enrique m'a tout appris en matière de déhanchement… et nous avons un peu dansé, aussi !

Joanna gloussa, ce qui fit sourire Lydia malgré elle.

— Et qu'en est-il de Ted ? demanda Lydia, rappelant à son amie son fiancé, dont elle arborait en ce moment même la bague à sa main gauche.

— Je l'aime vraiment. Mais j'avais juste besoin d'un peu d'épices latines pour résister à ces discussions interminables sur le satin duchesse. Quand Ted et moi nous marierons, je n'aurai aucune demoiselle d'honneur, seulement… des cygnes, avec des rubans autour du cou.

— Joli ! Bon, à plus tard…

Lydia avait tenté une sortie précipitée.

— Attends un peu, comment se fait-il que tu négliges de me faire la leçon sur ma morale de chatte de gouttière, et où vas-tu si bien apprêtée ? lui demanda Joanna, bouche bée alors que son cerveau embrouillé prenait conscience que Lydia portait une jolie robe un samedi soir.

» J'y crois pas ! s'exclama-t-elle encore. Lydia a un rencard ! Où est mon téléphone ? Je dois en informer le monde entier.

— Tu n'as pas intérêt ! s'exclama Lydia, s'emparant du téléphone de Joanna. Ce n'est pas un rencard. C'est un rendez-vous professionnel.

— Tu sors à moitié tes nichons pour tes rendez-vous professionnels, en temps normal ? l'interrogea Joanna en désignant le décolleté de Lydia, rehaussé d'un soupçon d'autobronzant et agrémenté de quelques paillettes.

— C'est la mode, rétorqua Lydia.

— Dans l'industrie du porno, oui ! (Joanna pressa les doigts contre son front et grogna.) Oh, mon Dieu.

Ne jamais boire de tequila. Même mélangée à autre chose, c'est la mort. OK, tu peux partir, mais seulement parce que je suis trop mal en point pour te tirer les vers du nez. Mais je le ferai dès ton retour, crois-moi sur parole, jeune fille.

— Très bien, déclara Lydia en rendant son téléphone à Joanna et en déposant une bise rapide sur sa joue. Passe mon bonjour à Ted, oh, et à Enrique.

Lydia était à peu près certaine que Joanna avait lancé son téléphone dans la direction de sa tête, juste au moment où elle avait fermé la porte.

Les heures de doute et d'incertitude avaient été vaines car Jackson attendait Lydia quand elle arriva, ayant lui-même l'air délicieux dans un pantalon en toile foncé et un tee-shirt noir qui n'était pas moulant au point d'indiquer un homme vaniteux et obsédé par son corps, mais assez serré pour montrer que ce qu'il y avait en dessous valait le coup de langue – d'œil. Lydia mit un frein à son imagination débordante, réprimant un gloussement quand elle s'approcha pour le saluer.

— Oh, tu es venue, dit Jackson, un sourire s'épanouissant lentement sur son visage.

— Est-ce que tu doutais de moi ? Lui demanda-t-elle, faisant appel au calme de Lauren Bacall pour dissimuler le fait qu'elle était une boule de nerfs.

— Bien sûr que oui, j'ai quasiment dû te supplier de me retrouver ce soir. Tu n'es pas une cliente facile. (Lydia eut un petit sourire satisfait, se disant que ce n'était pas vrai, mais appréciant la façon dont

Jackson avait l'air de la voir.) Mais c'est bon, tu nous connais, nous, les mecs. On veut toujours ce qu'on ne peut pas avoir.

— Alors tu veux dire que, si je veux conserver ton intérêt, je vais devoir continuer à te repousser ? lui demanda Lydia.

Le sourire de Jackson était narquois quand il secoua la tête, son regard s'intensifiant soudain quand il la dévisagea.

— Nous pourrions jouer à cela toute la nuit, ce badinage, entre toi et moi. Et si tu le souhaites, ça ne me dérange pas. Cela me plaît. Tu es intelligente et drôle autant que belle. Mais voilà le problème : je t'apprécie, Lydia, je t'apprécie beaucoup. Ce n'est peut-être pas le bon truc à dire, mais c'est ce que je ressens. Je n'ai pas envie de jouer avec toi parce que, eh bien, j'ai l'impression que ce pourrait être le début de quelque chose… Alors, pourquoi ne pas me laisser t'inviter à dîner et nous parlerons ? Je veux tout savoir à ton sujet. Je veux savoir ce qui te fait sourire, te voir rire, te tenir la main et t'embrasser encore. Est-ce que ça te convient ?

Lydia demeura silencieuse un moment, passant mentalement en revue les scripts de tous les films d'amour qu'elle avait vus au cours de sa vie, ce qui faisait beaucoup, juste au cas où Jackson aurait mémorisé ce discours incroyablement romantique.

— Je prendrai un gin-tonic, s'il te plaît, dit-elle en s'asseyant à côté de lui. Bon, voyons, par où commencer ? Je suis née à Broadstairs et je suis la fille du couple le moins compatible du monde…

Il avait fallu environ une heure de plus à Jackson pour l'embrasser de nouveau, devant un restaurant italien sur Wardour Street. Ils s'étaient embrassés longtemps, si longtemps, en fait, qu'ils étaient un peu en retard pour la réservation, qui était précisément dans le restaurant devant lequel ils se trouvaient. Mangeant très peu et s'embrassant beaucoup, ils avaient été incapables de garder les lèvres éloignées plus de quelques minutes, leurs baisers devenant si enfiévrés que le serveur était venu leur demander très poliment s'ils désiraient l'addition, même s'ils n'en étaient pas encore au dessert.

Ricanant comme des adolescents, ils s'étaient retrouvés dans la rue, et Jackson l'avait embrassée de nouveau, pile à l'endroit où ils se trouvaient en arrivant.

— Et à présent ? lui demanda Lydia. Nous n'en sommes qu'au moment où je me suis fait jeter du cours de danse parce que j'avais poussé un juron… Tu n'entendras jamais toute l'histoire de ma vie à ce train-là.

— Et si on passait à l'épisode suivant ? suggéra Jackson en lui prenant les deux mains. Viens chez moi, Lydia, j'ai envie de te faire l'amour.

— Bon sang de bonsoir ! avait-elle gloussé.

— S'il te plaît, viens chez moi et passe la nuit avec moi. Je ne veux pas que cette nuit s'achève sans te dire au revoir.

Soudain un peu plus sobre, Lydia avait hésité. Elle ne savait pas précisément ce qu'elle avait prévu en quittant Joanna ce soir-là, mais sûrement pas ça. Elle n'était même pas certaine d'avoir mis une culotte

« acceptable pour des relations sexuelles », sans compter le fait que sa dernière partie de jambes en l'air avait eu lieu il y a bien longtemps.

— J'ai trop demandé, c'est ça ? demanda Jackson, déconcerté. Tu n'es pas le genre de fille qui aime être pressée.

— Non, non… ce n'est pas ça, je… hum. (Lydia lui effleura la joue du bout des doigts.) Non, tu n'as pas trop demandé, je ne veux pas non plus que cette nuit s'achève. C'est seulement que je suis… normalement je ne… Le problème, c'est que je ne suis pas tout à fait sûre de savoir quoi faire.

Jackson lui sourit, lui prenant la main pour l'embrasser.

— Viens chez moi et je te montrerai, dit-il d'une voix si tendre et si douce, que Lydia sentit ses genoux flancher.

— Très bien, dans ce cas, accepta-t-elle jetant par-dessus bord le peu de prudence qui lui restait. Oui, je vais venir chez toi.

Jackson avait arrêté le premier taxi et avait donné au chauffeur son adresse dans l'ouest de Londres. Regardant par la fenêtre tandis que le véhicule s'écartait du trottoir et plongeait dans la circulation, Lydia avait senti le bout des doigts de Jackson toucher les siens, posés sur le siège entre eux, où leurs mains demeurèrent jusqu'à ce que le taxi s'arrête devant un vieux presbytère de taille impressionnante.

— Oh, c'est incroyable ! s'exclama Lydia en regardant la vieille maison. Est-ce qu'elle est à toi ?

— Plus ou moins. Disons que j'en suis le locataire-gardien, lui répondit Jackson pendant qu'elle franchissait la porte pour déboucher dans l'entrée derrière lui. Elle appartient au diocèse, mais il n'y a pas de pasteur en place pour l'instant. Donc, pour dissuader les squatters et les vandales jusqu'à ce qu'ils décident quoi en faire, ils me la louent à court terme pour une petite partie de ce que je paierais pour un studio dans le quartier. Ils peuvent me jeter dehors n'importe quand, bien sûr, mais jusque-là, j'ai toute cette maison extraordinaire pour moi. Et pratiquement pas de meubles hormis un futon…

— *Un futon ?* répéta Lydia, se sentant brusquement très nerveuse.

Avant qu'elle puisse poser d'autres questions, Jackson, une main autour de sa taille, la plaqua contre le mur et l'embrassa passionnément, sa bouche affamée descendant le long de son cou. S'arrêtant un instant pour la dévisager, il tira le nœud qui maintenait sa robe portefeuille, dévoilant son corps à ses regards. Pendant une seconde supplémentaire, il la dévora des yeux, le désir qu'elle y lisait l'immobilisant sur place, puis d'un geste adroit et expérimenté, il dégrafa son soutien-gorge avant de le lui ôter.

Toute timidité oubliée, Lydia tira sur son tee-shirt, le remontant pour sentir sa peau brûlante pressée contre la sienne. Avec frénésie, ils se déshabillèrent mutuellement, là, dans le couloir, puis d'un seul mouvement, Jackson la prit dans ses bras et la porta à l'étage.

Après coup, ils avaient dormi un peu, les bras de Jackson autour d'elle, ses lèvres nichées contre sa nuque. Quelques minutes ou quelques heures plus tard, Lydia l'ignorait, elle sentit ses doigts décrire un parcours délicat sur ses seins, la poussant sur le dos pour embrasser chacun d'eux, puis chaque parcelle de son corps quand cette expérience merveilleuse recommença.

À l'aube, Lydia s'était surprise à pleurer légèrement en lui racontant l'histoire de l'un de ses films préférés.

— Et c'est tellement triste, parce qu'ils savent que c'est la dernière fois qu'ils vont se voir. Et ils savent qu'ils font ce qu'il faut – qu'elle doit rester avec son mari et qu'il doit partir comme médecin à l'étranger – mais ils s'aiment tellement, même s'ils ne peuvent pas être ensemble. Chaque fois que je le vois, je pleure comme une Madeleine ! (Lydia renifla et se mit à rire en même temps.) Regarde-moi, quelle idiote !

— Ça a l'air intense, fit remarquer Jackson en essuyant ses larmes de son pouce. On n'a qu'à le louer.

— Le louer ? répéta Lydia en riant.

— Oui, il y a un très bon vidéoclub au bout de la rue. Dès qu'il ouvre, allons-y et louons le film, nous pourrons le regarder ensemble.

— Tu resterais regarder *Brève rencontre* avec moi ? se rappelait-elle avoir demandé, pensant que ce devait être à ce moment précis qu'elle était tombée amoureuse de lui.

— Je vais faire plus que cela, je vais te préparer le petit déjeuner pour joindre l'utile à l'agréable. (Jackson sourit, prenant sa montre pour y jeter un coup d'œil.) Maintenant voyons, le vidéoclub n'ouvre qu'à 10 heures, ce qui nous laisse quatre heures à tuer. Qu'allons-nous bien pouvoir faire ?

— Je pourrais te raconter l'histoire de *Casablanca*, si tu veux ? le taquina Lydia.

— Peut-être pas aujourd'hui, peut-être pas demain, mais bientôt… Dès que je t'aurai embrassée.

Et c'est ainsi que leur histoire avait commencé. Six semaines parfaites : du début mai à la mi-juin. Bien entendu, Lydia ne s'était pas attendue à ce que cela finisse si tôt, ni même jamais à présent qu'elle y réfléchissait, mais surtout pas de cette façon. Six semaines merveilleuses pendant lesquelles Jackson et elle avaient passé chaque minute possible cloîtrés ensemble, à regarder film sur film, à se faire la lecture et à s'embrasser, toujours s'embrasser, au point que Joanna l'avait déclarée tombée au combat et qu'Alex l'avait presque destituée de son statut de témoin de mariage. Et puis, un soir, elle était allée le retrouver au presbytère pour le dîner comme prévu, fredonnant l'air de *Love Story* alors qu'elle gravissait les marches de pierre et sonnait à la porte. Cela avait été une sacrée surprise quand un étranger lui avait ouvert.

— Oh, bonjour, dit-elle, dévisageant le vieil homme à l'air négligé qui ne semblait absolument pas être un ami de Jackson. Je suis venue voir Jackson.

— Il est parti, chérie, l'informa le vieil homme, et il lui aurait claqué la porte au nez, si elle ne l'en avait pas empêché au moyen de son pied.

— Parti ? Où et pour combien de temps ?

— Je sais pas, je suis pas sa mère, grommela l'homme. Je travaille pour le diocèse, je suis le gardien. Ils m'ont appelé cet après-midi pour dire qu'il avait quitté les lieux. Je suis seulement venu faire l'état des lieux avant qu'on le loue à quelqu'un d'autre. Vous êtes intéressée ?

— Parti ?

Lydia répéta lentement le mot. Ils avaient passé la soirée précédente séparément, pour la première fois depuis leur rencontre. Elle devait travailler sur un dossier important, qui la garderait éveillée toute la nuit, et à présent qu'ils étaient aussi proches, à présent qu'elle savait avec certitude combien il lui était attaché, elle avait presque attendu avec impatience la première occasion qu'il lui manque. Il l'avait emmenée dîner, puis ils avaient passé un très long moment à se dire au revoir en s'embrassant, avant de prendre séparément un taxi pour rentrer. Il avait dit qu'il la verrait le lendemain, chez lui à 21 heures, pour le dîner. Comment pouvait-il être parti ?

— Qu'entendez-vous par « parti » ? Est-ce qu'il est à l'hôpital, est-il mort ? demanda-t-elle, bien consciente qu'elle avait l'air folle, mais incapable de savoir comment paraître saine d'esprit.

— Je ne sais pas, chérie, répéta le vieil homme d'un ton irascible, désignant du menton son pied qui bloquait la porte. Je dois continuer, si ça ne vous ennuie pas…

Ne sachant que faire, Lydia avait redescendu les marches pour rejoindre la rue encombrée. Tentant de joindre Jackson, elle découvrit qu'elle tombait directement sur le répondeur, à ce moment-là puis le reste de la nuit. Sans avoir du tout dormi, elle attendit jusqu'à 9 heures le lendemain matin et, le cœur au bord des lèvres, appela son bureau.

— Jackson n'est pas là, lui apprit une femme à l'air efficace. Il est en congé.

— Quel genre de congé ? Pourquoi ? la pressa Lydia, désespérée. Pardonnez-moi, c'est juste que j'ignorais qu'il partait en congé.

— Je suis désolée, mais il est contraire à la politique de notre entreprise de divulguer des informations personnelles au téléphone, lui répondit la femme sur un ton presque jubilatoire. Je peux vous passer son assistante, si c'est un problème d'ordre professionnel.

— Non, vous voyez… vous ne comprenez pas. Je suis sa petite amie.

Il y eut un bref silence au bout du fil.

— Bienvenue au club, mon ange ! rétorqua aigrement la femme, avant de raccrocher.

Accablée, perdue et incrédule, Lydia avait traversé la journée comme une somnambule, heureuse que son dossier du moment soit facile et qu'elle puisse le gérer même dans un état second ; puis, au beau milieu d'une nuit de larmes, pendant ce qui avait dû être les seules minutes où elle dormait pour de bon, son téléphone l'avait réveillée avec un message de Jackson.

« Chérie, vraiment désolé. J'ai dû rentrer à la maison, urgence familiale. Je t'appelle dès que possible. Bisous. »

Et c'était tout. Il n'avait jamais rappelé. Il ne l'avait jamais recontactée et, blessée et humiliée d'avoir été plaquée de façon aussi spectaculaire, Lydia s'était fait une raison, fermement décidée à l'oublier.

Ce n'était pas la première fois qu'un homme la quittait, mais que son ex ait déménagé et quitté le pays pour ce faire, c'était tout à fait inédit.

Une fois que Lydia eut pleuré toutes les larmes de son corps pendant une bonne semaine, elle commença peu à peu à reprendre contact avec ses amies, leur expliquant pourquoi elle avait été si absorbée pendant ces six semaines et ce qui s'était exactement passé avec Jackson. Toujours là les unes pour les autres en cas de besoin, elles avaient pris soin d'elle avec autant de vin et de chocolat qu'elle pouvait en avaler, et sans la soumettre à un interrogatoire désagréable. Et Alex, qui l'avait réhabilitée comme témoin de mariage, l'enrôla pour cette course de bienfaisance en faveur de la recherche contre le cancer, pour lui changer les idées ou remédier à sa mauvaise humeur, au choix.

Cette histoire avait été magnifique puis elle s'était achevée douloureusement et brutalement et, se sentant profondément abattue et totalement idiote, Lydia avait fini par accepter que Jackson Blake avait perçu la romantique crédule en elle et l'avait sacrément menée en bateau. Néanmoins, se conseillait-elle à elle-même, résolue à ne pas céder à son cœur blessé, elle avait vécu une merveilleuse parenthèse tant que cela avait duré, et c'était peut-être seulement dans sa nature de ne pas se contenter de ce que lui offrait le réel. Les héros romantiques aussi parfaits que ce que Jackson avait semblé incarner n'existaient pas vraiment et, après tout, comme l'aurait dit Bette Davis, on ne peut pas espérer la lune quand on a déjà les étoiles. Elle avait donc enfermé ces six semaines extraordinaires au fond de son cœur et s'était remise à vivre, sachant qu'elle ne reverrait jamais Jackson Blake, et déployant des efforts surhumains pour faire comme si elle n'était pas tombée amoureuse d'un salopard.

Raison pour laquelle elle fut stupéfaite de le découvrir debout dans l'entrée de Katy.

# Chapitre 5

— Donc voilà Alex.

Lydia observa, figée sur place, Joanna présenter Jackson, Jack ou quel que soit le nom qu'il se donnait à présent, à toutes ses amies.

— Alex est enceinte, ajouta Joanna de sa voix mielleuse et avenante pour la télé.

— Je suis certaine que ce monsieur a des yeux, répliqua Alex, souriant et serrant la main de Jack.

— Je m'assurais seulement qu'il n'aille pas imaginer que tu es grosse, la taquina Joanna, prenant le bras de « Jack » tout en le guidant.

— Voici David, la victime… je veux dire le mari d'Alex. Et voici Katy et son mari, Jim, nos charmants hôtes. Ce jeune homme est Jakey et cette petite merveille est Tilly. Ce truc qui pue, c'est Vincent van Dog parce qu'il n'a qu'une seule oreille, même si, à notre connaissance, il ne souffre d'aucun trouble de la personnalité. Oh, et voici Stephen et…

Lydia sentit tout l'air quitter ses poumons dans la fraction de seconde qu'il fallut à Joanna pour propulser « Jack » dans sa direction. Peut-être qu'il ne l'avait pas remarquée quand il était entré ; après tout, Joanna ne lui avait pas laissé le temps de reprendre son souffle. Ce serait le moment, l'instant où il la reconnaîtrait… et puis quoi ?

— Lydia, voici Jack, est-ce qu'il n'est pas sexy ?

Joanna sourit. Et Jack fit un signe de tête à Lydia, lui tendant la main, cette main tiède et puissante qui l'avait autrefois caressée, en guise de salut formel.

— Ravi de te rencontrer Linda, dit-il sans que rien sur son visage ne laisse entendre qu'ils étaient autrefois sortis ensemble.

Incapable de dissimuler aussi rapidement son émotion, Lydia se contenta de le regarder fixement, sa main mollement enserrée dans celle de Jackson, tandis que son cerveau luttait pour assimiler ce qui se passait. L'avait-il oubliée ? N'était-elle qu'un visage parmi tant d'autres qui avait fini par se brouiller dans sa mémoire ? Ou allait-il simplement faire croire que non seulement il n'avait jamais embrassé une seule fois son corps nu des pieds à la tête pendant qu'elle était allongée dans son escalier, mais en plus qu'il ne l'avait jamais rencontrée ?

— Lydia, chéri, elle s'appelle Lydia. (Joanna se mit à rire.) Oh mince, je crois que tu l'as vexée.

— Je te demande pardon. (Jackson s'accrocha à sa main.) Lydia, c'est un si joli nom.

— Ravie de te rencontrer, déclara celle-ci, reprenant un peu ses esprits et ôtant sa main de la sienne, jetant un coup d'œil à ses amies qui riaient, parlaient, se tapotaient l'épaule et se serraient la main.

L'espace d'un instant, elle eut l'impression d'être l'un de ces fantômes de Noël, présents mais invisibles, incapables de participer. Ou non, pas le fantôme, plutôt comme Scrooge[1] dans Dickens, qui observait la vie à laquelle il ne pourrait jamais prendre part. C'était censé être son Noël parfait, le tout premier. À présent elle était incapable d'imaginer comment il pourrait être pire. Le moment le plus humiliant et douloureux de sa vie avait été emballé dans un papier somptueux et déposé à ses pieds.

— Bon, alors... (Joanna mit fin à la scène, ôtant son manteau et le jetant d'un air désinvolte sur le comptoir.) Nous pourrions rester plantées là toute la journée à rester bouche bée devant mon sublime petit ami comme des idiotes, ou nous pourrions nous mettre à célébrer Noël. Qu'on me montre la direction du vin chaud immédiatement !

Rassemblant frénétiquement ce qu'il lui restait d'intelligence, Lydia attendit un moment pendant que son petit groupe d'amis bien-aimés, plus un, quittait l'entrée derrière Katy jusqu'au salon, tandis que Jake régalait déjà Jackson d'une histoire sur les monstres du lac.

Au bout d'un moment, elle sentit qu'on la tirait et, baissant les yeux, aperçut Tilly toujours couverte de guirlandes, son gilet apparaissant sous son déguisement de fée maison.

— Est-ce que ça va, Tata Lydia ? lui demanda-t-elle. Tu as l'air très surprise.

— Je suis très surprise, répondit Lydia en hochant la tête. Je suis très surprise, oui.

1. Héros du roman de Charles Dickens, *Un chant de Noël*. Recevant la visite de trois esprits la veille de Noël, le vieil usurier âpre au gain décide de faire le bonheur autour de lui et de se repentir de ses fautes.

— Est-ce que tu as vu un fantôme ? s'enquit Tilly les yeux écarquillés, toujours accrochée à Lydia et observant les recoins noirs sous l'escalier. Est-ce que c'était Molly la Folle ?

— Je n'ai pas vu de fantôme, dit Lydia en se remémorant la sensation de la main de Jackson dans la sienne. Non, il n'était pas mort. Du moins pas encore.

Au moment où Lydia et Tilly rattrapèrent les autres, ils s'étaient déplacés du salon à la salle à manger. Lydia était heureuse de constater que Joanna et Jackson étaient absents, du moins pour le moment. Joanna était probablement montée se changer et revêtir un ensemble de créateur pour le dîner : c'était un de ses points faibles. Parfois elle s'habillait même pour le dîner quand il ne s'agissait que d'un chinois à emporter. Joanna racontait rarement à quoi ressemblait le peu de vie de famille qu'elle avait eu pendant son enfance avant que ses parents ne l'envoient en pension. Lydia savait seulement que celle-ci avait été extrêmement privilégiée, même si elle avait sensiblement manqué d'amour parental. L'absence d'une famille heureuse conventionnelle était l'une des principales choses qui liait ces deux femmes totalement différentes, même si elles venaient de deux côtés opposés de la barrière. Cela, et l'homme qu'elles avaient partagé à leur insu. Le plus terrible était que Lydia était certaine que Joanna allait subir le même traitement qu'elle. Elle devait la prévenir – mais quand ? Quel moment de Noël allait-elle gâcher en premier ?

Katy avait ouvert ce qui deviendrait bientôt la salle à manger des clients pour tous les accueillir, disposant des tables en une seule rangée et les recouvrant d'une longue nappe en papier rouge, de bougies et de crackers faits maison inspirés d'une émission de décoration. Fidèle à elle-même, Katy avait déroulé un chemin de table en vichy cet après-midi-là, le décorant de feuilles de houx et parsemant de petites étoiles argentées les marque-places. L'effet était magnifique. Une petite boule se forma dans la gorge de Lydia ; c'était exactement ainsi qu'elle se représentait une table de Noël dans un roman de Dickens (si *Un chant de Noël* avait été mis en images par Disney).

— Je vous en prie, excusez la nappe en papier, dit Katy qui observait le rendu d'ensemble de son travail. J'ai pensé que j'allais mettre mon meilleur linge de côté pour le grand jour. Il faut que j'apporte tout au teinturier de Keswick pour le détachage, vu que la machine à laver que nous avons en ce moment est littéralement un cran au-dessus de l'essoreuse à rouleaux. Celle au format industriel n'arrivera pas avant le nouvel an.

— On a aidé maman à fabriquer les crackers ! s'exclama Tilly avec fierté.

— J'ai écrit les blagues, ajouta Jake.

— Est-ce que les blagues des crackers sont drôles, Jake ? demanda David en faisant un clin d'œil au petit garçon tandis qu'il tirait une chaise pour sa femme.

— Vraiment hilarantes, lui apprit Jake avec sérieux, s'emparant du siège à côté d'Alex, qui commença par regarder l'enfant qui lui souriait, avant de se tourner avec envie vers le vin interdit.

Lydia hésita, restant sur le seuil tout en observant ses amis discuter et s'affairer, choisissant un siège autour de la longue table. Un ordre naturel émergea bientôt : toutes les filles seraient assises à une extrémité, tous les garçons à l'autre, car le besoin de rattraper le temps perdu surpassait de loin le protocole un garçon, une fille.

— Excuse-moi.

Lydia sursauta quand elle entendit la voix de Jackson dans son oreille. Elle s'écarta vivement de son chemin au moment où il pénétra dans la pièce, suivi de Joanna ; son amie portait une petite robe noire chic et dos-nu qui s'arrêtait à mi-cuisse, dévoilant ses longues jambes minces.

— Magne-toi Lydia, je suis affamée, la pressa Joanna en jetant un regard à Jackson. Va t'asseoir avec les hommes, Jack, mon chéri. Vous pouvez faire connaissance pendant que les filles se retrouvent.

— Profites-en tant que tu peux. (Stephen adressa un large sourire au nouveau venu dans leurs rangs tandis que celui-ci prenait docilement un siège là où on lui avait indiqué.) Une fois qu'elles sont ensemble, il est impossible de placer un mot.

Jack pouffa, révélant la fossette sous son menton, celle que Lydia avait l'habitude d'embrasser et sur laquelle elle posait le doigt quand ils étaient au lit, face à face, à parler et rire. Il paraissait tout à fait à l'aise, prenant son exil vers l'extrémité masculine de la table avec bonne humeur, s'asseyant, à la grande horreur de Lydia, à côté de Stephen. À la dérobée, elle les observa tous les deux pendant que Stephen proposait de remplir le verre de Jackson et qu'ils échangeaient quelques paroles amicales.

Il n'était pas juste de dire que Jackson était plus beau que Stephen, car il ne l'était pas vraiment. Au contraire, il faisait peut-être quelques centimètres de moins et n'avait pas les pommettes aussi parfaitement ciselées. Stephen était trop occupé à sauver le monde pour faire du sport, ce que Jackson faisait certainement pour conserver ces tablettes de chocolat que Lydia avait parcourues des doigts plus d'une fois, même si, pendant leur brève relation, elle ne l'avait jamais vu aller à la salle de musculation. Stephen était drôle quand il voulait l'être, et parfois tendre. Et quand le moment était bien choisi, ce qui, il fallait le reconnaître, n'avait pas été le cas depuis plusieurs mois, il pouvait être un amant prévenant et attentif. Il était loyal, affirmé, honorable et fiable. Il n'aurait jamais fui le pays, ou au moins prétendu le faire, pour se débarrasser d'elle. Et pourtant, en les observant converser de façon polie et virile, elle savait que ce n'était pas la vue de son petit ami qui faisait caracoler son cœur dans sa poitrine.

—Allez, Lydia, cesse de traînasser, ordonna Katy depuis la tête de la table. Jim sera là dans une minute avec le dîner. Viens t'asseoir.

Bien sûr, il ne restait qu'une seule chaise libre à table, placée à gauche de Joanna et à droite de Jackson.

Celui-ci lui sourit poliment quand elle s'assit, sans que la moindre étincelle dans son regard trahisse qu'il l'avait reconnue. L'avait-il véritablement oubliée ? se demanda Lydia. Peut-être serinait-il à toutes ses conquêtes qu'elles étaient la seule et l'unique. Il la dévisageait à présent avec le même intérêt poli qu'un étranger, avant de se retourner pour demander à David quelle période historique il enseignait, suscitant des grognements amicaux de la part de Stephen. Jim arriva avec un grand plat de lasagnes fumantes dans ses mains protégées par des maniques, et l'estomac de Lydia se mit à gronder en dépit de son agitation actuelle quand le riche parfum de tomate et d'ail lui emplit les narines.

Désormais bien plus détendue, Katy rappela à Tilly qu'il ne fallait pas mettre dans son nez les confettis en forme d'étoiles généreusement saupoudrés sur la table, et à Jake qu'il devrait attendre d'avoir dix-huit ans pour boire du vin, même s'il réclamait tout le temps, tandis qu'elle servait des lasagnes en quantité dans l'assiette de chacun. Lydia contempla ce somptueux – quoique sobre – festin, sans savoir si elle pourrait en avaler une bouchée. Comment était-il possible que Jackson – *son* Jackson, en dépit de son nouveau diminutif – soit là, assis à côté d'elle, à faire comme s'il ne l'avait jamais rencontrée, sans parler de lui avoir murmuré à l'oreille qu'il l'aimerait toujours ?

Son esprit tournait en boucle ; il était ici, en ce moment même, à cette minute précise. Pas là où elle l'avait toujours imaginé, à New York, quand elle s'était parfois autorisée à penser à lui. À New York, s'occupant de cette urgence qui l'avait brusquement éloigné d'elle. Regardant d'un air mélancolique par la fenêtre d'un gratte-ciel, se disant peut-être qu'elle lui manquait et souhaitant ne pas avoir laissé tomber par accident son téléphone dans le fleuve Hudson, et d'être, d'une façon ou d'une autre, incapable de la contacter par l'intermédiaire d'un des nombreux moyens de communication modernes. Lydia savait qu'il s'agissait d'un fantasme idiot, qu'il l'avait vraiment tout simplement quittée, mais à l'occasion elle se l'accordait, jusqu'à ce soir-là. À présent, elle ne pourrait plus jamais l'imaginer au loin, à désirer qu'elle soit avec lui, parce qu'il était ici.

Elle parvint sans peine à la conclusion suivante : il lui avait menti en disant quitter Londres, et il avait probablement menti au sujet de son urgence familiale, ce qui la fit se sentir d'autant plus idiote de s'être permis de chérir le souvenir de ces six brèves semaines.

Lydia se tourna pour observer Jackson, qui paraissait intéressé en écoutant David développer sa théorie sur la véritable Grande-Bretagne de l'époque barbare, hochant la tête, insérant quelques « hum-hum » et « Oh, vraiment ? » à mesure que celui-ci parlait. C'était insupportable.

— Du vin ?

Joanna lui tapota l'épaule, lui faisant en clin d'œil tout en remplissant son verre de merlot, et lui chuchotant à l'oreille :

— Chérie, est-ce qu'il n'est pas merveilleux ? Je sais que je n'ai jamais été capable de me poser par le passé, mais je te le dis, cet homme… cet homme est unique en son genre. Cela ne fait que deux mois, mais tout se passe comme si nous étions faits l'un pour l'autre. Il me connaît presque mieux que moi-même. C'est une sensation incroyable, non, d'être vraiment comprise ?

Lydia opina du chef, voyant le visage de Joanna s'illuminer d'une chose qu'elle n'avait jamais vue auparavant, une chose qui ressemblait à de l'espoir.

— Je crois honnêtement que, cette fois-ci, c'est pour de bon, poursuivait-elle *sotto voce*. J'en suis persuadée. En fait, ne le dis pas aux autres, mais je crois, j'espère, qu'une demande en mariage à Noël est au programme !

Elle poussa des cris de petite fille.

À force de volonté, Lydia incurva la bouche en un sourire approximatif, ravalant l'amertume qui affluait dans sa gorge.

— Je suis tellement heureuse pour toi, Joanna !

Le sourire de Joanna se volatilisa quand elle vit l'expression de son amie.

— Qu'est-ce qu'il y a ? Qu'est-ce qui cloche, chérie ? lui demanda-t-elle avec inquiétude. Est-ce que c'est Stephen ? Est-ce que les choses vont mal entre vous ? C'est moi tout craché, d'être exubérante et de me réjouir sans prendre une seconde pour savoir comment tu vas.

— Non, pas du tout ! Lydia s'entendit-elle répondre comme au loin.

Elle se pencha.

— En fait, promets-moi de le garder pour toi, j'ai découvert une bague de fiançailles dans son tiroir à chaussettes. J'attends une demande d'une minute à l'autre, moi aussi.

— Oh !

Le cri de bonheur de Joanna fit tourner toutes les têtes dans sa direction tandis qu'elle étreignait Lydia, sans paraître remarquer que celle-ci avait les épaules raides.

— Quoi ? demanda Katy. Partagez vos confidences tout de suite, vous deux !

— Oui, qu'est-ce que vous mijotez, toutes les deux ? demanda Alex en levant un sourcil.

— Rien ! s'exclama Joanna avec un sourire triomphant. Tout ce qu'on dit, c'est affaire à suivre, pas vrai, Lily ?

L'intéressée hocha la tête, faussement rayonnante.

— Oui. C'est tout ce qu'on dit !

— Ça me paraît intéressant, dit Jackson.

Il fallut à Lydia une seconde ou deux pour comprendre qu'il s'adressait directement à elle. Lentement, elle se retourna et le dévisagea.

— Oui, répliqua-t-elle, incapable de dissimuler la tension dans sa voix. Les choses ici deviennent soudain très intéressantes, effectivement.

— Est-ce qu'on peut parler ? lui demanda Jack d'une voix plus basse que les conversations autour de la table.

— Je n'ai vraiment rien à dire, parvint à répondre Lydia.

— Mais…

— Alors, Jack, qu'est-ce que tu fais dans la vie ? les interrompit Stephen.

— Je suis dans l'édition. Je passe toutes mes journées avec des Anglaises exigeantes et chic, ce qui m'a parfaitement entraîné pour vivre avec Joanna.

Au milieu des rires, Lydia recula brusquement sa chaise et se leva.

— Vous savez quoi, j'ai tout à coup un terrible mal de crâne. Je crois que je vais monter et me coucher tôt…

— Est-ce que ça va, mon amour ? lui demanda Stephen, remplissant son verre de vin.

— Non, je veux dire, oui, ce n'est rien. Je pense que je dois avoir le mal des transports, mais tu sais, en retard ? Voilà, c'est ça, le mal des transports en retard. J'ai seulement l'impression qu'il faut vraiment que j'aille m'allonger. (Elle prit une bouteille de vin intacte et tenta de la coincer subrepticement sous son bras.) J'ai juste besoin d'un bain chaud et de me coucher tôt.

Tout le monde grommela.

— Oh, ne t'en va pas, la supplia Joanna. On ne peut pas raconter des ragots correctement sans toi.

— En outre, je ne suis pas certaine qu'une bouteille de vin soit le meilleur remède…, souligna Katy, fronçant les sourcils.

— Voilà ce qui arrive quand on suit un régime alimentaire exclusivement constitué de biscuits et d'alcool.

Alex la menaça du doigt, avant d'ajouter avec mélancolie :

— Ce serait le bonheur.

— Est-ce que tu veux que je monte avec toi ?

Stephen se leva à moitié de sa chaise.

— Non, ne sois pas idiot. Je vais bien, vraiment. J'ai seulement pris un coup de chaud et… je serai en pleine forme demain.

Tenant toujours fermement la bouteille par le col, Lydia attendit pendant les deux atroces secondes qu'il fallut à Jackson pour rapprocher sa chaise de la table et lui permettre de sortir, puis quitta la chaleur et les regards de la salle à manger. Elle était reconnaissante qu'il fasse frais dans le couloir, ce qui apaisa ses joues brûlantes. Jetant un coup d'œil à la ronde, elle dévissa le bouchon du vin et prit une longue gorgée, avant d'aller chercher ses sacs sous ceux de Joanna.

— Est-ce que tu es sûre que ça va, ma chérie ?

Stephen la fit sursauter quand il apparut derrière elle.

— Je sais que cela fait très longtemps que tu attends de retrouver les filles. Cela ne te ressemble pas de t'esquiver si tôt.

Lydia trouva le courage de lui sourire.

— Je vais bien, vraiment. C'est juste que je me sens soudain un peu… mal.

— Tiens, laisse-moi prendre ça, dit-il, agrippant une autre valise qui lui appartenait également. Tu sais qu'ils calculent les chances que tu sois ou non enceinte.

— Classique.

Lydia secoua la tête, soudain heureuse que Stephen soit venu voir comment elle allait. Même s'il avait les mains trop pleines pour qu'ils s'enlacent, elle fit un pas en avant et posa le front contre son épaule, inspirant son odeur familière et réconfortante.

— Tu n'es pas, euh… enceinte ? lui demanda-t-il. Non que ce serait un problème, tu sais, si c'était le cas. Ce n'est peut-être pas le meilleur moment, il faudrait qu'on achète un appart plus grand, et ce n'est pas la meilleure période pour faire un emprunt. Néanmoins, ça irait, si tu l'étais. Nous trouverions une solution.

(Lydia leva la tête, le dévisageant, sans voix.) Mais tu ne l'es pas, si ?

— Non Stephen, répondit-elle lentement. Je ne suis pas enceinte... Tout le reste mis à part, nous n'avons pas fait l'amour depuis des semaines. Des mois, en fait. Ou tu n'avais pas remarqué ?

— Cela ne fait pas plusieurs mois, non ? Cela fait des mois ? (Stephen fronça les sourcils.) Je savais que cela faisait un moment, et ce n'est pas parce que je n'ai pas remarqué, Lydia, ou que je le voulais. C'est juste que nos vies semblent rarement coïncider, tu ne crois pas ? (Lydia eut un signe de dénégation.) Viens, reprit Stephen avec tendresse. Allons te border, puis nous pourrons peut-être rectifier ce petit oubli.

— En fait, est-ce que ça t'ennuierait... ?

Lydia lui reprit sa valise, désespérant d'avoir un peu de solitude pour réfléchir, se disant que c'était caractéristique de Stephen de choisir de lui faire des avances quand elle n'était pas d'humeur.

— Je ne me sens vraiment pas bien. Laisse-moi d'abord un peu de temps, pour prendre un bain et me rafraîchir. Retourne manger, amuse-toi. C'est le moins que tu mérites après avoir conduit tout ce temps. Je t'attendrai quand tu monteras te coucher, ajouta-t-elle comme une mauviette.

Stephen hésita un moment, puis, mettant la main dans sa poche, il tendit à Lydia la clé de leur chambre.

— Katy dit qu'elle se trouve en haut des marches. Tu es sûre que ça ira ?

— Oui, ça ira. Tout ira bien.

— Je t'aime, dit Stephen en se penchant pour l'embrasser sur le bout du nez.

— Je t'aime aussi, répliqua Lydia, même si à ce moment précis, elle n'avait jamais eu aussi peu de certitudes à ce sujet, ou n'importe quel autre, de toute sa vie.

La chambre que Katy leur avait attribuée était effectivement charmante, décorée dans des tons vert pâle, avec un lit à baldaquin merveilleusement romantique, dont les rideaux de brocard étaient retenus par un ruban. Le plus adorable était leur propre parcelle de tourelle, qui formait une petite pièce à part, avec des fenêtres sur trois murs et juste assez de place pour un fauteuil rebondi. Heureusement, il y faisait bien chaud, les anciens radiateurs dégageant une chaleur agréable et, dans l'âtre de la jolie cheminée en fer forgé, un feu était prêt à être allumé.

Après avoir jeté son sac sur le lit, Lydia traversa la chambre jusqu'à la tourelle et s'assit dans le fauteuil, appuyant les mains contre le verre froid tandis qu'elle observait la nuit que la neige rendait opaque. Il était impossible de distinguer les contours du paysage dans l'obscurité et la tempête, ou même de deviner où se trouvait la rive du lac, même si Katy lui avait assuré que celui-ci se trouvait pratiquement au bout du jardin. Les voitures garées devant étaient désormais des masses blanches informes, entièrement enveloppées de neige, et ce que Lydia pouvait discerner de la longue allée avait été recouvert de marbre blanc et lisse. Pendant une fraction de seconde, elle envisagea d'ouvrir la fenêtre et de descendre le long de la gouttière pour s'échapper, mais elle chassa cette idée aussi vite qu'elle était venue. Il était inenvisageable de faire de la route avec la Prius par ce temps et elle avait en outre omis d'emporter une paire de chaussures qui puisse résister à une petite bruine, encore moins à trente centimètres de neige. Lydia esquissa un faible sourire, imaginant un groupe de recherches découvrant son corps, gelé dans une congère, uniquement parce que ses talons aiguilles Gucci de quinze centimètres pointeraient hors de la neige.

Qu'allait-elle faire ? Regarder Joanna se pâmer devant Jackson et faire comme s'ils ne s'étaient jamais rencontrés ? Faire l'amour avec courtoisie avec Stephen ce soir-là alors que Jackson dormirait sous le même toit ? Jamais, pas même une fois, Lydia n'en avait voulu à son ex d'avoir disparu ; elle avait été tellement accaparée par le romantisme tragique de sa propre *Brève rencontre*. Mais à présent il était impossible de se cacher ce que, tout au fond d'elle, elle avait toujours su : il s'était joué d'elle du début à la fin.

Ils n'avaient pas vécu une histoire d'amants maudits condamnés à un dénouement tragique. Il s'était servi d'elle pour se divertir, jusqu'à se lasser d'elle, et au lieu de devoir affronter des larmes, de la colère et des conséquences fatigantes, il avait fui sans même un « Ce n'est pas toi, c'est moi ». Laissant le soin à Lydia d'inventer un ridicule petit conte de fée sur un amour impossible.

Lydia se cogna doucement la tête contre sa paume, des larmes embuant son champ de vision, tandis qu'elle se rappelait, environ une semaine après son départ, être allée devant la maison de Jackson et être restée plantée là comme une dingue, les yeux tournés vers la fenêtre, perdue dans des souvenirs romantiques à souhait. Désormais, elle estimait qu'il devait être sorti ou, pire, au lit avec sa nouvelle conquête. Il avait peut-être même payé le soi-disant concierge qui avait ouvert la porte pour l'envoyer balader.

Soudain galvanisée, Lydia sut exactement ce qu'elle devait faire. Il fallait qu'elle redescende et l'affronte, ou qu'elle le force au moins à avouer la vérité à Joanna au sujet de ce qui s'était passé entre eux. Après tout, ils finiraient forcément par déraper. Mieux vaut prévenir que guérir : il était préférable de tout révéler à Joanna. Et si Jackson était le genre d'homme qui s'emballait trop vite et se lassait en un rien de temps, alors mieux valait également que Joanna le découvre tout de suite. Il faut parfois être cruel pour être gentil.

Dans sa fureur, Lydia fit le trajet jusqu'à la porte de la chambre avant de se raviser. Il était impossible qu'elle raconte à quiconque ce qui s'était passé entre elle et Jackson – à moins de saccager Noël, non seulement pour elle et Joanna, mais pour tout le monde, y compris Katy, qui avait travaillé si dur. De plus, il fallait aussi penser aux enfants : ils étaient si heureux. Elle refusait qu'une histoire d'adultes affecte ce qui devait être pour eux, un moment magique. Elle ne pouvait pas décemment gâcher Noël et, avec ce qu'il avait neigé, elle ne pouvait pas non plus s'enfuir.

C'était encore pire que le premier Noël après le départ de son père. L'année avait été longue et sombre, sa mère essayait de dissimuler le fait qu'elle pleurait tout le temps, et son père, qui sortait déjà avec Karen en secret à cette époque, espaçait de plus en plus ses appels et ses visites. Perdue et esseulée, Lydia se terrait dans sa chambre autant que possible, s'absorbant dans un livre ou dans l'un des vieux films en noir et blanc qui passaient sur BBC2 le samedi après-midi, désirant ardemment vivre dans un univers peuplé de dames en chapeau et gants, et où la courtoisie était de mise en toutes circonstances, même pour tomber amoureux. Un an après leur divorce, ses parents avaient estimé qu'il serait bon de passer Noël ensemble, pour montrer à Lydia que, malgré tout ce qui était arrivé, ils étaient toujours amis.

Même à l'âge de treize ans, Lydia savait qu'il s'agissait d'une très mauvaise idée, que pendant sa vie entière, les moments où son père et sa mère s'étaient appréciés se comptaient sur les doigts d'une main, mais il semblait qu'elle n'avait pas son mot à dire au sujet de ce qui était bon pour elle. Il n'avait pas fallu longtemps pour que le cessez-le-feu temporaire se désintègre en accusations et récriminations sur la sauce grumeleuse de sa mère. Passée inaperçue, Lydia s'était esquivée à l'étage pour regarder *La vie est belle* sur la petite télé d'occasion que sa mère lui avait offerte à Noël. Lydia avait fait semblant de dormir quand, après maints cris et claquements de porte, sa mère en larmes avait fini par l'appeler pour le dîner. Alors qu'elle se concentrait pour rester parfaitement immobile, les yeux fermés tandis que sa mère l'embrassait sur le front, Lydia se souvenait s'être demandé si un ange de Noël pouvait lui rendre visite pour lui montrer combien sa vie était belle, même si elle était incapable de s'en rendre compte à cet instant.

Poussant un soupir, Lydia retourna vers le lit, se laissant choir sur son matelas moelleux, tentant de se raisonner. C'était loin d'être aussi terrible que ce fameux Noël ; à cette époque, elle était une ado perdue et solitaire, incapable d'échapper au mélodrame et aux tensions que lui infligeaient les adultes de son entourage. À présent elle avait mûri, même si elle ne se sentait pas particulièrement mature à cet instant précis. Plus que cela, elle était une adulte qui avait obtenu son diplôme de droit tout en étant serveuse, et s'était battue contre le sexisme et le réseau des anciens élèves pour obtenir de haute lutte sa place au barreau. Oui, son cœur surmené était tendre et romantique, mais sa carrière dépendait de sa capacité à se montrer rationnelle, logique et intrépide. S'il existait bien une femme qui puisse surmonter cette situation, alors c'était elle.

D'accord, Jackson lui avait probablement menti, et il y avait de quoi se sentir blessée et lui en vouloir mais, peut-être avait-il tenté de la protéger, en un sens. Certaines personnes pouvaient estimer qu'il valait mieux disparaître sans laisser de trace que de balancer un : « Tu m'ennuies à mourir » ou quelque chose dans ce goût-là. Et ce n'était pas comme s'il l'avait trompée avec Joanna. Il s'était écoulé plus de dix-huit mois entre leur liaison et ce jour ; dix-huit mois et Stephen. L'homme avec qui elle vivait, dont le nom apparaissait à côté du sien sur la facture de gaz, chose qu'il avait résolue avec autant de sens pratique et d'efficacité que quand il lui avait accordé son propre étage dans le réfrigérateur. Cet homme avait accessoirement disposé, dans son unique valise remplie avec soin, une bague de fiançailles de chez Tiffany. Autant de raisons pour lesquelles revoir Jackson, même dans ces circonstances pénibles, même s'il l'avait oubliée, ne devrait pas lui importer le moins du monde.

Elle n'avait clairement pas été la bonne pour lui, mais qui lui disait que ce n'était pas le cas de Joanna ? Après tout, au cours des quelques semaines qu'ils avaient passées ensemble, il n'avait jamais voulu rencontrer ses amis ou sa famille. En fait, il voulait être seul avec elle. Quand elle lui avait proposé de se joindre aux filles pour dîner au lieu de passer une autre nuit chez lui, il avait prétendu que l'idée de devoir la partager, même pour quelques heures, lui était insupportable. Et pourtant il était là, après une relation d'à peine un mois avec Joanna, disposé à passer Noël avec ses amies, ce qui revenait presque à rencontrer ses parents, vu qu'elle n'avait pas vraiment de famille – en tout cas aucune à laquelle elle adressait la parole. Et tout le monde savait que passer Noël avec un petit ami avait la même valeur en termes d'engagement que de l'accompagner à un mariage. C'était comme être déjà fiancés.

La relation de Jackson avec Joanna était attestée ; elle était officielle. Quand Lydia le fréquentait, elle avait virtuellement emménagé chez lui, évité de voir ou de parler à ses amies, répondant à leurs messages par un bref : « J'ai du boulot » et filtrant leurs appels, au point qu'Alex s'était pointée à son cabinet un jour et avait exigé de savoir ici et maintenant si elle souhaitait encore être témoin à son mariage, ou si elle se comportait de façon aussi odieuse parce qu'elle détestait David et ne voulait pas faire le moindre effort pour le bien de son amie. Même alors, Lydia avait eu des réticences à tout dire à Alex au sujet de Jackson, sentant d'une façon ou d'une autre que, si elle le faisait, l'enchantement dans lequel elle vivait serait brisé, et que sa vie réelle, bien plus prosaïque, reviendrait avec fracas.

— Je suis désolée, s'était-elle excusée, emmenant Alex dehors pour discuter. Je sais que j'ai été la plus nulle des témoins de mariage, c'est juste que j'ai rencontré quelqu'un et qu'il m'a fait perdre la tête.

— Vraiment ?

Alex avait paru sceptique, alors même qu'elle s'était récemment attendrie suite à sa propre histoire d'amour.

— Parle-moi de lui, alors. À quoi il ressemble, comment il baise, tout ça ?

Même si la tentation de parler de Jackson avait été forte, car même avoir une excuse pour prononcer son nom à haute voix la rendait heureuse, Lydia était restée évasive.

— C'est le début, mais peut-être, peut-être, on ne sait jamais, que j'aurai un cavalier à amener à ton mariage ! (Alex avait pincé les lèvres.) Écoute, je jure de remettre mes devoirs de témoin de mariage en tête de mon ordre du jour et, soit dit en passant, j'adore David. Je trouve que vous allez parfaitement ensemble.

Les deux femmes s'étaient étreintes, avaient calé leur prochaine rencontre prénuptiale, et Alex avait rebroussé chemin. Mais elle n'avait jamais eu l'occasion de rencontrer Jackson. Aucune de ses amies ne l'avait jamais eue, ni même de voir une photo de lui parce qu'il n'y en avait aucune, pas même dans le téléphone de Lydia. Elle ne disposait d'aucune preuve tangible de leur liaison. *Contrairement à Joanna*, songea-t-elle tristement. La photo de groupe de cette année devant le sapin servirait probablement de carte de vœux l'an prochain pour l'heureux couple qu'ils formaient, Jackson et elle.

Aussi douloureux soit-il, Lydia devait reconnaître que le simple fait que Jackson ne l'ait pas aimée ne signifiait en aucun cas qu'il n'aimait pas Joanna. Et à l'évidence, Joanna l'adorait ; c'était comme si l'ingrédient manquant qu'elle avait cherché, papillonnant d'un homme à l'autre, était enfin là. Peut-être que Jackson aimait Joanna, et peut-être que Joanna aimait Jackson. Et s'il se comportait comme s'il ne l'avait jamais vue de sa vie, n'était-ce pas, supposa amèrement Lydia, parce qu'il aimait Joanna et voulait la garder ? Avait-il vraiment le choix ? Après tout, quelle fille voudrait penser que son nouveau petit copain a couché avec sa meilleure amie avant elle ?

Tout cela était ridicule. Bloquée par la neige, au milieu de nulle part, avec l'homme qu'elle avait cru disparu… et qui était sur le point de s'installer dans la chambre d'à côté avec sa meilleure amie ; c'était le genre de coïncidence dingue qui serait trop tirée par les cheveux, même pour un film de Rock Hudson et Doris Day. Mais malheureusement, pas si dingue comparée à sa propre vie : c'était Noël, après tout, l'époque de l'année qui ne semblait jamais être à la hauteur de ses attentes.

Lydia savait qu'elle ne pouvait pas redescendre et saccager le Noël de tout le monde. Non seulement il n'y avait nulle part où fuir, mais elle prit également conscience que ce qui ne lui était pas destiné l'était peut-être pour Joanna. Et elle voulait seulement que son amie soit heureuse. De plus, Lydia avait omis un autre facteur non négligeable : elle avait Stephen, Stephen l'aimait, et il était sur le point de la demander en mariage. C'était à son avenir qu'elle devrait être en train de réfléchir, pas à son passé. Et c'était son Noël, celui qu'elle attendait depuis qu'elle croyait au Père Noël. Il neigeait dehors et elle était entourée par les gens qu'elle aimait le plus au monde. Lydia décida finalement d'imiter Jackson, et de ne rien dire. Elle devrait se concentrer sur son avenir et, plus important encore, sur son amour pour Stephen.

Lydia prit vaguement conscience d'un souffle chaud sur son cou et de quelque chose de lourd sur sa poitrine. Elle fronça les sourcils, embrouillée par le sommeil et les rêves. Stephen lui embrassa l'oreille.

— Un pyjama, dit-il joyeusement en passant les mains sur le coton. J'adore quand tu es en pyjama.

Sonnée, Lydia se força à ouvrir les yeux pour découvrir Stephen, visiblement pas très frais, qui lui souriait.

— Quelle heure est-il ? lui demanda-t-elle.

Après un bain chaud et un grand lavage de dents au vin, elle avait dû sombrer dans un profond sommeil dès qu'elle s'était mise au lit. Elle avait oublié qu'elle avait dit à Stephen qu'elle l'attendrait. D'évidence, lui pas.

— C'est l'heure sexy, dit-il, ivre mort.

Cela lui ressemblait tellement peu que Lydia se mit à glousser.

Pour être honnête, elle n'avait jamais été moins tentée par les relations sexuelles cordiales, affectueuses et amicales qu'elle avait avec Stephen, mais cela faisait si longtemps qu'ils ne s'étaient pas rapprochés de cette façon qu'il lui semblait mal élevé de refuser.

— J'espère que tu te sens mieux parce que je vais te ravir, comme Mr Darcy avec cette fille, Jane Brontë.

Haussant un sourcil plein d'équivoque, il commença à déboutonner son haut.

— Darcy ne ravit personne en soi, le reprit tendrement Lydia tandis qu'il luttait avec le troisième bouton. Et il s'agit d'Elizabeth Bennet et de Jane Austen, il n'y a pas une Brontë à l'horizon.

— Eh bien, moi, je ravis, déclara Stephen, les sourcils froncés de concentration quand il finit par déboutonner assez pour avoir accès à sa poitrine. Miam. Des nichons.

Lydia se rallongea quand elle sentit sa main glisser sur son sein, le presser, écarter le tissu de son haut de pyjama pour dévoiler un téton rose, qu'il embrassa et mordilla. Elle ferma les yeux quand, lassé par tous ces boutons, Stephen remonta son vêtement jusque sous son menton.

— J'ai toujours aimé ton petit lot, dit-il.

Ce n'était peut-être pas très romantique, mais toujours sincère.

Lydia avait l'impression qu'elle ne devait pas se montrer trop revêche. C'était, après tout, la première fois qu'il lui manifestait de l'intérêt depuis des mois, et une fille avait un seuil de refus limité avant d'abandonner. Il glissa son corps le long du sien, enfouit le visage dans ses cheveux tandis que sa main descendait plus bas, négociant avec les cordons de son bas de pyjama d'une main, l'autre toujours cramponnée à son sein. L'une de ses hanches supportait un peu trop de pression à cause de son poids et elle avait mal au dos. Mais Lydia ne dit rien, et se força plutôt à se concentrer sur les lèvres dans son cou tandis que la main gauche de Stephen baissait son pantalon.

*Le sexe*, songea Lydia. *Je suis sur le point d'avoir des relations sexuelles avec l'homme que j'aime et que je vais probablement épouser ; je dois lui montrer que je suis excitée.* Elle s'efforça d'émettre un gémissement pour montrer à Stephen combien elle était excitée, et fut déçue qu'il ne réponde pas. Un autre moment passa, et Lydia prit conscience que, alors qu'il avait toujours la main droite refermée sur son sein, il avait cessé de bouger, sa respiration s'était apaisée puis, pour couronner le tout, il laissa échapper un ronflement.

— Stephen ? lui souffla-t-elle. Chéri ?

La seule réponse fut un nouveau ronflement. Furieuse, Lydia l'écarta d'elle, baissant son haut de pyjama tandis qu'elle sortait du lit et se dirigeait dans la salle de bains. Ouvrant le robinet d'eau froide, elle laissa l'eau couler dans ses mains en coupe et s'en aspergea le visage. Après des mois sans la moindre relation sexuelle, il s'était endormi sur elle ! Elle l'avait laissé se jeter sur elle alors qu'il était ivre, comme un écolier, et… et il s'était évanoui. Amèrement, Lydia se demanda s'il était possible de se sentir plus humiliée ou blessée qu'elle ne l'était à ce moment-là.

Ce fut alors qu'elle l'entendit, le bruit étouffé de la porte qui se refermait dans la chambre d'à côté, suivi de près par les éclats de rire de Joanna. Posant le verre à dents contre le mur, Lydia écouta ce qui se passait de l'autre côté de la cloison – et trouva sa conduite méprisable. Incapable de discerner des mots, elle ne saisissait que les inflexions graves de Jackson à côté de la voix plus aiguë de Joanna, une conversation ponctuée de gloussements. Il y eut quelques instants de silence, puis une sorte de craquement rythmique. Comprenant un peu trop tard ce qu'elle écoutait exactement, Lydia lâcha le verre, qui tomba sans se briser dans le lavabo avec un bruit sourd.

S'étudiant dans le miroir, Lydia croisa le regard de son reflet aux yeux marron. Elle remarqua ses longs cheveux emmêlés, ses joues rougies, son haut de pyjama à moitié déboutonné, dévoilant la courbe de son sein. Tout paraissait décousu, déplacé, comme si l'ordre naturel de l'univers était entièrement renversé. Elle était là, palpitante de vie, d'amour et de désir, brûlant comme une flamme, son corps et son âme languissant d'être touchés par quelqu'un qui – qu'avait dit Joanna ? – quelqu'un qui la comprenait. Et la possibilité que cela arrive en ce moment lui paraissait à des Noël-lumière.

— Ton problème, dit-elle tristement à son reflet, c'est que tu as passé ta vie à regarder des vieux films dans lesquels tout se finit toujours bien.

Mais c'était la vraie vie. C'était sa vie. Une vie où ses parents se détestaient, et où Noël – un vrai Noël de carte postale – n'avait jamais existé pour elle. Dans cette version-là de sa vie, l'amant d'autrefois resurgissait au bras de sa meilleure amie, et s'envoyait sauvagement en l'air pendant que son petit ami s'endormait sur elle. En entendant l'orgasme spectaculaire de Joanna dans la chambre voisine, Lydia songea avec amertume que les choses n'auraient pas pu être pires.

# Chapitre 6

*22 décembre*

Lydia se réveilla, et prit presque immédiatement conscience de deux choses : que la pièce, qui paraissait moins chic et beaucoup plus bohème dans la froide lueur du matin, était baignée de cette sorte de lumière artificielle signifiant que le monde extérieur était couvert de neige ; et deuxièmement, qu'elle était glaciale. Remontant ce qu'il restait de couvertures jusque sous son menton, elle se mit à frissonner et se pelotonna contre le dos d'un Stephen indifférent dans l'espoir d'obtenir un peu de chaleur. Il n'avait pas bougé depuis qu'il s'était endormi la veille, sauf pour rouler sur le flanc et embarquer toute la couette avec lui, la coinçant entre ses jambes comme s'il étreignait une amante. Il avait plus d'égards pour la literie que pour elle, songea Lydia.

Avec précaution, elle sortit un orteil de sous les couvertures avant de le remettre au chaud, remarquant que son souffle formait de la buée. Observant la pièce, elle repéra une lézarde noire et profonde, du genre qui d'ordinaire cache des araignées, courant sur le mur face au lit et, bien que la chambre ait été joliment repeinte et meublée, celle-ci avait toujours un parfum désuet et poussiéreux, comme si personne n'y avait vécu depuis un siècle. On était encore loin des standards d'un hôtel, admit-elle, se demandant s'il serait malvenu de faire part de ses impressions à Katy.

— Bon sang de bonsoir ! chuchota-t-elle quand elle se pencha pour toucher le radiateur, qui semblait si vieux qu'il aurait probablement dû être exposé dans un musée.

La nuit précédente, il était bouillant et ronronnait de bon cœur, mais il était désormais silencieux et froid. Se laissant retomber sur l'oreiller, Lydia évalua ses chances de se rendormir. Elles paraissaient assez minces entre le risque d'engelures et le fait que l'une de ses meilleures amies était au lit dans la pièce voisine avec son ex-amant secret.

Avec un rapide coup d'œil critique vers la silhouette assoupie de Stephen, elle s'arma de courage et s'extirpa du lit, décidant de ne pas chercher de chaussettes et enfilant ses bottines dès que ses pieds touchèrent le plancher glacial. Elle s'empara d'un des nombreux pulls de Stephen, posé sur le dossier d'une chaise, et l'enfila avant de découvrir un peignoir officiel de l'hôtel suspendu derrière la porte de la salle de bains et d'en refermer étroitement les pans autour d'elle. D'accord, elle avait la grâce du bonhomme Michelin, mais au moins elle avait chaud, ce qui à ce moment-là était le seul aspect positif de sa vie.

Entrant dans la tourelle, Lydia s'appuya au rebord de la fenêtre et passa un doigt sur la pellicule de givre semblable à de la dentelle qui s'était formée sur la face intérieure de la vitre pendant la nuit, gravant sur le verre de magnifiques arabesques. Elle tira la manche en éponge de son peignoir sur son poignet et nettoya de la paume un espace en forme de cercle, puis regarda par ce hublot éphémère.

Le monde extérieur était silencieux et immobile. Tous les signes de vie avaient été étouffés sous des mètres de neige, mais Katy avait raison sur un point : c'était l'endroit parfait pour ouvrir un hôtel. Les montagnes enneigées qui bordaient le lac étaient majestueuses dans le ciel bleu gelé. Elles étaient bien plus imposantes que Lydia l'avait jamais imaginé. Le lac lui-même, bordé de glace, s'étendait à perte de vue, ses eaux sombres et paisibles conservant tous leurs secrets sous la surface lisse et implacable. C'était un paysage si brut et indompté que Lydia se sentait toute petite, une insignifiante parcelle d'humanité perdue dans une étendue sauvage indifférente. Enfin, si l'on pouvait parler d'« étendue sauvage » quand on avait une chambre équipée d'une salle de bains.

Sa montre indiquait qu'il était 8 h 10, pourtant la maison semblait silencieuse. Peut-être que tout le monde était mort de froid pendant la nuit, ce qui lui épargnerait au moins l'inévitable malaise des jours à venir. Plus probablement, la majeure partie d'entre eux avait consommé au moins la même quantité d'alcool que son cher et tendre la veille, et cuvait encore. Resserrant son peignoir autour d'elle, elle partit en quête du petit déjeuner, déterminée à s'occuper en bouillant, pochant ou brouillant quelque chose. De préférence, le cerveau de tous les hommes qui lui avaient un jour fait du mal, y compris les deux qui dormaient toujours à l'étage. Mais si leur matière grise n'était pas disponible, des œufs devraient faire l'affaire.

Il lui fallut un moment pour trouver la cuisine, et elle n'y parvint qu'en suivant le bruit caractéristique des jurons aseptisés que Katy utilisait quand les enfants étaient à proximité.

— Mercredi ! criait-elle furieusement quand Lydia déboucha dans la grande cuisine apparemment mal équipée.

Des dalles d'ardoise couvraient le sol, et les équipements et le carrelage semblaient avoir été à la pointe de la mode aux alentours de 1979. Lydia n'apercevait que le derrière de Katy. Le reste de sa personne était plongé dans les profondeurs d'un fourneau en fonte à l'air passablement âgé.

— Gros, gros nounours ! grommela Katy. Je le savais. Je savais qu'on aurait dû s'occuper de la cuisine en premier. Gros, g… g… gros nounours !

— Ce n'est pas la faute des nounours s'ils sont gros, objecta Tilly, quelque peu offensée, coloriant ce que Lydia avait d'abord pris pour un morceau de papier avant de découvrir qu'il s'agissait de la table. C'est tout ce miel qu'ils doivent manger pour rester en vie, expliqua-t-elle, songeuse. Maman, est-ce que les nounours vont chez le dentiste ?

— Deux fois par an, répondit calmement Lydia, s'arrêtant pour admirer l'incroyable gribouillage de l'enfant. Je peux faire quelque chose pour t'aider ?

Katy la regarda, son visage d'ordinaire serein figé d'angoisse.

— Peux-tu installer une nouvelle chaudière ? La nôtre a de nouveau lâché ce que, à en juger par la tenue seyante que tu arbores, tu as sans doute déjà compris. Je ne sais pas ce que je vais faire, Lydia. Il fait un froid de canard et bien entendu personne ne veut venir la réparer à deux jours de Noël, et par ce temps ! Et pour couronner le tout, je n'arrive pas à faire fonctionner cette fichue installation, et si je veux qu'elle soit assez chaude pour y cuire le repas de Noël, alors c'est maintenant ou jamais. Chaque fois que je pense avoir réussi à la lancer, elle s'arrête une fois de plus. Punaise, je hais ces fourneaux puants !

— Punaise, puant ! ricana Tilly.

Puis elle ajouta d'un air malheureux :

— J'ai très faim, maman.

— Excusez-moi. (Lydia pressa le dos de sa main contre le front plissé de Katy.) Qui êtes-vous et qu'avez-vous fait de mon amie Katy, vous savez, celle qui lisait *Cuisiner au fourneau en fonte* à haute voix quand nous autres survivions avec des nouilles instantanées ? Celle qui a passé ses années d'université à jouer les fées du logis et possédait ses premiers ronds de serviette en céramique artisanale à l'âge de vingt-quatre ans ?

— C'était autrefois, avant que j'aie un pu… punaise de fourneau, gémit Katy. Personne ne m'a jamais dit que c'était des sal… saletés. Honnêtement, Lydia, posséder un fourneau ne me donne pas le sentiment de suffisance que j'espérais !

Lydia sourit, serrant étroitement Katy contre elle ; la pauvre souffrait visiblement d'un grave accès de réalité.

— Bon, très bien… Ce n'est pas la fin du monde si ça ne marche pas. Il a probablement besoin d'un peu d'entretien, ou quelque chose du genre. Je suis prête à parier que tu arriveras à le mettre en route avant le réveillon. Et en attendant, tu as préparé un festin hier soir, comment as-tu réussi ?

— Cette chose, dit Katy d'un air renfrogné en désignant du menton une cuisinière électrique autonome qu'on avait parquée dans un coin.

Celle-ci paraissait avoir plusieurs décennies, était cabossée et légèrement rouillée au niveau des plaques, et Lydia devait reconnaître que, si elle ne s'était pas trouvée en présence de son amie en proie à une nervosité et un stress atypiques, elle aurait immédiatement recommandé que l'instrument soit mis au rebut au motif qu'il constituait un danger pour la santé. Néanmoins, l'habit ne faisait pas toujours le moine, et Katy s'en servait à l'évidence depuis des semaines, à en juger par les grandes quantités de ce qui ressemblait à des tartelettes aux fruits secs, des mini-bûches de Noël et des biscuits au cognac stockés dans des boîtes en plastique partout dans la cuisine.

— Eh bien, elle me paraît parfaitement à la hauteur pour cuire une dinde, mentit Lydia.

— Je sais, c'est juste que je vais devoir tout préparer par roulements, et essayer de garder la nourriture au chaud pendant que le reste cuit et… et… oh, pu… punaise, Lydia. Comment vais-je préparer le petit déjeuner pour vingt personnes tous les matins sur ce tas de ferraille ? J'ai dit à Jim que la cuisine était plus importante que tous ces projecteurs, je lui ai dit !

— Katy, respire, lui suggéra Lydia avec fermeté, désignant la chaise à côté de Tilly. Assieds-toi. Je vais préparer du café et le petit déjeuner.

— Mais tu es l'invitée, se lamenta Katy. Je voulais installer un grand festin dans la salle à manger, avec du café au lait à la cannelle… et des croissants en pain d'épices.

— S'il te plaît, laisse Tata Lydia nous préparer le petit déjeuner, la supplia Tilly d'un ton plaintif. Pour que je puisse remanger.

— Assieds-toi ! lui ordonna Lydia. Occupons-nous d'abord de nous-mêmes et de Tilly, après quoi je suis certaine que nous pourrons préparer quelque chose en vitesse pour les autres. Détends-toi. J'ai la situation bien en main.

— Est-ce que ce n'est pas ce que tu as dit quand tu as essayé d'alpaguer une voiture de police au lieu d'un taxi pour rentrer de boîte de nuit, et que nous avons toutes passé quelques heures en cellule de dégrisement ?

— Oui, c'est vrai, mais j'avais dix-huit ans à l'époque. Je suis une adulte à présent.

— C'est discutable, objecta Katy.

Mais elle sourit en posant le menton sur ses mains et en regardant Lydia remplir la bouilloire et verser des cuillerées de café instantané dans deux tasses, et de cacao dans une autre.

Sentant qu'il se passait quelque chose en lien avec la nourriture, Vincent surgit de nulle part, se promena dans la pièce, huma l'air avant de s'affaler sous la table pour attendre les délices gastronomiques qui risquaient de lui parvenir, grâce à la générosité renouvelée de Tilly.

— J'aimerais avoir des poils comme Vincent. (Tilly frissonna.) Je suis un glaçon !

— Je sais, chérie, je suis désolée. Je suis sûre que, dès que papa sera levé, il résoudra ça. Il a réussi la dernière fois, tu te souviens ? Même si, pour être honnête, je pense que cela avait plus à voir avec la chance qu'avec le discernement…

— J'ai une idée ! s'exclama Lydia en tapant dans ses mains et en faisant un grand sourire à Tilly. Pourquoi ne pas emmener ce chien puant et poilu et tes petits pieds gelés pour aller sauter sur papa jusqu'à ce qu'il se lève ? Je te promets que j'aurai préparé une montagne de tartines et des litres de chocolat chaud à ton retour.

— D'accord !

Tilly était très excitée à cette idée, contrairement à Vincent, que Lydia dut énergiquement convaincre de quitter sa position privilégiée sous la table en lui assenant un petit coup ferme du bout du pied.

— Jim ne va pas apprécier, dit Katy en serrant contre sa poitrine la tasse de café que Lydia lui tendait, dégelant le bout de son nez dans la vapeur. Il prétend qu'il n'est pas du matin. Mais ce doit être une nouveauté, parce que quand il travaillait à la City, il était toujours debout à 6 heures et à son bureau avant 7 heures. Je croyais que je le verrais plus souvent ici, du moins plus souvent réveillé.

— Peut-être qu'il récupère tout simplement, tu sais, qu'il s'adapte au rythme de la vie à la campagne, suggéra Lydia en découvrant un grand frigo débordant de nourriture, et se mettant à casser des œufs dans un saladier avant de les battre avec une fourchette.

— Ou peut-être que c'est un casse-pieds paresseux qui est bien content de jouer les châtelains pendant que sa femme fait tout le reste, rétorqua Katy avec un soupçon d'amertume.

— Est-ce que tout va bien, Katy ? demanda Lydia avec inquiétude. Je croyais que c'était ce dont tu rêvais ? Est-ce que la vie ici n'est pas aussi idyllique que tu l'espérais ?

Lydia tendit à Katy la première fournée de tartines sortant du grille-pain pour qu'elle les beurre.

— Si, si, c'est le cas, reprit Katy prudemment. Je suis seulement fatiguée et gelée, c'est tout. Je suis injuste. Jim a travaillé si dur sur cette maison, pour la préparer. Et nous avons déjà presque tout dépensé, ce qui est un peu inquiétant quand il reste à refaire la cuisine et que la chaudière est si vieille… Enfin, je suppose que ce n'est que justice qu'il se repose avant que nous ouvrions officiellement. C'est juste que…

— Toi aussi, tu prendrais bien un peu de repos ? lui souffla Lydia.

Katy hocha la tête.

— C'est ma faute. Nous aurions pu passer un Noël tranquille, rien que tous les quatre. Tout ceci était mon idée. Je voulais tellement que vous voyiez toutes quel travail nous avons accompli ici. Je sais combien tu apprécies l'idée d'un Noël traditionnel… Je voulais vraiment être celle qui te l'offrirait, après tous ces Noëls atroces dont tu avais coutume de nous parler, comme celui où ta mère a eu la grippe et n'a pas pu sortir du lit, et où tu as dû te préparer des tartines avec des haricots.

Cela ressemblait tellement à Katy d'être aussi gentille, mais Lydia ne voulait pas qu'elle se sente coupable du fait que son Noël parfait ne se passait pas comme prévu.

— J'aime bien les tartines aux haricots, et quoi qu'il en soit, c'était une merveilleuse idée, ce sera un délicieux Noël, et vous serez de remarquables hôtes, je te le promets, la rassura Lydia, croisant mentalement les doigts tout en versant les œufs dans la poêle. Tu sais ce que c'est, tout s'arrange toujours avec brio à la dernière seconde, tu verras.

— Alors, que penses-tu de lui ? demanda Katy.

— Jim ? Un peu con, mais en gros ça va.

Katy gloussa, n'en prenant pas ombrage.

— Non, que penses-tu du nouveau mec de Joanna ? Il est plutôt beau gosse, non ? Et drôle ? Tu aurais dû voir Jojo hier soir après ton départ, on aurait dit un chat devant un bol de lait.

Lydia cessa de brouiller les œufs alors que le poids de la situation dans laquelle elle se trouvait lui tombait sur les épaules.

— Et quand on y pense, cela ne lui ressemble pas du tout d'être aussi gentille, poursuivit Katy. Je n'arrive pas à penser à un seul de ses ex-petits amis qu'elle n'ait pas provoqué ou critiqué dès le début. Mais avec ce Jack, c'est comme si le soleil irradiait de son fessier très ferme et musclé.

— Alors, qu'est-ce que tu sais de lui ? demanda Lydia avec précaution, versant des œufs fumants sur le toast de Katy.

— Pas grand-chose, juste qu'il a un gros boulot dans l'édition, qu'il vit en Grande-Bretagne depuis quelques années, et que c'est le meilleur amant du monde. Joanna raconte qu'il n'a jamais eu de relation sérieuse avant elle, qu'il a toujours été un célibataire endurci... Elle le soupçonne d'avoir été un peu don Juan par le passé. Enfin, c'est évident, regarde-le. (Katy avait les yeux rivés sur son petit déjeuner.) Ça ne me dérangerait pas d'avoir à le tartiner. Quoi qu'il en soit, je pense que c'est en partie ce qu'elle apprécie chez lui. Tous ses autres mecs étaient complètement sous sa coupe, mais lui, il est indépendant. Raison pour laquelle elle a failli exploser d'enthousiasme quand elle nous a raconté hier soir que, juste avant leur arrivée, il lui a dit qu'il n'avait jamais rencontré de femme comme elle et qu'il pensait qu'ils pouvaient vivre une belle histoire tous les deux.

— Ah bon ? lança Lydia d'un ton morne, s'asseyant face à Katy et repoussant son petit déjeuner.

— Est-ce que tout va bien, Lydia ? s'enquit Katy. J'espère que ça ne t'ennuie pas que je te le dise, mais tu sembles un peu dérangée par Joanna et Jack. Je sais qu'elle peut être écrasante de suffisance parfois, mais, pour être juste envers elle, je ne l'ai jamais vue comme ça pour un homme auparavant. Je pense qu'elle est amoureuse de lui.

— Je sais, je sais, c'est juste que… Katy, tu ne vas pas le croire, mais…

Avant que Lydia ait pu ajouter quelque chose, Jackson apparut sur le seuil, sa chevelure dorée en bataille, l'air endormi et plus appétissant que jamais.

— Dieu merci, il fait un peu plus chaud ici, dit-il. On gèle, là-haut. Joanna refuse de se lever tant que je ne lui aurai pas apporté son café et allumé le feu dans notre chambre. Est-ce que vous avez des allumettes ?

— La bouilloire est là, répondit Lydia en la désignant du chef, empêchant Katy de proposer de le faire à sa place.

Elle contempla sa tartine, sentant le regard de Jackson sur elle tandis qu'il dénichait des tasses et rallumait la bouilloire, et se demandant s'il la reconnaissait, car il faisait si bien semblant de ne l'avoir jamais rencontrée qu'elle en était presque convaincue.

— Je suis vraiment désolée pour le froid, lui dit Katy. La chaudière est vieille, elle a rendu l'âme une fois de plus. Est-ce que tu t'y connais en chaudières ?

— Uniquement en fours littéraires, malheureusement, répondit Jackson en se passant les mains dans les cheveux. Je suis désolé, je ne suis pas très bricoleur.

— Oh vraiment ? J'ai entendu dire que tu te débrouillais plutôt bien avec tes mains, plaisanta Katy, dont le rire niais retomba quand elle découvrit l'expression froide de Lydia.

Heureusement, avant que Katy ait pu remarquer la tension entre eux deux, un cyclone d'enfants et de chien débarqua dans la pièce.

— Papa a dit de très gros mots quand je l'ai rejoint dans le lit, gloussa Tilly, se glissant de nouveau sur sa chaise tandis que Vincent reprenait sa place à ses pieds, tous deux considérablement réjouis par l'apparition du petit déjeuner.

Tout en s'asseyant, Jake tendit la main et attrapa une des tartines de Katy.

— Mais il est en train de se lever, même s'il dit qu'il a une haleine de rat crevé, ajouta le petit garçon.

— Papa a dit que Vincent ferait mieux d'apprendre à nager, annonça Tilly, tout en nourrissant à la va-vite le chien d'œufs brouillés. Il a dit que la prochaine fois que ce fichu cabot grimpait dans son lit, il le noierait dans le lac, comme Molly la Folle.

— Il n'y a pas de Molly la Folle, dit Katy en levant les yeux au ciel. Papa est un idiot !

— Maman ! s'exclama Tilly, visiblement horrifiée. C'est malpoli !

En dépit de sa mauvaise humeur, Lydia sourit à l'idée que Tilly refuse à sa mère le droit d'employer le mot « idiot » quand son père lui avait clairement fait entendre pire.

— Papa est un idiot ! Papa est un idiot ! chantonna Jake presque directement dans l'oreille de Lydia.

Voyant là sa chance de ne plus se trouver dans la même pièce que Jackson Blake, Lydia se leva avec l'enthousiasme qu'elle réservait généralement au shopping et au tribunal, puis se mit à battre des mains.

— Je sais ! dit-elle joyeusement. Allons enfiler nos manteaux, nos écharpes et nos bottes pour être les premiers à faire des empreintes dans la neige !

— Mais on n'est pas habillés, dit Tilly en regardant sa mère. On ne peut pas sortir en pyjama, si ?

— Qui s'en soucie ? (Lydia tapa dans ses mains.) C'est Noël, on peut faire tout ce qu'on veut… (Elle hésita.) Nous avons le droit, hein, Katy, tant qu'on s'habille chaudement ?

— Eh bien, je suppose que oui, tant que vous…

La suite de la phrase fut étouffée par des acclamations assourdissantes.

Au milieu des bavardages et de la bousculade pour s'emmitoufler, Katy lui sourit, articulant silencieusement un « merci », sans remarquer que Lydia éprouvait un impérieux besoin de se trouver là où Jackson Blake n'était pas.

Pendant que les enfants se fagotaient dans l'appentis accolé à la maison, Lydia ôta à contrecœur ses jolies bottines et, toujours pieds nus, emprunta la paire de bottes la plus adéquate et un épais manteau en laine qui devait appartenir à Jim, mais paraissait le plus chaud, avant de sortir dans le jour d'un blanc immaculé.

Ce fut une décision qu'elle regretta immédiatement, surtout quand il s'avéra que ses chaussures d'emprunt s'enfonçaient tout entières dans l'épaisse couche de poudreuse. De la neige s'infiltra à l'intérieur et ses pieds furent instantanément mouillés et gelés. Gémissant d'un air malheureux, Lydia sut qu'elle ne pouvait pas rentrer pour l'instant, pas avant que Jackson ait préparé le petit déjeuner de Joanna et quitté la cuisine. Pas avant d'avoir si bien joué la comédie pour avoir l'air drôle et absorbée par des activités en plein air, deux attributs qui, même si elle était sûre que Jackson s'en fichait comme d'une guigne, étaient néanmoins sa meilleure chance de se raccrocher à sa dignité pour l'instant. Profondément mal à l'aise, elle se dandinait avec détermination d'un pied gelé sur l'autre, tout en se disant qu'il n'était peut-être pas absolument nécessaire d'avoir cinq orteils par pied. Une rigidité cadavérique envahissait son visage transi pendant qu'elle regardait les enfants courir autour de Vincent van Dog, qui sautillait dans la neige comme s'il était redevenu un chiot, jappant de joie en enfouissant son museau dans cette matière étrange et la projetant en l'air. Lydia avait beau en avoir envie, elle était incapable de sourire.

Contemplant le paysage qui l'entourait et que le silence rendait encore plus merveilleux, elle songea que, si elle devait mourir d'une hypothermie créée par son entêtement, au moins Heron's Pike devait entrer dans le top 10 des plus beaux endroits du monde pour trépasser de la sorte.

— Bataille de boules de neige ! annonça Jake d'un ton sans appel, laissant exactement à Lydia zéro seconde pour esquiver la boule glaciale – mais heureusement molle – qui vint s'écraser sur son nez.

— Oh, espèce de petit…

Ainsi galvanisée, elle s'agenouilla, tentant désespérément, sans y parvenir, d'agglomérer la poudreuse pour former une boule, pendant que les enfants, qui avaient un œil et une dextérité remarquables pour de si petites personnes, la bombardaient encore et encore de missiles parfaitement façonnés, dont la plupart touchaient leur cible, en dépit des efforts de Vincent van Dog pour les attraper en vol.

— C'est pas juste ! se plaignit vainement Lydia. Laissez-moi une chance... Vous n'avez jamais entendu parler de la Convention de Genève ?

Apparemment non, parce qu'en l'espace de quelques minutes, son visage était rouge vif, ses cheveux et les couches de vêtements étaient trempés et collaient à sa peau humide. Alors qu'elle était sur le point de se rendre, et de prier pour une mort prompte, des renforts surgirent de nulle part. Lydia luttait toujours avec sa troisième boule pathétique, quand quatre ou cinq sphères parfaites passèrent au-dessus de sa tête en une rapide succession, l'une d'entre elles atterrissant en plein sur l'épaule de Jake, ce qui lui fit pousser des cris d'orfraie.

— C'est la guerre ! s'exclama celui-ci.

Lydia se retourna pour découvrir que Jackson fourbissait ses armes.

— Je ne me suis pas autant amusé depuis que j'étais gamin à Central Park. Mettez-vous derrière moi, madame, je serai votre bouclier humain, plaisanta-t-il en imitant de son mieux un G. I.

— Chargez !

Jake avait ramassé un monceau de neige sur un banc et courait vers eux avec un Vincent van Dog surexcité, jappant sur ses talons et une Tilly hurlante un peu plus loin.

Se plaçant devant elle, Jackson tourna le dos à l'assaut approchant, pile au moment où Vincent van Dog le heurtait de toute la force de ses quatre pattes, jetant l'homme sur la femme, et tous deux dans la neige épaisse. De quelque part, enfouie comme elle l'était sous la poitrine de Jackson, Lydia entendit Jake crier triomphalement : « Cible détruite, retrait des troupes ! » et les aboiements de Vincent s'éloigner. Lydia retrouva l'air libre en se tortillant, et ouvrit les yeux pour découvrir Jackson sur elle, son nez à quelques millimètres de l'extrémité gelée du sien. L'espace d'un instant parfait et heureux, elle oublia tout, hormis le fait qu'il était si agréable de le revoir.

— Salut, toi, dit-elle avec un léger sourire, en dépit de tout.

— Lydia Grant, chuchota-t-il. Ça faisait longtemps…

— Donc tu te souviens de moi ?

— Je ne risquais pas de t'oublier.

Tandis qu'ils se dévisageaient, Lydia découvrit que, même au travers de toutes les épaisseurs de vêtements qu'elle portait, c'était comme si rien ne la séparait de son ancien amant. Elle sentait le rapide battement de son cœur contre le sien, et était submergée par un besoin soudain de le toucher, de glisser les doigts dans ses cheveux et de l'embrasser, ainsi qu'elle l'avait fait des centaines de fois auparavant. Mais cela aurait été délicat, vu qu'il était désormais la propriété de sa meilleure amie et qu'ils n'étaient pas censés se connaître.

Reprenant ses esprits, Lydia lutta pour se dégager, mais Jackson l'immobilisait, refusant de la laisser partir.

— Qu'est-ce que tu fabriques ? lui demanda-t-elle avec désespoir. Écoute, si tu veux faire comme si on ne s'était jamais rencontrés, très bien, je comprends. Mais ne me poursuis pas ici avant de trouver une excuse pour te rouler par terre avec moi. Tu sors avec Joanna, à présent, et ce que nous avons vécu est terminé, pas vrai ?

— Je… je sais.

Jackson paraissait embarrassé et, l'espace d'une seconde de triomphe, Lydia songea qu'elle était en position de force sur le plan moral.

— Je suis seulement venu ici pour récupérer mon téléphone, reprit-il. Tu… euh… portes mon manteau, expliqua-t-il, sans pour autant esquisser le moindre mouvement pour se lever.

— Quoi ? Qu'est-ce qu'il fichait accroché au portemanteau ? Pourquoi ne l'as-tu pas suspendu dans ta chambre, comme toute personne normalement constituée ? (Lydia fulminait, se fichant que sa colère ne soit pas vraiment rationnelle.) Oh, écarte-toi de moi ! Et que ça saute !

Jackson obtempéra, se redressant à grand-peine et balayant la neige de son corps avant de tendre une main secourable à Lydia.

— Va-t'en, lui ordonna Lydia, découvrant avec horreur que son derrière était complètement engourdi.

— Ne sois pas idiote, prends ma main.

Lydia accepta à contrecœur, le laissant la tirer pour la remettre debout, mais bloquant sa tentative de secouer une partie de la neige qui s'était accumulée sur ses vêtements. Jackson jeta un coup d'œil vers la maison, baissant la voix.

— Lydia, il faut qu'on parle. Qu'on mette certaines choses à plat.

L'intéressée repoussa ses cheveux mouillés de son visage et renifla.

— Écoute, c'est bon. Je comprends. Tu t'es lassé de moi, tu as disparu comme l'artiste foireux et lâche que tu es, et je m'en suis remise. Et maintenant, pour une raison qui m'échappe, tu sors avec Joanna Summer, l'une de mes meilleures amies. Je suppose que nous devrons faire semblant de ne pas nous connaître, parce qu'autrement elle pourrait sortir de ses gonds si elle découvrait que le nouvel amour de sa vie a autrefois passé des semaines entières à s'envoyer sa meilleure amie dans cinquante positions du Kâmasûtra !

Le sourire de Jackson était d'une tendresse exaspérante.

— Waouh, seulement cinquante ? Écoute, je suis vraiment désolé de m'être comporté ainsi quand je t'ai vue hier soir. Tu étais la dernière personne que je m'attendais à voir. Joanna ne m'a pas parlé tant que ça de ses amies, donc j'ignorais comment réagir. Cela me semblait être la meilleure chose à faire sur le coup et, bon, avec le recul, c'était affligeant, mais je ne me suis jamais retrouvé dans cette situation auparavant.

Il paraissait sincèrement confus, ce qui poussa Lydia à le haïr un peu plus.

— Tu en es certain ? grommela-t-elle.

— Je comprends que ce soit difficile pour toi, mais…

— Non ! l'interrompit-elle, avec un geste de sa main rougie par le froid. Ce n'est pas du tout difficile. Tu vois, Jackson, toi et moi, nous appartenons à un passé très, très lointain. Je suis avec Stephen à présent. Je l'ai rencontré quelques semaines après ton prétendu « retour à New York » en fait. D'ailleurs, je vais l'épouser. Donc Joanna et toi pouvez faire ce que vous voulez, aussi fort que vous le voulez, ce qui – soit dit en passant – est très bruyant et franchement vulgaire. Je m'en fiche. À présent, oublions que nous nous sommes connus un jour, et essayons de passer les quelques jours à venir sans tout foutre en l'air pour tout le monde, d'accord ?

— D'accord, mais…

Lydia ne resta pas pour écouter ce qu'il avait à dire. Elle força ses pieds engourdis à la ramener à l'intérieur, peut-être pas aussi gracieusement qu'elle l'aurait aimé, mais aussi rapidement qu'elle y arrivait sur ses moignons de jambes couverts d'engelures.

— Bon sang de bonsoir, chérie, on dirait que tu as été agressée par l'abominable homme des neiges, déclara une Joanna impeccable et prête à passer à la télé quand Lydia entra dans la cuisine, ses cheveux plaqués sur ses joues rouges et ses pieds décongelant déjà de façon douloureuse. Je me suis demandé ce qui pouvait bien empêcher Jackson de m'apporter mon petit déjeuner comme promis.

Joanna fit semblant d'être sévère avec Jackson, qui l'embrassa sur les lèvres d'un air contrit.

— Désolé, mon cœur, je sauvais cette belle demoiselle des mains de très petits bandits.

Pendant que Joanna se mettait à glousser, Lydia serra les dents, soulagée de voir que Stephen avait fini par émerger de son coma, même si elle ne lui parlait toujours pas après sa performance de la veille, ou plutôt son absence de performance.

— Bonjour, mon amour, lui dit Stephen d'un air un peu penaud depuis le seuil.

Il avait une tête de déterré et visiblement une sacrée gueule de bois.

— Ça va ?

L'ignorant, Lydia regarda Joanna, avec ses longs cheveux roux qui cascadaient sur son peignoir en soie parfaitement blanc et, l'espace d'une atroce seconde, elle envisagea de déverser la tasse de café fumant offerte par Katy sur la tête de sa très chère amie. Puis elle se rappela que Joanna n'y était pour rien. Et Stephen non plus. Il était possible que rien de tout cela ne soit la faute de Jackson. C'était peut-être une plaisanterie cruelle que le destin avait décidé de lui infliger à elle, Lydia Grant. Peut-être avait-elle commis d'affreux crimes à l'encontre des femmes dans une ancienne vie, comme rendre les jeans slim éternellement à la mode ou les Pringles addictifs, raison pour laquelle elle était désormais forcée d'expier.

— Je vais m'habiller, annonça-t-elle plutôt calmement à son avis, compte tenu des circonstances, et en regardant Katy. Et si je perds un orteil quand ils auront dégelé, j'intente un procès à tes enfants.

Il lui fallut un certain temps pour refaire circuler le sang dans ses diverses extrémités à force de frottements, et plusieurs minutes supplémentaires pour se décongeler au sèche-cheveux, avant de commencer à se sentir de nouveau humaine. Une fois que sa température corporelle atteignit un niveau acceptable, elle mit la main sur l'un de ces jeans slim susmentionnés, qui ne pouvaient réellement mettre en valeur qu'une femme sans hanches, enfila un tee-shirt gris et blanc et acheva avec un pull qui lui arrivait aux genoux et dénudait une épaule, dont les mailles étaient probablement un peu lâches pour être pratique, vu les conditions polaires, mais qui lui donnait l'air sexy. Et Lydia décida que, à cet instant précis, avoir l'air aussi sexy qu'une petite brune pulpeuse le pouvait quand elle se tenait à côté d'une rouquine presque célèbre, élancée comme un saule et très belle, était plus important que d'avoir chaud, même si ses plus grands efforts pâliraient au point d'être insignifiants en comparaison de la beauté naturelle de Joanna. Elle se brossa les cheveux jusqu'à ce qu'ils tombent en longues vagues brunes dans son dos, et appliqua un peu d'eye-liner autour de ses yeux chocolat, avant d'appliquer le mascara sans lequel elle n'allait nulle part. Quelques giclées de Coco Chanel et elle avait retrouvé figure humaine, se sentant désormais de taille à affronter la farce dans laquelle sa vie s'était enlisée.

Revenant au rez-de-chaussée, elle découvrit tout le monde – sauf Jake, qui créait à échelle industrielle ce qui ressemblait à un bonhomme de neige très féminin dehors – dans le salon, avec des assiettes de tartines sur les genoux et des tasses de café fumant en équilibre sur les bras de leurs fauteuils. Même si Stephen n'était certainement pas tiré d'affaire, Lydia choisit de prendre ses toasts dans son assiette et de s'asseoir sur ses genoux, l'entourant de ses bras et déposant un baiser sur sa joue, plutôt amusée par l'expression de confusion qui apparut brusquement sur son visage. La pièce fut agréablement silencieuse pendant un moment, tandis que chacun mâchait son pain, le seul bruit provenant de Jim qui entretenait le feu et de Vincent qui ronflait dans un coin. Lydia observa Jackson entre ses cils, à la dérobée. Lui aussi s'était changé, et il était assis près de la fenêtre, Joanna pelotonnée contre lui, détendue, dans une posture d'amoureuse transie. Alex avait repris sa position au milieu du canapé, les pieds surélevés sur le tabouret, une assiette posée sur son ventre. David était assis à côté d'elle, la tête enfouie dans un livre sur l'accouchement.

— Tout ce que je dis, c'est que si quelque chose devait arriver, nous ne serions pas capables de faire bouillir de l'eau très efficacement tant que la chaudière ne fonctionne pas, déclara celui-ci en brisant le silence.

— David, répliqua Alex d'un ton sec. Rien ne va arriver, je ne suis pas censée accoucher avant cinq semaines, tu te rappelles ? Est-ce que tu veux bien arrêter de déblatérer au sujet de l'eau bouillante, s'il te plaît ?

— Moi je dis ça, je dis rien, répéta David à voix basse.

— Et comment vas-tu ce matin, ma chérie ? chuchota Stephen à l'oreille de Lydia pendant qu'Alex et David se chamaillaient.

D'expérience, elle savait qu'il se montrait particulièrement affectueux parce qu'il était incapable de se rappeler exactement ce qui s'était passé la nuit dernière, et ne savait pas précisément à quel point il allait avoir des problèmes.

— David a raison, dit Katy avec une Tilly désormais épuisée qui somnolait sur ses genoux. Qu'allons-nous faire avec la chaudière, Jim ? Sans chauffage, ni eau chaude ?

Jim secoua la tête.

— J'ai essayé de la redémarrer, comme la dernière fois – mais en vain. Elle est complètement morte et aucun plombier de ma connaissance ne pourra être là avant la semaine prochaine.

— Oh, non ! s'exclama Katy, visiblement horrifiée. Je suis vraiment désolée.

— Il y a bien ce type. Je prends un verre au pub avec lui de temps à autre. C'est une sorte d'homme à tout faire, d'après ce que j'ai pu comprendre, et il semble être un peu touche-à-tout. Je pourrais aller faire un tour avec les mecs là-bas, et voir s'il est disponible ? Il vit dans le village, donc même s'il n'est pas joignable, il pourrait très bien être au pub. Je suis certain qu'on pourrait le pister. Il pourrait peut-être faire fonctionner la chaudière pendant quelques jours de plus.

— Un touche-à-tout alcoolique et sans qualification n'est pas exactement le genre de personne auquel j'espérais confier la vie de mes enfants, fit remarquer Katy d'un air malheureux.

— Mal, le patron du pub, affirme qu'il est génial. Il dit que nous devrions lui parler de tout ce qu'on doit faire refaire ici. Écoute, il me paraît convenable, au moins nous pourrions l'encourager à venir jeter un coup d'œil. Voir s'il peut faire quelque chose ?

Katy poussa un soupir.

— Ça te paraît normal qu'obtenir de l'aide passe par une visite au pub.

— Est-ce que j'y peux quelque chose si c'est le centre de la vie locale ? lui demanda Jim. Tu devrais descendre de temps en temps, cela te ferait du bien de rencontrer quelques personnes.

En réponse, Katy embrassa sa fille endormie sur le dessus de la tête.

— D'accord, mais emmenez Jake et Vincent van Dog, une bonne marche dans la neige pourrait le faire dormir plus de cinq minutes cette nuit.

En entendant son nom, Vincent leva la tête, poussant un lourd soupir, comme si marcher péniblement quelques kilomètres dans la neige était bien la dernière chose qu'il avait en tête.

— Bien, les gars, dit Jim en se frottant les mains. Qui vient en mission de sauvetage au pub ?

— Je pense que je devrais rester ici, dit David. Juste au cas où…

— Va dans ce satané pub ! cria Alex, posant une main sur sa bouche quand elle se rappela que Tilly faisait un somme.

— Bien, déclara-t-il. Il se peut qu'il n'y ait pas de réseau, alors…

— Vas-y, merde ! le mit en garde Alex.

— Et toi, Jack ? Tu veux faire l'expérience d'un authentique pub anglais ?

— Oh, vas-y, chéri, l'encouragea Joanna en lui posant une main sur l'épaule. Dès que tu auras le dos tourné, je pourrai vanter correctement tes merveilleux atouts.

— Bien sûr. (Jackson sourit.) Pourquoi pas ? Ça a l'air marrant.

— N'allez pas tous mourir dans un ravin, d'accord ? lança Lydia d'un ton revêche.

— Et rappelez-vous de rentrer, nous gelons ici ! dit Katy pour Jim.

— Ne vous souciez pas de nous.

Joanna se leva et, soulevant son sac à main à grande capacité qui était posé à côté du canapé, sortit une bouteille de bon whisky.

— Dès que le soleil sera levé, je suis certaine que nous pourrons nous amuser quelques heures.

— Parle pour toi, déclara sombrement Alex.

Lydia et Joanna accompagnèrent les hommes pendant qu'ils cherchaient assez de bottes et de manteaux pour se protéger pendant leur trajet, et qu'un Vincent très réticent refusait d'être emballé à l'idée d'une promenade.

— Mais quel genre de chien es-tu ? lui demanda Jim tandis que le chien en question regardait tristement sa laisse. Quel chien normal se fait prier pour sortir ?

— C'est diablement exaltant, déclara joyeusement Joanna tout en remontant la fermeture Éclair de la veste de Jackson. C'est comme dans *L'Épopée du capitaine Scott*.

— Avec un peu de chance, pas tout à fait, intervint David en souriant. Vous garderez un œil sur Alex, hein ?

— Difficile de faire autrement, elle éclipse pratiquement le soleil, dit Joanna qui rendit son sourire au mari de son amie. Bien sûr, David, on garde un œil sur Alex. Ses aboiements sont bien pires que sa morsure, tu sais.

— Oh, je sais ! Ses aboiements sont une des raisons pour lesquelles je l'aime. Elle n'a jamais peur de rien, mon Alex.

Alors qu'ils étaient sur le point de partir, Stephen attira Lydia dans un coin.

— Tu es superbe, lui dit-il. Ça fait des lustres que je ne t'ai pas vue habillée autrement qu'en tailleur.

— Tu as eu l'occasion de me voir beaucoup moins vêtue que ça cette nuit, lui souffla-t-elle.

— Oh, mon Dieu ! s'exclama Stephen, manifestement catastrophé. Est-ce que je me suis endormi ? En plein milieu ?

Lydia opina du chef.

— Enfin, nous n'avions pas vraiment dépassé la deuxième étape, mais c'était extrêmement décevant.

— Je suis navré, dit-il. Je n'ai pas vraiment l'habitude de boire, je suppose. Non que je n'avais pas envie, c'était le cas – c'est toujours le cas. Vraiment. Tu es si belle aujourd'hui, je voudrais que tu sois toute nue sous ton pull.

Prenant Lydia par surprise, il l'attira dans ses bras et l'embrassa passionnément. S'abandonnant à son étreinte, elle attendit que le feu s'allume, dans le creux de son ventre, et que son propre désir monte au niveau du sien. Elle attendit. Et attendit encore. Peut-être que son envie de lui était toujours congelée quelque part au fond d'elle, parce que tout ce qu'elle ressentit quand Stephen l'embrassa, ce furent ses lèvres mouillées et sa barbe qui l'irritait.

— Bon sang de bonsoir, vous deux, plaisanta Jim. Prenez une chambre – oh, vous en avez déjà une.

Alors qu'ils s'écartaient, Lydia résista à l'impulsion de s'essuyer la bouche du dos de la main, et décocha un sourire plein de sous-entendus à Stephen, sentant le regard de Jackson sur elle.

— Il faudra qu'on reprenne là où on en est restés plus tard, ronronna-t-elle dans un chuchotement sonore qui lui ressemblait si peu que, l'espace d'une seconde, Stephen eut l'air un peu inquiet.

— Il doit y avoir quelque chose dans l'eau, déclara David en désignant Joanna, qui avait plus ou moins acculé Jackson contre le mur et mettait le paquet pour un baiser d'adieu.

— Chérie, bredouilla celui-ci tandis qu'elle le laissait enfin reprendre son souffle. Je vais seulement au pub, pas en Irak.

— Je sais, mais tu es si délicieux, se justifia Joanna qui relâcha son étreinte, passant le bras dans celui de Lydia. Oh, Lydia, n'est-ce pas génial de sortir avec un beau gosse pareil ?

— Génial, c'est le mot, reconnut Lydia, qui ne put réprimer son sourire en voyant Jackson rougir. Maintenant, partons à la recherche de verres à whisky ; dans ces conditions climatiques, c'est presque thérapeutique.

— Tout ce que je sais, c'est que je n'ai jamais été aussi heureuse, affirma calmement Joanna, un petit sourire ravi sur les lèvres. Je veux dire, vraiment heureuse, tu sais ? Ce n'est pas comme autrefois, avec Ted, ou Sebastian, ou l'un des autres. Même dès le début avec ces deux-là, je sentais que ça clochait. Oui, Ted avait un bateau, et Seb était monté comme un étalon, mais depuis que j'ai rencontré Jack, j'ai pris conscience qu'aucune de ces choses n'a vraiment d'importance si on aime quelqu'un. Même la taille. Cela dit, Jack n'a pas à s'en faire de ce côté-là.

Joanna fit un clin d'œil à Lydia, qui tenta de son mieux de ne pas vomir d'horreur, noyant cet élan d'une grande gorgée de whisky.

— Et penses-tu qu'il éprouve la même chose à ton égard ? demanda Katy. Je veux dire, est-ce que tu crois qu'il est sérieux ? Est-ce que nous allons nous disputer sur le choix des robes de demoiselles d'honneur dans quelques mois ? (Joanna ne dit rien.) Et est-il possible qu'elles ne soient pas couleur puce ?

— Je ne vois pas ce qui cloche avec la couleur puce, insista Alex.

— Ça ressemble à « pute », c'est tout ce que j'en dis, marmonna Katy.

— Tout ce que je sais, c'est qu'il me rend heureuse, expliqua Joanna. Cela peut paraître cucul, mais quand je suis avec lui, j'ai l'impression que ma vie a enfin un sens. Vous savez, certaines personnes peuvent croire – souvent à raison – que je mène une existence atrocement creuse, à vendre des couvertures intégrales aux retraités et aux chômeurs. Mais ce qu'il y a de drôle c'est que, jusqu'à présent, cela ne me dérangeait pas qu'il n'y en ait que pour le glamour, l'argent, la célébrité…

— La célébrité ?

Alex leva un sourcil.

— Soudain, rien de tout cela n'a plus d'importance, et je découvre que je pense à des choses qui ne m'ont jamais effleurée auparavant. Me poser, cuisiner, avoir des enfants…

— Ne pas mettre ta dernière bague de fiançailles en vente sur e-Bay, ajouta Alex.

Joanna demeura imperturbable, et ajouta rêveusement :

— C'est comme si j'avais rencontré mon âme sœur.

Le soupir de Katy et le sourire d'Alex n'échappèrent pas à Lydia.

— Waouh, Jo-Jo, tu y crois vraiment, hein ?

Joanna hocha la tête en souriant.

— Ça fait bizarre que je sois aussi sérieuse, n'est-ce pas ?

— Est-ce que tu le crois sincère ? lui demanda Lydia. Ça ne fait pas très longtemps que tu le connais, si ? Et, tu sais, certains hommes jouent le jeu et te promettent la lune pour obtenir ce qu'ils désirent. Certains hommes sont même amoureux de l'idée de tomber amoureux, comme certaines filles. Ils ne vivent que pour poursuivre les filles et les séduire. Puis dès qu'ils voient qu'ils te tiennent, ils passent leur chemin et te laissent en carafe avec la désagréable impression d'être la dernière des gourdes.

Alex et Katy échangèrent un regard lourd de sous-entendus, mais Joanna paraissait immunisée à toute onde négative, tant elle nageait dans l'amour.

— Je sais ce que tu veux dire, Lily, dit-elle avec sérénité. J'ai fait le tour de la question. Ce n'est pas comme si je n'étais pas sortie avec des ordures. Mais Jack n'est pas comme cela. C'est différent avec lui, je vous jure. C'est comme s'il était écrit que nous devions être ensemble et… Je ne vous l'avais pas dit plus tôt, parce que je ne veux pas que vous vous mettiez à planifier un mariage avant même qu'il ait eu le temps d'acheter la bague, mais il m'emmène à New York pour rencontrer sa mère à l'occasion du nouvel an ! Imaginez, moi, rencontrer sa mère. Comment vais-je savoir si je m'en sors ? Je n'ai pas déjeuné avec ma propre mère depuis dix ans.

C'était typique de Joanna, songea Lydia, d'évoquer le conflit qui l'opposait à ses parents avec une telle désinvolture, même si elle savait que leur manque d'intérêt pour sa vie blessait profondément son amie. Ils l'avaient plus ou moins déshéritée quand elle n'avait pas obtenu son diplôme, et avaient refusé sans détour de reconnaître le moindre de ses succès en tant que modèle ou présentatrice télé. Ils trouvaient tout cela terriblement vulgaire, leur avait appris Joanna une fois, ce qui était la principale raison pour laquelle elle le faisait. Quelques années auparavant, Joanna avait décidé qu'elle n'avait tout simplement pas besoin de la constante désapprobation de sa famille, et avait cessé d'essayer de les impressionner. Mais ce qui la blessait le plus, c'était qu'ils ne paraissaient ni le remarquer, ni s'en soucier.

— Il t'emmène voir sa mère ? s'exclama Katy. C'est du sérieux…

— Oui, juste après ma soirée annuelle de réveillon – vous venez tous, pas vrai ? demanda Joanna, rayonnante. Cette année ce sera encore plus beau que d'habitude, avec Jackson à mon bras.

— Je travaille ce soir-là, annonça Katy.

— Et je serai encore enceinte, ajouta Alex.

— Mais tu seras là, pas vrai, Lily ? lui demanda Joanna. J'insiste pour que tu sois là.

— Je ne raterais ça pour rien au monde, lui assura Lydia, prenant une profonde inspiration. Enfin, on dirait vraiment que tu as rencontré l'homme parfait.

Elle plongea le regard dans les profondeurs ambrées de son whisky, se mordillant la lèvre inférieure. Jackson présentait Joanna à sa mère. Le connaissant, elle savait que Jackson ne ferait cela que si les choses étaient sérieuses entre Joanna et lui, car, pendant la brève période où ils s'étaient connus, elle avait découvert que sa famille occupait une place déterminante dans sa vie. Il devait donc vraiment être sincère vis-à-vis de Joanna. Cette découverte la blessa d'autant plus. À quel point leur couple était-il solide ? se demanda-t-elle amèrement. Est-ce que Joanna trouverait toujours que son « Jack » était parfait si elle avait connaissance de sa liaison avec Lydia ? Sentant le whisky lui brûler le fond de la gorge, Lydia tenta de s'imaginer l'expression sur le visage de Joanna si elle révélait son secret, ici et maintenant.

— Bon, assez parlé de moi et de mon bonheur écœurant, lança Joanna en souriant. Tu as quelque chose à nous annoncer, Lily ?

Elle remua ostensiblement les sourcils, et Lydia sut exactement quel secret celle-ci souhaitait qu'elle révèle. Elle secoua la tête.

— Moi ? Non, il ne m'arrive jamais rien de palpitant, déclara Lydia en souriant à Alex. Et toi ? Est-ce que David te rend aussi dingue que tu le fais croire ?

— Non, pas vraiment… Je sais qu'il m'aime, assura Alex en sirotant son thé au gingembre. Et je l'aime. Il fait trop d'histoires, c'est tout. C'est comme si, à ses yeux, je n'étais qu'enceinte, comme si j'étais juste un énorme incubateur pour sa progéniture. Il ne voit plus rien en dehors de ce ventre.

— Oh, ne sois pas ridicule ! rétorqua Joanna en buvant son thé brûlant. Cet homme t'adore, bien sûr qu'il va être un peu nerveux. C'est son premier bébé. Tout le monde ne peut pas être aussi calme et responsable que toi.

— Moi ? dit Alex dans un éclat de rire. Je suis terrifiée, et je ne peux même pas me soûler avant le déjeuner pour noyer ma peur.

— Pas toi, Alex, dit Katy en écartant les cheveux du front d'une Tilly écrasée de sommeil. Tu n'as peur de rien, c'est l'une des choses que je t'ai toujours le plus enviées.

— Ce n'est pas vrai, affirma Alex, entourant son ventre de ses bras. Quand ma mère est morte, j'étais terrifiée. C'était le pire moment de ma vie, un moment où je ne savais vraiment pas si je pourrais continuer à vivre. J'ignore si j'y serais parvenue, si vous n'aviez pas été là. (Lydia tendit le bras, recouvrant la main d'Alex de la sienne.) Puis l'idée que quelque chose puisse m'arriver, que je puisse avoir un cancer moi aussi et que je doive abandonner ce petit bout de chou. Cela me tient éveillée toute la nuit, je me demande si j'aurais seulement dû tomber enceinte. Et si je mourais, et qu'il ou elle grandissait sans même savoir qui j'étais ?

— Ne sois pas idiote, lui dit gentiment Joanna. Perdre ta mère si jeune était un coup dur, mais crois-tu qu'elle aurait voulu que tu ne vives qu'à moitié ? N'oublie pas, nous connaissions toutes ta mère. Rappelle-toi cette fois où elle a débarqué par surprise la première année, et nous a fait récurer la maison du sol au plafond, nous supervisant avec un litre de désinfectant ? Elle était tout aussi effrayante et obstinée que toi, et elle serait si fière de tout ce que tu as fait, Alex, et si fière de la mère formidable que tu seras. En plus, tu te fais dépister tous les ans. Donc s'ils remarquent quoi que ce soit – touchons du bois pour que ce ne soit pas le cas –, tu seras soignée à temps et tout ira bien. Tout cet excellent travail que tu fais en faveur de la recherche contre le cancer du sein a commencé à payer, tu sais.

Lydia sourit, s'approchant pour serrer Alex dans ses bras. C'était cela, avec Joanna. Juste au moment où on commençait à croire qu'elle n'était que paillettes et superficialité, elle montrait sa véritable nature. Tout au fond, sous tous ses artifices, se trouvait une femme gentille et aimante, qui savait trouver les mots justes pour réconforter. La femme qu'elles aimaient toutes comme une sœur depuis ce moment où elles l'avaient rencontrée, racolant des colocataires lors de la semaine des nouveaux à l'université.

— Merci, Jo, dit Alex dans un sourire. Cela m'aide vraiment de te l'entendre dire. Maintenant, je n'ai qu'à m'inquiéter d'avoir un bébé ! Putain !

— Est-ce que tu as peur de l'accouchement ? lui demanda Lydia tandis que Joanna se servait un deuxième verre de whisky.

La chaleur de l'alcool se fondait lentement dans son corps, et avait beaucoup fait pour émousser son cauchemar secret. En outre, avec un peu de chance, les hommes s'absenteraient pour un long moment, et elle se trouvait devant un feu crépitant avec du bon whisky, une montagne de tartelettes et les amies qu'elle chérissait le plus au monde. Pour quelques heures au moins, sa vie allait bien.

— Parce que la dernière femme de mon père dit que ce n'est pas aussi douloureux qu'on l'imagine, et que quand ça devient tellement douloureux qu'on croit qu'on va mourir, on sait qu'on a fait le plus difficile. À partir de là, tout roule ! À moins que quelque chose ne tourne mal, bien sûr…

— Merci, Lydia, si c'était l'accouchement qui m'inquiétait, alors, oui, cela m'apaiserait vraiment, dit Alex d'un ton sarcastique. Mais non, ce n'est pas cela. C'est ce qui vient après. (Alex sourit affectueusement à Tilly, qui était endormie et roulée en boule avec Vincent sur le canapé.) Je ne suis pas comme toi, Katy. La maternité n'a rien d'évident pour moi. Je fais ce que je veux, quand je le veux. Si je veux partir pour un trek sponsorisé dans les Andes à tout moment, alors j'y vais. Je ne demande même pas à David, je l'informe. Mais je ne pourrai pas faire cela avec un bébé, non ?

Un bébé aura besoin de moi, pour le nourrir et pour le reste. Et on ne peut pas courir trente kilomètres par semaine avec un bébé dans son sillage, ou travailler dix heures par jour. J'étais vraiment heureuse quand je suis tombée enceinte, si enthousiaste, puis un jour je n'arrivais plus à me pencher pour lacer mes baskets, et cela m'a frappée. Je ne suis vraiment pas du genre à avoir un bébé.

— Bien sûr que si..., dit Joanna en lui tapotant le genou. Je suis certaine que c'est le cas, je ne pense pas que Dieu te laisserait être aussi royalement en cloque si quelque part, tout au fond, sous cette carapace, ne battait pas le cœur d'une femme faite pour sentir le vomi de bébé et avoir besoin de serviettes contre l'incontinence.

— Espèce de sale petite garce !

Alex sourit malgré l'insulte.

— Je ne pense pas que tu aies besoin de t'inquiéter, dit Katy tout en caressant le front de Tilly. La maternité n'est évidente pour personne ; pas même pour moi. Pendant les trois mois qui ont suivi la naissance de Jake, j'avais envie de me mettre la tête dans le four à gaz tous les jours. Dieu merci, il était électrique...

— Jusqu'ici, rien de ce que vous dites ne m'est d'un grand soutien, apprit Alex à ses amies d'un ton triste.

— Ce que je veux dire, ce n'est pas parce que tu tombes enceinte que d'un seul coup, de façon automatique, toute la sagesse maternelle du monde est téléchargée dans ta psyché. Tu dois apprendre de tes erreurs et tâtonner pour trouver ta façon de faire. Et oui, c'est pénible de ne plus pouvoir faire ce que tu veux quand tu le veux. Mais l'amour invraisemblable et dévorant que tu éprouves pour ton bébé t'aide à surmonter ces désagréments. Même quand il te vomit dessus et que tu ne t'en rends pas compte avant d'être arrivée au supermarché…

— Mais si je ne l'aime pas ? demanda Alex d'un ton anxieux. Et s'il me déteste ?

— Fais-le adopter ! suggéra Joanna, ce qui provoqua l'hilarité de Lydia. Par Madonna ou Elton John – oh, ou Angelina. Elle aime les bébés.

— Je te jure ici et maintenant que toi et cette petite personne là-dedans…

— Cette personne massive, interrompit Joanna en donnant un coup de coude dans les côtes de Lydia.

— … allez vous adorer sans réserve, acheva Katy, lançant son meilleur regard réprobateur à Joanna.

— J'espère que tu as raison, soupira Alex.

Katy se pencha et l'embrassa sur la joue.

— Bien sûr que oui. Crois-moi, devenir mère est le seul domaine où je m'y connaisse.

Alex parut un peu rassurée tandis qu'elle maintenait sa tasse en équilibre sur son ventre.

— Je vais vous dire un truc, quand même, qu'est-ce que je ne ferais pas pour tirer un bon coup en face à face !

Lydia rayonnait de bonheur tout en observant ses amies s'écrouler de rire à ce commentaire inattendu. En dépit de toutes les mauvaises surprises que la vie pouvait garder de côté pour quelqu'un, il y avait toujours une chose sur laquelle compter. Ses amies, elles, ne la laisseraient jamais tomber. Et à ce moment-là, elle sut avec une certitude absolue que rien ni personne ne la forcerait à faire quoi que ce soit qui puisse blesser l'une d'elles. Tant que Jackson Blake serait capable de garder le secret de leur ancienne liaison, elle aussi.

# Chapitre 7

Le soleil s'était depuis longtemps retiré derrière les nuages bas et menaçants, suspendus, lourds de neige, au-dessus des pics, quand les hommes revinrent avec un invité. Ce n'était pas une coïncidence qu'à ce moment-là, toutes les femmes – sauf Alex – soient un peu pompettes, et même cette dernière s'était laissée prendre à l'humeur ambiante et gloussait avec les autres filles en dépit de sa sobriété forcée. Les filles repérèrent le petit groupe, dont les torches brillaient, au niveau du virage et vinrent à leur rencontre.

— Nous sommes revenus avec un expert ! déclara Jim, ses joues rougies par le froid ou la bière, ou plus probablement les deux.

Jake était jeté en travers d'une de ses épaules, et serrait une canette de soda à l'orange dans une main et un paquet de Skittles dans l'autre. Lydia voyait presque Katy dire adieu à sa nuit paisible.

— Pas très frais, lui apprit Stephen, en l'embrassant tendrement. Hé, hé… Si nous allions allumer le feu dans la chambre, si tu vois ce que je veux dire ?

— Alors, qui est-ce ?

Joanna s'était enroulée autour de Jackson à l'instant où elle l'avait aperçu, le traînant presque à l'intérieur en lui arrachant son manteau, et lui embrassant fiévreusement les joues. Mais même dans les premiers feux de l'amour, Joanna n'était pas insensible au nouveau spécimen masculin qui se tenait dans l'entrée.

L'homme à tout faire avait l'air plutôt mal à l'aise, les mains dans les poches, observant la maison, trouvant un morceau de corniche particulièrement fascinant sur lequel concentrer son attention tandis que les femmes l'examinaient ostensiblement. Il était un peu plus jeune que Stephen, probablement plus ou moins de l'âge de Lydia, avec des cheveux bruns bouclés un peu longs, et des yeux aussi noirs et profonds que les eaux du lac au bout du jardin. Une barbe de trois jours ajoutait la touche finale à son apparence savamment négligée qui, même dans sa tenue pour affronter la neige digne d'un campagnard, eut un certain impact sur les filles.

— Ma parole, vous nous avez ramené Heathcliff! s'exclama par inadvertance une Lydia un peu ivre, détournant l'attention de l'homme à tout faire du plafond vers son visage rougissant. Euh… hum. Ne le prends pas mal, hein.

— Non, repartit-il en souriant avec un accent purement local. Mais il faut descendre une bonne centaine de kilomètres vers le sud pour trouver le véritable pays des sœurs Brontë.

Lydia fut surprise, puis horrifiée d'être surprise qu'il ait seulement entendu parler des *Hauts de Hurlevent*. Comme s'il était aussi sauvage et primitif qu'il en avait l'air à tous points de vue, et ne s'était pas fatigué à aller à l'école, puisqu'il était trop occupé à tuer des cerfs à mains nues, ce qui, en l'occurrence, n'était pas une image si répugnante.

— Vous êtes certain d'être qualifié pour réparer ma chaudière ? lui demanda Katy, que le whisky rendait peut-être vaguement agressive.

Joanna et Alex éclatèrent de rire, ricanant comme des écolières.

— Parce que, j'ai des enfants dans cette maison, et malgré l'insistance de leur père pour les empoisonner à coups d'additifs, je n'aimerais pas qu'ils périssent dans une explosion, eux et mes amis.

Elle acheva sa phrase d'un geste un peu brusque dans la direction globale de la chaudière, suivi d'un petit hoquet.

— Désolé, mon pote. (Jim posa la main sur l'épaule de l'homme à tout faire.) Ma femme semble un peu bourrée.

Lydia apprécia le sourire réprimé de l'homme à tout faire, qui lui tordait un peu la bouche. Il se donnait beaucoup de mal pour ne pas se moquer d'elles, ce qui, bizarrement, ne faisait qu'ajouter à son allure.

— Je suis artisan agréé pour l'installation et l'entretien, leur apprit-il poliment. Je m'appelle Will, Will Dacre. J'ai mes certificats sur moi si vous voulez voir ?

Il se mit à farfouiller dans sa boîte à outils et en sortit des papiers, que Katy examina pendant plusieurs secondes, avant de les tourner dans le bon sens et de se remettre à les lire.

— Will nous fait une sacrée faveur, dit Jim à sa femme, déposant sans cérémonie Jake par terre et passant lourdement un bras autour des épaules de Katy, la déséquilibrant légèrement. Nous avons non seulement dû l'arracher à son déjeuner, mais il nous a fallu près d'une heure pour rentrer à pied, et pas seulement parce que nous sommes ivres. Il a déjà beaucoup neigé, et Will ici présent estime que ça risque de retomber dans une minute. Donc nous lui devons au moins un verre et un repas chaud.

— Est-ce que tu prévois la météo, Will ? Est-ce que le fait d'avoir été élevé à la campagne signifie que tu es en totale harmonie avec la nature ?

Joanna battit des cils, relâchant un peu la prise qu'elle avait sur Jackson.

— Non, mais j'ai une appli météo sur mon iPhone, répondit-il.

Ce sourire un peu tordu, montrant qu'il s'efforçait de ne pas rire, refit son apparition.

— Donc, sois aimable avec lui, femme ! ordonna Jim à Katy.

— Je suppose qu'il est qualifié, avança-t-elle, lançant à Will un regard suspicieux. Et ne m'appelle pas « femme ».

— Bien, les mecs, prenez vos torches et commençons par aller au sous-sol réparer les trucs !

— Ne le laissez toucher à rien, avertit Katy. C'est comme ça que la chaudière a cassé la première fois. Je vais vous faire du café.

— Du café à l'alcool ! cria Jim tandis que Stephen envoyait un baiser à Lydia et suivait les autres vers la porte du sous-sol.

— Oh mon Dieu, dit Alex. On va tous mourir.

— Mais bon, l'homme est baisable, non ? commenta Lydia, la langue déliée par le whisky, pile au moment où Will revenait pour récupérer sa boîte à outils.

Les filles explosèrent de rire, Katy aspirant de l'air par le nez, Joanna pliée en deux alors que Lydia demeurait plantée là, deux larges taches rouges lui brûlant les joues.

— Je prends ça comme un compliment, répliqua Will, avant de ramasser ses affaires et de retourner au sous-sol.

Une fois que Lydia se fut tapé la tête contre le mur le plus proche à plusieurs reprises, et que les autres eurent à peu près fini de la pointer du doigt et de se moquer d'elle, elles en vinrent à la conclusion unanime qu'il serait sans doute judicieux de se calmer, au moins temporairement, et de cesser de se jeter sur le beau gosse local pour avoir l'air de femmes adultes et respectables.

Katy envoya Jake faire des coloriages avec Tilly, et Alex les suivit pour s'assurer que, cette fois-ci, ils ne colorieraient pas le papier peint atrocement coûteux de la salle à manger, même si elle disait en grommelant que c'était toujours elle qui ratait les moments les plus drôles.

— Bien, je vais commencer à préparer le dîner – et Lydia, est-ce que ça t'ennuierait d'allumer le feu dans les chambres, juste au cas où Heathcliff serait incapable de rallumer les voyants ?

— Il peut m'allumer le feu quand il veut ! gloussa Joanna, jetant un coup d'œil par la fenêtre dont les carreaux subissaient l'assaut d'une nouvelle chute de neige projetée par des vents impitoyables. Avec un peu de chance, nous serons bloqués tous ensemble et nous pourrons le dévorer tout entier, en commençant par les orteils.

— Tu es censée être végétarienne, l'informa Katy en lâchant un tas de pommes de terre et un autre de carottes devant elle.

— Végétarienne, tu dis ? (Joanna sembla trouver le concept difficile à saisir.) Tu sais ce qu'il te faut ? Il te faut un éplucheur automatique EasyPeel, pour seulement 15,99 livres, avec dix livres d'accessoires absolument gratuits – oui, gratuits, si tu commandes avant 16 heures.

— Non, je n'en ai pas besoin, parce que j'ai une éplucheuse. Toi. Mets-toi au travail, cela te fera du bien de te salir les mains, pour une fois.

— En plus, Jo, pourquoi est-ce que tu te jettes sur Heathcliff ? Tu n'es pas censée être amoureuse ? lui rappela Lydia.

— Si, Lydia, je suis totalement amoureuse. Tout comme toi, pas vrai ? Mais comment as-tu si bien résumé les choses ? Que Will est plutôt baisable, c'est ça ?

Lydia découvrit qu'il n'y avait rien de plus efficace que plusieurs grands verres de très bon whisky pour calmer sa situation. Elle était à présent dans la chambre de Joanna et Jackson, ignorant les draps froissés sur le lit derrière elle et les sous-vêtements que Joanna avait semés sur la moquette, et elle se sentait plutôt zen. Cela avait peut-être à voir avec l'expression sur le visage de Joanna quand elle avait parlé de Jackson, ou le fait d'apprendre qu'il avait prévu de l'emmener à New York. Dans tous les cas, peu importait ce qu'elle éprouvait ou croyait avoir éprouvé pour lui autrefois, ce moment de sa vie avait désormais disparu. Tandis que Lydia insérait les allume-feu entre les bûches, comme Katy le lui avait montré, elle se dit que, peut-être, tant qu'elle demeurait en permanence très légèrement ivre avec du très bon whisky, à partir de cet instant et jusqu'à la fin de l'éternité, elle finirait par bien le vivre, et serait peut-être même demoiselle d'honneur au mariage plein d'allitérations de Jackson et Joanna.

Lydia s'agenouilla, si absorbée par la flammèche qui progressait le long du bois qu'elle ne remarqua pas que la porte s'ouvrait et se refermait derrière elle.

— Cela fait longtemps que je ne t'ai pas trouvée dans ma chambre, dit Jackson, la faisant sursauter.

— Seigneur, tu m'as flanqué la frousse, répliqua-t-elle, commençant à sourire avant de se souvenir de sa nouvelle résolution imbibée de whisky. Désolée, Katy m'a envoyée surveiller le feu. Je vais te libérer le passage.

La chambre tournoya légèrement quand Lydia se releva, ce qui la força à prendre un moment pour retrouver ses marques.

— Ne te presse pas, dit Jackson. Jo est dans les épluchures de pommes de terre jusqu'aux coudes. Profitons-en pour parler.

Lydia poussa un soupir, se forçant à regarder Jackson en face – toujours ce même sourire enfantin, ces yeux d'un bleu intense, ce regard qui vous donnait l'impression d'être la seule fille au monde, même s'il y avait une preuve concrète de l'inverse.

— Je n'arrive pas à croire que tu sois là, déclara Jackson en la contemplant de haut en bas avec tant d'attention que Lydia se sentit mal à l'aise. Tu n'as pas changé ; tu es belle. Tu m'as manqué, Lydia.

Lydia leva les sourcils, priant pour que ses pieds bougent de cet endroit où ils semblaient s'être enracinés.

— Je sais ce que tu dois penser, mais tu as tort, reprit Jackson. Je n'ai pas disparu, je ne me suis pas caché. Cette nuit-là, la nuit où tu as insisté pour rentrer chez toi travailler sur une affaire, j'ai reçu un appel de ma mère. Papa avait fait une grave crise cardiaque ; la situation était critique. J'ai dû aller à l'aéroport, monter dans l'avion et remettre tout le reste à plus tard. Je ne pensais qu'à être avec ma famille. Je n'aurais jamais cru que cela serait notre fin. Ce message que je t'ai envoyé, je n'ai jamais eu l'intention qu'il soit le dernier.

— Vraiment ? (Lydia croisa les bras.) Alors, que s'est-il passé ? Tu as souffert d'amnésie temporaire sur la façon de se servir d'un téléphone et ton père s'est remis de façon miraculeuse ?

Jackson baissa les yeux.

— Loin de là. Ce fut le pire moment de ma vie. Il a tenu bon pendant un moment et nous l'avons ramené à la maison, mais il était très malade.

Quelques semaines plus tard, il nous a quittés… Je voulais t'appeler, te parler. Mais ma mère avait besoin de moi, et il y a tellement de choses à gérer quand quelqu'un meurt. Pas seulement les émotions. J'ai dû prendre les dispositions pour l'enterrement de mon père, soutenir maman le temps de régler la succession, essayer de me faire à l'idée que cet homme grand et impétueux que je vénérais n'était plus de ce monde. Cela a occulté tout le reste pendant un moment…

Calmée, Lydia aperçut une ombre douloureuse passer sur le visage de Jackson alors qu'il se remémorait la mort de son père. Elle ne put s'empêcher d'éprouver de la compassion, repensant à Alex qui avait dû affronter les conséquences du décès de sa mère aux plans émotionnel, pratique et bureaucratique.

— Je suis désolée, murmura-t-elle, sentant son cœur fondre un peu devant la confession de Jackson.

Elle savait qu'il disait la vérité sur son père, au moins. Ou s'il mentait, il méritait un oscar pour son interprétation. Non, ce devait être vrai. Après tout, on ne mentait pas sur un sujet pareil. Mais même à présent qu'elle savait ce qui s'était passé, une chose lui posait un problème.

— Mais pourquoi ne m'as-tu pas appelée… après ?

— Eh bien, les jours sont devenus des semaines, les semaines des mois, et soudain il me semblait trop tard pour t'appeler. Après tout, j'étais plus ou moins parti ; je le sais, même si je t'avais envoyé un message. Du coup, j'ai vraiment cru que c'était fini entre nous. En fait, j'avais prévu de rester aux États-Unis pour aider ma mère, mais alors j'ai découvert que mon travail était en jeu si je ne rentrais pas au Royaume-Uni, et maman m'a dit que je devais y retourner. Elle savait combien j'aimais Londres. Je lui avais un peu parlé de toi. Elle m'a persuadé de repartir, et de te retrouver.

— Tu n'as pas beaucoup cherché, hein ? rétorqua Lydia, troublée par la façon dont il la regardait.

— Je t'ai cherchée, je suis allé à ton cabinet directement depuis l'aéroport. Je t'ai vue avec Stephen. Tu avais l'air si heureuse, si remise de « nous ». J'ai compris que j'avais raté ma chance et que je n'en méritais peut-être pas une seconde.

Lydia le dévisagea, incapable de parler.

— Est-ce que c'est vrai ? finit-elle par demander.

— Bien sûr que oui. J'ai essayé de me remettre de ta perte. J'ai avancé. Je suis sorti avec beaucoup de femmes pour essayer de t'oublier, Lydia. Et puis il y a quelques mois, j'étais à cette soirée chez un éditeur, le lancement du roman d'un présentateur de talk-show, et il y avait Joanna. La belle, drôle et aimable Joanna. Exactement le genre de femme que je voulais dans ma vie si je ne pouvais pas t'avoir. Nous nous sommes envoyé des mails et des messages pendant un moment, puis j'ai fini par lui proposer un rendez-vous. Et il s'avère qu'elle est assez géniale.

— Elle est géniale, confirma Lydia, toujours sous le coup de ce qu'il venait de lui apprendre. C'est une des meilleures personnes que je connaisse. Donc, laisse-moi mettre les choses au clair : tu n'as pas appelé, ni envoyé de message, ni même de mail parce que tu m'as vue avec un autre homme ? Je veux dire, et si Stephen avait été mon frère ou mon meilleur ami gay ?

— Dans ce cas, je ne crois pas que tu l'aurais embrassé de la façon dont je t'ai vue l'embrasser, répondit Jackson en grimaçant, comme si ce souvenir l'irritait encore. Non, il était évident à mes yeux que tu étais allée de l'avant. Et puis, quand je t'ai retrouvée ici… Jo parlait de ses amies, disait à quel point vous étiez toutes merveilleuses et combien elle vous aimait toutes. Elle t'appelle « Lily ». Je n'ai jamais fait le lien. Je n'ai jamais deviné que Lily, c'était toi. Jusqu'à ce que je t'aperçoive et à présent… Je n'étais pas prêt à ce que j'ai ressenti en te voyant là, ajouta-t-il après une brève hésitation.

— Jackson, l'avertit Lydia.

— Ce que j'éprouvais pour toi à l'époque n'a pas disparu…

— Non, Jackson, ne fais pas ça.

— Lydia…

Il ne fallut qu'une fraction de seconde à Jackson pour traverser la pièce et venir l'embrasser, mais Lydia observa toute la scène comme si elle se déroulait au ralenti. Sachant ce qui allait arriver, incapable de réagir alors que ces grands yeux bleus étaient rivés aux siens, elle était perdue. Elle sentit ses bras l'entourer, ses lèvres se presser contre les siennes, et même si son corps demeura raide de surprise pendant un moment, il répondit bien trop vite à celui de Jackson tandis que la chaleur de cet été perdu lui revenait.

— Coucou !

Au son de la voix de Stephen, ils s'écartèrent d'un bond, Lydia pressant le dos de sa main contre ses lèvres enflammées, juste au moment où ce dernier débarquait dans la chambre.

— Ah, te voilà, s'exclama-t-il dans un grand sourire. Ce Will connaît son affaire. Il a redémarré la vieille chaudière, donc la maison devrait être bientôt chauffée. On dirait qu'il va rester pour la nuit, car la tempête de neige ne nous épargne pas. Tu ferais bien de descendre, Jack, et de surveiller ta copine. Les filles sont tout excitées à cause de lui.

— Oui, c'est ce que je vais faire, dit Jackson en souriant. Je dois seulement…

— Oh, désolé, oui, bien sûr, c'est ta chambre ! Viens, Lydia.

Il prit la main ballante de Lydia et la guida jusqu'à leur propre chambre. Au moment où la porte se refermait derrière eux, il la pressa contre le panneau, enfouissant son visage dans son cou, ses mains se frayant tout de suite un chemin sous son pull.

— Je n'ai pensé qu'à ça toute la journée, Lydia, murmura-t-il. Tu es tellement sexy…

Lydia s'écarta de la porte et se défit de l'étreinte de Stephen.

— Hum. Le problème, c'est que j'ai dit à Katy que je l'aiderais pour le dîner. Et en plus, j'ai porté ce vieux machin toute la journée. Laisse-moi me faire belle pour toi, et peut-être que plus tard… ?

— Il te serait impossible d'être plus attirante que tu ne l'es en ce moment, répondit Stephen, en recommençant à s'approcher d'elle. Je ne te dis pas assez que tu es extraordinaire et que je t'aime, déclara-t-il, tenant son visage entre ses mains. Mais je t'aime, Lydia. Je t'aime très fort.

— Je t'aime aussi, renchérit Lydia, les mots s'échappant automatiquement de ses lèvres avant qu'elle ait pris un instant pour réfléchir à leur signification ou pour se demander si elle mentait. Mais j'ai promis que j'aiderais Katy pour le dîner, donc je ferais mieux de ne pas la laisser tomber.

Stephen poussa un soupir, s'asseyant sur le lit avec une moue boudeuse.

— Alors c'est ta vengeance pour cette nuit, c'est ça ? Je croyais que c'était toi qui avais envie d'un peu de sexe, marmonna-t-il en croisant les bras.

Lydia le regarda, assis là, légèrement ivre et dépité qu'elle ne veuille pas passer à la casserole. Aussi beau, aussi intelligent et talentueux soit-il, à cet instant précis elle était à mille lieues de l'aimer, même comme un frère ou un meilleur ami gay, et cette découverte la rendit malade.

— Je vais donner un coup de main, dit-elle en lui envoyant un baiser. Je te verrai plus tard.

Jackson était assis en haut des marches quand elle sortit de la pièce. Secouant la tête, Lydia tenta de le contourner.

— Est-ce que… ?

— S'il te plaît, non, l'interrompit Lydia. N'ajoute rien, Jackson. Rien. Laisse-moi tranquille, c'est tout.

— C'est bien le problème, lui rétorqua-t-il tandis qu'elle dégringolait l'escalier. Je ne sais pas si j'en suis capable.

# Chapitre 8

Afin d'éviter les plats traditionnels de Noël au moins jusqu'au réveillon, Katy s'était servie de son vieux four pour cuire un saumon entier en croûte de sel aux herbes, fourré d'un pesto aux olives noires maison, et servi avec différents tubercules, assassinés de la belle main de Joanna.

Après avoir échappé à Jackson et Stephen, Lydia, profondément désorientée et avec une légère gueule de bois, avait découvert qu'il ne restait presque rien à faire dans la cuisine après tout, aussi aida-t-elle Tilly à mettre la table dans la majestueuse salle à manger.

— Parfois, lui apprit Tilly tout en alignant parfaitement les couteaux, comme seule la fille de Katy le ferait, Molly la Folle regarde par la fenêtre avec ses cheveux dégoulinants et nous supplie de la laisser rentrer. Mais il ne faut pas la laisser entrer, parce que sinon, elle te tuera jusqu'à ce que tu sois morte.

Fronçant les sourcils, Lydia essuyait les verres comme Katy le lui avait demandé, un pour le vin rouge, un pour le vin blanc, puis les timbales pour l'eau. Katy aimait avoir beaucoup de verres.

— Qui t'a dit ça ?

— Jake, répondit Tilly, se précipitant soudain pour tirer le lourd rideau de velours rouge et ne pas risquer d'apercevoir Molly la Folle.

Lydia prit Tilly dans ses bras et tira l'une des lourdes chaises pour s'y asseoir avec la petite fille sur les genoux.

— Tu sais que Jake essaie seulement de te faire peur, parce que c'est ton grand frère et que cela fait en quelque sorte partie de son travail, pas vrai ?

Tilly la dévisagea comme si elle était idiote.

— Jake n'a pas de travail. C'est un enfant.

— Ce que je veux dire, c'est que Jake invente juste des histoires. Il n'y a pas de Molly la Folle. C'est pour de faux, comme Raiponce ou… Cendrillon.

— Cendrillon n'est pas pour de faux, et Molly la Folle non plus, rétorqua Tilly, son regard bleu devenu solennel. Elle est enterrée dans le jardin !

— Quelle idiotie ! reprit Lydia. Honnêtement, je vais parler à ta mère de cette…

— De quoi ? demanda Katy en entrant avec un plateau chargé de condiments transvasés dans de petits pots en argent, l'air bien plus détendue à présent que le chauffage était reparti.

— Jake a dit à Tilly que Molly la Folle était enterrée dans le jardin. Pas étonnant que la pauvre gamine vienne dans votre chambre la nuit ! Il faut que tu lui parles, Katy.

— Ah, fit celle-ci en posant le sel et le poivre pile au centre de la table. Mais le problème, c'est qu'elle y est. Enfin, pas Molly la Folle, il n'y a pas de Molly la Folle. Mais bon, il y a une Margaret Drake, pour qui cette moitié de l'hôtel a été construite, et elle est plus ou moins enterrée dans le jardin, en haut de la colline derrière la maison. C'était son endroit préféré, apparemment.

Katy sourit.

— Quoi ? s'exclama Lydia. Une… *quoi* ?

— Tu vois, je t'avais dit, reprit Tilly. Et c'est un zombie, a dit Jake.

— Tilly, ma puce. (Katy embrassa le sommet du crâne de sa fille et la souleva des genoux de Lydia pour lui faire un câlin.) Est-ce que tu peux aller chercher tout le monde et leur demander de venir dîner ?

Tilly considéra le couloir sombre avec appréhension.

— Vas-y, ma chérie, ils sont tous dans le salon.

Katy entra dans le couloir avec Tilly, allumant les lumières, et observa la scène jusqu'à ce que la petite fille ait rejoint sans encombre les autres adultes, sans être enlevée par un fantôme-zombie.

— Tu sais que je t'avais dit que l'hôtel était à l'origine constitué de deux maisons accolées que nous avons réunies en une seule ?

Lydia hocha la tête.

— Eh bien, reprit Katy, elles ont été construites en 1885 par Morton Drake, un riche propriétaire terrien du coin, pour ses filles célibataires. Elles avaient la trentaine, et je suppose qu'à l'époque cela faisait de toi une vieille fille confirmée.

— Rien n'a changé, dit Lydia avec un sourire narquois.

— Elles ont vécu ici, côte à côte, sur les rives du lac, assez heureuses pendant quelque temps. C'était juste au moment où la région des lacs devenait à la mode pour les gens de l'époque victorienne, et donc pas mal de touristes passaient dans le coin, et parfois les sœurs les invitaient à prendre le thé. Et puis, un jour, la sœur de Margaret, Elizabeth, a discuté avec un promeneur, un gentilhomme veuf de York. Pour résumer, elle est tombée amoureuse, s'est mariée et a déménagé, laissant Margaret seule ici. Et, crois-moi, cet endroit peut être franchement sinistre quand on n'a personne vers qui se tourner. Apparemment, un matin de printemps, ils ont découvert son corps sur la rive du lac, et la légende veut qu'elle se soit noyée de désespoir et de chagrin.

— Charmant, dit Lydia en frissonnant. Et donc ils se sont dit qu'ils allaient la mettre dans le jardin, c'est ça ? Pour fertiliser les rosiers ?

Katy prit un air d'excuse.

— Eh bien, oui. C'était l'endroit qu'elle préférait et, comme elle s'était suicidée, à l'époque, dans cette partie du monde, elle n'avait pas le droit d'avoir de sépulture en terre consacrée. Ce n'est pas comme s'il y avait une pierre tombale ou quoi que ce soit, c'est plutôt une plaque posée à même le sol, recouverte de mousse. On ne saurait pas qu'elle est ici si elle n'était pas classée monument historique, donc nous n'avons pas pu la déplacer. Mais il n'y a jamais, jamais, eu d'histoire de fantômes d'aucune sorte en rapport avec l'endroit jusqu'à ce que mon idiot de mari en invente une. Grâce à lui, je ne dors plus.

Katy se mordit la lèvre en entendant des éclats de rire et des bribes de conversation qui se rapprochaient dans le couloir.

— Bon, d'un point de vue positif, les clients adorent les histoires de fantômes, fit valoir Lydia. La légende de Molly la Folle tout juste inventée va probablement donner un coup de fouet à vos réservations. Vous devriez la faire figurer sur le site Internet.

— Tu crois vraiment ? lui demanda Katy.

— Oui, j'en suis sûre. Ajoute aussi une photo de la plaque funéraire. Je pense que vous avez intérêt à exploiter cet aspect-là à fond. Vous pourriez organiser des week-ends « paranormal », ça marche.

— En fait c'est une très bonne idée, admit Katy d'un air pensif. Mais qu'en est-il de mes enfants glacés d'effroi ? Cela paraît absurde de leur répéter encore et encore que les fantômes n'existent pas, puis de leur demander de croire qu'un inconnu tout de rouge vêtu vient dans leur chambre une fois par an, tout en sachant s'ils ont été sages ou méchants. Je me sens tellement hypocrite...

— Tu as raison, répondit Lydia. Je suis certaine que Jake va se fatiguer, et que Tilly oubliera toute cette histoire tôt ou tard. Entre-temps, contente-toi de donner un grand coup sur la tête de ton idiot de mari avec cette poêle en cuivre que j'ai aperçue dans la cuisine.

— Pourquoi, qu'est-ce que j'ai fait ? demanda Jim en entrant dans la pièce, Will sur ses talons.

Sans sa tenue pour lutter contre les grands froids, Lydia ne put s'empêcher de remarquer que Will était encore mieux, vêtu d'une chemise à carreaux rouge et blanc par-dessus un tee-shirt, les manches remontées dévoilant des avant-bras assez impressionnants. Il lui sourit en entrant, ses yeux noirs croisant brièvement les siens avant de se détourner, sans doute parce qu'il riait toujours intérieurement du dernier commentaire mortifiant qu'elle avait fait à son sujet.

— Tu as dit à ce jeune homme ici présent (Lydia posa la main sur la tête de Jake quand il passa près d'elle.) qu'il y avait un fantôme dans cette maison. Je te laisse reconnaître, Jim, que tu as inventé le fantôme parce que tu as cru que ce serait drôle, pas vrai ? Avoue !

— Eh bien…, commença Jim, avant de s'arrêter en bafouillant quand il croisa le regard d'avocat le plus redoutable de Lydia. Non, mademoiselle Grant, il n'y a pas de fantôme. J'ai tout inventé. Je suis désolé, votre honneur.

— Vous voyez ? dit Lydia à Tilly et Jake. Pas de fantôme.

— Il dit juste ça comme ça pour que tu n'aies pas peur, souffla Jake à Tilly. Mais c'est vrai. Et elle a des asticots dans les yeux.

Tilly poussa un hurlement, se jetant dans les bras de sa mère.

— Jake ! Franchement, je désespère, dit Katy, quittant la pièce tandis que les autres entraient, emmenant Tilly avec elle pour la calmer un peu.

Lydia remarqua que Stephen, Alex et David riaient à quelque chose que Jackson venait de dire et, l'espace d'une ignoble seconde, elle se demanda si elle était l'objet de leur plaisanterie. Puis elle croisa le regard de Jackson et se remémora ce qu'il lui avait dit à peine une heure auparavant, qu'elle lui manquait et qu'il éprouvait toujours des sentiments pour elle. Qu'il ne l'avait pas simplement plaquée, après tout, mais qu'il était parti pour une urgence familiale bien réelle, puis que les circonstances les avaient tenus éloignés. C'était le cruel coup de théâtre qui faisait basculer l'histoire dans *Elle et Lui*.

Elle ne doutait pas de ses dires, mais en l'observant se pencher pour embrasser Joanna sur l'oreille, Lydia ne put s'empêcher de se demander si ce qu'il prétendait toujours éprouver pour elle était également vrai. Après tout, il était évident, même pour Joanna, que Jackson n'avait pas été un ange autrefois – au moins en matière de femmes – et elle savait d'expérience qu'il était doué pour dire à une fille exactement ce qu'elle souhaitait entendre, quand elle avait besoin de l'entendre. Même après tout ce qu'il lui avait raconté dans la chambre, la façon dont il se comportait désormais envers Joanna, si affectueuse, si tendre, semblait tout à fait sincère. Et donc ses sentiments pour au moins l'une d'elles devaient être simulés. Ou, dans le pire des cas, il se couvrait en gardant à la fois sa petite amie et la meilleure amie de celle-ci heureuses tandis qu'il attendait de voir comment cet imbroglio allait se dénouer. Soudain, il lui sembla que s'enivrer n'était pas une mauvaise idée. Encore.

Quand on sortit le pudding du four, Lydia s'était presque plongée dans le coma à force de manger et de boire, ce qui était sans doute ce qu'elle avait de mieux à faire compte tenu des circonstances. Ne décrochant que quelques mots pendant le dîner, elle avait regardé

David prodiguer amour et attention à Alex qui, un peu plus détendue, appuyait la tête contre son épaule, souriant tout en devisant de leur vie après l'arrivée du bébé. Stephen était assis à côté d'elle, le bras posé sur le dossier de sa chaise, attitude aussi protectrice que possessive, et Lydia se sentait profondément mal à l'aise.

Katy paraissait de nouveau nerveuse et fatiguée, jonglant avec les différents plats et les exigences culinaires des enfants, mais refusant toutes les tentatives de Lydia pour l'aider. Elle disparut pendant une demi-heure entre le saumon et le dessert pour essayer de mettre les enfants au lit, puis se releva au milieu du pudding quand Tilly redescendit se plaindre que Jake lui avait pris son nounours préféré.

Joanna était dans son élément : seule fille à s'être changée pour le dîner, elle était éblouissante dans une robe turquoise foncé qui mettait magnifiquement en valeur sa chevelure rousse. Avec Jackson à sa gauche et Will à sa droite, elle était charmante, vive et drôle. Autant d'efforts que Lydia n'avait pas le courage de faire.

— Tu es bien calme ce soir, ma chérie, commenta Joanna, interrompant sa rêverie. Tu n'as pas l'air dans ton assiette depuis notre arrivée. Est-ce que ça va ?

— Je vais bien, répondit Lydia, parvenant à esquisser un sourire. Je n'aurais pas dû me soûler dans la journée, cela me rend vaseuse le soir.

— Et lunatique, ajouta Stephen, à moitié pour lui-même.

— Il y a de l'eau dans le gaz ? demanda Joanna en gloussant. Je vais te dire un truc, Lily, viens ici et assieds-toi un peu à côté de cet homme magnifique, il m'a ragaillardie à merveille.

Will paraissait mal à l'aise, et Joanna se rapprocha de lui, lui passant la main sur la mâchoire.

— Oooh, une barbe de trois jours. Si rugueuse et disponible, et regarde ces mains puissantes. Je parie que tu es un amant très doué, n'est-ce pas, Will ?

— Bas les pattes, Jo ! s'exclama Lydia avant d'avoir pu s'en empêcher. Ce n'est pas un étalon de concours, tu sais. Tous les hommes ne rêvent pas que tu les molestes !

— Lydia ! la réprimanda Stephen.

Joanna parut secouée mais se rassit sur sa chaise.

— Je dis des bêtises. Je suis désolée, Jo, Will.

— Pas de souci, la rassura Will d'un air incertain, se demandant sûrement comment il s'était retrouvé piégé dans une pièce pleine de gens qu'il ne connaissait ni d'Ève ni d'Adam et qu'il était incapable de comprendre. En fait, je vais peut-être faire un tour dehors et m'en griller une.

— Je t'accompagne, déclara Lydia en se levant, cherchant désespérément à quitter la pièce surchauffée, complexe et déroutante.

— Tu ne fumes pas ! s'exclama Stephen alors qu'elle se dirigeait vers la porte.

— Maintenant, si, rétorqua Lydia en suivant Will dans le couloir jusqu'à la cuisine, puis dans l'air merveilleusement frais de l'appentis.

Avec la porte à moitié pourrie et bancale coincée en position ouverte par des bottes à la taille de Tilly, c'était aussi bien que d'être dehors, mais il faisait légèrement moins froid.

Pendant une minute ou deux, Will et Lydia demeurèrent silencieux, leurs souffles faisant de petits nuages dans l'air, sans rien dire.

— Est-ce que c'est le bon moment pour t'annoncer que je ne fume pas, moi non plus ? demanda Will.

Lydia le regarda d'un air surpris, et sourit.

— Mon pauvre, dit-elle. Tu es contraint de venir jusqu'ici pour réparer une chaudière, puis bloqué par la neige et forcé de manger avec un tas de… de…

— D'intrus, acheva Will à sa place, comme si c'était une insulte suffisante pour résumer l'horreur qu'il avait été forcé d'endurer.

— D'intrus ? lui demanda Lydia.

— Pas des gens du coin. (Il fit un signe de tête, un soupçon de ce sourire intrigant jouant sur ses lèvres.) Des gens du Sud qui se plaignent et ne savent pas changer une prise, encore moins réparer une chaudière.

— Nous ne sommes pas tous comme cela, tu sais, lui apprit Lydia, resserrant les bras autour d'elle pour lutter contre le froid, et se disant qu'elle pouvait au moins changer une prise si elle y était absolument forcée. Bon sang, pauvre homme… Tu dois croire que tu viens de débarquer dans une version cauchemardesque d'un film de Richard Curtis.

— Qui ça ? Peu importe, je ne saurais pas, j'évite d'aller au sud de Manchester, expliqua-t-il, mais il souriait. Ils sont bien assez méridionaux pour moi.

Il leva la tête pour contempler le ciel parfaitement dégagé et constellé d'étoiles, s'appuyant au chambranle et prenant une grande bouffée d'air frais.

— Pourtant je vais te dire un truc, Jim aurait dû venir me voir pour exécuter les rénovations de cette baraque. L'équipe foireuse de Londres qu'il a engagée a mis une vraie pagaille, et je te parie qu'ils lui ont fait payer le double de ce que j'aurais facturé.

— Mais tu es plombier, non ?

— Oui, et électricien et plâtrier. Mon père m'a poussé à me qualifier dans tous ces métiers. Ça aide quand on dirige une entreprise de BTP.

— Oh, tu es entrepreneur. Alors qu'est-ce que tu construis ?

— Que veux-tu que je construise ?

Il la regarda, levant un sourcil.

Lydia éclata de rire.

— Eh bien, je ne l'ai jamais su avant de venir ici, mais j'ai vraiment, vraiment besoin d'une maison avec une ou deux tourelles pour me permettre de rêvasser pendant que j'attends l'arrivée de mon prince. Peut-être même d'un château entier, avec des remparts et des douves – oui, j'aimerais avoir un pont-levis à remonter –, tu peux faire ça ?

— Bon, je pourrais, mais je ne le ferais probablement pas, dit Will dans un éclat de rire. Pour moi, une maison doit s'intégrer à son environnement, un peu comme si elle en poussait, tu sais, comme si c'était organique.

Si je devais construire à partir de rien, je regarderais le terrain, le paysage et les matériaux que je peux me procurer dans la région. La maison de mes rêves aurait l'air d'avoir toujours été là, avant même que l'homme ait eu besoin de maisons.

Will lui jeta un coup d'œil, l'air un peu embarrassé, et peut-être même surpris d'en avoir dit autant en une seule fois.

— En général, je reconstruis et je restaure. J'adore les vieux bâtiments, j'adore l'histoire et le soin qu'on y a mis. Donc dès que j'ai repris l'affaire, je me suis spécialisé pour redonner à des endroits comme celui-ci leur ancienne gloire, mais adaptée au monde moderne.

Il tendit la main et caressa le mur rêche de ses longs doigts.

— Prends cette maison, par exemple, c'est une parfaite romance gothique victorienne faite d'ardoise robuste de Cumbria. Elle est propre à cette région, à cet emplacement particulier. Elle n'aurait pas pu être construite ailleurs. Et c'est ce qui la rend belle et rare.

Il suivit amoureusement d'un doigt léger les couches de pierre gris verdâtre empilées l'une sur l'autre.

— L'ardoise est si pure, si brute et sauvage, comme les montagnes dont elle provient… et on l'a forcée à devenir cette maison en forme de pièce montée folle. C'est génial. C'est une maison où les tourelles sont parfaitement indiquées !

— Tu es plus qu'un entrepreneur en bâtiment, l'accusa-t-elle avec un sourire. Tu es un artiste.

— Si tu le dis !

Il se mit à rire avec délectation, et Lydia ne put s'empêcher de se joindre à lui, trouvant contagieux son plaisir à parler de bâtiments.

Will sourit quand leurs yeux se croisèrent, et Lydia lui rendit son regard avec chaleur, subjuguée par son enthousiasme. Il avait une voix agréable et, comme un baume, elle apaisait Lydia qui retrouvait son calme en l'écoutant parler de choses aussi terre à terre que les briques et le mortier, trouvant tout à fait rafraîchissant de rencontrer quelqu'un d'aussi polarisé et passionné par quelque chose d'autre que soi-même ou sa dernière grande cause.

— Celui que Jim le cow-boy a fait venir n'y connaissait rien sur la façon dont il aurait fallu rénover cette maison, le plan, les couleurs, les papiers peints. Toutes ces choses sont essentiellement, voire complètement, anachroniques, c'est typique des mecs de Londres d'essayer de tout faire en style géorgien parce que c'est ce qu'aiment les bourges. Ça peut être assez joli, mais ça ne va pas du tout pour cette vieille baraque. Mais bon, l'argent est dépensé maintenant. Peut-être que Jim me laissera faire le reste et économisera quelques sous.

Il y eut peut-être une minute de silence pendant qu'ils contemplaient tous deux la nuit désormais paisible et silencieuse, la neige ayant cessé de tomber, du moins pour l'instant.

— Je suis désolée d'avoir dit que tu étais baisable, s'excusa brusquement Lydia. J'étais assez ivre et c'était très impoli.

Will gloussa.

— C'est mieux que de dire que je suis blèche, j'pense.

— Je te demande pardon ?

— C'est ce qu'on dit d'un mec moche, répondit-il en souriant.

— C'est presque une autre langue, dit Lydia en riant.

— Ah, plus tant que ça maintenant. On entend toujours les vieux parler en dialecte, mais en général, je le sors pour impressionner les jolies filles ou pour surprendre les touristes.

Lydia essayait toujours de déterminer si Will était en train de flirter avec elle quand ils furent interrompus.

— Vous voilà ! s'exclama Joanna qui apparut sur le seuil, une bouteille de vin à la main. Qu'est-ce que vous fabriquez dehors, tous les deux ? Désolée, Will, je dois parler deux minutes avec Lily, est-ce que ça t'ennuie ?

Will leva les sourcils en direction de Lydia en signe de compassion et, prenant une profonde inspiration, retourna dans la maison.

— Ma chérie, je t'en prie, dis-moi ce qui ne va pas ? lui demanda Joanna. Pourquoi t'es-tu montrée si dure envers moi tout à l'heure ? J'étais seulement moi… toi, entre nous, tu sais comment je suis. Je m'amuse juste un peu avec Will, c'est tout.

— Oui, c'est vrai, je le sais, c'est juste que…, bafouilla Lydia avant de s'interrompre. Jo-Jo, je suis désolée. Je ne sais pas ce qui cloche.

— Je crois que je sais, annonça Joanna, avec une expression calme et sérieuse.

— Ah bon ?

Lydia retint son souffle, se sentant coupable.

— Tu n'es pas certaine de vouloir épouser Stephen, c'est cela ? lui demanda Joanna, plus consternée que Lydia ne s'y attendait. Il a la bague, tu as la pression, et maintenant tu ne sais plus vraiment. J'aurais dû le remarquer plus tôt, mais j'étais trop absorbée par mon bonheur. Je suis désolée, Lydia. Je me suis laissée emporter par mon propre enthousiasme, j'aurais dû être plus attentive à ce que tu vis. Tu sais que tu n'es pas obligée de dire « oui », n'est-ce pas ?

Lydia ne répondit pas. Après tout, Joanna avait raison pour l'essentiel. La seule chose, c'est qu'elle n'était pas seulement incertaine de vouloir épouser Stephen, elle était désormais presque sûre qu'elle ne pouvait pas rester en couple avec lui, même si elle l'appréciait. Comment était-ce possible, après tout ce qui était arrivé ? Après que Jackson l'avait embrassée quelques heures auparavant seulement et lui avait dit qu'il avait toujours des sentiments pour elle ? Peu importait qu'elle ignore si elle avait toujours des sentiments pour lui, ou même s'il pensait ce qu'il avait dit. Le plus important était qu'au moment où elle avait avec témérité rendu son baiser à Jackson, elle avait su qu'elle n'éprouvait pas les bons sentiments pour Stephen. Si on s'apprêtait à épouser un homme, on n'allait tout simplement pas en embrasser un autre, quel qu'il soit.

Et pourtant, ils en étaient là, à la veille de Noël. Le seul jour de l'année que Lydia avait toujours souhaité parfait, exactement comme il l'était pendant ces précieuses années qui avaient précédé la séparation de ses parents. Quand elle était petite fille et que sa mère lui lisait *La visite de saint Nicolas* tandis qu'elle essayait de trouver le sommeil, finissant par s'assoupir en rêvant qu'elle entendait les grelots des traîneaux résonner quelque part dans le ciel. Mais depuis le départ de son père et les remariages de ses deux parents, ce moment parfait n'était jamais revenu. Tous ces allers et retours, ces navettes entre les maisons, un malheureux déjeuner de Noël suivi d'un autre, où il manquait toujours quelque chose.

Lydia avait cru que cette année elle avait sa chance ; cette année, dans l'endroit parfait avec les gens parfaits, elle éprouverait la même chose qu'autrefois pour cette période de l'année qui revêtait tant d'importance à ses yeux. *Quelle naïveté*, songea-t-elle amèrement ; elle aurait dû savoir que c'était impossible. Même ici, avec ses meilleures amies, au beau milieu du magnifique paysage enneigé et dans la maison qui ressemblait à une pièce montée, il manquait quelque chose.

— Alors, que vas-tu faire ? lui demanda Joanna.

— Que puis-je faire ? répondit Lydia avec désespoir. C'est Noël dans quelques jours, tout le monde est bloqué ici à cause de la neige. Je ne peux rien dire ni faire maintenant, je ficherais tout en l'air.

— Tu as peut-être raison, mais s'il te fait sa demande devant nous tous et que tu dois dire non ? Ou si tu attends que vous soyez de retour à Londres pour rompre ? Il devinera que tu as cherché à sauver les apparences.

Joanna frissonna, attirant Lydia dans la chaleur de la cuisine, et versant de grandes rasades de vin dans deux tasses, avant d'en tendre une à Lydia.

— Parfois, je trouve qu'il vaut mieux savoir la vérité, même si elle est douloureuse, que de découvrir plus tard que tu étais le dindon de la farce, tu vois ce que je veux dire ?

Lydia regarda sa vieille amie, qui se démenait pour l'aider. S'il y avait un moment pour lui apprendre la vérité à propos de Jackson, c'était celui-là. Elle se prépara aux retombées.

Mais Joanna interrompit ses tentatives de rassembler son courage.

— L'essentiel, Lily, c'est que je serai là pour toi, je te le promets, quelle que soit la façon dont tu décides de gérer les choses. Mais je t'en prie, sois aimable avec Jackson. C'est tellement important pour moi qu'il apprécie mes amies et que tu l'apprécies, parce que, tu sais, si tu ne l'aimes pas, je ne pourrai pas l'épouser.

— Ne sois pas stupide, lui dit Lydia. Si vous en avez véritablement envie tous les deux, alors ce que nous pensons n'a pas d'importance !

— Mais si, bien sûr, lui apprit Joanna. Tu sais que mes amies sont ce qui se rapproche le plus de ma famille. Oh, je sais, je fais comme si je ne me mouchais pas du pied, mais honnêtement, Lily, si je ne savais pas que vous serez toujours là toutes les trois, quoi qu'il arrive… je serais perdue.

— Et je serais perdue sans toi, moi aussi, rétorqua Lydia.

— Bien, viens ici et serre-moi dans tes bras, puis nous y retournerons et verrons combien de temps il faut pour faire rougir le beau Will.

# Chapitre 9

Lydia se lava très longtemps les dents, dans l'espoir que, après avoir mangé et bu plus que de raison, Stephen serait endormi quand elle sortirait de la salle de bains. Le reste de la soirée s'était déroulé de façon assez agréable. Elle revoyait Will assis en silence dans un coin, sirotant un whisky, assimilant la conversation, se résignant à passer au moins une nuit bloqué par la neige avec un groupe d'intrus. Joanna s'était considérablement calmée après sa discussion avec Lydia, se contentant de se blottir sur les genoux de Jackson, comme un chat à qui on laisserait passer trop de choses, tandis que celui-ci lui caressait les cheveux, évitant soigneusement le regard de Lydia. Alex et David s'étaient excusés tôt, pour « une levrette » comme l'avait chuchoté Alex à Lydia en l'embrassant pour lui souhaiter bonne nuit, et les heures s'étaient écoulées tranquillement jusqu'à ce que l'horloge sur le manteau de la cheminée sonne 23 heures et que Jim se mette à ronfler dans son fauteuil.

Lydia s'était presque assoupie elle-même quand la porte du salon s'entrouvrit lentement en craquant et qu'une tête ébouriffée de petite fille apparut.

— J'ai peur, dit Tilly d'une voix tremblante.

— J'y vais, annonça Lydia avant que Katy puisse se lever. Je suis crevée, donc je vais recoucher Tilly et me mettre au lit moi-même.

— Merci, Lily, lança Katy en bâillant. Je crois que c'est la première fois que je reste assise de toute la journée.

— Je vais y aller aussi, dans ce cas, dit Stephen. Ces deux jeunes dames devraient avoir une escorte.

Lydia sourit pendant que Stephen prenait Tilly dans ses bras, l'embrassant sur le front. C'était un homme bien, si gentil et aimable. Il pouvait être parfois un peu vaniteux, un brin égocentrique et de temps à autre un peu indélicat, mais ni plus ni moins que n'importe qui d'autre, notamment elle. Pourquoi fallait-il qu'elle ait cessé de l'aimer, sans même s'en rendre compte ?

Peut-être n'avait-elle jamais été amoureuse de lui, songea Lydia tout en se passant de la crème sur le cou et le visage. Après tout, ils s'étaient rencontrés à peine quelques semaines après le retour de Jackson à New York. Être avec Stephen était peut-être simplement un remède rapide à la douleur qu'elle avait éprouvée quand Jackson était parti. C'était facile d'être avec lui, il était à la fois aimant et peu exigeant. Il comprenait son travail, ses horaires ; cela ne le dérangeait pas de passer après sa carrière, parce qu'il était dans le même état d'esprit. Ce n'était pas un problème que tous deux aient des horaires étranges, se voyant à peine la plupart du temps parce que, comprit-elle, ils n'avaient pas besoin de se voir chaque jour. Ils ne désiraient pas ardemment passer plus de temps ensemble. Au contraire, elle avait parfois l'impression que Stephen se disait qu'il était à une étape de sa vie où il ferait bien de s'établir. Lydia faisait l'affaire à ses yeux. Ils allaient parfaitement ensemble, c'est ce que tout le monde disait ; un couple parfait uni par la fac de droit. Malheureusement, Lydia ne pouvait s'empêcher de trouver que régler aisément son pas sur celui de quelqu'un avait bien plus à voir avec l'utilité qu'avec l'amour.

Après avoir porté Tilly jusqu'au pied de l'escalier, Stephen l'avait remise à Lydia et était monté dans leur chambre. Lydia prit Tilly, son petit corps tiède pelotonné dans ses bras, et avança jusqu'à l'arrière de la maison, où l'on pouvait atteindre les chambres de la famille par un escalier séparé menant à leurs appartements privés.

— Quelle jolie chambre, dit-elle en reposant Tilly et en contemplant autour d'elle la pièce ornée de papier peint fleuri et éclairée par des lampes rose pâle en forme de fées. C'est très mignon et douillet.

— Je ne l'aime pas, déclara Tilly. Je suis sûre que Molly la Folle va venir m'emporter.

Lydia réfléchit un moment.

— Quand j'étais petite, j'avais peur d'une marionnette que mon père m'avait offerte pour mon anniversaire. C'était une marionnette de guignol, tu sais, comme dans *Guignol et le gendarme*, avec une tête en bois, un menton et un nez pointus, et des petits yeux méchants. Je la détestais, mais je ne voulais rien dire à papa et maman parce que je ne voulais pas les blesser. Donc je l'ai enfouie sous tous mes jouets dans le coffre où je les rangeais. Mais je n'arrivais pas à dormir la nuit, parce que j'étais sûre qu'elle parviendrait à sortir pour venir m'attraper. Tu te rends compte ? Une marionnette ! Qu'est-ce que j'étais bête !

Tilly se mit à glousser, remontant sa couette jusque sous son menton.

— La seule façon de me sentir mieux, c'était de prendre toutes mes peluches, sans en oublier une seule, et de les empiler sur mon lit, parce que tout le monde sait que rien d'effrayant ne peut arriver quand tes animaux te protègent. Est-ce que tu voudrais essayer ?

Tilly hocha la tête, riant joyeusement pendant que Lydia se mettait en devoir de ramasser différents nounours, lapins, chiots, chatons, agneaux, poussins et même un rat aux quatre coins de la chambre de Tilly et d'en recouvrir le lit de la petite fille, jusqu'à ce que seul son visage en forme de cœur apparaisse entre les peluches.

— Voilà, à présent, tous tes amis veillent sur toi, et tout ira bien.

— Promis ? demanda Tilly.

— Promis.

Lydia fit un signe de tête, se penchant pour embrasser l'enfant sur le bout du nez, tandis que Tilly se blottissait contre son armée de peluches.

— Et si tu dors super bien cette nuit, alors je suis certaine que quand le Père Noël viendra te rendre visite pendant la nuit de Noël, il te laissera un petit cadeau supplémentaire.

— Vraiment ? (Tilly écarquilla les yeux.) Comme quoi ?

— Comme… peut-être un rouge à lèvres ou une bouteille de parfum un peu utilisée, répondit Lydia, se demandant ce qu'elle avait dans son sac dont elle pouvait se défaire.

— Oh ! souffla Tilly, visiblement impressionnée par la promesse des cosmétiques. Je pourrai en mettre sur Vincent.

— Tout à fait ! Mais tu sais ce qu'il faut faire maintenant, n'est-ce pas ma puce ?

— Faire dodo, lui répondit solennellement Tilly, avant de se tourner sur le flanc, coinçant son nounours préféré sous son bras et mettant son pouce dans sa bouche. Bonne nuit.

En retournant vers sa chambre, Lydia s'arrêta devant la porte de Jake, jeta un coup d'œil et le découvrit enlaçant son nounours, un bras au-dessus de la tête, profondément endormi. Peut-être que, pour une fois, ils laisseraient leur mère avoir une bonne nuit de sommeil.

Quand Lydia était entrée dans leur chambre, Stephen était allongé sur les couvertures vêtu de son peignoir, tenant un verre du cognac dont Katy avait laissé une carafe.

— Bonsoir, chérie, dit-il en lui tendant la main.

Obéissante, Lydia était allée le rejoindre, le laissant l'attirer contre lui.

— J'ai été un petit ami nul, n'est-ce pas ? lui demanda-t-il.

— Non, répondit-elle dans l'épais tissu-éponge de son peignoir.

— Si, je me suis plaint de venir ici, même si je savais que tu le désirais vraiment. Je me suis endormi sur toi… j'ai piqué une crise pour rien et j'ai été stupide. Je suis désolé, Lydia.

Il la fit rouler sur le dos et l'embrassa brièvement sur les lèvres, la dévisageant de son regard un peu trouble.

— Laisse-moi me faire pardonner.

Lydia arrêta sa main, qui s'aventurait sous son haut, avec la sienne.

— Une fois que je me serai lavé les dents, dit-elle en l'écartant.

— Ce n'est pas très romantique, se lamenta-t-il pendant qu'elle descendait du lit et se dirigeait vers la salle de bains.

— Oui, mais pas plus que mon haleine d'ail, rétorqua Lydia en fermant la porte, se demandant s'il avait remarqué qu'ils n'avaient pas mangé d'ail ce soir-là.

Après s'être brossé un peu plus les dents, juste par sécurité, Lydia jeta un coup d'œil par la porte de la salle de bains et aperçut Stephen étendu comme une étoile de mer au milieu du lit, ronflant paisiblement. Elle traversa la pièce sur la pointe des pieds et, très lentement, se glissa sous les couvertures pour occuper la petite portion de lit restante. Tendant la main pour éteindre la lampe, Lydia regarda l'obscurité. Elle entendit la voix de Joanna dans la chambre voisine, des portes que l'on fermait, des bruits de pas dans l'escalier, les vieilles poutres craquer et travailler tandis que le chauffage s'éteignait, tous les bruits de la maison s'apaiser et Stephen dormir profondément à côté d'elle. Son esprit tourbillonnait tandis qu'elle tentait de trouver un sens à tout ce qui lui était arrivé ce jour-là.

Est-ce que Jackson pensait vraiment ce qu'il lui avait dit ? Était-il vraiment rentré de New York pour la découvrir avec Stephen, ou n'avait-il fait qu'ajouter son propre baratin à leur histoire, pour tenter de sauver la face ? Elle savait combien le chagrin pouvait être dévorant, mais il aurait certainement pu faire un effort pour la contacter après le décès de son père. Et à présent ? Elle ne savait pas avec certitude ce qu'elle pensait de tout cela. Avait-il toujours des sentiments pour elle ? Et s'il appréciait tant Joanna, comme cela semblait être le cas, pourquoi diable embrassait-il une autre femme ? Plus important, qu'est-ce qu'elle fabriquait, à le laisser faire ?

Il était peut-être écrit que Jackson et elle devaient être ensemble. Se trouver réunis de cette façon était assurément un coup du sort radical. S'il éprouvait véritablement toujours quelque chose pour elle, et elle pour lui, alors ce pourrait être leur dernière occasion de résoudre le problème. Mais à quel prix ? Lydia doutait sérieusement que Joanna serait aussi compréhensive si elle lui piquait Jackson qu'elle l'était pour prêter une paire de chaussures ou des boucles d'oreilles. Il était bien plus probable que Jackson soit un *serial séducteur*, un véritable tragédien, incapable de résister à l'envie de compliquer un peu plus une situation déjà complexe, accro à l'idée de charmer toutes les femmes. Elle savait avec certitude qu'elle ignorait tout du vrai Jackson Blake, et qu'il ne serait pas très raisonnable de chercher à le découvrir.

Allongée dans le lit, sans avoir apparemment la moindre chance de dormir, Lydia remarqua une lumière vacillante sur le mur face à la fenêtre, comme un papillon de lumière, qui allait et venait, montait et descendait dans l'obscurité. Perplexe et intriguée, elle sortit du lit, recroquevillant les orteils sur le plancher froid, et se dirigea vers la fenêtre de la tourelle, pressant le nez contre le verre. Elle ne parvint qu'à entrapercevoir la lumière qui disparaissait dans le hangar à bateaux au bout du jardin, sur la rive du lac. Les petits cheveux sur sa nuque se dressèrent, et Lydia ouvrit la bouche quand la lueur mystérieuse illumina l'étroite fenêtre du hangar.

Sans réfléchir, elle enfila ses chaussettes, un pull par-dessus son pyjama, et se rendit au rez-de-chaussée, se donnant l'impression d'être la vilaine petite fille qu'elle avait été autrefois, il y a bien longtemps, se faufilant au bas de l'escalier aux petites heures de Noël, tentant désespérément de rattraper le Père Noël, ou au moins d'ouvrir ses cadeaux avant le lever du soleil. L'odeur du sapin fit resurgir ses souvenirs. Elle se revoyait, à genoux sur le tapis, des épines la démangeant entre les orteils, alors qu'elle déchirait le papier bon marché et lustré que sa mère achetait toujours en gros, et se plaisant à deviner le contenu du paquet, même si celui-ci s'avérait toujours décevant.

Lydia avait l'impression de déambuler en plein rêve quand elle retrouva son manteau et, veillant à coincer son pantalon de pyjama dans ses bottes d'emprunt, avança dans la nuit silencieuse à la recherche du fanal. La lune était immense dans le ciel, jetant une lumière étrange sur le lac qui scintillait d'un éclat argenté pour la saluer, et glissant sur les sommets des montagnes avec une lueur éthérée. S'il y avait bien une nuit pour apercevoir le fantôme de Molly la Folle, se dit Lydia, c'était celle-ci. C'était la nuit parfaite pour une histoire de fantômes de Noël.

Le crissement de la neige gelée sous ses bottes parut se répercuter sur les montagnes alentour, assez fort dans ce paysage feutré pour réveiller les morts. Ce qui, à présent qu'elle y réfléchissait, n'était pas une si bonne idée. Néanmoins, s'il fallait retrouver un vrai fantôme, Lydia estimait qu'il était de son devoir de le faire – au moins pour Tilly – et peut-être de lui demander, très gentiment, de s'en aller.

Elle retint son souffle tandis qu'elle s'approchait du vieux hangar délabré, avec ses vieilles poutres pourries, qui tenait toujours de façon précaire sur des pilotis tordus qui, étrangement, le maintenaient au-dessus de l'eau. Avec détermination, elle posa la main sur la porte en bois brut couverte de mousse et l'ouvrit d'une poussée, laissant échapper un petit cri au spectacle qu'elle avait devant elle.

Will Dacre, artisan entrepreneur, était assis, recroquevillé dans une barque qui semblait prendre l'eau, buvant dans une flasque argentée, une petite lampe à gaz scintillant à ses pieds tandis qu'il levait les yeux vers une lucarne cassée.

— Putain de merde ! s'exclama Lydia en riant, submergée par le soulagement et prenant conscience de sa bêtise quand elle comprit à quel point elle avait espéré rencontrer Molly la Folle. Tu n'es pas un fantôme !

Will eut l'air perplexe.

— Un fantôme ? Ne sois pas idiote. Ça n'existe pas.

— Va dire ça aux enfants, ils sont persuadés que la dame enterrée au fond du jardin va venir les emporter.

Will l'observa pendant un instant, puis lui tendit sa flasque.

Après une seconde d'hésitation, Lydia la prit et but au goulot une gorgée qui avait un goût métallique.

— Pour information, je ne suis pas alcoolique, lui expliqua Will. Pour une raison que j'ignore, je n'arrivais pas à dormir. Cela fait longtemps que je ne suis pas venu dans cette maison et, bon, cet endroit avait pas mal d'importance à mes yeux.

— Le hangar à bateaux ? lui demanda Lydia, en acceptant la main qu'il lui tendait pour monter d'un pied mal assuré dans la barque, jetant un regard dubitatif à la nappe d'eau qui en couvrait le fond.

— Oui, quand j'étais ado, je sortais avec la fille qui vivait ici, lui apprit-il, désignant la maison du menton. J'avais quinze ans, elle avait un an de plus.

— Oh, un *toy boy* ! le taquina-t-elle. Quel scandale !

— La plus jolie fille d'Aldersbeck, et aussi de Keswick. Tous les garçons en étaient amoureux, avec ses longs cheveux noirs et sa peau éclatante. Et des seins… (Le sourire enfantin de Will prit Lydia par surprise.) Elle avait une super poitrine.

— Espèce de débauché, lança-t-elle avec un sourire.

— Nous sommes sortis ensemble pendant tout un été. Son père travaillait à la ferme, comme c'était l'habitude autrefois, donc il était dehors la plupart de la journée, et sa mère était toujours occupée à gérer les chambres d'hôtes à côté. Ils possédaient les deux maisons mais les avaient maintenues séparées. Donc nous disposions plus ou moins de l'endroit pour nous tout seuls.

— Est-ce que c'est là que tu… es devenu un homme ?

Lydia se montrait effarouchée, ce qui ne lui ressemblait pas.

De nouveau ce sourire en coin, et Will secoua la tête.

— Non. J'ai dit aux potes que nous faisions l'amour à longueur de journée, mais elle n'était pas prête et, à dire vrai, moi non plus. (Il hésita, son regard reflétant un souvenir précieux.) Mais elle était mon premier amour, et je pèse mes mots. J'aurais pu passer toute la journée à la contempler et ça m'aurait suffi. Mais elle m'a laissé l'embrasser et… un peu plus. Une nuit, j'étais incapable d'attendre que le matin arrive pour la revoir, alors je suis venu jusqu'à la maison depuis le village. J'ai jeté des cailloux contre sa vitre. J'ignore comment je m'en suis tiré, mais elle est descendue. Et nous sommes restés allongés là, peut-être même dans ce bateau, dans les bras l'un de l'autre, à regarder les étoiles au travers de cette lucarne brisée. Rien n'a changé ici ; c'est comme si le temps s'était arrêté. C'est toujours l'endroit parfait où amener la fille qu'on aime.

Lydia suivit le regard de Will vers le haut et aperçut le carré noir dans le plafond, qui encadrait magnifiquement le superbe ciel étoilé.

—Que c'est romantique! souffla-t-elle, surprenant Will qui lui souriait alors qu'elle tournait les yeux vers lui. Comme Roméo et Juliette.

—Ça s'est mal fini, dit Will, retrouvant soudain son sérieux. Vraiment mal.

—Oh non, que s'est-il passé? lui demanda Lydia, sur le bord du petit banc mouillé. Est-elle morte de façon inattendue, te laissant le cœur brisé et incapable d'aimer de nouveau?

—Pas exactement, rectifia Will en haussant un sourcil. Elle a découvert que j'avais raconté à tous les garçons que nous avions fait l'amour, alors que ce n'était pas le cas. Elle m'a plaqué et m'a dit qu'elle ne voulait plus jamais me revoir. Quelques années plus tard, elle a épousé un boucher industriel et est partie vivre à Penrith. Aux dernières nouvelles, elle était grosse comme une barrique et mère de cinq mômes.

Lydia éclata de rire.

—Eh bien, j'espère seulement que tu as retenu la leçon, le gronda-t-elle.

—Je n'ai plus jamais révélé mes secrets d'alcôve depuis, lui assura-t-il. Ma mère m'a appris à être un gentleman, et s'il y a bien quelqu'un que tu ne veux pas prendre à rebrousse-poil, c'est elle.

Lydia sourit.

—Je suppose que ta famille vit au village, elle aussi?

Will secoua la tête.

— Pas tout à fait. Il y a quelques années, quand l'arthrite de papa l'a rendu incapable de supporter le froid, ils sont partis vivre en Floride près de ma sœur Becky et de sa famille. J'y vais quand je le peux, et ils viennent toujours passer une ou deux semaines l'été, pour respirer le bon air de Cumbria.

— Tu n'as pas été tenté de partir avec eux ? lui demanda Lydia. De construire des maisons en bord de mer dans les Keys ?

— Non, il faudrait sacrément plus qu'un soleil permanent pour me faire quitter cet endroit, lui expliqua-t-il. Je n'imagine rien qui y parvienne.

Alors qu'ils contemplaient les étoiles, ils se contentèrent de demeurer silencieux un moment, écoutant l'eau qui clapotait contre la barque. Étrangement, Lydia ne sentait pas du tout le froid ; ce devait être le whisky qui lui tenait chaud, se dit-elle, refermant les deux mains autour de la flasque.

— Alors, qu'est-ce que tu fabriques debout à cette heure-ci ? lui demanda Will. Ne me dis pas que tu chassais les fantômes, tu n'as pas l'air d'être le genre de fille qui croit à ces inepties.

— Je n'arrivais pas à dormir, lui expliqua Lydia, les mots quittant sa bouche avant qu'elle puisse les arrêter. Mon petit ami, Stephen. J'ai découvert cette bague en diamant dans son tiroir. Je sais qu'il va me faire sa demande d'une minute à l'autre et je… je viens juste de comprendre que je ne veux pas être avec lui, encore moins l'épouser et puis… eh bien, c'est compliqué. J'ignore tout simplement quoi faire. La dernière chose que je souhaite, c'est lui faire du mal ou le mettre mal à l'aise, surtout en cette période de Noël. Je m'enfuirais bien mais, bon, nous sommes bloqués par la neige. Et c'est ici que je suis venue, pour fuir.

Will parut songeur, prenant une gorgée à la flasque après que Lydia la lui eut rendue.

— Il me semble que Noël n'est qu'un jour comme les autres. Les gens sont tout excités, ils pensent que s'ils ne sont pas heureux à cette période de l'année, alors ils ne peuvent pas du tout l'être. Ça me paraît un peu idiot de s'enflammer pour une seule journée, semblable à n'importe quelle autre.

— Eh bien, vu sous cet angle…, commença Lydia.

— Et Stephen ne t'a pas encore fait sa demande, si ? (Lydia secoua la tête.) Alors pourquoi est-ce que tu flippes pour quelque chose qui pourrait ne pas arriver ? Une bague dans une boîte, c'est loin d'être une bague au doigt. Crois-moi, je le sais.

Lydia demeura silencieuse tandis qu'elle absorbait ses paroles, déchiffrant leur sens, ce qui apaisa étrangement ses nerfs tendus.

— Puis-je te poser une question ? finit-elle par demander.

— Ça dépend, répondit Will. C'est quoi ?

— Qu'est-ce que tu penses de Joanna ?

Will sembla réfléchir.

— Elle est très belle, elle me fait penser à ce tableau, tu sais, celui d'Ophélie dans l'eau.

Lydia leva un sourcil, et il se mit à rire.

— On a des galeries d'art dans le Nord aussi, tu sais !

— Je sais, mais est-ce que tu craquerais pour elle ? lui demanda Lydia.

— Tu veux dire, plutôt que pour toi ? demanda Will, interrompant brusquement le jeu du chat et de la souris.

Lydia hocha la tête d'un air gêné.

— Le problème, Lydia, c'est que vous êtes toutes les deux casées. Je ne suis pas le genre de mec à draguer une fille qui est déjà prise. (Lydia hocha la tête, se sentant assez contrite.) Mais si tu étais libre… eh bien, en d'autres termes, je préfère une femme qui peut s'asseoir pour regarder les étoiles, plutôt qu'une qui essaie d'en être une. À présent, nous ferions mieux de rentrer avant de mourir de froid ou que le bateau ne coule, au choix.

# Chapitre 10

*23 décembre*

Stephen était absent quand Lydia ouvrit les yeux. S'emparant de sa montre sur la table de nuit, elle vit qu'il était 10 heures passées, et se laissa retomber sur son oreiller, tentant de se rappeler quand elle avait dormi si tard pour la dernière fois. Même le week-end elle n'avait pas l'occasion de faire la grasse matinée avec Stephen. Il était toujours par monts et par vaux, faisant du bénévolat au centre d'accueil qu'il soutenait, ou assistant à une manifestation pour ou contre sa dernière cause. Et, même s'il n'y avait pas d'événement, Stephen voulait toujours faire quelque chose, profiter de la journée au maximum ; « vivre à fond », disait-il. Autrefois, elle avait trouvé cela charmant, mais à présent, aussi exceptionnel et noble que soit Stephen, Lydia prenait conscience que sa détermination sans faille à faire le bien par-dessus tout, y compris passer du temps avec elle, était épuisante.

Remarquant que l'air s'était rafraîchi, Lydia se pencha et toucha le radiateur. Il était de nouveau glacial. Avec un grognement, elle attrapa les vêtements qui lui passaient sous la main depuis les tréfonds du lit, et s'habilla en vitesse sous les couvertures.

S'autorisant une minute supplémentaire pour reprendre son souffle, Lydia se rappela l'aventure de la nuit précédente avec un petit frisson. Il était impossible de ne pas apprécier Will, tant il était ancré dans la réalité et bien dans sa peau. Pas d'incertitude, pas de complexe ou de névrose qu'eux semblaient avoir à revendre. Lydia voyait à la façon dont il parlait et se comportait qu'il appréciait ce qu'il était, et était satisfait de sa vie, gardant le secret du bonheur enfermé derrière ce demi-sourire. Pour ne rien gâcher, il était extrêmement beau, songea-t-elle négligemment, avant de s'arrêter brusquement. Elle avait déjà enfreint l'une de ses propres règles en embrassant un autre homme alors qu'elle était en couple. Fantasmer sur un entrepreneur en bâtiment du Nord super sexy qui, à l'évidence, ne faisait que la tolérer, était tout simplement hors de question.

Avant de s'autoriser à rêvasser de façon malavisée au sujet de quelqu'un d'autre, elle devait parler à la fois à Stephen et à Jackson ; elle devait résoudre cet imbroglio. Bon Dieu, elle était une adulte, une avocate et une personne indépendante. Alors pourquoi avait-elle envie de rester au lit et de se cacher sous les couvertures jusqu'au nouvel an ?

Lydia trouva les filles dans la cuisine, debout devant la table, contemplant ce qui gisait dessus.

— Bonjour tout le monde, la chaudière a de nouveau lâché ? demanda Lydia.

Alex se retourna pour la regarder avant de s'écarter pour révéler la plus grosse dinde que Lydia ait jamais vue, étendue sur le bois brut.

— Sainte Marie, mère de Dieu ! s'exclama-t-elle.

— Ce n'est pas ce que tu crois, glissa malicieusement Joanna. Alex n'a pas accouché cette nuit.

— Si le bébé est aussi gros, je change d'avis, ajouta Alex en dévisageant la chose.

— Bon sang, elle est énorme !

Lydia se rendit compte qu'elle enfonçait des portes ouvertes.

Katy pressa les paumes contre ses joues, subjuguée par le cadavre.

— Je sais. Dieu merci, le fermier vient de la livrer sur la luge de ses enfants. Je l'ai commandée en octobre, et il m'a demandé pour combien de personnes, j'ai répondu quinze, et il m'a dit qu'il s'en occupait. Il n'a pas mentionné qu'il la nourrirait aux déchets radioactifs.

— Mais bon, on n'a jamais trop de dinde ! fit remarquer Lydia en lui tapotant l'épaule.

— En fait, on dirait que si, intervint Alex en désignant l'humble petit four électrique niché dans un coin.

— Elle ne rentre pas dans le four ? demanda Lydia.

— Je ne sais pas, gémit Katy. J'ai trop peur d'essayer ! Je croyais que j'allais cuisiner sur le fourneau, par sur une relique des années 1970. Fichu fourneau, il me gâche la vie. Je jure devant Dieu qu'à partir de maintenant, je n'utiliserai plus que le micro-ondes.

— J'ai une idée, nous pourrions brûler la dinde pour nous réchauffer, suggéra joyeusement Alex.

Katy recommença à gémir, et Alex haussa les épaules.

— C'était une blague ! Quoi, c'est trop tôt ?

Lydia réprima un sourire.

— OK, allons, on n'a qu'à la fourrer dedans pour essayer. Je sais qu'elle a l'air gigantesque, mais je suis certaine qu'elle a un peu de… souplesse.

Katy s'empara d'une patte et d'une aile froides et moites, Lydia des autres, et elles s'approchèrent du four tandis que Joanna en ouvrait la porte, sortant toutes les plaques et la grille supplémentaire – tout ce qui risquait de gêner l'accès du volatile à sa destination finale.

Le cou et les ailes passèrent à peu près, mais quand elles arrivèrent à la poitrine, la dinde se coinça fermement. Grimaçant, Lydia introduisit la main dans le derrière et parvint à l'enfoncer d'un ou deux centimètres supplémentaires, mais pas davantage.

— Oh noooon, grogna Katy. Noël est fichu ! Encore !

— Attends une seconde, dit Lydia, se lavant les mains à l'eau glacée tout en repensant aux sages paroles de Will. Ce n'est pas encore terminé. Nous allons cuire cette saloperie même si cela doit nous tuer.

— Ce sera probablement le cas, rétorqua Alex. Il va nous falloir dix jours dans un four industriel pour cuire entièrement cette horreur.

— On peut y arriver, les encouragea Lydia. Nous sommes des femmes intelligentes et capables. Avec un job et un compte en banque. Nous pouvons faire entrer cette dinde dans ce four.

— Hum, au cas où personne n'aurait remarqué, la faire entrer n'est pas notre problème dans l'immédiat, fit valoir Joanna en réprimant un ricanement du dos de sa main. Notre problème immédiat est de ressortir cette saleté.

Katy distribua des gants en latex et, manches relevées, elles entreprirent de déloger l'animal. Elles essayèrent de tirer, elles formèrent une chaîne et tentèrent une sorte de tir à la corde contre le four, mais celui-ci semblait réticent à abandonner son trophée, et la créature refusait de bouger. Alex eut l'idée d'utiliser une sorte de pied-de-biche, on eut donc recours à diverses cuillères et spatules pour tenter d'extirper la pauvre créature en faisant levier, mais on ne parvint qu'à la saccager davantage.

— Et voilà pourquoi j'ai la certitude que je ne pourrais jamais être lesbienne ! déclara Joanna.

Cette réplique les poussa toutes à s'arrêter et à la dévisager pendant une seconde, avant de reprendre leur bataille épique.

— S'il vous plaît, cessez de la martyriser ! s'exclama Alex. J'ai l'impression que je devrais appeler la SPA, section *post mortem*.

— C'est bon, dit Katy en jetant ses gants par terre en signe de défaite. C'est bon. Je vais me pendre. Adieu monde cruel.

— J'ai une idée ! cria Lydia.

— Quoi ?

— Quand tu as emménagé, nous t'avons toutes offert des cadeaux de pendaison de crémaillère, non ? Je t'ai trouvé de jolis cadres photos, Alex t'a dégotté ce livre de cuisine et Joanna t'a offert un couteau électrique qu'elle a obtenu en promo grâce à son travail.

— Ce n'était pas une promo, protesta Joanna. C'était une fin de série. Et de toute façon, depuis quand des vieux cadres pourris suffisent-ils à sauver Noël ?

— *Bref*, nous allons découper cette saloperie, répondit Lydia. Ensuite, nous pourrons la cuire en morceaux, pour plus de facilité. Où est le couteau ?

L'air presque aussi désespérée que la dinde, Katy tira une chaise de sous la table de la cuisine et traversa les dalles jusqu'au placard d'angle, en ouvrit la porte et grimpa sur la chaise. Elle en sortit une boîte, qu'elle passa à Lydia. Puis une autre boîte, suivie d'un assortiment de sacs plastiques et, enfin, en se mettant sur la pointe des pieds, elle farfouilla du bout des doigts jusqu'à en extirper le couteau électrique de Joanna, toujours dans sa boîte enveloppée d'un film plastique.

— Oh je vois, fit Joanna. Merci beaucoup.

— Quoi ? Je le gardais pour le meilleur moment, marmonna Katy, tendant l'engin à Lydia, qui le déballa habilement à l'aide du couteau à pain.

— Il faut le brancher ! s'exclama-t-elle en déroulant le fil.

— Oui, c'est pour ça qu'on dit qu'il est électrique. Ce n'est pas de la magie.

— Tu ne pouvais pas leur en offrir un sans fil ?

— Il faudrait toujours le charger, tandis qu'ainsi, il fonctionne instantanément. C'est mieux.

Joanna sourit d'un air sage. Heureusement, il y avait une prise à côté de la cuisinière, qui paraissait avoir été installée peu après la découverte de l'électricité, mais Lydia brancha le couteau au péril de ses jours, et posa une grosse soupière à ses pieds pour récupérer les morceaux.

— Tourne-toi, Katy, tu n'as peut-être pas envie de voir ça.

Alors qu'elle s'en prenait sans pitié à l'oiseau, le tronçonnant avec une brutalité implacable, tandis que Katy se cachait le visage dans le cou de Joanna et qu'Alex vomissait dans l'évier, Lydia se dit qu'elle était peut-être la seule personne au monde, et même dans l'univers, qui, à cet instant précis, trouvait que démembrer violemment une dinde était une distraction bienvenue. Enfin, Lydia laissa tomber le dernier morceau dans le plat, avec un bruit sourd et humide.

Les quatre femmes regardèrent fixement les restes pendant un moment, la tête inclinée en signe de respect.

— Voyons les choses sous cet angle, finit par dire Joanna. C'est parfait pour une dinde mijotée.

Katy se mit à rire, d'abord un petit gloussement, mais qui évolua bientôt en un fou rire hystérique, alors qu'elle se pliait en deux, pointant du doigt la dinde massacrée.

— J'allais la faire cuire avec de l'orange et des airelles, dit-elle en sanglotant à demi. J'allais la présenter sur le plat gravé de ma grand-mère, entourée de toutes garnitures et décorée de houx, et maintenant… maintenant, on dirait qu'elle va servir à une reconstitution judiciaire !

Elles observèrent avec horreur le rire de Katy se muer en larmes, et celle-ci se laisser tomber sur une chaise, s'enfouissant la tête dans ses bras, ses épaules se soulevant pendant qu'elle prenait des inspirations haletantes et irrégulières.

Lydia, Alex et Joanna échangèrent un regard.

— Au moins c'est arrivé avec nous, tes meilleures amies, et pas avec tes vrais clients, fit remarquer Alex en passant un bras autour des épaules tremblantes de Katy. On se fiche de l'aspect de la dinde du moment qu'elle est bonne. Et en fait, on se fiche même qu'elle soit bonne, tant qu'il y a du vin.

— Mais je voulais que ce soit… parfait ! s'exclama Katy dans un hoquet. Je voulais qu'au moins une chose dans ce trou à rat soit parfaite, pour que vous pensiez que… que… que tout est parfait !

— Tout est parfait, non ? lui demanda Lydia, tirant une chaise pour s'installer à côté d'elle. En voie de l'être, de toute façon ?

— Non ! s'exclama Katy, comptant chacune de ses doléances sur ses doigts tremblants. Tout est atroce. La maison n'est pas du tout comme je le souhaitais, Jim a payé trop cher pour que les choses soient mal faites, et n'a pas mis assez de côté pour les choses basiques comme le chauffage, l'eau chaude et un… une… cuisine avec un putain de four qui fonctionne. Nous n'avons aucune réservation après le nouvel an, et nous ne sommes absolument pas prêts à accueillir celles que nous avons, et… et je ne vois jamais Jim, il est toujours en vadrouille de son côté, comme s'il était en vacances ! Les enfants ne dorment jamais, j'ai l'impression de ne jamais m'arrêter et… aucune des mères à l'école du village ne me parle, et je suis si seule, je suis tellement, tellement seule.

Lydia prit la main de son amie, la frottant vivement entre les siennes.

— Oh, Katy… Je crois que nous avions toutes conscience que tu étais un peu lessivée, mais nous n'avions pas idée que tu te sentais si mal.

— Je me sens tellement idiote, poursuivit Katy, essuyant de ses paumes les larmes qui ne voulaient pas cesser de couler à présent qu'elles avaient commencé. C'était mon idée, mon rêve. Je croyais que j'en étais capable ; que j'allais le réaliser. Mais c'est un cauchemar, un cauchemar ! Je veux Londres. Je veux mon Pilates du jeudi soir et mon café du matin avec les autres mamans. Je déteste ce bled !

— Bon, tu ne peux pas continuer comme cela, déclara Alex d'un air sombre. Où est Jim ? Je vais le tabasser pour toi.

— Ou sinon, tu pourrais simplement parler avec lui, suggéra prudemment Lydia. Je veux dire, je sais que Jim peut parfois se comporter comme un con, mais il vous aime, toi et les enfants. Il est sans doute complètement absorbé par sa propre aventure, et n'a pas remarqué à quel point tu es sous pression.

— Ce n'est pas comme s'il ne savait pas encaisser la pression, ajouta Joanna. Tu ne m'as pas dit qu'il jonglait avec des millions dans son ancien boulot ?

— C'est exactement cela. Il a l'impression d'être à la retraite, répondit Katy. Tout ceci n'est qu'un passe-temps à ses yeux, un divertissement entre les séjours au pub et les parties de rigolade avec ses nouveaux amis. Il ne comprend pas que nous devons en tirer de l'argent, et vite, et que j'ai besoin qu'il me donne un vrai coup de main.

— Mais tu ne lui en as pas parlé ? demanda Alex.

— Je n'en ai pas eu le temps, à vrai dire, expliqua Katy, désormais plus calme. Je n'ai pas arrêté une seconde. En outre, c'était mon rêve, mon idée. J'aurai l'impression d'avoir échoué si je lui avoue que je n'arrive pas à faire face.

— Honnêtement, Katy, je suis certaine que les choses ne sont pas aussi terribles que tu ne le penses, lui dit gentiment Lydia. Cette demeure est magnifique, et ce n'est peut-être pas exactement comme cela que tu l'envisageais, mais quelle maison l'est après, quoi, six mois ? Et oui, vous avez fait des erreurs. Peut-être qu'il aurait mieux valu installer un nouveau chauffage central et une nouvelle cuisine plutôt qu'une immense table de billard. Mais bon, au moins, pendant ses séjours au pub, Jim est devenu ami avec un entrepreneur en bâtiment talentueux qui, j'en suis sûre, va résoudre ces problèmes pour un prix raisonnable. Quant à la cuisine, je sais qu'à cet instant précis, tu es persuadée que ce four là-bas est ta Némésis, mais regarde tous les bons petits plats que tu nous as préparés depuis notre arrivée.

— Lily a raison, reprit Joanna. Ton problème, ma chérie, c'est que tu es perfectionniste. Je le sais parce que je suis pareille. Tu te mets trop de pression pour être parfaite à chaque instant et, crois-en mon expérience, ce n'est tout bonnement pas possible.

— Surtout dans le cas de Jo, ajouta Alex d'un air très sérieux, faisant naître l'ombre d'un sourire sur les lèvres de Katy.

— Écoute, dit Lydia. Si quelqu'un est coupable de vouloir un Noël de carte postale, c'est moi. Pendant l'essentiel de ma vie, j'ai souhaité débarquer dans *Le Miracle de la 34e rue* – la version originale en noir et blanc, pas ce remake idiot – ou *La vie est belle*, et ressentir cette magie dont tout le monde parle.

— Et je voulais tellement être celle qui te l'offrirait, mais cela ressemble plutôt à *Cauchemar en cuisine* ! gémit Katy.

— Je sais, Katy, c'est vraiment adorable, et quand Stephen et moi sommes arrivés ici, j'ai pensé que je n'avais jamais rien vu d'aussi beau que cette maison illuminée sous la neige. Mais je n'ai pas risqué ma vie dans le seul but d'obtenir une jolie maison et une dinde de Noël en un seul morceau. Je suis venue parce que, s'il y a bien une chose que je crois avoir enfin apprise de la vie, c'est que Noël n'a rien à voir avec l'aspect de la dinde ou le fait qu'on risque ou non une amputation des orteils. Il est question d'être avec les gens qu'on aime et qui vous aiment en retour. Ces gens avec qui tu peux assassiner une dinde morte et en rire après coup. Et nous sommes toutes là pour t'aider, pas vrai les filles ?

Katy regarda autour d'elle tandis que Joanna et Alex hochaient la tête.

— Merci, dit-elle, reniflant et souriant simultanément. Je me sens vraiment mieux d'avoir avoué que tout n'était pas exactement à la hauteur de mes espérances. Vraiment. Et je parlerai à Jim, vous avez raison. Je ne peux pas me plaindre et l'accuser d'être insensible et stupide alors que mes reproches sont liés à une situation qu'il ne remarque même pas.

— Exactement, opina Lydia. Je crois…

— Oh, Lily, j'aimerais être aussi forte, aussi solide que toi. Tu arrives toujours à tes fins. Un super boulot, le mec idéal, pas de complications. Tu sais exactement ce que tu veux et tu vas le chercher.

— Es-tu certaine que tu parles de cette Lydia étourdie, incorrigible romantique, qui agit toujours sur un coup de tête, et pas d'une autre personne raisonnable du même nom ? lui demanda Alex.

Alors que ses amies riaient gentiment à cette description bien plus pertinente, ce fut une surprise, pour Lydia bien plus que pour les autres, de découvrir que c'était désormais elle qui pleurait, la tête dans ses bras.

— Quoi ? lui demanda Katy.

— Quoi ? s'exclama Alex. Je plaisantais, c'est tout !

— Dis-leur, lui conseilla sagement Joanna. Vide ton sac.

— Tu le lui as dit ? (Alex avait l'air offensée.) Qu'est-ce que tu lui as dit que tu ne m'as pas raconté ?

— C'est Stephen, expliqua Lydia, les mots se déversant d'elle avant qu'elle puisse les arrêter. Il est tellement gentil, bon, tendre et beau, et j'ai découvert une bague de fiançailles dans son tiroir à chaussettes. (Il y eut des murmures d'excitation parmi ses amies.) Mais ça ne va pas ! Je veux avoir envie de l'épouser, plus que tout, mais je n'y arrive pas. Je ne pense même pas que je l'aime encore ! Je me demande même si je l'ai jamais aimé…

La tête dans ses mains, Lydia attendit que le flot de soutien et d'avis amicaux se déverse sur elle, comme pour Katy, mais il n'y eut que le silence.

— Hum, fit Katy.

— Le problème, c'est que…, entendit-elle Joanna commencer.

— Lily, dit Alex en lui tapant sur l'épaule. Copine.

Lydia leva la tête, craignant ce qu'elle allait voir avant même d'avoir écarté les doigts de ses yeux. Stephen se tenait sur le seuil, et l'expression de son visage témoignait du fait qu'il avait entendu chacun de ses mots.

— La chaudière est repartie, annonça-t-il, la mâchoire serrée. Will a dit qu'il devrait trouver une pièce après le nouvel an afin de la réparer pour de bon, mais en attendant elle fonctionnera. Bien. OK, je m'en vais dans ce cas.

Sous le choc, Lydia le regarda prendre son manteau, marcher jusqu'à la porte de derrière et sortir dans la nouvelle bourrasque de poudreuse qui tombait du ciel de façon erratique. Puis elle se leva et le suivit, laissant ses amies se dévisager avec des expressions horrifiées tandis que l'air glacial s'insinuait par la porte qu'elle avait laissée grande ouverte. Quand elle rattrapa Stephen, il enlevait à mains nues la couche de neige de la Prius.

— Stephen, attends ! dit-elle. Regarde, regarde autour de toi. Tu n'iras nulle part par ce temps, surtout avec ça.

— Oh, répliqua Stephen. Donc tu détestes aussi la Prius en secret, c'est ça ? Quand avais-tu l'intention de lui dire que c'était terminé ? Avant ou après qu'elle se soit ridiculisée en te faisant sa demande devant tous tes amis le jour de Noël ?

— Oh, Stephen.

Lydia lui prit les bras, mais il l'écarta d'une bourrade, les yeux pleins de larmes.

— Comment as-tu pu, Lydia ? Si tu savais ce que tu ressentais pour moi, alors tu ne crois pas que tu aurais dû m'en informer en premier ? Au lieu de ça, je te surprends à cancaner à mon sujet comme si j'étais un sujet de plaisanterie.

Lydia fut incapable de se défendre. Elle baissa la tête, laissant les flocons de neige parsemer ses cheveux, scintillant un moment avant de fondre.

— J'ignorais ce que j'éprouvais avant de découvrir la bague à la maison. Et cela m'a fait réfléchir sur notre couple et je me suis demandé si nous serions heureux ensemble, si nous étions vraiment faits l'un pour l'autre. Et il me semble que je ne devrais pas réfléchir à cela, tu ne crois pas ? Je devrais seulement être folle de joie… mais non.

Stephen secoua la tête.

— Je ne sais pas quoi te dire… Je t'aime, Lydia. Je n'ai pas eu à y réfléchir : tout ce que je sais, c'est que je veux t'épouser. Je veux être avec toi.

— Écoute, nous ne pouvons pas parler ici, rentrons, s'il te plaît, le supplia-t-elle.

Tout le monde se trouvait dans la cuisine quand ils y arrivèrent. Stephen les dépassa, tête baissée, tandis que Lydia se précipitait à sa suite, tentant de toutes ses forces de ne pas tenir compte de l'expression de Jackson. À présent, il devait savoir ce qui s'était passé, et si elle voyait son visage, elle saurait si c'était ce qu'il avait souhaité, si tout ce qu'il lui avait dit la veille au soir était réel, ou simplement un rôle qu'il jouait pour se distraire et faire passer le temps. Et Lydia n'était prête à affronter qu'un seul désastre à la fois.

Suivant les empreintes de Stephen qui se liquéfiaient rapidement jusqu'au salon des clients, Lydia le découvrit debout devant l'immense baie vitrée, contemplant la chaîne montagneuse dont les sommets perçaient de façon intermittente à travers la neige et le brouillard. Quand elle l'aperçut, elle fut accablée par un sentiment de culpabilité, de honte et de perte. Stephen avait raison, elle n'aurait pas dû parler aux autres de ses sentiments avant de le lui avoir dit ; il ne le méritait pas. Néanmoins, elle se devait d'être honnête envers lui et était certaine que ce qu'elle ressentait à son égard n'avait rien à voir avec l'apparition de Jackson, ou les choses qu'il avait dites ou faites. La vérité s'imposait progressivement à elle depuis un bon moment déjà – bien avant qu'elle découvre la bague, à vrai dire. C'était simplement qu'elle avait fait de son mieux pour ne pas remarquer que, même si elle avait eu des sentiments pour lui, elle ne l'avait jamais assez aimé pour l'épouser.

Prenant une profonde inspiration, Lydia le rejoignit près de la fenêtre, la neige réfléchissant une lumière blanche étincelante qui semblait éteindre toute couleur de la pièce, donnant à Lydia l'impression que, tout à coup, elle jouait dans son propre film en noir et blanc.

— Je suis horrible, déclara-t-elle, levant la tête vers Stephen qui gardait les yeux rivés à l'horizon.

— Si seulement c'était vrai, rétorqua-t-il. Mais tu n'es pas horrible. Tu es la personne la plus adorable, loyale, intelligente, sexy et belle que j'aie jamais rencontrée, et j'ai été assez idiot pour croire que j'en avais assez fait pour que tu sois mienne. (Il secoua la tête, baissant le menton.) J'ai laissé les choses partir à la dérive, croyant que j'aurais toujours assez de temps pour me rattraper. Et maintenant, je suis pris de court.

— Tu n'es pas le seul à avoir laissé les choses partir à la dérive, Stephen. Nous avons tous les deux fait passer le travail avant le reste ; nous savions tous les deux qu'il en était ainsi quand nous nous sommes mis ensemble. Et… eh bien, très souvent, j'ai le sentiment que tu as barré « Trouver une compagne » de ton ordre de mission, que tu as l'impression de ne plus avoir besoin de m'accorder ton attention. J'admire tout ce que tu fais, tu as vraiment été une source d'inspiration pour moi. Mais cela te prend tout ton temps – il n'en restait jamais assez pour nous.

— Tu ne m'as jamais fait part de ça avant. Je l'ignorais.

— J'aurais peut-être dû exprimer ce que je ressentais, mais je pensais que, si tu avais de l'affection pour moi, tu le remarquerais tout seul, se justifia Lydia en secouant la tête. Écoute, ce n'est pas ta faute, je voulais vraiment devenir le genre de personne que je t'ai laissé croire que j'étais, et je pense que grâce à toi j'ai fini par m'en approcher un peu, mais j'attends plus d'une relation que ce que tu peux m'offrir. J'ai besoin de me sentir aimée et désirée. C'est peut-être ma faute. Sans doute m'aurais-tu désirée davantage si j'avais été à la hauteur de tes espérances.

— Qu'est-ce que tu racontes ? lui demanda Stephen.

— Quand nous nous sommes rencontrés lors de cette course de bienfaisance, j'ai plus ou moins inventé que je participais à un marathon subventionné par semaine. Tu as forcément remarqué que c'était la première et la dernière fois que tu m'as vue courir.

— Eh bien, tu as été très occupée, avança Stephen, mal à l'aise. Nous avons été très occupés tous les deux. Je n'ai jamais souhaité que tu deviennes Mère Teresa. Je t'aime telle que tu es. Tu es une personne formidable, Lydia. Tu n'en fais pas tout un fromage, contrairement à moi. Mais je connais les cas sur lesquels tu travailles, les personnes que tu aides. Des personnes qui ne savent plus quoi faire et n'ont que toi pour leur éviter un désastre. Et tu es gentille, drôle et incroyablement belle. Tu es exactement le genre de femme que j'ai envie d'épouser.

— Mais je ne suis pas exactement la femme que tu veux épouser, n'est-ce pas ? demanda Lydia. Si j'étais la bonne, je le saurais. Je le sentirais, mais ce n'est pas le cas. Et ce n'est pas le cas pour toi non plus.

— Je t'en prie, donne-moi l'occasion de te faire changer d'avis, lui demanda Stephen, tournant vers elle des yeux pleins d'espoir. Je pourrais peut-être me contenter de mettre la bague de côté un moment et nous pourrions passer un bon Noël ensemble, rentrer à la maison et repartir du bon pied. Peut-être qu'à présent que je sais où je me suis trompé, si je fais beaucoup d'efforts, notre relation se remettra à fonctionner. Parce que je le jure, Lydia, si tu restes avec moi, je m'améliorerai. Je ne te laisserai plus jamais tomber.

Lydia détourna le visage. Ce serait si facile de dire oui, de bien cacher toute cette douleur et cette gêne sous du papier cadeau et nouer le tout avec un ruban scintillant, au moins jusqu'à ce que la nouvelle année arrive. Mais ensuite, quoi ? Il y aurait l'indifférence froide de l'inévitable mois de janvier ; le grand engrenage du travail se remettrait à tourner sans s'arrêter, et la vérité resterait la vérité.

— Je suis désolée, Stephen. Je suis désolée que ce soit aussi atroce, et que tu sois coincé ici avec moi. Mais le problème, c'est que je pense que nous nous sommes tous les deux laissés entraîner dans cette relation parce que c'était à la fois facile et agréable, et que cela paraissait sensé. Mais nous méritons mieux que de nous arrêter au choix de la facilité. Et la vérité, c'est que je ne suis pas la bonne personne pour toi et que tu n'es pas la bonne pour moi.

Hésitante, Lydia se mit sur la pointe des pieds et l'embrassa sur la joue.

— Je vais demander à Katy si je peux dormir dans une autre chambre.

— Non, dit Stephen en secouant la tête. C'est moi qui vais changer. Écoute, je sais combien cette période de l'année est importante pour toi, donc je ferai de mon mieux pour ne pas la gâcher. Mais réponds à une seule chose : la bague… est-ce que c'était la bonne ? Est-ce que c'était la bague parfaite ?

Des larmes montèrent aux yeux de Lydia et elle hocha la tête.

— Oui, c'était la bague parfaite.

# Chapitre 11

Des coups discrets mais persistants frappés à la porte réveillèrent Lydia. Elle avait dû s'assoupir tout en lisant la même ligne de la même page du même livre encore et encore, avant de l'oublier instantanément. Elle fut surprise de découvrir que la chambre, désormais dénuée du moindre signe de la présence de Stephen, à l'exception de sa légère odeur sur l'oreiller, était plongée dans l'obscurité et, regardant sa montre, elle découvrit qu'il était presque 18 heures.

Écartant ses cheveux emmêlés de ses yeux, Lydia ouvrit la porte et trouva Joanna de l'autre côté, munie d'une bouteille de vin et de deux verres.

— Comment tu tiens le coup ? lui demanda-t-elle.

— Je ne sais vraiment pas, répondit Lydia, reculant d'un pas pour la laisser entrer. J'ai l'impression de faire un mauvais rêve. Enfin… est-ce que c'est arrivé ? Est-ce que Stephen et moi avons rompu ?

— À en juger par la session d'amitié virile qui se déroule autour d'une bouteille de cognac dans la salle de billard, je dirais que c'est un « oui » clair et net. Aucune des filles n'a été autorisée à y entrer de tout l'après-midi.

— Je veux dire, comment est-ce arrivé ? (Lydia s'assit sur le bord du lit, les bras ballants.) Il y a quelques jours, je pensais vraiment que j'allais me convaincre de l'épouser et puis… (Elle s'empêcha juste à temps de prononcer le nom de Jackson.) Et puis, tout se casse la figure ? Je ne comprends pas.

—Moi, si, rétorqua Joanna en s'asseyant à côté d'elle et en débouchant la bouteille de syrah qu'elle avait chapardée dans le bar. C'est Noël. C'est le moment de l'année où ça chie dans le ventilo. Tralala, putain. Nous sommes tous tellement stressés parce que nous devons tous être heureux que, brusquement, nous passons nos vies en revue et nous ne voyons que ce qui cloche. C'est affreux que Stephen et toi ayez rompu aujourd'hui. Mais si ce n'avait pas été aujourd'hui, cela serait sans doute arrivé quand même, peut-être dans un mois, juste avant le mariage, peut-être après dix ou vingt ans de mariage, et tu serais alors vieille et ridée, avec des nichons qui tombent et aucun espoir de retrouver un mec. Envisage les choses sous cet angle, et tu verras que, en fait, c'était la meilleure solution.

Lydia dévisagea Joanna.

—Je ne t'aide pas, c'est ça ? hasarda Joanna en tendant un verre de vin à Lydia et en l'observant l'avaler d'un trait. Écoute, j'ai rompu avec plus d'hommes que tu n'en as vus à dîner, et j'en connais un rayon, surtout grâce à toi. Mais la vérité, c'est que je veux croire à l'amour de tout mon cœur, donc je m'y jette toujours à corps perdu dans l'espoir que cette fois-ci sera la bonne. Oh, je sais que je suis belle et que j'ai un travail glamour et beaucoup d'argent, mais ma vie a toujours été avare de véritable amour. Pensionnat dès quatre ans pour que mes parents puissent se prélasser sur un yacht dans les Caraïbes, et une mère qui engageait une gouvernante pour veiller sur moi pendant les fêtes, Noël que je passais « en famille » avec mes grand-tantes et mes cousins issus de germains que je ne connaissais ni d'Ève, ni d'Adam.

» Les filles et toi, vous êtes les premières personnes à m'avoir appris quelque chose sur l'importance d'aimer et d'être aimée. Et en fin de compte, je pense que je m'inspire de votre exemple. Finalement, je crois que j'ai compris ce que signifiait l'amour avec Jackson. Alors ne te mets pas à déprimer parce que tu apprends grâce à mon exemple d'une extrême excellence ; peu importe la beauté de la bague, si ça ne va pas, ça ne va pas. (Joanna but une gorgée à la bouteille.) C'est juste dommage que tu n'aies pas mis la main sur le caillou avant de faire le sale boulot.

— Joanna !

Lydia fut incapable de retenir un gloussement.

— Voilà, un sourire. À présent, est-ce que tu descends dîner ?

— Comment le pourrais-je ? gémit Lydia en se laissant retomber sur le lit. Tout le monde me déteste parce que j'ai saccagé Noël. Stephen sera là, ça va être horrible.

— Oui, mais mieux vaut évacuer ce sentiment ce soir pour que demain soit un peu moins horrible et que le jour de Noël soit tolérable. Allez viens, pense à cette pauvre Katy. Nous devons toutes nous montrer sous notre meilleur jour. Maintenant, va prendre une douche et je te trouverai quelque chose à mettre.

— Ne me déguise pas en pute, grommela Lydia, désormais assez éveillée pour se rappeler la dernière fois qu'elle avait laissé Joanna choisir sa garde-robe, mais elle se dirigea d'un pas traînant vers la salle de bains.

— C'est plus fort que moi, chérie, riposta Joanna, grimaçant tandis qu'elle commençait à fouiller dans les affaires de Lydia.

Lydia retenait son souffle quand elle suivit Joanna dans la salle à manger. Elle avait renoncé à la première tenue choisie par son amie parce qu'elle était entièrement noire et lui donnait l'air de porter le deuil, puis avait refusé tout net d'enfiler la mini-jupe et le bustier sexy avec lesquels elle avait prévu de séduire Stephen en privé le matin de Noël. Au bout du compte, son choix s'était arrêté sur une robe-pull bordeaux portée avec des collants noirs et de hautes bottes, puis elle s'était brossé les cheveux et avait mis un peu de mascara. Joanna avait déclaré qu'il s'agissait du look parfait pour affronter son ex bloqué par la neige, mais cela n'avait pas suffi à réconforter Lydia.

Comme d'habitude, Katy avait dressé la table au cordeau, et celle-ci étincelait de bougies et était garnie de houx qui venait sans doute d'être coupé dans le jardin, vu qu'il scintillait encore de neige fondant à vue d'œil. Elle avait dû négocier au moins une trêve temporaire avec le four électrique, parce qu'elle avait réussi, d'une façon ou d'une autre, à préparer une poitrine de porc rôtie farcie au parmesan et aux herbes italiennes, accompagnée d'un plat de pommes dauphine.

Bien que les parfums fassent gronder l'estomac de Lydia, ses nerfs en pelote à la vue de Stephen, assis à l'opposé de la table par rapport à elle, eurent raison de sa faim presque immédiatement. Leurs regards se croisèrent et il lui fit un sourire si chaleureux et triste que Lydia ne savait pas si elle devait courir le serrer dans ses bras ou remonter à toute vitesse dans sa chambre. Optant pour le compromis, elle choisit de lui rendre son sourire et, sachant qu'elle ne souhaitait pas se trouver à proximité de Jackson, se glissa dans la chaise au coin opposé de la table, entre Will et Tilly, qui nourrissait Vincent de pommes de terre grillées à l'ail avant même que sa mère ait commencé à trancher la viande avec le couteau électrique qu'elle brandissait ostensiblement.

— Est-ce que je pourrai jouer avec, après ? demanda Jake à la cantonade.

Personne ne lui répondit, à l'exception de sa mère qui, au bout d'un moment, lui donna une légère tape sur le crâne avec une paire de gants de cuisine à tête de poulet.

— Toujours là ? demanda Lydia à Will. Je pensais que tu te serais frayé un chemin pieds nus à travers les icebergs pour nous échapper.

Will haussa les épaules avec un sourire paisible.

— J'ai décidé de rester un peu. Le spectacle est cent fois meilleur que chez moi. Et puis, pour ce que ça vaut, je me suis dit que tu aurais peut-être besoin de quelqu'un avec qui te cacher dans le hangar à bateaux. J'ai entendu parler de la rupture…

Prise au dépourvu par cette remarque, Lydia se tourna pour le regarder.

— Pourquoi es-tu aimable avec moi ? lui demanda-t-elle d'un ton suspicieux.

Will poussa un soupir et tapota la table une seconde ou deux tandis qu'il semblait débattre en lui-même s'il allait lui répondre ou non. Il finit par esquisser un bref signe de tête.

— On dirait que je t'aime bien, même si tu viens du Sud, que tu te plains beaucoup et que tu ne bois que du vin.

Lydia eut envie de rire, mais se dit que cela pourrait paraître déplacé.

— Je n'essaie pas de te draguer ou quoi que ce soit, ajouta Will précipitamment. C'est juste que je t'aime bien. Je trouve que ce que tu as fait était courageux, et cela ne nuit pas au résultat d'avoir quelqu'un d'autre dans son camp.

Lydia sourit, désarmée par son offre spontanée d'amitié.

— Oh. Merci, c'est très, très gentil.

Will hocha la tête en signe d'acquiescement alors que Katy déposait une assiette fumante devant lui.

— Eh bien, je passe pour un gars sympa, lui apprit-il.

— Bon, déclara Katy en poussant un soupir de soulagement tandis qu'elle s'asseyait enfin. La dinde est dans le frigo, le chauffage fonctionne, nous avons assez d'alcool pour nous enivrer jusqu'à Noël prochain, et je n'ai plus qu'à emballer les cadeaux.

— Ce n'est pas le Père Noël qui les emballe ? demanda Jake d'un air nonchalant.

— Si, manifestement, répondit Katy. Avec ses lutins, il emballe les cadeaux qu'il apporte. Mais papa et maman vous ont aussi trouvé des cadeaux, alors je dois les emballer.

— Donc tous les cadeaux du Père Noël auront un papier différent de ceux de papa et toi, non ? reprit Jake, les yeux écarquillés. Parce qu'il emballe les siens au pôle Nord, et qu'ils n'ont pas de Tesco là-bas, si ?

Katy le dévisagea en clignant des yeux.

— C'est évident, admit-elle.

— Ni de WH Smith, ajouta Jake. Ni de…

— Je suppose que les cadeaux du Père Noël seront emballés dans un joli papier fait maison, l'interrompit Katy avec un soupçon de frustration. Mais le découvrir au dernier moment, ça fait partie du plaisir, non ?

— Puis-je dire quelque chose ?

Stephen se leva à l'autre bout de la table, et Lydia sentit son cœur se serrer tandis qu'un million de scénarios horribles lui traversèrent la tête en une fraction de seconde.

— Je sais que la dernière chose que Lydia et moi souhaitons c'est… c'est que ce qui est arrivé cause la moindre tension ou bouleverse les autres…, reprit-il.

— Que s'est-il passé ? demanda Tilly, les yeux écarquillés. Est-ce que Molly la Folle a fait quelque chose ?

— Tata Lydia l'a jeté, lui expliqua obligeamment Jake, en désignant Stephen du menton.

— Oh, fit Tilly, perdant immédiatement tout intérêt. Est-ce qu'elle sortait avec lui, alors ?

— Les enfants, chut ! les avertit Katy.

— Bref, je voulais juste rappeler qu'il n'y a que bonne volonté et affection entre Lydia et moi, et qu'il est inutile que vous vous sentiez mal à l'aise ou embarrassés à cause de ce qui est arrivé. Je l'aime ; elle ne m'aime pas. Ce n'est la faute de personne. OK, c'est probablement la mienne, mais quoi qu'il en soit je comprends. Enfin, je ne comprends pas, en fait. Je crois que je suis plutôt un bon parti, en l'occurrence, mais bon, chacun ses goûts. Il n'y a pas de rancœur. Si on fait abstraction de mon cœur brisé.

Tout le monde à table examina avec circonspection l'assiette en face de lui, même les enfants.

— C'est tout, je voulais juste vous mettre tous à l'aise.

Stephen se rassit, légèrement de guingois, si bien que sa chaise se pencha en arrière et se serait renversée si Jackson ne l'avait pas retenu de justesse.

— Eh bien, je me sens parfaitement à l'aise, désormais, déclara gaiement Joanna. Quelqu'un reprend du vin ?

— Ah !

Un cri perçant d'Alex attira l'attention de chacun alors qu'elle serrait les mains sur son ventre et prenait une profonde inspiration.

— Une ambulance ! hurla David en se levant et en renversant une bouteille de vin.

— Assieds-toi, crétin ! le somma Alex. Ce n'est rien, quelques fausses contractions, un peu d'indigestion et un peu le bébé qui veut sortir avant que les choses ne se corsent davantage ici.

— Tu en es certaine ? demanda David sans la quitter des yeux. Est-ce que tu as perdu les eaux ?

— David, est-ce que tu crois que si je venais d'évacuer plusieurs litres de liquide amniotique sous la table je n'en parlerais pas ? Va chercher un torchon et essuie le vin !

Retenant visiblement une réplique, David prit quelques serviettes en papier et commença à éponger la tache.

— Du calme, Al', dit Jim, visiblement bien imbibé lui aussi, après un après-midi alcoolisé. Il essaie seulement de prendre soin de toi.

— Tu n'es pas bien placé pour prodiguer ce genre de conseils, marmonna Alex à voix basse.

— Alex, chuchota Katy d'un ton pressant.

— Je te demande pardon ? lui demanda Jim d'un air obstiné.

— Rien.

Alex haussa les épaules, les lèvres serrées.

— Vas-y, dis ce que tu penses, répliqua Jim.

Lydia regarda Joanna avec méfiance. Inviter Alex à dire ce qu'elle pensait n'était jamais une bonne idée.

— Très bien, c'est ce que je vais faire, déclara Alex, les bras croisés. Pendant que Katy se farcit toute l'organisation – la cuisine, le ménage, les enfants, les soucis – tu ne fais que traînasser comme un boy-scout attardé. Katy fait tout son possible pour que ça marche, et tu te contentes de la regarder se tuer à la tâche. Elle a déjà deux gamins, elle n'a pas besoin d'en avoir un troisième dans les pattes.

— Quoi ? Quel culot ! Tu dis n'importe quoi, pas vrai, Katy ? protesta Jim. Katy n'est pas une mégère qui critique tout et veut avoir la mainmise sur tout, contrairement à toi. Honnêtement, la façon dont tu parles à David est choquante. Katy, va chercher une autre bouteille de vin à la cave, tu veux ?

— Jim, ne parle pas à ma femme sur ce ton, dit David, calmement mais fermement.

— Oh, il est temps d'avoir des couilles, mon pote. Si tu n'adoptes pas une attitude ferme tout de suite, tu vas te faire jeter, comme l'autre là-bas, ou tu seras sous sa coupe toute ta vie. Katy ? Le vin ?

— VA CHERCHER TON VIN, BON SANG !

Katy se leva, hurlant à pleins poumons.

— Alex a raison. Je suis ta femme, Jim, ta femme. Pas ta nounou. Pas ta boniche, ni ton directeur commercial, ni ton cuistot ou ta servante, bordel. Et à partir de dorénavant, je suis en grève. Désolée, tout le monde. Noël est annulé.

Les gémissements de Tilly s'élevèrent immédiatement au-dessus du chaos général pendant que Katy sortait, furieuse, sa fille en pleurs dans les bras, sous les yeux ébahis de Jim qui la regardait bouche bée.

— Je te déteste ! lança Jake à son père, courant vers lui et lui donnant un coup de pied dans le tibia.

— Putain ! s'exclama Jim.

— Et je me fiche de ne pas avoir de cadeaux, tu ne le mérites pas.

Retenant ses larmes, Jake laissa Joanna le prendre dans ses bras.

— Jake, viens mon chéri, allons chercher maman, dit-elle tandis que Lydia observait la scène, abasourdie. Ne t'inquiète pas, maman ne pensait pas ce qu'elle disait pour Noël, elle est seulement un peu trop fatiguée, voilà tout.

— David, moi aussi je veux aller au lit, dit Alex en grimaçant pendant que celui-ci l'aidait à se lever.

— Qu'est-ce qui s'est passé, putain ? demanda Jim, d'abord à Jackson puis à Stephen. Qu'est-ce qui s'est passé ?

— On va au hangar pour se griller une cigarette imaginaire ? proposa Will.

Lydia ne désirait rien de plus, à cet instant, que sortir de la pièce pour aller ne pas fumer avec Will, mais elle secoua la tête.

— Je ne peux pas, Katy va avoir besoin de moi.

Will hocha la tête.

— C'est cool d'être une fille, on a toujours ses copines, déclara-t-il en se levant. Je vais juste m'en griller une.

— Jim, dit calmement Lydia. Je pense que tu es un peu ivre, je vais aller te faire du café.

Elle regarda Stephen qui avait de petits yeux, et Jackson qui l'observait en silence, comme s'il avait beaucoup de choses à lui dire dès qu'il en aurait l'occasion.

— Je vais vous préparer du café à tous et j'irai voir Katy.

— J'aime cette femme, affirmait Jim avec véhémence aux deux autres tandis qu'elle quittait la pièce. Je l'aime plus que tout au monde, merde. Je mourrais pour cette femme. Je mourrais pour elle, c'est ce que je ferais, je le ferais, je…

Lydia était très heureuse de laisser sa voix disparaître au loin alors qu'elle se précipitait dans la cuisine.

Katy était assise à la table de la cuisine, Tilly sanglotant dans son cou et Jake se tenant à côté d'elle, tapotant le dos de sa sœur un peu plus vigoureusement que nécessaire, tandis que Vincent était vautré à ses pieds, la regardant avec des yeux bruns anxieux.

— Je suis désolée, je ne le pensais pas, disait-elle, rassurant ses enfants. Bien sûr que Noël n'est pas annulé. Comme si j'allais faire une chose pareille. J'étais seulement fâchée, mes chéris, et je n'ai pas réfléchi. Je suis vraiment, vraiment désolée.

— Tiens, lui dit Joanna. Un irish coffee. Tu en veux un, Lily ?

Lydia hocha la tête.

— Est-ce que tu veux que je mette les enfants au lit ? demanda-t-elle à Katy, qui secoua la tête.

— Non, merci, Lydia. Je crois que, avant d'aller au lit, ces petits ont besoin que leur père et moi nous rabibochions. Je ne sais pas ce qui m'a pris.

— Je sais, affirma Joanna. C'est Noël, tu vois, les gens se mettent une pression monstrueuse pour être heureux et…

Joanna aperçut les lèvres pincées de Lydia juste à temps.

— … et tu es fatiguée et un peu ivre, et la journée a été chargée, avec Lydia qui a largué Stephen et a déjà un œil sur l'homme à tout faire sexy.

— Qu'est-ce que ça veut dire, « sexy » ? demanda Tilly, son petit visage rouge apparaissant au milieu des boucles de Katy.

— Cela veut dire très joli et qu'on peut câliner, lui expliqua Joanna.

— Comme Vincent ? proposa Tilly.

— Presque, répondit Joanna.

— Et quoi qu'il en soit, Will est très gentil et je l'apprécie, mais je ne suis absolument pas prête pour une nouvelle relation, glissa Lydia. Pas avant des mois et des mois, et surtout pas avec lui. D'ailleurs, ce n'est pas…

— Ton genre ? demanda Will qui apparut sur le seuil.

— Est-ce qu'il faut toujours que tout le monde débarque dans la pièce à l'improviste, bon sang ?! s'exclama Lydia. D'ailleurs, ce n'est pas ce qu'il recherche, allais-je ajouter.

Will hocha la tête, comme toujours avec ce petit sourire espiègle qui rendait sa bouche irrésistible. Lydia prit conscience à cet instant qu'elle était très ivre et qu'on ne pourrait plus jamais lui faire confiance pour dire un mot de plus à quiconque sur quelque sujet que ce soit.

— Dites, reprit Will. Est-ce qu'il faut que je retourne là-bas avec les hommes ? C'est une bande de couillons, avec tout le respect que je vous dois.

Katy éclata de rire.

— Reste ici et prends un irish coffee avec nous, Will.

— J'ai dit que j'apporterais le café à ces deux-là, expliqua Lydia, regardant au bout du long couloir sombre où se tenaient les deux derniers hommes soûls, s'épaulant mutuellement dans leur malheur.

— Je vais le faire, affirma Joanna en décochant un clin d'œil à Lydia et en envoyant des baisers silencieux à Will dans son dos. Puis j'arriverai peut-être à voir un peu mon petit ami ce soir et à découvrir ce qui le dérange.

— De l'eau dans le gaz ? lui demanda Katy, répétant la question que Joanna lui avait posée plus tôt dans la journée.

— Je ne sais pas, c'est juste qu'il a vraiment été très silencieux aujourd'hui, un brin distant. Est-ce que vous croyez que c'était trop tôt pour le faire rencontrer ma famille ? Est-ce que vous croyez que vous l'avez fait fuir avec vos histoires cinglées ?

Lydia se mordit la lèvre. Elle avait à peine vu et encore moins parlé à Jackson depuis ce moment dans la chambre qu'il partageait avec Joanna, et il s'était passé tant de choses depuis lors. Et s'il pensait que ce qui était arrivé entre elle et Stephen avait un rapport avec lui ? Et s'il projetait d'en faire autant avec Joanna ? Elle devait lui parler dès que possible, pour lui signaler que rien n'avait changé.

— Écoute, si quelques femmes pleurnichardes le font fuir, alors il ne te mérite pas, expliqua Will à Joanna, lui offrant l'un de ses rares vrais sourires à couper le souffle, si enchanteur que, l'espace d'un instant, toutes les femmes et l'unique chien de la pièce furent subjugués.

— Comme il dit, gloussa Katy en faisant un signe de tête à Will. Allons les enfants, on va aider Joanna à apporter le café à papa et on va tous faire un gros, gros câlin, d'accord ?

Laissée seule avec Will, et se rappelant qu'elle ne pouvait pas se fier à sa raison, Lydia décida de faire la vaisselle.

— Alors comme ça, je ne recherche pas de relation amoureuse ? lui demanda Will d'un air nonchalant.

— C'est ce que tu as dit, répliqua Lydia en lui jetant un coup d'œil par-dessus l'épaule. C'est bon, je ne m'attends pas à ce que chaque homme que je rencontre tombe raide d'amour à mes pieds !

— Ça change de la plupart des femmes. Et je suis ton genre, tu as dit ?

— Alors là, si quelqu'un se comporte comme une fille, c'est bien toi, qui cherches les compliments !

Lydia éclata de rire et se retourna, ses mains humides scintillant de bulles de savon.

— Tu m'as démasqué.

Il sourit et Lydia estima qu'il valait mieux reporter son attention sur le plat à four, pour essayer de trouver quelque chose de spirituel et d'érudit à répondre.

— Comment les gens ont-ils survécu sans lave-vaisselle ?

Pas exactement ce qu'elle espérait, mais c'était un bon début.

— Alors, qu'est-ce que tu vas faire maintenant ? lui demanda Will. Je veux dire, je meurs de faim. C'est très difficile d'aller au bout d'un repas ici sans que quelqu'un parte en vrille.

— Un sandwich au fromage ? proposa Lydia.

— Je vais le faire, répondit-il. Finis la vaisselle.

— Et voilà, ça, c'est l'égalité des sexes en action, dit Lydia avec bonheur.

La maison était silencieuse quand Lydia finit par souhaiter bonne nuit à Will, choisissant de ne pas le suivre à l'étage dans sa grande chambre vide mais de retourner dans le salon toujours accueillant, où les dernières braises du feu rougeoyaient dans le foyer, et Vincent était plus qu'heureux de partager un coin du canapé avec elle en échange de grattouilles derrière l'oreille. Bercée presque jusqu'au sommeil par la respiration de l'animal, Lydia sentit ses paupières s'alourdir et se cala dans les coussins du canapé. Il régnait une douce chaleur dans la pièce en dépit de la neige qui tombait dehors.

— Est-ce que tout va bien, Lydia Grant ?

Le chuchotement de Jackson à son oreille réveilla Lydia en sursaut. Se redressant, elle cligna des yeux à plusieurs reprises et constata que la chaleur pas vraiment parfumée de Vincent avait été remplacée par la cuisse de Jackson pressée contre la sienne.

— Qu'est-ce que tu fabriques ? lui demanda-t-elle, toujours embrumée par le sommeil.

— J'ai désespérément cherché à te parler toute la journée et toute la soirée, depuis que je t'ai embrassée de nouveau. Je sais que je ne devrais pas, mais je ne cesse de penser à toi, Lydia.

— Jackson, arrête ! dit fermement Lydia en s'écartant de lui. Notre histoire est bel et bien terminée.

À l'époque, j'ai mordu à l'hameçon. Si tu m'avais demandé d'aller au bout du monde pour toi, je l'aurais fait. Et même en classe économique. Mais tu ne me l'as pas demandé, tu es parti. Tu n'as pas téléphoné, ni envoyé d'e-mail ou de pigeon voyageur, tu as disparu et à présent, tu sors avec ma meilleure amie. Et même si j'avais toujours des sentiments pour toi, cela t'éliminerait complètement. Est-ce que tu comprends ?

Pendant un moment, Lydia soutint son regard intense, le souvenir viscéral de l'été qu'ils avaient passé ensemble faisant croître la chaleur qui semblait circuler librement entre eux. Sentant que ce serait plus sûr, elle se laissa glisser du canapé au tapis, d'où Vincent observait son usurpateur avec ressentiment.

— Je ne dis pas que j'ai bien agi, parce que c'est faux, reprit Jackson. Je me suis planté autant qu'il était possible. Mais est-ce que ça veut dire que je n'ai pas droit à une seconde chance ? Surtout à présent que la raison pour laquelle je t'ai laissée tranquille a disparu.

Lydia secoua la tête.

— Et qu'en est-il de Joanna ? Que fais-tu d'elle dans toute cette histoire ? Je suis presque certaine que tu lui as fait la cour et que tu l'as séduite, exactement comme avec moi, et que tu lui as donné toutes les raisons de croire que ce qui se passe entre vous est réel et a un avenir. Tu l'emmènes même chez toi à New York pour rencontrer ta mère !

— Quoi ?

Entendant la question aboyée par Jackson, Lydia se retourna d'un bloc pour l'observer. Il paraissait honnêtement surpris de cette information.

— Écoute, j'aime bien Joanna, je l'aime beaucoup, c'est une fille géniale et drôle, mais même avant que nous allions si loin, l'emmener chez moi rencontrer ma mère n'était pas au programme. Je veux dire, j'y ai peut-être fait allusion en passant, peut-être sous forme de plaisanterie, mais nous ne sommes ensemble que depuis deux mois. Je ne pensais pas qu'elle prendrait ça au sérieux !

Lydia scruta son visage. Dans la pénombre des braises mourantes, il était impossible de savoir s'il mentait, mais cela n'avait pas d'importance : qu'il ait été sérieux ou non, Joanna croyait que c'était un signe du poids de leur relation toute neuve.

— Joanna pense que c'est vrai, répliqua-t-elle fermement. Et quoi qu'il en soit, tu es venu avec elle pour Noël. Tout le monde sait que, une fois qu'on a passé Noël ensemble, on peut tout aussi bien se marier.

Jackson secoua la tête, se laissant retomber dans les coussins, exaspéré.

— Comme toi et Stephen ? Tu vois, j'avais tout planifié pour Noël – un dîner avec maman dans notre restaurant italien préféré sur la 55e Rue – jusqu'à ce que la neige se mette à tomber au sud du pays et que les alertes météo se multiplient. Maman et moi nous sommes demandé si je devais risquer de passer Noël dans une salle d'embarquement et nous avons décidé que j'irais aux États-Unis quand le temps se serait éclairci, pour le nouvel an. Dès que j'en ai parlé à Joanna, elle m'a supplié de venir ici. Elle disait que ce serait sympa, qu'elle ne voulait pas que je sois seul, qu'elle était impatiente de m'exhiber. Elle a menacé de rester avec moi si je ne l'accompagnais pas.

Lydia le dévisagea. Rien de ce qu'il disait ne ressemblait à Joanna – elle n'était ni en manque d'affection, ni collante. Pourquoi diable inventerait-elle le voyage pour rencontrer la mère de Jackson alors, ou le reste, d'ailleurs ? Il paraissait pourtant très convaincant. Mais bon, il était doué pour cela. Il l'avait convaincue au moment où ils s'étaient rencontrés.

— Bref, reprit doucement Jackson en tendant la main pour lui toucher le visage, sans se préoccuper du mouvement de recul de Lydia. Même si c'était vrai, cela ne réduit pas à néant les sentiments que nous éprouvons, n'est-ce pas ? (Il se pencha un peu en avant.) Est-ce que tu es vraiment en train de me dire que tu ne ressens rien ? Tu ne sens pas ton cœur battre, les cheveux se dresser sur ta nuque, ta peau te brûler, désirant qu'on la touche, tes lèvres mourir d'envie qu'on les embrasse ? Tu ne sens rien de tout cela, Lydia ?

— Je... Je crois que tu essaies d'avoir le beurre et l'argent du beurre. Je crois que tu t'obstines à jouer à un jeu répugnant. Tu es sûrement un peu sexopathe. Tu devrais aller dans une clinique spécialisée.

— C'est vrai, je suis accro à toi, repartit Jackson en se rapprochant d'elle. Tu es la seule personne à laquelle je suis incapable de renoncer.

Fatiguée, affaiblie, désorientée, Lydia laissa Jackson l'attirer à lui sans résistance, se plaçant entre ses genoux tandis qu'il lui enserrait le torse de ses bras. Alors qu'il l'embrassait, elle se sentit complètement perdue dans ce moment étrangement irréel, impuissante à lutter contre sa bouche obstinée qui dévorait la sienne, succombant à ses mains tâtonnantes comme dans un rêve, tandis qu'il remontait sa robe, la chaleur de cet été d'autrefois brûlant entre eux.

— Seigneur tout-puissant !

Lydia et Jackson s'écartèrent d'un bond alors qu'Alex se tenait sur le seuil, bouche bée.

— Alex !

Lydia se dépêcha de tirer sa robe sur ses hanches, le choc de la situation dans laquelle elle se retrouvait la dégrisant comme un seau d'eau glacée en plein visage.

— Écoute, ce n'est pas…, commença Jackson, mais Alex l'arrêta d'un geste de la main.

— Sors d'ici et monte retrouver ta copine. Quant à toi, ajouta-t-elle en se tournant vers Lydia, reste là.

— Je ne vais nulle part, affirma Jackson, reboutonnant la chemise que Lydia ne se rappelait pas avoir défaite.

— Jackson, vas-y, lui dit-elle, les joues en feu. S'il te plaît.

— Bien, mais si tu as besoin de moi…

— Tu seras au lit avec Joanna, compléta Alex.

Lydia resta assise sur le canapé, les mains croisées dans son giron.

— Explique-toi, lui dit Alex. Parce que la Lydia que je connais n'est pas le genre de personne à draguer le copain de son amie, pas à moins qu'il y ait eu une invasion de pétasses et que je ne m'en sois pas rendu compte.

— Je le connaissais, dit simplement Lydia.

— Qu'est-ce que tu veux dire ? lui demanda Alex.

— Je veux dire que la dernière personne avec laquelle je m'attendais à voir Joanna se pointer ici était l'homme avec lequel j'ai eu cette liaison d'un été juste avant de rencontrer Stephen, celui que je fréquentais quand tu as failli me virer de tes témoins de mariage. Celui dont tu m'as aidée à surmonter le départ en me forçant à prendre part à une course de bienfaisance.

Alex s'assit à grand-peine.

— C'est Jack ? Je jure que si le travail ne commence pas immédiatement, ce sera un miracle de Noël.

Alex écouta Lydia parler, la pièce se rafraîchissant tandis que la chaleur restante mourait avec les cendres froides, et même Vincent van Dog abandonna sa place, choisissant de glisser son museau dans l'entrebâillement de la porte pour partir en quête d'un lit d'enfant tiède et accueillant. Lydia lui raconta tout ; sa relation avec Jack à Londres, la fin brutale de leur histoire. Elle lui expliqua aussi pourquoi elle avait cru qu'il l'avait larguée alors qu'en fait une tragédie familiale les avait tenus éloignés. Elle ne cacha pas à Alex combien elle avait été secouée de le voir arriver avec Joanna, et le fait qu'il clamait avoir toujours des sentiments pour elle.

— Et qu'est-ce que tu éprouves pour lui ? lui demanda aigrement Alex.

— Je ne sais pas, répondit Lydia dans un soupir. Il est parti à l'apogée de notre « lune de miel ». Je n'ai pas eu le temps de découvrir s'il avait des manies agaçantes, ou si, après l'avoir contemplé trois mois d'affilée, j'aurais fini par me lasser de son nez romain. Donc je ne sais pas.

— Mais tu sais qu'il est avec Joanna et qu'elle est folle de lui, énonça Alex. Et tu sais que, alors qu'il renvoie l'image d'un amoureux transi, il te drague pendant qu'elle dort à l'étage. Il a peut-être eu une bonne raison de te quitter, mais cela ne lui donne pas le droit de tromper sa petite amie. Je veux dire, cela seul serait une raison suffisante pour le laisser, non ? À l'évidence, c'est un porc.

— C'est toujours tellement net avec toi, tellement noir et blanc, répondit Lydia. Je le sais, bien sûr que je le sais. Mais je ne peux m'empêcher de me dire, et si… et si c'était le bon ?

— Alors ne te le dis pas, affirma Alex. Les « et si » ne riment à rien. Il faut désormais que tu te concentres sur les faits. Et les faits, c'est que tu étais en train de rouler une pelle au mec de Joanna. Si tu ne craches pas le morceau, je vais devoir tout lui raconter.

— Est-ce que tu es folle ? J'ai déjà failli gâcher Noël en me séparant de Stephen, et maintenant tu veux que je prenne le risque de briser notre amitié à tout jamais ?

— Et si c'était Joanna qui vous avait surpris à l'instant ? Dans ce cas, votre amitié serait vraiment brisée. (Alex prit une inspiration, pressant une main contre son flanc.) Bon, elle découvrira l'affaire, et j'ignore ce qui la blessera le plus, auquel de vous deux elle en voudra le plus pour ce mensonge par omission. Et si tu n'avoues pas, alors je lui mentirai aussi. Et j'en suis incapable, Lydia. Même pour toi.

Lydia enfouit sa tête dans ses mains.

— OK, demain c'est la veille de Noël. Nous ne serons plus là que pour deux jours. S'il te plaît, ne me force pas à être celle qui fout tout en l'air pour Katy et les enfants, s'il te plaît. Je te promets que dès que nous serons de retour à Londres, je cracherai le morceau, je lui raconterai tout.

— Et tu resteras à l'écart de Jackson pendant ce temps-là, d'accord ? demanda Alex. Plus d'inepties de ce genre ?

— D'accord. Je resterai aussi loin de lui que possible, affirma Lydia.

— Dans ce cas, je suppose que nous n'aurons qu'à surmonter la crise. (Alex poussa un soupir, appuyant la tête contre le dossier du canapé.) Putain de merde, je suis seulement descendue prendre un Gaviscon. Je l'ai laissé dans mon sac à main.

— Tiens.

Lydia prit le sac d'Alex et le lui tendit, observant son amie ingurgiter le liquide à même la bouteille.

— Ma pauvre Lily, dit Alex. Espérons seulement que le proverbe « jamais deux sans trois » ne se vérifie pas.

# Chapitre 12

*24 décembre – veille de Noël*

La première chose dont Lydia prit conscience fut la douleur lancinante qui traversa sa nuque et son bras gauche. *C'est typique*, se dit-elle. *Je suis en train de mourir d'une crise cardiaque et je n'ai même pas encore eu l'occasion de porter ma nouvelle robe rouge.* La seconde chose fut l'effroyable vacarme que faisaient les chérubins ; Lydia avait la certitude que le paradis était censé être bien plus serein que cela. En outre, à sa connaissance, il ne sentait pas le chien mouillé.

*Petit papa Noël,*
*Quand tu descendras du ciel,*
*Avec tous les trucs que je kiffe,*
*N'oublie pas mon énorme soutif.*

Lydia ouvrit un œil pour découvrir Jake et Tilly lui chantant la sérénade, et en conclut qu'elle n'était pas morte : elle s'était réveillée sur le canapé. Et à cet instant précis, cette prise de conscience lui paraissait assez décevante.

— Chut !

Lydia posa le doigt sur ses lèvres, écartant Vincent van Dog, qui se trouvait sur elle, pour s'asseoir. À mesure que le sang recommençait à circuler dans ses membres, ils se mirent à la démanger et à craquer.

— Les enfants, un peu moins fort, le chant.

— Mais demain c'est Noël ! s'exclama Tilly surexcitée, dansant d'un pied sur l'autre.

— Je sais, et c'est formidable, mais… est-ce que vous connaissez *Douce nuit* ?

— *Doux pipi, Saint pipi*, entonna immédiatement Jake à pleins poumons.

Lydia poussa un grognement, l'esprit embrumé tandis que, étape par étape, le souvenir de ce qui était arrivé la veille au soir reprenait bruyamment place dans sa pauvre tête douloureuse.

— Tata Lydia, j'ai faim, et papa et maman ont verrouillé la porte de la chambre et font des bruits d'animaux, dit Tilly. Est-ce que tu vas nous faire à manger ?

— Si vous arrêtez de chanter, dit Lydia.

— Regardez ce que j'ai trouvé !

Jake souleva le soutien-gorge de Lydia, qu'elle se rappelait vaguement avoir dégrafé et ôté par la manche de sa robe la nuit dernière, quelque part vers la fin d'une bouteille de syrah plus que passable.

— *N'oublie pas mon énorme soutif !*

— Hé ! Reviens ! s'exclama Lydia de façon peu convaincante tandis que Jake se précipitait dans les profondeurs de la maison, tenant son soutien-gorge en l'air, Tilly gloussant dans son sillage.

Une rapide vérification lui permit de déterminer que Vincent van Dog avait passé la nuit avec le museau entre ses cuisses, aussi Lydia n'eut-elle d'autre choix que de s'aventurer dans le monde vêtue de sa robe en maille bordeaux, de sa culotte, et de pas grand-chose d'autre. Avec un peu de chance, la porte verrouillée de Jim et Katy signifiait qu'ils étaient en train de se réconcilier et, à en juger par la quantité d'alcool absorbée la veille, elle avait bon espoir que tous les autres resteraient dans leur lit assez longtemps pour qu'elle balance des céréales aux enfants avant d'aller prendre une douche.

Vincent grogna quand elle écarta ses pattes de ses genoux et se leva, prenant un moment pour retrouver son équilibre. Sans soutien-gorge, sans collant, sans petit ami et, si Joanna découvrait ce qui s'était passé avec Jackson, bientôt sans amie.

Si quelqu'un demandait à Lydia de désigner son pire Noël, celui où son père était parti arriverait en première position, suivi de près par l'année où son père était toujours avec l'épouvantable Karen et lui avait interdit de venir. Lydia avait douloureusement vécu ce rejet, sans même se consoler à l'idée qu'elle n'aurait pas besoin d'aller voir la Méchante sorcière des Midlands cette année-là. Sa mère avait été très emballée par un nouveau petit ami qui, disait-elle, lui avait même trouvé un cadeau. Lydia n'avait jamais oublié les deux petits yeux perçants qui la regardaient lorsqu'elle avait ouvert le paquet. Son cadeau de Noël était un hérisson mort mal empaillé, offert par le petit ami qui pratiquait la taxidermie en amateur.

Plus tard – bien plus tard – elle avait été capable d'en rire avec ses amies, et avait même gardé Mme Zizirsute sur son bureau pendant l'intégralité de ses examens. Mais à l'époque, elle lui paraissait épouvantable, un symbole de tout ce qui clochait dans son enfance. Néanmoins, cette année s'annonçait en mesure de réaliser l'impossible et d'être encore pire que l'année du hérisson mort.

Les enfants étaient déjà dans la cuisine quand Lydia arriva et surprit Tilly en train d'ouvrir un paquet de bacon avec un très grand couteau à pain.

— Ouh là !

Lydia s'interposa, lui ôta l'ustensile et le bacon des mains juste à temps.

— Et ça ? demanda Jake en faisant vrombir le couteau électrique qu'il avait branché à côté du four.

— Pourquoi pas des Weetabix ? suggéra Lydia en traversant le dallage de pierre froide pieds nus pour confisquer l'arme mortelle.

— Les Weetabix ne sont pas un petit déjeuner de Noël, se plaignit Tilly. Il faut qu'on mange quelque chose d'unique le jour de Noël.

Lydia regarda autour d'elle, mains sur les hanches.

— Des tartelettes aux fruits secs ?

— Tata Lydia ! s'exclama Tilly en levant les yeux au ciel. Du bacon et des œufs, s'il te plaît.

— Mais vous avez eu du bacon et des œufs hier. En quoi est-ce que ça fait Noël ?

— Parce que c'est ce qu'on préfère, lui assura Tilly, d'un ton très condescendant.

— Mais en quoi est-ce que ça fait Noël ?

— C'est comme ça ! déclara Tilly, les yeux au ciel.

— Est-ce que tu veux savoir où est ton soutif ? demanda Jake d'un ton léger, un doux sourire aux lèvres.

Le regardant avec les yeux plissés d'un air aussi menaçant que possible, Lydia alluma le grill, et Vincent s'avachit dans la pièce, avec la certitude qu'il y aurait bientôt du cochon grillé.

Tout avait marché selon le plan. Lydia avait découvert ses bottines à talons aiguilles qu'elle portait en guise de chaussons, elle avait lancé du café, les enfants avaient du chocolat chaud avec une giclée de crème chantilly sortie de la bombe et une pincée de cannelle en poudre – qui était son geste symbolique en l'honneur des fêtes – elle avait tranché le pain et l'avait tartiné de ketchup, prêt à recevoir le bacon presque cuit.

— Oh, regardez. (Lydia découvrit des croissants dans la corbeille à pain.) Je vais les faire réchauffer aussi.

À peine eut-elle allumé le four, qu'il y eut une forte détonation et que l'engin devint noir.

— Oh, fit Lydia, se dirigeant vers l'interrupteur avant de couper et rétablir le courant à plusieurs reprises. Hum.

— Qu'est-ce qui se passe ? lui demanda Tilly.

— Allez dans les autres pièces et essayez d'allumer la lumière et les appareils électriques, dit-elle aux enfants, qui filèrent, pour une fois obéissants.

Avec anxiété, Lydia tenta d'allumer toutes les lampes de la cuisine et découvrit que rien ne fonctionnait.

— Oh putain, j'ai cassé la maison et détruit la cuisinière dans la foulée. Katy va me tuer. Tout le monde ici va me haïr et vouloir me tuer. Merde.

— Rien ne marche, lui rapporta Jake. Est-ce que je vais chercher papa ?

— Non, non… Non, nous ne voulons pas que maman s'inquiète pour l'instant. (Lydia jeta un coup d'œil sous le grill.) Tenez, le bacon est prêt. Les enfants, vous restez ici et mangez vos sandwichs, et je vais demander à Will s'il peut nous aider.

Il n'y eut pas de réponse la première fois que Lydia frappa à la porte de Will, ni la seconde. Il s'était peut-être risqué à fuir pendant la nuit, se dit-elle, ou peut-être était-il retourné vers l'abri à bateaux. Tournant la poignée, elle trouva la porte ouverte, aussi la poussa-t-elle silencieusement, avançant lentement dans la pièce.

Il avait dormi dans le lit, mais celui-ci était désormais vide.

— Merde, merde, merde ! murmura amèrement Lydia.

— Pardon ?

Will apparut derrière elle, ne portant qu'une serviette. Lydia glapit, poussa un nouveau juron puis, se rappelant qu'elle était elle-même à peine habillée à l'instant précis où elle remarquait le torse plutôt impressionnant de Will, tira sur l'ourlet de sa jupe.

— Merde, tu m'as foutu la trouille.

— Désolé, s'excusa Will. Mais tu es plus ou moins entrée par effraction dans ma chambre.

— Je ne suis pas entrée par effraction ; la porte était ouverte. Les gens normaux verrouillent leur porte.

— Non, les gens normaux frappent à la porte, rectifia Will, glissant un regard sur sa poitrine libérée avant de le rediriger précipitamment sur un point du mur juste au-dessus de l'épaule gauche de la jeune femme.

Baissant la tête, Lydia prit conscience que, dans l'air frais du matin, il était particulièrement facile de comprendre qu'elle ne portait pas de soutien-gorge ; ses tétons étaient clairement visibles sous la fine maille de sa robe. Mortifiée, elle tira une fois de plus l'ourlet qui remontait sans cesse sur ses cuisses nues, puis croisa les bras sur sa poitrine. Will toussa, veillant à ne surtout pas la regarder tandis qu'il attrapait un tee-shirt et l'enfilait, visiblement aussi mal à l'aise qu'elle devant sa quasi-nudité. Il avait de très beaux bras, songea Lydia avec nostalgie, et une poitrine virile à souhait. Exactement le genre de poitrine sur laquelle elle s'imaginait poser la tête en s'endormant.

— Bon, pourquoi es-tu ici ? lui demanda Will, l'arrachant au sortilège de sa demi-nudité.

— Oh oui, c'est vrai. J'ai fait sauter la cuisinière, et maintenant il n'y a plus de lumière en bas, lui apprit Lydia. Et c'est la veille de Noël, et si j'ai vraiment tué la cuisinière, Katy va me tuer et je ne peux plus rien encaisser, impossible. Tout le monde me déteste en l'état actuel des choses.

— Euh, si tu veux bien m'excuser ?

Will fit un geste à Lydia pour qu'elle se retourne.

Obéissante, celle-ci s'écarta pour regarder, par la fenêtre de la chambre, la forte pente au fond du jardin, où quelque part, sous plusieurs centimètres de neige, cette pauvre Molly la Folle était enterrée. Elle entendit le bruit sourd d'une serviette humide tombant sur le tapis, puis le tintement de la menue monnaie dans les poches quand Will enfila son jean, suivi du crissement de la fermeture Éclair et du bruit métallique de sa boucle de ceinture. Will était en train de boutonner sa chemise quand elle se retourna, oubliant, dans son anxiété, de se couvrir la poitrine ou d'empêcher sa robe de remonter sur ses cuisses une fois de plus. Will poussa un soupir plein de colère.

— Écoute, je suis vraiment désolée de te le demander, mais comprends-moi : tu sauveras littéralement Noël si tu parviens à réparer le four, ce qui doit être bon pour le karma. Est-ce que tu crois pouvoir le réparer ?

Lydia se mordit la lèvre, se demandant si Will, qui lui aussi regardait désormais par la fenêtre d'un œil noir, était en colère contre elle parce qu'elle venait du Sud, parce qu'il n'était pas du matin, ou parce qu'il n'appréciait pas vraiment que des inconnues à demi vêtues envahissent son intimité.

— Je vais y jeter un coup d'œil, accepta-t-il.

— Génial, merci, dit Lydia qui fit deux ou trois pas dans sa direction. Je vais te préparer un café tiède. L'eau a bouilli juste avant que tout saute.

— Avant cela…

Will n'arrivait toujours pas à la regarder.

— Quoi ?

— C'est juste que, eh bien… Est-ce que tu pourrais commencer par t'habiller ?

— Oui, très bien, très bien. Mon Dieu, désolée de ne pas avoir remarqué que ma tenue était si outrageuse.

Lydia tourna les talons, laissant Will dans sa chambre, regardant ses pieds. Il demeura là un bon moment avant de prendre une inspiration et de descendre, jurant doucement à voix basse en chemin.

Au moment où une Lydia très irritable et embarrassée arrivait en bas, vêtue correctement pour ne pas offenser la nature sensible de l'autochtone à tout faire, Will se trouvait dans la cuisine, couché par terre sur le côté, dévissant le dos de la cuisinière, avec le menton de Jake presque sur son épaule alors qu'il l'observait, fasciné par le monde secret des installations électriques.

Will leva la tête en direction de Lydia, qui avait trouvé un jean et un pull, sans parler de tous les sous-vêtements appropriés, quand elle entra.

— Un café au lait avec deux sucres, s'il te plaît.

— C'est assez décent pour toi ? lui lança-t-elle.

— Je ne voulais pas que tu attrapes froid, c'est tout, répliqua Will, reportant son attention sur le four.

— Nous avons mis le soutif de Tata Lydia sur notre bonhomme de neige, apprit Jake à Will sur le ton de la conversation. Il a fallu deux énormes boules pour le remplir !

— Humpf.

Lydia mit la bouilloire en route.

— La résistance a grillé, ce qui a coupé la lumière à cet étage, expliqua Will alors qu'elle l'enjambait à la recherche d'une tasse. Ce qui signifie au moins que cet endroit est correctement électrifié. Je n'ai eu qu'à redémarrer le compteur pour rétablir le courant. Mais ce n'est pas aussi simple pour le four, je le crains. Il est mort. Il m'est impossible de trouver une pièce de rechange pour un truc aussi vieux en une journée, pas la veille de Noël, peut-être même jamais.

Lydia s'agenouilla par terre, prenant sans s'en rendre compte une gorgée du café de Will avant de le lui tendre.

— C'est pas vrai ! Pas de four, pas de plaque. Katy va me tuer. Tu sais quoi, je vais tout simplement sortir, ça va peut-être durer…

— Je vais prévenir maman, déclara Jake en sautant sur ses pieds, Tilly et Vincent van Dog dans son sillage.

Lydia ne l'arrêta pas.

Mieux valait qu'un petit garçon de six ans annonce la nouvelle plutôt qu'elle : elle était quasiment certaine que Katy ne jetterait pas son propre fils dans le lac.

— Pour ce que ça vaut, au moins, ce n'est pas ta faute, lui expliqua Will. La même chose serait arrivée à celui qui aurait allumé le four.

— Je suis trop serviable, se plaignit Lydia. Jamais Joanna ne ferait sauter un four par accident la veille de Noël. Oh non, elle est toujours au lit… à faire des trucs. Et Alex est occupée à être enceinte jusqu'aux yeux, donc elle n'a jamais d'ennuis.

— Que c'est égoïste de sa part, intervint Will, capable de la regarder à présent qu'elle était couverte.

Bon, cela te semble sans doute terrible d'être bloquée par la neige avec ton ex tout neuf, une dinde complètement morte et un four qui ne fonctionne pas mais, crois-moi, ce n'est pas la fin du monde.

Il se redressa pour s'asseoir, s'appuyant contre la défunte cuisinière.

— Non, pas dans le grand ordre des choses, probablement, concéda Lydia. Je veux dire, mieux vaut que Stephen et moi ayons rompu maintenant plutôt qu'après sa demande en mariage, et au moins nous avons une dinde, même si elle a été démembrée. Mais le four qui ne marche pas signera l'arrêt de mort de Noël. Je te jure, je suis une malédiction de Noël, où que j'aille, les emmerdes pleuvent. L'an prochain, je vais m'enfermer dans ma chambre et ne plus en sortir.

Will hocha la tête.

— Je pense que nous dormirons mieux si nous savons cela.

Lydia croisa son regard et aperçut l'ombre d'un sourire sur ses lèvres.

— Vas-y, moque-toi de moi, si ça t'aide à te sentir mieux. Tu dois être cinglé. Après tout, tu es toujours là. Tu pourrais être chez toi à l'heure qu'il est, avec ta copine qui t'apporte des tartelettes aux fruits secs, les pieds en éventail devant un feu ronflant, et pas à côté d'une personne dysfonctionnelle originaire du mauvais côté du Watford Gap.

— Oui, en effet, concéda Will qui soupira et ne put réprimer un sourire. Au lieu de ça, je travaille gratuitement, coincé avec un groupe de dingos, dont une qui insiste pour s'introduire dans ma chambre, à moitié nue, pour me mater en serviette. Heureusement que je n'ai pas de copine quand on y réfléchit, ni de femme, vu que tu poses la question.

Lydia ne put s'empêcher de sourire, se réjouissant étrangement du fait que Will n'ait ni petite amie ni femme, même s'il se moquait de ses tentatives de découvrir ces informations avec à peu près autant de subtilité qu'un éléphant curieux.

— Mais sérieusement pourquoi es-tu encore là ? lui demanda Lydia tandis qu'ils étaient assis par terre, leurs pieds se touchant.

Will plongea un instant ses yeux sombres dans les siens.

— Ce n'est pas évident ? lui demanda-t-il d'une voix grave.

— Quoi ? Qu'est-ce qui n'est pas évident ? s'exclama-t-elle d'un ton strident.

— Il faut que quelqu'un montre à votre bande de corniauds que vous n'avez pas besoin de ce vieux four électrique quand vous avez un énorme fourneau dans votre cuisine. Ou alors vous croyiez que c'était pour ranger les chaussures ?

— Il ne fonctionne pas ! s'exclama Lydia, les joues en feu, furieuse de s'être laissée attirer par ces yeux noirs.

— C'est sans doute le brûleur qui a seulement besoin d'un nettoyage, déclara Will en lui tendant sa tasse vide. À présent, prépare-moi un autre café tiède, femme, pendant que je bosse gratis pour la troisième fois.

— Il fonctionne ?

Katy regardait fixement le fourneau, les mains jointes comme une petite fille qui vient de découvrir un chiot dans une boîte à chaussures.

Will posa la main sur l'engin et jeta un coup d'œil à sa montre.

— Oui, il devrait être prêt à l'emploi vers 8 heures demain matin. Si tu avais eu une dinde entière, tu aurais dû commencer par la faire brunir dans la rôtissoire, avant de la faire cuire à feu doux pendant huit à dix heures dans le four, ce qui veut dire que vous ne mangeriez pas le dîner de Noël avant minuit. C'est donc une chance que Lydia l'ait mutilée au point de la rendre méconnaissable. Quand on y réfléchit, elle vous a rendu service parce que maintenant, tu peux sans doute cuire la bête entière dans la rôtissoire en quatre ou cinq heures.

— Oh mon Dieu, je t'aime !

Will se figea quand Katy le prit dans ses bras et l'embrassa sur les lèvres environ dix secondes de plus que les convenances ne le toléraient.

— Merde, personne n'a dit qu'on faisait de l'échangisme ! s'exclama Joanna en faisant son apparition. Si on échange, je veux faire un tour de Will après.

— S'il te plaît, dis que tu vas rester et manger le déjeuner de Noël avec nous, invita Katy tout en relâchant Will, qui paraissait un peu sous le choc. Enfin, si tu n'as rien de mieux à faire ?

— Normalement, je participe au déjeuner de Noël au *Royal Oak* avec tout le village, répondit Will, fourrant ses mains dans ses poches comme s'il venait de remarquer qu'il était entouré de femmes imprévisibles. C'est une sorte de tradition. Nous apportons tous quelque chose à manger et nous soûlons à mort. J'ai une bûche de Noël.

— Oh, oh, très bien, cela paraît sympathique, fit remarquer Katy, son enthousiasme légèrement douché. C'est la première fois que j'en entends parler, mais bon… c'est sympa. Tout le village qui se rassemble pour Noël. Ne serait-ce pas formidable d'en faire partie ?

— Il n'y a pas de raison pour que vous ne veniez pas, lui apprit Will. Tout le monde est le bienvenu.

Tilly et Jake arrivèrent, se frayant un passage entre les jambes des adultes.

— Maman, Tata Lydia a oublié de nous préparer des œufs quand elle a fait sauter la cuisinière, geignit Tilly. J'ai encore faim.

— Eh bien. (Will s'accroupit pour regarder Tilly dans les yeux.) Tu veux que je vous montre comment cuire des œufs dans une pelle à charbon sur un feu de bois ?

— Oui, s'il te plaît ! s'exclama Jake avec enthousiasme.

— Ça ne va pas avoir le goût du charbon ? demanda Tilly.

— C'est ce qu'il y a de meilleur, rétorqua Will en attrapant une boîte d'œufs et une assiette sur le plan de travail, pendant que Tilly et un Vincent van Dog toujours optimiste le suivaient vers la sortie. J'ai été pratiquement élevé au charbon, ça ne m'a jamais fait de mal.

— Je crois que mes ovaires viennent de sursauter, dit Joanna. J'aime cet homme.

— Fais la queue, déclara fermement Katy. J'aime cet homme. Il a mis en route mon fourneau.

— Puis-je être la voix de la raison ? demanda Alex qui entra dans la cuisine d'un pas lourd. Joanna, tu prétends être amoureuse de ce canon américain avec lequel tu as rigolé toute la matinée. Et Katy, à en juger par ta coiffure au saut du lit, tu aimes beaucoup plus ton mari aujourd'hui qu'hier. Lydia ne peut absolument pas l'aimer parce qu'elle se remet de sa rupture avec Stephen. Donc c'est officiel. S'il prépare le petit déjeuner, je l'aime, et je donnerai son prénom au bébé, même si c'est une fille.

# Chapitre 13

À sa grande honte, Lydia avait été tellement absorbée par tout le bazar de la matinée qu'elle en avait presque oublié Stephen, jusqu'à ce qu'elle le découvre assis sur son lit quand elle remonta dans sa chambre pour trouver une paire de chaussettes supplémentaire en vue d'une expédition inattendue. Après avoir régalé tout le monde en cuisant des œufs sur une pelle à charbon, Will avait suggéré qu'il pourrait retourner au village et récupérer son réchaud à gaz, vu qu'il n'y avait aucun autre moyen de réchauffer la nourriture avant au moins le lendemain.

— Sérieusement, mon pote, t'aurais pas moyen d'être un peu moins stylé ? lui demanda Jim. Tu nous donnes l'impression à tous d'être incompétents.

— J'essaie juste de donner un coup de main, répondit modestement Will.

Lydia serra les lèvres pour réprimer un sourire, tandis qu'elle observait les femmes se pâmer, et Jim et David se ragaillardir quand ils comprirent qu'une autre possible expédition jusqu'au pub était à prévoir. Mais leurs espoirs furent douchés.

— Tu veux venir avec moi ? demanda Will à Lydia, qui regarda par-dessus son épaule pour voir s'il ne parlait pas à quelqu'un d'autre.

Mais non.

Lydia devina qu'il fallait à Joanna toute sa volonté pour ne pas dire « Voyez-vous cela », aussi répondit-elle rapidement :

— Euh, oui. Pourquoi pas ?

— Ce serait dommage que tu n'admires pas correctement le paysage, tant que tu es là, dit Will dans une tentative de justification.

— Il y a des fenêtres, fit remarquer Alex en haussant un sourcil.

— Moi non plus je n'ai pas eu l'occasion d'admirer le paysage. C'est dommage, non ? intervint Joanna en faisant la moue.

— Il te faudra des bottes dignes de ce nom et au moins une paire de chaussettes supplémentaire, expliqua Will à Lydia avec sérieux, ignorant Joanna. Et un bon manteau, des gants et tout. Ce n'est pas loin, mais il fait froid dehors. Mieux vaut prévenir que guérir.

— C'est ça, scout toujours prêt, acquiesça Lydia.

— Bien, vas-y alors.

Will lui fit signe de s'éloigner et, tournant les talons, Lydia entra en collision avec la poitrine de Jackson.

— Oh, désolée ! dit-elle en se frottant le nez.

— Ça va ? lui demanda-t-il d'un ton juste assez tendre pour pousser Alex à lui jeter un regard noir et Joanna à venir lui passer un bras possessif autour des épaules.

Lydia était remontée en courant et était un peu à bout de souffle quand elle découvrit Stephen dans sa chambre.

— Tu n'as pas dormi ici cette nuit, fit-il remarquer en désignant du menton l'oreiller parfaitement rebondi.

— Non, admit-elle d'un air coupable. Je me suis écroulée dans le canapé avec le chien. Est-ce que tu as dormi ?

Stephen hocha la tête.

— J'étais fin soûl. Écoute, je ne me rappelle pas grand-chose d'hier soir, mais je suis désolé si je t'ai mise sur le devant de la scène.

Lydia s'assit à côté de lui.

— Tu ne l'as pas fait. Tu as été formidable. Tu aurais pu pourrir la vie de tout le monde, et personne ne t'aurait rien reproché. Mais tu n'es pas ce genre d'homme, pas vrai, Stephen ?

— Je crois que le pire quand tu romps avec quelqu'un qui ne t'aime plus, c'est que cette personne n'est pas triste, dit-il.

— Je le suis, insista Lydia. Je suis triste, très triste.

— Non, tu ne l'es pas. Je veux dire, tu es triste de m'avoir blessé, parce que tu te soucies de moi. Mais tu n'es pas triste que nous ne soyons plus ensemble. En fait cela m'aide, en quelque sorte. J'ai l'impression qu'on m'a vidé, mais à te voir maintenant, tes yeux brillants et tes joues roses me font comprendre qu'il est inutile d'en pincer plus longtemps pour toi.

Lydia tendit le bras et couvrit sa main de la sienne.

— Oh, Stephen, il te faut juste la bonne. La femme qui te fera t'arrêter assez longtemps pour que tu comprennes combien tu as besoin d'elle, la femme qui sera plus importante à tes yeux que n'importe quel travail et que n'importe quelle noble cause, celle avec qui tu voudras passer chaque minute, même si ce n'est pas possible. Il faut que tu sois avec une femme qui te manquera même si elle se trouve dans la pièce d'à côté. Et si tu regardes les choses en face, je n'ai jamais été cette femme. Je n'ai jamais réussi à t'arrêter plus d'une minute.

Stephen hocha la tête.

— Je sais, et je voulais seulement te dire que ça va aller. Ne laisse pas cette histoire te gâcher Noël. Je veux que tu passes un bon moment, même si je suis un peu à court de cadeau...

— Et toi ? Est-ce que tu seras capable de passer un joyeux Noël ? lui demanda Lydia.

— Oui, dit-il en opinant du chef. Je vais me soûler franchement et manger tant et si bien que je devrai rentrer à la maison avec mon pantalon ouvert. À présent, si tu veux bien m'excuser, je vais aller écouter *Last Christmas* et toutes les autres chansons de rupture de Noël que contient mon iPod. (Il s'arrêta sur le seuil.) Où vas-tu ?

— Au village, avec Will, chercher un réchaud de camping, dit Lydia en triturant sa manche comme si elle était en train de trahir Stephen.

Celui-ci fit un signe de tête.

— Vous semblez toutes sous son charme. Il est si formidable que ça ?

Lydia éclata de rire.

— Formidable ? Non, pas du tout. Qu'est-ce qui t'a donné cette idée ?

Bizarrement, Lydia avait cru que le fait que Will l'invite à l'accompagner chercher son réchaud à gaz et admirer le paysage signifiait qu'il avait peut-être envie de lui parler, mais ils avaient péniblement traversé les épaisses congères pendant au moins vingt minutes dans un silence total. L'espace d'un bon moment, Lydia s'était occupée en observant le panorama à couper le souffle, inspirant l'air froid et tentant de suivre Will, ce qui n'était pas chose aisée. Elle était bien couverte, comme il le lui avait ordonné, avec le manteau trop grand de Jim, les après-ski de Katy et un petit bonnet en laine rose pailleté posé sur sa tête en équilibre précaire, et qui devait appartenir à Tilly.

— On dirait qu'on est seuls au monde, pas vrai ? dit-elle, cédant au besoin de rompre le silence. C'est tellement paisible, il n'y a pas d'avions dans le ciel, pas de voitures sur la route…

— Et personne pour troubler la quiétude de ce moment, ajouta Will.

— Désolée, répliqua Lydia d'une voix teintée d'ironie. Je n'avais pas compris que j'étais supposée faire vœu de silence en acceptant de t'accompagner. En temps normal, tu es plutôt bavard.

— Bavard ?

Will s'arrêta net et la contempla.

— Oui, bavard. Alors pourquoi es-tu si fermé à présent ?

Will fronça les sourcils, faisant plusieurs enjambées avant de répondre.

—Je pensais pouvoir te donner le réchaud à rapporter toi-même, mais tu te casserais sans doute un ongle, avant de te perdre et de mourir dans un fossé, et je me sentirais responsable.

Lydia gloussa.

—Je suis certaine que si l'idée de retourner à Heron's Pike te terrifie à ce point, je suis capable de retrouver seule mon chemin. Voyons, je n'ai qu'à suivre cette route, non? Je n'ai pas besoin de pister de petites empreintes de loutre ou de me repérer grâce aux étoiles?

Ce fut au tour de Will de sourire.

—Tu as beaucoup à dire pour ta défense, rétorqua-t-il, ce que, en l'absence de tout développement, Lydia décida de prendre comme un compliment.

—C'est mon métier. Je suis avocate, je parle plus ou moins pour vivre. De façon argumentée, en général.

—Ah, dit Will en hochant la tête. Ceci explique cela.

—Ceci explique quoi, au juste? Que je ne me contente pas d'approuver tout ce que tu dis comme devrait le faire une gentille fille?

—Non, dit Will. Une fille snob, un boulot snob. Tout s'explique.

—*Snob!* répéta Lydia, bouche bée. Je ne suis pas snob. Le simple fait de ne pas mal aspirer mes voyelles comme les gens du coin ne fait pas de moi une snob, tu sais.

—Ouh, tu es susceptible…

Will leva ses mains gantées.

— Je suis désolée, reprit Lydia. C'est juste que je ne viens pas d'une famille riche, ni rien d'approchant. Mes parents n'avaient pas un sou en poche quand ils se sont mariés, et encore moins après leur séparation. Jusqu'à son remariage, ma mère louait une maison à côté d'un funérarium, parce que ce n'était pas cher, et papa vit dans la maison de sa nouvelle femme. Je n'étais pas censée faire quoi que ce soit de mon existence. Je n'étais pas censée avoir le bac ou aller à l'université, et je n'étais certainement pas censée passer autant d'années à étudier pour devenir avocate. J'étais plutôt condamnée à me dégotter un boulot à seize ans et rentrer dans mes frais, mais je ne l'ai pas fait. J'étais entêtée. J'ai travaillé pour financer mes études de droit, en étant serveuse, barmaid, intérimaire – une fois je me suis même déguisée en cowgirl mexicaine et j'ai suivi un taco géant dans tout Leicester Square. J'ai tout fait pour gagner de l'argent, enfin, presque tout. Ce n'était pas facile mais, comme je l'ai dit, je suis entêtée. Je n'allais pas abandonner mon rêve.

— Alors pourquoi devenir avocate ? lui demanda Will.

Lydia cessa de marcher et le dévisagea d'un air pensif, lui qui avait avancé de quelques pas avant de se retourner pour l'attendre. Au cours des ans, on lui avait posé cette question encore et encore, et elle répondait toujours avec platitude ou d'un air désinvolte : j'aime la tenue élégante, ou encore l'argent, le statut ou le défi. Mais il y avait quelque chose chez Will qui lui donnait envie de lui révéler la vraie raison pour laquelle elle avait lutté à la force du poignet pour arriver où elle en était à présent ; quelque chose qui lui laissait penser qu'elle pouvait lui faire confiance.

— Tu promets de ne pas rire ? lui demanda-t-elle.

— OK.

Will hocha la tête.

— Ni de te moquer ? ajouta Lydia. Toute plaisanterie cynique est à proscrire.

— Vas-y.

— Pendant presque toute mon enfance, j'ai eu l'impression d'être aspirée dans un tourbillon incontrôlable. Des parents qui se déchiraient, même après le divorce, j'ai été trimballée d'une maison à l'autre, même si je ne voulais pas y aller, même si je n'y étais pas désirée. Je n'avais pas mon mot à dire sur quelque sujet que ce soit et, le plus important, je n'avais personne à mon côté pour prendre ma défense. Personne pour dire : « Cela doit cesser, ce n'est pas juste ». Je me sentais seule, j'étais impuissante.

» Et puis, un samedi après-midi, j'avais quatorze ans, je suis tombée sur le film *Du silence et des ombres* à la télé. Tu sais, celui avec Gregory Peck qui joue Atticus Finch. Il est noble, tellement fort et, plus important, il ne laisse rien ni personne l'empêcher de faire de son mieux pour son client. Il a le courage de dire que ce n'est pas juste et que cela doit cesser. Et j'ai décidé à ce moment-là que je voulais être Gregory Peck, enfin Atticus Finch. Ou du moins, autant que faire se peut pour une petite fille anglaise dans une ville de bord de mer minable. Je voulais être la personne qui serait là, juste quand les choses te semblent ne pas pouvoir aller plus mal, la personne à tes côtés, quoi qu'il arrive.

Lydia bafouilla puis se tut, se sentant soudain très gênée d'avoir vidé son cœur devant un quasi-étranger au milieu de la neige, d'avoir voulu qu'il sache ce qu'elle n'avait jamais avoué à quiconque, pour des raisons qui lui échappaient.

— Je suppose que ça paraît ridicule, finit-elle par ajouter, presque hilare.

Will fit un pas dans sa direction.

— Non, loin de là, dit-il gentiment. Ça paraît extraordinaire, en l'occurrence.

— Oh, bon, fit Lydia en rougissant. Je ne peux pas prétendre que l'argent est malvenu et que je n'apprécie pas tout le côté spectaculaire, et puis les perruques sont géniales…

— Écoute, l'interrompit Will, tout sourires. Tu n'as pas besoin de faire semblant avec moi. Je sais que tu n'es pas aussi superficielle que tu aimes le faire croire. Je le vois dans ton regard. Tu aimes vraiment ce que tu fais, cela représente tout pour toi, et je le respecte sincèrement. Je ne te connais pas depuis longtemps, mais tu es différente de la plupart des filles.

— Différente ? lui demanda Lydia, ne sachant pas s'il s'agissait d'un compliment. Comment ? ajouta-t-elle avec hésitation alors que ses yeux noirs plongeaient dans les siens.

— Ne me demande pas, répondit-il, les sourcils froncés. Pour l'instant, je ne sais pas si je viens ou si je pars. Oui, je sais, je pars – nous partons – vers le village pour récupérer le réchaud à gaz. On ferait mieux de se bouger, sinon on va geler sur pied.

— Alors pourquoi est-ce que tu m'as demandé de t'accompagner ? s'enquit-elle, un peu confuse. Pourquoi pas l'un des mecs ?

— Parce que ce sont tous des crétins, rétorqua-t-il. Des gars sympas, et tout. Mais crétins.

— Oh, et moi je ne suis pas crétine ?

Lydia se dérida.

— J'ai seulement pensé que tu apprécierais de passer un peu de temps hors de la maison. Tu es coincée là-dedans depuis des jours.

— C'est gentil à toi de t'en soucier. À t'entendre, je suis un peu comme un chien qu'il faut promener.

— Je ne m'en soucie pas, je... Je sais ce que c'est. Rompre avec quelqu'un. J'ai été fiancé une fois.

Il reprit sa marche d'un air encore plus déterminé, plantant un instant Lydia dans la neige.

— Attends ! s'exclama-t-elle, le souffle court. Will, attends. Écoute, tu ne peux pas balancer une bombe pareille et t'enfuir.

— Je ne qualifierais pas cela de bombe, répliqua-t-il, s'arrêtant pour attendre qu'elle le rejoigne. J'étais fiancé, puis je ne l'étais plus. Donc je savais que tu apprécierais sans doute un peu d'espace pour te remettre les idées en place. Ce qui, normalement, exclut le bavardage.

— Mais que s'est-il passé ? Qui était-ce ?

*À quoi ressemblait-elle ?* pensa Lydia sans le demander.

— Est-ce qu'elle t'a plaqué ?

Will fronça de nouveau les sourcils.

— Pourquoi les femmes éprouvent-elles le besoin de tout savoir ?

— Je ne sais pas. Je n'en ai pas besoin, je pense. J'ai partagé mon histoire avec toi ; j'ai cru que tu aurais peut-être envie d'en faire autant. Après tout, c'est toi as mis le sujet sur le tapis. Je suis désolée. C'est juste que j'ignore ce que je suis censée ressentir en ce moment. Enfin, c'était la relation la plus sérieuse de ma vie, donc je suis presque certaine que je ne devrais pas éprouver ce que je ressens en ce moment.

— C'est-à-dire ? lui demanda Will.

— Du soulagement. Et à cet instant précis… de la joie. Je suis heureuse d'être dehors, dans la neige, au milieu de ce paysage incroyable. Je me sens euphorique. Ce qui me fait paraître vraiment sans cœur, non ?

— Ou alors, cela prouve que tu as pris la bonne décision, objecta Will en haussant les épaules. Elle s'appelait… elle s'appelle Rachel, lui révéla-t-il tandis qu'il recommençait à marcher, lui tendant la main pour l'aider à traverser une congère particulièrement profonde. Elle était jolie, aimable. Elle lisait beaucoup, mais quand même, elle était drôle, tu sais.

Lydia lui lâcha la main à contrecœur tandis qu'elle s'énervait intérieurement contre cette belle comédienne cultivée répondant au doux nom de Rachel. *De toute façon, c'est un prénom à la con*, se dit-elle.

— On se connaissait depuis longtemps. Elle tenait une boutique de souvenirs en ville. Je la voyais sur son vélo, se rendre au travail tous les matins. On s'arrêtait et on discutait.

Lydia attendait de pied ferme le récit de la rupture.

— Je ne suis pas le genre de type à sortir le grand jeu. Je suppose que je ne trahis pas grand-chose. C'est difficile pour moi de faire savoir à une fille qu'elle me plaît. J'envisageais de lui proposer d'aller boire un verre quand, un jour, elle m'a demandé de but en blanc si elle me plaisait, juste comme ça. J'ai dit oui. Et voilà, nous sortions ensemble.

— Qu'est-il arrivé ensuite ? lui demanda Lydia, presque désolée de voir apparaître devant eux, au milieu des arbres, la flèche de l'église du village.

— On est sortis ensemble, répondit-il. Pendant deux ans.

— Mais tu devais l'aimer si tu lui as demandé de t'épouser ? insista Lydia.

— Je ne suis pas sûr de le lui avoir vraiment demandé, rectifia-t-il, l'air franchement perplexe. Nous sortions en ville, je venais de vendre cette maison que j'avais restaurée à Keswick, j'avais gagné pas mal d'argent. Rachel a dit que c'était le moment de faire une folie. On se trouvait devant une bijouterie au moment où elle l'a suggéré. Alors, dans le feu de l'action, je lui ai acheté une bague. Puis on s'est retrouvés fiancés. Je n'en avais pas vraiment conscience à ce moment-là, puis je m'y suis fait.

— Waouh ! s'exclama Lydia. Cette Rachel faisait des manigances que même Joanna ne renierait pas. Que s'est-il passé ?

— Je l'appréciais énormément, reprit Will. Comme je te l'ai dit, c'était la plus jolie fille à des kilomètres à la ronde, drôle, intelligente. Elle avait tout pour elle.

— Pas tout, visiblement, répliqua Lydia, un peu agressive. Autrement, tu l'aurais épousée.

— Tu as raison, avoua simplement Will, s'arrêtant au sommet d'une colline qui déclinait pour dévoiler le village, niché dans la vallée, ses toits couverts de neige, de la fumée s'élevant des cheminées et serpentant dans le ciel.

— Oh, souffla Lydia en admirant la vue. C'est magnifique !

Will lui jeta un regard en coin.

— Tu trouves ? J'ai vécu ici toute ma vie et je ne me lasse jamais de la vue qu'on a depuis le sommet de cette colline. C'est chez moi, tu sais ? Quoi qu'il arrive dans le monde, savoir qu'on a un foyer comme celui-ci, ça allège le cœur.

Lydia le dévisagea.

— Tu peux te montrer poète quand tu veux, dit-elle.

Will sourit faiblement, prenant sa main gantée et ne la lâchant pas tandis qu'il lui faisait descendre la colline vers le village, même si, cette fois-ci, il ne semblait pas y avoir le moindre obstacle à surmonter.

— J'ai compris que je ne l'aimais pas, reprit Will tandis qu'ils avançaient. Elle ne faisait pas chavirer mon cœur chaque fois que je la regardais, ou même que je pensais à elle. Même si je la connaissais mal, je n'avais pas envie de passer plus de temps avec elle, et je n'éprouvais pas le besoin de lui construire la maison de ses rêves, même si je soupçonnais qu'il faudrait prévoir des tourelles, et d'y vivre avec elle pour toujours. Elle méritait quelqu'un qui éprouvait vraiment ce genre d'élan pour elle, alors j'ai rompu. Cela a été une période difficile, elle était bouleversée. C'était il y a environ un an. Elle est à présent avec quelqu'un d'autre et elle ne m'en veut plus.

— C'est incroyable, commenta Lydia. Non que tu aies rompu avec elle, mais que tu aies une idée si nette de l'amour, de ce qu'on est supposé ressentir. J'ai rompu avec Stephen parce que je savais que je ne l'aimais pas. Mais je ne crois pas savoir ce que ça fait d'être vraiment amoureux.

— Ne me demande pas, répliqua Will, remarquant qu'il lui tenait toujours la main et la lâchant brusquement. Le romantisme, c'est pas mon fort. Je ne suis pas le genre de mec pour un resto en amoureux. Je ne sais pas faire la conversation. À vrai dire, la plupart des femmes avec lesquelles je suis sorti m'ont dragué, et je les ai laissées faire. Mais tu sais bien ce que tu sens dans tes tripes, ou peut-être devrais-je dire dans ton cœur. Tu ne peux pas te tromper sur ce qu'une personne te fait éprouver ; ça a beau être insensé, tu le sais.

Ce raisonnement laissa Will aussi perplexe que Lydia.

— Alors tu es amoureux en ce moment ? lui demanda-t-elle, juste au moment où la neige se remettait à tomber.

Will tendit la main, captura un flocon dans sa paume et le regarda fondre.

— On devrait s'arrêter prendre un verre et manger un morceau avant de repartir, dit-il, ce qui, en guise de réponse, était frustrant. Viens, je vais te présenter.

Le *Royal Oak* débordait de chaleur, de lumière et, par-dessus tout, de monde. Lydia avait l'impression que le village entier s'était entassé dans le minuscule bâtiment, qui était bondé du sol dallé aux poutres anciennes du plafond.

Des enfants se pourchassaient entre les jambes des adultes, les personnes âgées étaient attablées, riant et évoquant leurs souvenirs, des familles partageaient leur repas et des plaisanteries tapageuses, des mères ployaient sous le poids de bébés d'âges divers, appuyés sur leur épaule ou contre leur hanche tandis qu'elles comparaient leurs nuits sans sommeil, et des adolescents dissimulaient leur tête sous leurs cheveux, le pouce collé en permanence au téléphone. Les vieux madriers de chêne de la salle avaient été décorés de guirlandes de gui et de houx, et tendus de lumières colorées et clignotantes, tandis qu'une flambée crépitait dans la cheminée. Il n'échappa à personne que Will était entré avec une étrangère et, même si le pub ne se fit pas tout à fait silencieux pendant que les locaux la dévisageaient, Lydia sentit que tous les regards étaient braqués sur elle alors que Will la menait jusqu'au bar.

— Alors, qu'est-ce que tu fabriquais ? salua le barman d'un hochement de tête. On croyait que tu t'étais barré quelque part, Will. Où t'étais ?

— Là-haut, à l'hôtel, j'aidais les nouveaux à s'installer, expliqua Will.

— Et où as-tu trouvé cette jeune dame ?

Lydia sourit et fit un signe de la main, se rappelant un peu trop tard son petit bonnet rose.

— C'est une de leurs amies, Lydia. Elle vient de Londres mais c'est un spécimen supportable. Lydia, voici Mal, le patron. Il est très copain avec Jim.

— Oh oui, Jim du Heron's Pike, c'est un type sympa, ça oui, il apprécie la bière. (Mal hocha la tête.) Ce sera quoi ?

— Une pinte, annonça Will, regardant Lydia. Lydia ?

— Euh, est-ce que vous avez une carte des vins ? demanda-t-elle, se retrouvant à parler, de façon inexplicable, comme Celia Johnson dans *Brève Rencontre*, son accent classe moyenne du Sud accélérant brusquement, contre sa volonté, et lui faisant atteindre des sommets de snobisme. Oh non, voyons. Je prendrai une pinte, moi aussi. Tant que c'est du vin.

Mal éclata de rire et lui tendit une carte reliée de cuir comportant une liste exhaustive de vins.

— Mais vous devriez prendre un vin chaud. C'est ma Kirstie qui l'a fait, elle y met une double dose de cognac, ça vous réchauffera, si vous en avez besoin bien sûr.

Mal fit un clin d'œil à Will, qui continua de regarder sa pinte d'un air imperturbable.

— Alors comme ça vous séjournez à Heron's Pike ?

Lydia se retourna pour découvrir qu'une femme sans doute un peu plus jeune qu'elle, un bébé endormi sur l'épaule, s'adressait à elle.

— À quoi ça ressemble là-haut, à présent ?

— C'est vraiment joli, répondit Lydia. N'hésitez pas à y faire un tour pour le nouvel an, suggéra-t-elle, se souvenant combien Katy se sentait seule. Mon amie a deux enfants et elle adorerait avoir de la visite. Comment vous appelez-vous ? Je dirai à Katy que vous passerez la voir.

— Alice, ravie de te rencontrer, répondit la fille, souriant aimablement avant de baisser d'un ton. Je crois que j'ai vu ton amie déposer les enfants à l'école ; une blonde aux cheveux bouclés ? Elle reste dans son coin et fait un peu pimbêche.

— Non ! Elle n'a rien d'une pimbêche ! s'exclama Lydia. Elle est tout simplement très timide. Si tu apprends à la connaître, tu verras qu'elle est adorable.

— Eh bien, les mères de famille prennent un café les unes chez les autres tous les mardis. Le prochain a lieu chez moi après le nouvel an. Tiens, prends-moi ça une seconde et je t'écrirai l'adresse. Suggère-lui de venir se soumettre à notre inspection.

Lydia sentit ses genoux faiblir l'espace d'un instant sous le poids inattendu de l'enfant endormi qui se retrouvait dans ses bras tandis qu'Alice griffonnait les détails sur le coin d'un sous-bock.

— Alors, Will et toi ? Depuis combien de temps vous êtes ensemble ? lui demanda Alice pendant qu'elles procédaient à un échange sous-bock contre enfant.

— Moi et… ? Oh non, on se connaît à peine ! Je viens tout juste de le rencontrer. Il m'a seulement proposé de l'accompagner pour une promenade.

— Tu as fait une balade avec lui avant qu'il t'amène ici ? (Alice parut sceptique.) C'est limite une demande en mariage, surtout venant de lui.

— Oh, cela m'étonnerait, repartit Lydia. Il m'a seulement prise en pitié.

— Il est bien foutu, tu ne trouves pas ? reprit Alice, reluquant les fesses de Will tandis que celui-ci se penchait par-dessus le bar pour regarder un dessin d'enfant que lui montrait Mal. Toutes les filles du coin ont essayé de le choper au fil des ans, moi la première. Mais il ne m'a jamais proposé à moi d'aller faire une balade, dit-elle dans un soupir.

— Salut, moi c'est Cathy. (Lydia se retourna pour découvrir une dame qui devait avoir l'âge de sa mère.) Tu es venue avec Will, c'est ça ? Vous êtes ensemble depuis combien de temps ?

Et peu à peu, sa tasse de vin chaud à la main, Lydia se retrouva à traverser le pub, passant d'un groupe à l'autre. On l'interrogeait surtout sur la façon dont elle avait fait la connaissance de Will, mais on lui manifestait aussi de la sympathie, on la faisait rire, on lui racontait des ragots sur la dernière personne à laquelle elle venait de parler ou la suivante. Lydia était même tombée sur un vieux monsieur qui avait trouvé mille excuses pour lui mettre la main aux fesses. Alors qu'elle s'installait à côté d'une charmante dame du nom de Gracie, qui voulait lui raconter les expéditions qu'elle faisait autrefois dans un salon de thé de Piccadilly Circus, Lydia regarda vers le bar où Will sirotait sa pinte en l'observant avec un sourire de sphinx.

— Désolée, articula-t-elle silencieusement, songeant que cet air sombre avait peut-être un rapport avec le fait qu'elle s'était laissée happer par d'autres conversations, mais il leva simplement sa pinte dans sa direction et se tourna de nouveau vers Mal.

— Ce que je préférais dans le fait d'être engagée volontaire dans la marine, c'étaient les soldats, tous très beaux, lui apprit la vieille dame. J'en ai embrassé plus que mon content pendant le Blitz, laissez-moi vous dire. Mais j'étais heureuse de revenir ici après la guerre. Je n'avais jamais vu autant de bus de ma vie, vous savez. De grands engins malsains.

— Vraiment ? demanda Lydia avec anxiété tout en observant Will finir sa pinte et se diriger vers la porte.

Il n'allait quand même pas l'abandonner ici ? On ne cessait de lui répéter combien Will aimait être seul, qu'on ne le voyait pas souvent avec une fille, que c'était un homme silencieux et timide, ce qui le rendait incroyablement attirant ou faisait de lui un tueur en série, au choix. Lydia avait du mal à trancher. Dans tous les cas, il semblait que la perspective de converser avec elle sur le trajet du retour l'avait fait fuir.

— Je suis vraiment désolée, je dois y aller…

Lydia prit congé et se fraya un chemin dans la foule, s'arrêtant pour donner un baiser sous le gui au vieux monsieur qui, en plus de l'attrait qu'il avait déjà manifesté pour son derrière, s'avéra posséder une langue très opportuniste.

Tandis qu'elle ouvrait la porte du pub, une rafale d'air froid rafraîchit immédiatement son visage échauffé, et elle regarda à droite et à gauche dans la rue. Will était invisible et, de façon agaçante, alors qu'elle s'était vantée d'être capable de retrouver son chemin facilement, Lydia ne parvenait pas à se rappeler exactement par où ils étaient arrivés, vu que le village semblait situé au pied de plus d'une colline.

Elle piétina au milieu de la rue.

— Qui m'a fichu des mecs pareils, bon sang ! Ils te traînent jusqu'ici sans raison, puis ils fichent le camp et…

— Et quoi ?

Will apparut derrière elle, un sac à dos de taille respectable sur ses épaules.

— Oh, je croyais que tu étais parti, bredouilla Lydia. Mais en fait non. Voilà, tu recommences à surgir à l'improviste.

— Je suis seulement allé chercher mon réchaud et quelques trucs, expliqua Will, désignant d'un geste vague un groupe de cottages. Je ne peux pas porter indéfiniment les mêmes vêtements.

— Des vêtements ? lui demanda Lydia. Est-ce que ça signifie que tu restes une nuit de plus ? Je pensais que tu viendrais ici, au pub, pour le déjeuner de Noël.

— C'était prévu, répondit-il avec nonchalance. Mais ensuite j'ai pensé que je n'allais pas m'emmerder à te raccompagner jusqu'à Heron's Pike avant de revenir ici. Je ferais aussi bien de rester sur place. Ça ne change rien pour moi. Et j'ai même pris ma bûche de Noël, alors…

Lydia se surprit à sourire largement et, quand elle lui prit le bras et qu'ils empruntèrent le chemin pour rentrer à Heron's Pike, elle ne put s'empêcher de se demander si c'était seulement l'ascension de la colline qui faisait chavirer son cœur.

Le trajet du retour fut bien plus silencieux que l'aller, mais d'une certaine façon, cela ne dérangeait pas du tout Lydia cette fois-ci. Le soleil hivernal commençait déjà à se coucher quand ils prirent le dernier tournant qui les amena en vue de Heron's Pike, jetant une lueur rose cuivrée sur les collines, faisant scintiller les branches couvertes de neige dans les haies. Sans même s'en rendre compte, tous deux ralentirent peu à peu jusqu'à ce que Lydia s'arrête, embrassant du regard la beauté de ce qui l'entourait.

Il lui fallut peut-être une minute avant qu'elle prenne conscience que Will n'observait pas le paysage ; il avait les yeux rivés sur elle.

— Lydia.

Son prénom sur les lèvres de Will la fit sursauter et elle leva la tête pour le regarder. Il posa son sac à dos, contemplant son visage baigné par la lumière du crépuscule.

— Lydia.

Comme s'il avançait au ralenti, Will tendit l'une de ses mains dégantées et lui toucha le visage, ses doigts se glissant dans ses cheveux, et attira son visage tout près du sien et l'embrassa. Le souffle coupé, Lydia se mit à trembler quand la bouche de Will effleura la sienne. Tout d'abord, ce fut le plus léger des baisers, mais il alluma une chaleur qui déclencha en elle un véritable incendie.

— Lydia, répéta-t-il, d'un ton plus pressant cette fois, son autre bras lui entourant la taille et la serrant contre lui, ses baisers devenant plus profonds, plus passionnés, couvrant son visage, et le peu de son cou qui était exposé. Tu es tellement… (Plus irrésistible que jamais, Will s'écarta et la dévisagea, un grand sourire aux lèvres.)… habillée.

Lydia se mit à glousser, et Will éclata de rire à son tour.

— Je ne m'attendais pas à ça, dit-elle.

— Vraiment ? lui demanda-t-il. Je croyais que tu pouvais sentir à une lieue que tu me plaisais.

— Je détesterais voir à quoi tu ressembles quand tu te la joues détaché, rétorqua Lydia tandis que son esprit fonctionnait à toute allure pour suivre le rythme de son cœur battant furieusement.

— Écoute. (Will se tut, cherchant ses mots.) Je suis désolé de t'avoir embrassée comme cela, je ne l'avais pas prévu, mais c'était plus fort que moi : tu étais si belle et j'en crevais d'envie. Ça ne me ressemble pas.

— Je sais, dit Lydia en souriant. Au pub, on m'a raconté un tas de trucs à ton sujet.

Will secoua la tête.

— Crois-moi, je ne m'attendais pas du tout à monter là-haut pour réparer la chaudière et tomber sur *toi*.

Il prononça ce dernier mot de façon très expressive, comme s'il faisait allusion à une personne spécifique.

— Moi ? demanda-t-elle.

— Oui, toi, la fille avec laquelle je peux parler sans y penser, la fille avec laquelle j'ai envie de parler. Celle dont le sourire me donne envie de l'embrasser, la femme qui est tellement sublime quand elle ne porte rien d'autre qu'un pull que cela me met dans une position gênante…

— Oh ! s'exclama Lydia, les yeux écarquillés. Oh.

— Oui, toi. Bon sang, Lydia, je ne fais pas ce genre de choses. Parler aux filles, les embrasser, du moins pas quand je les connais depuis moins d'une décennie. Mais il y a quelque chose chez toi, Lydia, qui me donne envie de… de construire une maison pour toi.

Lydia le dévisagea, incapable de parler, son souffle se cristallisant dans l'air autour d'elle.

— C'est trop tôt. (Will parut accablé.) J'aurais dû le savoir, tu viens juste d'en finir avec Stephen. Je n'aurais jamais dû t'embrasser. Je veux dire, le simple fait que je… Ça ne veut pas dire que tu… Putain. Je suis désolé. Écoute, et si on oubliait que c'est arrivé ?

Avant que Lydia ait pu faire un geste, encore moins prononcer un mot, Will remit son sac sur ses épaules et se mit à descendre l'allée qui menait à la maison, la laissant prendre racine, incapable de comprendre ce qui venait précisément de se passer.

# Chapitre 14

*« C'était la veille de Noël, quand partout, au logis,*
*Pas une créature ne bouge, pas même une souris… »*

Lydia s'arrêta sur le seuil du salon, écoutant Jim qui faisait la lecture aux enfants.

— Est-ce qu'il y a des souris dans notre maison ? lui demanda Tilly, visiblement inquiète.

— Non, ma puce, entendit-elle Jim répondre. Et il n'y aucune chance que ça arrive non plus, car Vincent appartient à une espèce rare de chien de chasse aux souris, et elles ont toutes peur de lui.

— Bien, déclara Tilly.

— Mais il y a des araignées, précisa Jake. Il y en a une au pied de ton lit qui fait la taille de ma tête.

— Papa !

Ouvrant la porte d'une poussée, Lydia découvrit que Jim et les enfants étaient seuls dans la pièce confortable. Vincent van Dog était couché aux pieds de Jim. Elle remarqua deux chaussettes rouges et blanches suspendues au-dessus de la cheminée.

— Le Père Noël viendra cette nuit, annonça Tilly à Lydia, serrant les poings d'une excitation à peine contenue.

— Je vais avoir une Xbox, ajouta Jake.

— Peut-être, ou peut-être quelque chose d'encore mieux, glissa Jim avec précaution, faisant un clin d'œil à Lydia. Alors, comment était ta promenade ?

— Bien. Est-ce que tu as vu où était parti Will ?

— Je l'ai envoyé retrouver les filles : elles emballent les cadeaux dans la cuisine. Katy a plus ou moins refusé de quitter son fourneau, au cas où il dépérirait. Je crois qu'elle risque de dormir dessus ce soir. Stephen a passé le plus clair de la journée dans sa chambre, Alex s'est détendue et a donné des ordres à David ; et Joanna et Jackson sont partis se promener. Je crois qu'elle était un peu embêtée que le sexy Will t'ait invitée.

— Il ne m'a pas invitée.

Lydia rougit en se rappelant avec quelle maîtrise Will l'avait embrassée, pas avec le panache et le style hollywoodien de Jackson, mais avec quelque chose de plus réel.

— Nous sommes seulement allés nous promener, voilà tout. C'était agréable.

— Eh bien j'essaie de convaincre ces deux-là de se calmer un peu et d'éviter la crise d'hystérie, histoire qu'ils ne fassent pas les pieds au mur quand ils iront au lit. Parce que le Père Noël ne vient pas si on est réveillé, ajouta-t-il en regardant ses enfants l'un après l'autre.

— Je vais te laisser faire, alors, déclara Lydia, écoutant Jim reprendre sa lecture tandis qu'elle remontait le couloir.

*« Les chaussettes étaient accrochées avec le plus grand soin,*

*Dans l'espoir que bientôt, saint Nicolas passerait par là… »*

— Qui est saint Nicolas ? Ce n'est pas lui que j'attends, mais le Père Noël !

Katy, Alex et le réchaud à gaz étaient dans la cuisine, mais Will demeurait introuvable.

— Ah, la vagabonde est de retour, lança Katy. C'était bien, ta promenade avec Will ?

— Qu'est-ce que tu entends par là ? rétorqua Lydia, sur la défensive.

— J'entends : « C'était bien, ta promenade avec Will », répéta Katy en haussant un sourcil. Quelle susceptibilité !

— C'était juste une promenade. C'est quoi, toutes ces histoires ?

— À toi de me dire, repartit Katy en lui décochant un grand sourire. Tout ce que je sais, c'est que Will est entré et a balancé ça sur la table avant d'aller fumer à l'abri à bateaux.

— L'abri à bateaux ?

Lydia savait qu'elle voulait parler à Will, le revoir dès que possible, parce que si elle pouvait se trouver devant lui, elle serait peut-être capable de comprendre en partie ce qu'elle ressentait. Mais il lui était impossible de s'éclipser jusqu'au hangar et de s'en tirer à bon compte.

— Quelqu'un veut un irish coffee ?

— Laisse-la souffler, dit Alex, faisant farouchement friser un ruban à l'aide d'une paire de ciseaux. Laisse le cadavre de sa relation avec Stephen refroidir un peu avant d'essayer de la caser avec le personnel.

— Je dis juste que ce serait génial que Lydia ait un amoureux dans le coin. Elle viendrait tout le temps, et je ne serais plus aussi seule.

— Tu sais ce que tu devrais faire ? suggéra Lydia en rechargeant la cafetière. La prochaine fois que Jim va au pub, accompagne-le et emmène les enfants. J'ai rencontré une vingtaine de personnes aujourd'hui, et toutes voulaient en savoir plus sur toi. J'ai même décroché pour toi une invitation au café des mères de famille.

Elle tendit à Katy le sous-bock avec le numéro d'Alice et lui expliqua leur rencontre, omettant la première impression peu flatteuse qu'Alice avait eue de Katy.

— Tout le monde est super sympa. Il faut que tu y ailles, Katy, que tu fasses un petit effort. Je parie que tu te feras plein de copines en un rien de temps.

— Peut-être, dit Katy prudemment, mais en accrochant le sous-bock au frigo avec l'un des aimants assortis qui l'ornaient. Je crains juste qu'elles se regroupent pour brûler mon effigie.

— On ne fait ça qu'aux vierges, intervint Alex, le visage brusquement crispé de douleur.

— Encore des contractions involontaires ? lui demanda Katy. (Alex hocha la tête.) Elles semblent très fortes, Alex. Est-ce qu'il faut que j'appelle les urgences ?

— Qu'est-ce qu'ils vont faire, m'aider à mettre le bébé au monde par téléphone ? lui demanda Alex, dont l'expression se détendait à mesure que la douleur s'estompait. Écoute, il n'est pas censé arriver avant plusieurs semaines. Et il est écrit dans mon livre que les contractions involontaires peuvent être vraiment fortes. En outre, je n'ai pas l'impression que le travail a commencé. Enfin, je le saurais, non ? Si c'était le cas ? Il y aurait des cris et du liquide amniotique partout.

— Je ne sais pas, ils m'ont renvoyée quatre fois à la maison pour Jake, répondit Katy. À la fin, j'ai dû les supplier de me laisser rester.

— Écoute, ça va pour l'instant, déclara Alex, qui se leva en écartant les bras et remuant les doigts pour souligner son argument. Alors reprenons l'emballage des cadeaux, d'accord ?

— N'oublie pas, cette pile doit être emballée dans du papier kraft, et celle-là dans du papier coloré, expliqua Katy. Je jure que j'ai dépensé deux fois plus cette année, depuis que leur obsession du papier a commencé. Je ne veux pas qu'ils croient que le Père Noël ne leur apporte pas les cadeaux de leurs rêves, et je ne veux pas non plus qu'ils croient que papa et maman ne leur ont rien acheté.

— De mon temps, on avait une orange et un morceau de charbon et on était reconnaissants, répliqua Alex, d'un air si sérieux et fallacieux que tout le monde éclata de rire.

— Vous voilà.

Joanna apparut sur le seuil, vêtue d'un somptueux pull en mohair anthracite, ses cheveux tombant en superbes boucles cuivrées.

— Qu'est-ce que tu veux dire par « vous voilà » ? Nous avons passé la journée ici, à préparer des légumes et à enrouler des mini-saucisses dans du bacon. C'est Lily et toi qui êtes allées crapahuter dehors, fit remarquer Alex, un brin rancunière. Tout ça parce que je suis la seule incapable de courir assez vite pour échapper aux griffes de la fée du logis, là-bas.

— Oh, oui. (Joanna inclina la tête de côté et observa Lydia de pied en cap.) Comment était ta promenade ? Tu te sens revigorée ?

— Bon sang de bonsoir ! s'exclama Lydia. C'était juste une promenade !

— En es-tu certaine ? la taquina Joanna. Je pense qu'il a des vues sur toi. Après tout, tu es célibataire à présent, alors pourquoi pas ?

— Parce que son ex-petit ami est toujours quelque part dans la maison et que, contrairement à une croyance populaire, elle n'est pas une pute ? (Alex poussa un lourd soupir tout en lâchant un autre cadeau sur la pile.) Oh, attends, je n'arrive pas à me souvenir si je l'ai emballé dans le bon papier.

— Je ne l'encourage pas à lui mettre le nez dedans, je dis seulement que, s'il est intéressé, il ne faut pas suspendre le cours des événements, expliqua Joanna, tout sourires. Prenez Jack et moi, depuis que nous sommes ensemble, je l'ai tenu occupé, vraiment, vraiment occupé, donc il n'a pas eu une seconde pour avoir des remords.

Alex et Lydia échangèrent un bref regard.

— Tant mieux pour toi, dit Katy. Ce matin, c'était la première fois que je m'envoyais en l'air depuis des semaines. Si Jim ne ronfle pas de tout son cœur dans le canapé, il s'écroule dès que sa tête touche l'oreiller. Ce n'est pas que les relations sexuelles me manquent tant que ça. Ce sont les baisers. Rien de tel qu'un bon baiser…

— Ça doit être en vogue, déclara Joanna sans quitter Lydia des yeux. Est-ce que tu as les joues enflammées par une barbe, Lydia ? C'est suspect, on dirait que tu as été embrassée par un septentrional mal rasé.

— Quoi ? Où ?

Lydia se précipita pour jeter un coup d'œil à son reflet dans la huche à pain en acier inoxydable.

— Il n'y a rien !

Joanna et Katy s'écroulèrent avec des gloussements de lycéennes, ce qui déclencha des tonnerres d'éclats de rire au moment où Will revenait du hangar à bateaux. Il demeura sur le seuil l'espace d'une seconde, jetant d'abord un coup d'œil à Lydia, puis aux femmes hystériques, puis au réchaud à gaz. Après quoi, il ressortit par la porte de derrière.

— Pauvre homme, compatit Alex. Que quelqu'un aille le chercher avant qu'il ne meure de froid. Et vous deux, cessez de rire. On pourrait croire que c'est Noël.

Lydia découvrit Will appuyé contre le mur, observant le ciel merveilleusement clair, tous les secrets de l'univers étalés au-dessus d'eux, si près qu'on avait l'impression qu'un seul pas pouvait presque vous emmener dans les étoiles.

— Je suis désolée, dit Lydia, en s'approchant de lui avec précaution. Je n'ai pas très bien réagi tout à l'heure quand nous… Ce n'est pas que je n'ai pas réagi ; c'est juste que je n'y arrivais pas. J'étais tellement surprise… J'ai cru que tu me trouvais un peu idiote.

— Je te trouve un peu idiote, fit remarquer Will sans la regarder. Mais le truc bizarre, c'est que ça me plaît.

— Ce baiser était… eh bien, waouh ! reprit Lydia. Je ne pensais pas qu'on pouvait être autant excité en portant une polaire. (Elle observa attentivement le profil de Will, en quête d'un sourire fugace.) Au pub, tout le monde m'a dit que tu ne faisais jamais le premier pas…

— C'est vrai, confirma Will. Je n'en ai jamais eu envie avant. Ça me perturbe.

Lydia prit un moment pour digérer l'information.

— Le truc, Will, c'est que j'aimerais t'embrasser de nouveau. Beaucoup. Mais je viens tout juste de rompre avec Stephen, et nous allons tous être assis autour de la table pour manger dans une minute et… eh bien, il y a eu des choses qui m'ont fait comprendre que ce qu'on croit ressentir n'est pas toujours ce qu'on ressent. On est parfois littéralement happé par quelque chose, pour finir par être déçu plus tard. Je suppose que ce que j'essaie de dire, c'est que je ne peux pas t'embrasser de nouveau, pas tant que je n'aurai pas fait le ménage dans ma situation. Mais dès que ce sera fait, je suis partante pour réitérer l'expérience, quand il te plaira. Même si les cinq cents et quelques kilomètres qui séparent nos deux adresses pourraient compliquer les choses.

Will hocha la tête, la dévisageant.

— Bien.

— Bien ?

Lydia était perdue.

— Bien, je suis content que tu ne sois pas le genre à sauter d'un homme à l'autre, et je suis content que tu te soucies assez des sentiments de Stephen et des difficultés qu'il doit éprouver à te perdre. Et quel que soit l'état de ta situation, je suis ravi que tu veuilles d'abord y faire le ménage, avant de recommencer à m'embrasser. (Il tendit la main, effleurant le bout de ses doigts des siens tout en la regardant dans les yeux.) Du moment que ce baiser n'était pas le dernier…

— Oh, souffla Lydia. Arrête ! Ça devient très difficile de ne pas t'embrasser tout de suite.

— Ce n'est pas possible, n'est-ce pas ? rappela Will dans un sourire. Rentrons allumer le réchaud.

Comment, se demanda Lydia alors qu'elle peaufinait sa tenue pour le dîner de camping, comment pouvait-on succomber à un homme que l'on connaissait à peine quand on venait de se séparer de son quasi-fiancé et qu'on avait récemment galoché le petit copain de sa meilleure amie ? Et pourtant il semblait y avoir un lien entre elle et Will plus fort que tout ce qu'elle avait éprouvé avec Stephen, ou même Jackson.

Le plus bref des baisers dans la neige avait largement éclairé une chose aux yeux de Lydia : si, en l'espace de quelques secondes, un homme pouvait lui faire ressentir ce que Will avait déclenché en elle, alors les éventuels sentiments résiduels qu'elle éprouvait pour Jackson, qui avaient été réveillés quand elle l'avait retrouvé de façon si inattendue, n'étaient tout simplement pas réels. Jackson avait été son petit film personnel, une romance parfaite, prévue pour ne durer que quelques scènes avant que le générique de fin laisse place à un souvenir qu'on chérit longtemps. Peut-être que ce qu'il lui avait dit la veille, qu'elle lui manquait et qu'il aurait aimé la recontacter plus tôt, même si c'était vrai, peut-être s'agissait-il de choses qu'elle n'aurait jamais dû savoir. Ce n'était pas parce qu'un coup du sort les avait réunis qu'ils étaient faits l'un pour l'autre. Et à présent qu'elle le savait, Lydia voulait s'assurer que c'était aussi le cas de Jackson ; et plus important, que Joanna ne découvrirait jamais ce qui était arrivé la nuit précédente sur le canapé.

Se redressant, Lydia examina son reflet dans le miroir. Peut-être qu'une robe en velours rouge était un peu exagérée pour manger des tartines de haricots blancs, mais elle ignorait combien de temps Will resterait, et il lui semblait tout aussi bien de montrer le clou du spectacle dès à présent. Avec précaution, Lydia ajusta les bretelles pour qu'elles se trouvent juste au bord des épaules, décrivant une courbe jusqu'à l'encolure en forme de cœur, qui tirait le meilleur parti de sa poitrine généreuse. Elle passa les mains sur sa taille et ses hanches, heureuse pour la première fois de ne pas avoir fait disparaître ses courbes dans un régime, comme elle se le promettait depuis des mois.

L'espace d'un instant, elle se vit comme elle espérait que Will la voie – des cheveux et des yeux sombres, un teint éclatant – et se sentit belle. Glissant les pieds dans ses escarpins noirs à talons Kurt Geiger préférés, Lydia prit une inspiration et se prépara à se faire taquiner par ses amies parce qu'elle s'était trop habillée pour impressionner un homme. Après tout, elle plaidait coupable.

Quand elle atteignit le haut des marches, tout le monde se trouvait en bas, autour du sapin, buvant du vin chaud et entonnant avec un peu de gêne des chants de Noël sous la direction de Tilly et Jake, dont les visages rayonnants contemplaient l'arbre comme si le Père Noël allait apparaître d'une minute à l'autre. Lydia regarda Katy poser la tête sur l'épaule de Jim, et David passer les bras autour d'Alex et de son ventre, les tenant étroitement contre lui. Puis elle aperçut Joanna chuchoter à l'oreille de Jackson et glousser, et Stephen avec une main posée sur la tête de Vincent pendant que le chien s'appuyait à ses jambes d'un air compatissant. Et enfin, il y avait Will, qui leva la tête dans sa direction tandis qu'elle descendait les marches, et lui décocha ce sourire que Lydia brûlait d'apercevoir sur son visage.

Belle, c'était ainsi qu'elle se sentait.

En dépit de son manque de recherche, le dîner de Noël se passa bien. Stephen se distingua, émincant des oignons et des tomates fraîches pour les ajouter aux haricots, plaisantant doucement sur son ancienne carrière de boy-scout, tandis que Will et Jim faisaient cuire des saucisses et des toasts au-dessus du feu, avant de les apporter dans la salle à manger.

— Vous savez quoi ? déclara Katy quand son mari déposa une assiette de tartines aux haricots blancs devant elle. C'est sans doute le meilleur repas que j'aie jamais mangé.

Lydia laissa passer la soirée avec bonheur, sentant qu'elle se détendait pour la première fois, non seulement depuis qu'elle était arrivée, mais depuis des mois. Stephen était paisiblement stoïque, et avait un coup dans le nez. L'homme avec lequel elle était arrivée à peine quelques jours auparavant était déjà en train de devenir un étranger pour elle, ce qui lui paraissait étrange. Assis à l'autre bout de la pièce, riant avec Jim et David, faisant des blagues avec Jake, c'était ainsi, lui semblait-il, que les choses auraient dû se passer. Stephen et elle étaient censés être des amis proches, pas des amants.

Joanna était visiblement un peu agacée par la décision de Lydia de sortir sa plus belle tenue ce soir, et refusant de se faire voler la vedette, était parvenue à s'éclipser à l'étage quelque part entre les chants et les haricots, et à changer de tenue pour une remarquable robe drapée blanche et argent.

— Je parie que cette robe coûte plus cher que mon mariage tout entier, fit remarquer Alex quand Joanna réapparut, s'arrêtant sur le seuil dans l'encadrement de la porte l'espace d'un instant, pour produire le maximum d'effet.

— Il faut toujours démarrer du bon pied, c'est ce que je ne cesse de répéter, répliqua Joanna, lançant un clin d'œil à Jackson, dont le sourire était un peu réservé, ce qui n'échappa pas à Joanna. Ça te plaît ? lui demanda-t-elle, coquette.

— Tu es ravissante, lui dit-il. Comme un ange de Noël.

— Comme la fée au sommet de l'arbre, plutôt, grommela Alex, se tenant le flanc. Quoi ? Vous ressemblez toutes à des mannequins et moi je porte une tente. Une tente avec des paillettes, je vous l'accorde. Je vis un enfer.

Peu après le départ volontaire des enfants au lit, un peu plus tard que d'habitude dans l'espoir que l'épuisement les endormirait, le vin fit défaut.

— On dirait que l'alcool vient à manquer par ici, déclara Jim, regardant le fond de son verre vide comme s'il en avait égaré le contenu. Et je ne suis certainement pas assez ivre. La nouvelle tradition familiale veut que je me tape une vraie cuite le jour de Noël pour que les choses soient cent fois pires quand les enfants me sauteront dessus à l'aube. Il me faut plus d'alcool, tout de suite !

— Eh bien, notre chauffage est peut-être bizarre et notre matériel de cuisine plutôt défectueux, mais notre cave est bien remplie, affirma Katy. Je vais descendre en chercher.

— Laisse-moi faire, dit Jackson, écartant les protestations de Katy d'un geste. Écoute, j'ai passé tout mon temps ici à vous laisser courir dans tous les sens. Je peux aller chercher une bouteille de vin.

— Ou cinq, lui ordonna Jim.

Lydia croisa son regard quand il se glissa hors de la pièce, sentant qu'il voulait qu'elle trouve une raison de le suivre. Peut-être était-ce le vin qu'elle avait déjà bu, ou l'euphorie entêtante de savoir que Will était juste en face d'elle à table, elle se dit qu'elle voyait le moment parfait de mettre les choses au point avec Jackson pour de bon, et de s'extirper enfin de tout ce bazar.

— Je vais me repoudrer le nez, annonça-t-elle quelques minutes après le départ de Jackson. J'en ai pour une seconde.

— Tu en es sûre ?

Alex lui attrapa la main au moment où elle frôlait sa chaise.

— Qui es-tu, la police du pipi ?

Lydia leva les yeux au ciel et se mit à la recherche de Jackson, sans avoir conscience que Joanna ne la quittait pas des yeux.

Jackson l'attendait au pied de l'escalier de la cave, appuyé contre le mur, les mains dans les poches.

— Qu'est-ce qui t'a retenue ? (Il sourit tandis qu'elle descendait les marches inégales, lui tendant la main pour l'aider à arriver au bas des dernières.) Mon Dieu, j'ai l'impression qu'il s'est écoulé un siècle depuis la nuit dernière. Je n'ai pas cessé de penser à toi toute la journée, et tu n'étais pas là. (Jackson lui embrassa la main.) Joanna m'a fait grimper cette satanée colline avec elle, et j'étais fou de jalousie ; tu m'as manqué pendant que tu étais avec Will. Écoute, je sais que c'est compliqué, mais j'ai estimé que nous devrions seulement lui dire…

— Jackson, l'interrompit Lydia. Jackson, écoute-moi, je pense que nous devons parler, point barre. Je ne m'attendais pas à te voir ici. Cela m'a complètement désorientée. J'ignorais ce que je devais ressentir quand je t'ai revu. Le temps que nous avons passé ensemble avait tellement d'importance à mes yeux. Et quand tu es parti si brusquement, j'ai beaucoup souffert. J'étais tellement persuadée que tu avais quitté ma vie, que je n'avais pas le choix. J'ai dû me faire une raison après ta disparition. Et puis d'un seul coup, tu réapparais sans crier gare, et on se croirait dans un rêve, un joli rêve aussi déroutant qu'effrayant.

— Je sais, oui. Comme dans un rêve.

Jackson se rapprocha d'un pas, l'attirant tout contre lui avant d'ajouter :

— Un rêve devenu réalité.

— Mais toi et moi, ce n'est pas la réalité, poursuivit Lydia. Nous avons vécu cette histoire absolument incroyable, et c'était génial. Mais c'est terminé. C'est terminé depuis un long moment. Je sais à présent que je veux que les choses en restent là.

— Tu ne penses pas ce que tu dis. (Elle sentait désormais le souffle de Jackson dans son oreille, insistant, obstiné.) Tu n'es pas venue dîner dans cette tenue si tu ne me désires pas autant que je te désire en ce moment même.

— Non, ou plutôt, si, c'est le cas. Cette robe n'est pas pour toi ; elle est pour moi. Je ne veux pas que tu me désires. Je veux que tu restes avec Joanna, que tu la rendes heureuse et que nous soyons tous amis.

Elle lui sourit, faisant un pas en direction de l'escalier, mais Jackson lui barra le passage.

— Lydia, cesse de faire semblant. (Il sourit, l'air sûr de lui.) Tu sais que tu as envie de m'embrasser.

— Non, je…

La bouche de Jackson s'écrasa contre celle de Lydia à l'instant précis où Joanna descendait les marches.

— C'est quoi ce bordel ? hurla Joanna.

Furieuse, Lydia repoussa Jackson en même temps que Joanna l'écartait d'elle en le tirant violemment.

— Joanna, je peux t'expliquer…, commença Lydia.

— Pourquoi ? lui demanda Joanna, les yeux pleins de larmes. Pourquoi est-ce que tu m'as fait ça ? (Jackson lui effleura doucement l'épaule, mais elle se retourna, le giflant de toutes ses forces, ce qui fit partir sa tête en arrière.) Je le savais, sanglota-t-elle. Je le savais.

— Tu savais quoi ? demanda Lydia, désorientée. Joanna, il n'y a rien à savoir !

Brusquement sobre, Lydia sentit son cœur se serrer quand Joanna remonta l'escalier en titubant.

— S'il te plaît, attends ! s'exclama-t-elle, se précipitant derrière son amie, se tordant la cheville en haut des marches et s'étalant par terre tandis que Joanna disparaissait vers la salle à manger. Joanna !

Mais il était trop tard. Quelques secondes plus tard, quand Lydia rejoignit les autres, Joanna se trouvait dans les bras d'Alex, Katy à côté d'elle, sanglotant au sujet de Jackson et Lydia. Elle regarda fixement la pièce plongée dans un silence gêné.

Incapable de la regarder, Stephen dépassa Lydia en coup de vent, ne s'arrêtant que brièvement.

— Donc tout ce que tu as dit, c'était des conneries, juste des mots en l'air pour dissimuler ce qui se passait vraiment.

— Non, Stephen, non ! Je ne voulais pas ça…

À sa grande horreur, Lydia vit Will se lever lentement, la dépasser également, mais sans un mot ni un regard. Alors qu'il s'arrêtait sur le seuil derrière elle, Lydia l'entendit s'adresser à Katy.

— Bon, merci pour tout, mais je pense qu'il vaudrait peut-être mieux que je récupère mes affaires et que je rentre. Appelle-moi après le nouvel an et je vous enverrai ce devis que vous vouliez.

— Will, s'il te plaît…

Mais il s'éloignait déjà.

Lydia ferma les yeux un moment. Will avait cru qu'elle était unique en son genre, il était tombé sous son charme et, l'espace d'un instant, elle-même y avait cru. Désormais, lui et tous les autres l'avaient vue sous son plus mauvais jour. Peu importait qu'elle ait essayé de rompre le lien ténu qui l'unissait encore à Jackson. L'important, c'était qu'elle avait envisagé de se remettre avec lui : en dépit de Stephen, en dépit de Joanna, elle avait envisagé cette hypothèse, et à présent elle récoltait sans doute ce qu'elle méritait.

— Nous serons à côté, dit Jim, s'échappant avec David. On va vous laisser vous battre entre vous, les filles.

Lydia prit une profonde inspiration tout en observant ses trois meilleures amies, dans les bras les unes des autres, unies contre elle.

— Joanna, répéta-t-elle. Je suis désolée.

— Toi, entre toutes ? (Joanna sanglota, levant son visage rouge et strié de larmes pour regarder Lydia.) J'ai cru que je pouvais te faire confiance. J'ai cru que tu verrais combien je l'appréciais, combien il était important à mes yeux, et que tu me le laisserais.

— Te le laisser ? C'est dingue, comme si je pouvais te prendre quelqu'un ! s'exclama Lydia tandis que Joanna enfouissait son visage dans le cou d'Alex.

— Je n'arrive pas à y croire, s'emporta Katy. Je n'arrive pas à croire que tu aies fait cela, Lydia. Tu connais à peine cet homme. Je veux dire, je sais que ça battait de l'aile avec Stephen, mais faire du gringue au petit ami de Joanna, sous mon toit, c'est complètement déplacé. Cela ne te ressemble pas, que t'est-il arrivé ?

— Dis-leur, l'encouragea Alex d'un ton catégorique. Je t'avais dit de leur révéler ce qui s'était passé, et je t'avais prévenue que Joanna finirait par le découvrir. Dis-leur maintenant.

— Quoi ? demanda Katy, visiblement choquée. Quoi encore ?

— Elle connaissait déjà Jack.

Joanna renifla, s'arrachant à l'étreinte de Katy. Lydia la dévisagea.

— C'était l'homme-mystère avec lequel elle a eu une amourette, l'autre été.

— Tu le savais ?

Alex était stupéfaite.

— Je le sais depuis des siècles, répliqua Joanna, froide comme un glaçon.

— Quand l'as-tu découvert ? demanda Lydia, médusée. Depuis combien de temps le sais-tu ?

— Depuis que j'ai fouillé son téléphone, peu après notre rencontre. J'ai découvert une photo. De toi. Après tout ce temps, il avait toujours cette photo de toi.

— Et tu n'as pas pensé à me dire quoi que ce soit ? s'exclama Lydia. À me prévenir que j'étais sur le point de passer Noël avec lui ?

— Je l'aime vraiment, je crois que je suis amoureuse de lui, répondit Joanna d'un air malheureux, se recroquevillant un peu plus sur sa chaise. Tu ne m'as jamais vraiment raconté ce qui s'était passé entre vous. Tu te tournes toujours vers Alex. Mais je savais que tu avais eu le cœur brisé, quand cela s'est terminé. Et lui avait toujours une photo de toi. Je ne voulais pas le perdre. J'ai cru que si je disais à tout le monde combien il était important pour moi, qu'il était la première personne avec laquelle j'envisageais d'avoir un avenir, alors cela t'empêcherait de le reconquérir ou de le laisser te faire des avances. Parce que je suis partie du principe que tu étais mon amie.

— Jo-Jo, j'aurais eu le choc de ma vie, c'est évident, et j'aurais été probablement bouleversée, et si tu m'avais dit ce que tu éprouvais pour lui, j'aurais peut-être même essayé de te mettre en garde, vu la façon dont il m'a quittée. Mais je n'aurais jamais au grand jamais essayé de te le prendre, expliqua Lydia à Joanna, qui faisait des signes de tête d'un air incrédule.

— Désolée, mais est-ce que tu n'étais pas en train d'embrasser mon petit ami à l'instant ? Quelle est ta définition exacte de « piquer le mec d'une fille » ?

Pour une fois, Lydia ne sut comment justifier ses actes. Elle avait laissé Jackson l'embrasser, plus d'une fois, de cela elle était certainement coupable, même si elle avait été désorientée et réticente.

— En outre, je voulais voir comment il réagirait en te voyant, poursuivit Joanna. Et quand il a fait semblant de ne pas te connaître, je me suis dit que tout irait bien. J'ai pensé qu'il essayait de me protéger, parce qu'il m'aimait. Mais j'avais tort, rien n'est plus pareil depuis notre arrivée ici, et plus j'essaie d'attirer son attention, moins il a envie de me regarder. Ce n'est pas moi qu'il veut, c'est toi, et toi aussi, tu le veux.

— Non, ce n'est pas du tout vrai. Jackson est le dernier homme avec lequel je souhaite sortir. Il faut que tu m'écoutes, Jo...

Le bruit retentissant d'un fluide éclaboussant le tapis arrêta net Lydia. Déconcertée, Alex regarda ses pieds une seconde puis, portant la main à son côté, se plia en deux, un faible gémissement de douleur montant de sa gorge.

— Alex ! s'exclama Katy en regardant fixement le tapis. Je crois que le travail a commencé.

— Sans déconner, rétorqua Alex, avant de se mettre à crier.

# Chapitre 15

— Bien, bien, exposa David. Bon, ce qu'il nous faut c'est... Il nous faut...

— Cesse de bavasser et appelle une ambulance, bordel ! s'exclama Alex, s'agrippant à Katy et Joanna. Il me faut un verre. Y a-t-il la moindre raison que je ne puisse pas boire un coup maintenant ?

Jim revint dans la salle à manger, le téléphone à la main.

— J'ai appelé une ambulance, il leur est impossible de venir ici par la route et le vent est trop fort pour faire décoller un hélico pour l'instant, mais ils arriveront dès que le temps s'éclaircira.

— C'est ta faute ! s'exclama Alex qui lança un regard furieux à Lydia. C'est entièrement ta faute ! Ce bébé n'était pas censé arriver avant cinq semaines mais, non, il a fallu que tu prennes ton pied avec tout ce qui vit ici.

— Attendez une minute, reprit Jim, l'air un peu perplexe. J'ai cette gentille dame, Maxine, au téléphone. Elle dit de te mettre au lit et de t'installer confortablement. (Alex poussa un nouveau grognement.) Maxine veut savoir à quelle fréquence surviennent tes contractions.

— Beaucoup trop vite, cria Alex, tendant la main pour prendre celle de David. J'ai peur, David, le bébé n'est pas prêt, c'est bien trop tôt. Nous sommes au milieu de nulle part.

David lui prit le visage entre ses mains, la regardant dans les yeux.

— Ça va aller. Fais-moi confiance, d'accord ? Bien, Katy, aide-moi à la mettre au lit. Joanna, Lydia, je vais avoir besoin de draps frais, de serviettes propres, d'eau bouillie et… de ficelle.

— De la ficelle ? gémit Alex.

— Maxine dit que tu n'as pas besoin de ficelle, glissa Jim, en secouant le téléphone sans but.

David le lui prit et écouta un moment, hochant la tête.

— OK, Maxine dit qu'à trente-cinq semaines le bébé devrait aller bien, expliqua-t-il à Alex. Il n'y a aucune raison qu'il ne soit pas en parfaite santé.

— En dehors du fait que notre bébé va naître dans une masure, avec un chien en guise de sage-femme !

Alex se mit à sangloter tandis que Vincent laissait tomber son jouet mâchonné à ses pieds, peut-être dans l'espoir que cela ferait taire ses hurlements.

— Une masure ? répéta Katy en regardant Lydia. C'est un peu fort.

Apparaissant sur le seuil, Will lâcha son sac à dos en apercevant Alex.

— Que se passe-t-il ? demanda-t-il.

— À quoi ça ressemble ? rétorqua Alex. Pourquoi est-ce que tu te barres en plein milieu de tout ce merdier, pourquoi est-ce que je ne peux pas avoir d'ambulance ?

Je veux un hôpital avec des médicaments et… de la drogue. Et je veux ma mère !

Alex se remit à sangloter, lourdement appuyée sur David, qui donna le téléphone à Katy pour passer les bras autour de sa femme.

— Ce n'est pas une masure, dit Katy à une Maxine indifférente, avant d'écouter les instructions suivantes. Maxine dit qu'il faut l'installer confortablement.

— Alors trouvez-moi des médicaments ! supplia Alex.

— Bien, déclara Will. Je connais le généraliste. Elle sera probablement au pub, mais c'est un type bien. Une femme. Vous voyez ce que je veux dire. Je vais aller la chercher. Je pourrai peut-être convaincre un des gars de l'emmener en tracteur…

— Je viens, dit Jim, visiblement désireux de quitter les lieux, remarquant Stephen qui traînait dans le couloir. Et toi aussi, Steve. Ne t'inquiète pas, Alex, tout ira bien, et quand ce petit con sera né, tu pourras lui donner le nom des mecs qui auront sauvé la situation.

— CASSEZ-VOUS ! lui hurla Alex, submergée par une nouvelle vague de douleur.

L'espace d'une seconde, Lydia croisa le regard de Will à l'autre bout de la pièce. Il hésita un instant, puis ramassa son sac à dos et se précipita à la suite de Jim.

Ignorant, ou se fichant pour l'instant de savoir où se trouvait Jackson, et réunies par l'inquiétude, Lydia et Joanna suivirent avec anxiété Katy et David tandis qu'ils essayaient d'aider Alex à monter dans sa chambre.

Mais elle ne parvenait pas à gravir plus de quelques marches sans devoir faire une pause.

— Je ne peux pas le faire, pleura-t-elle, s'agrippant à David quand ils s'arrêtèrent pour la cinquième fois alors qu'une nouvelle vague de douleur la submergeait. Je suis vraiment désolée ; j'ai changé d'avis. Est-ce que tu peux prévenir tout le monde ?

— Tout va bien, répondit David, regardant autour de lui tout en écoutant Maxine, et apercevant la chaise longue. Nous avons besoin d'un endroit où tu puisses t'allonger. Ce canapé fera l'affaire. Lydia, il faut que tu me trouves des draps et des serviettes propres à mettre dessus, et quelque chose pour envelopper le bébé quand il arrivera.

— Oh, ma chaise longue, murmura Katy à voix basse tandis qu'elle s'agenouillait à côté d'Alex, écartant une mèche humide de son front. Il me faudra un peu plus que du détachant. Lydia, il y a une alèse étanche dans l'armoire à linge. J'ai dû m'en servir pour Tilly quand nous sommes arrivés ici. Apporte-la pour qu'on puisse la placer sous les draps.

Lydia s'empressa de monter pour trouver l'armoire au premier étage. Au moment où elle atteignait le haut des marches, elle découvrit Jackson, sa valise faite, sur le départ.

— Où vas-tu ? demanda-t-elle. Tu ne peux pas partir maintenant !

— Pourquoi pas ?

— Pourquoi pas ? Parce qu'Alex est en train d'accoucher, qu'il y a deux mètres cinquante de neige dehors et que tu n'as aucune chance d'aller où que ce soit avec ta voiture, et parce que tu dois parler à Joanna, lui expliquer ce qui s'est passé. Dis-lui que ce qu'elle a vu n'était pas ce qu'elle croyait et qu'il n'y a plus rien entre nous.

— Alex est en train d'accoucher ? (Jackson posa son sac par terre.) Depuis quand ?

— Je ne sais pas. (Lydia le dépassa, se dirigeant vers la grande armoire à linge.) Elle a eu des contractions toute la journée. Elles sont de plus en plus rapprochées, et elle a perdu les eaux. Cela pourrait arriver très vite. On m'a envoyée chercher des draps.

Elle commença par chercher l'alèse en plastique de Katy, la tirant de sous une pile de peignoirs.

— Qu'est-ce que je peux faire ? lui demanda Jackson.

— Tiens, tiens-moi ça pendant que je trouve ce qu'il me faut.

Lydia commença à lui empiler des draps et des serviettes dans les bras, décidant d'en prendre autant que possible, par sécurité.

— J'allais descendre au village et voir s'il y avait des chambres d'hôte, lui expliqua Jackson pendant qu'elle le chargeait. Je pense que plus personne ne veut de moi dans le coin, à présent.

Lydia le regarda tandis qu'il recevait une pile supplémentaire de linge dans les bras.

— Tu ne peux pas disparaître dans la nuit une fois de plus. Ce n'était pas juste pour moi à l'époque, et ce n'est pas juste pour Joanna aujourd'hui. Écoute, elle était au courant pour toi et moi. Dans sa tête, elle croyait que nous retrouver ensemble comme cela, sans qu'aucun ne sache ce qui allait arriver, empêcherait qu'il se passe quelque chose, et non l'inverse. Elle a beaucoup d'affection pour toi, elle est peut-être même amoureuse de toi. Et c'est une de mes meilleures amies, donc je ne te laisserai pas partir tant que tu n'auras pas mis les choses au clair avec elle. Pour une fois, tu dois répondre de tes actes. Sois un homme. Je t'enfermerai dans le placard s'il le faut.

Jackson éclata de rire.

— Je suppose que tu ne voudras pas y être enfermée avec moi, pas vrai ?

— Jackson, s'il te plaît, lâche-moi, d'accord ?

Jackson eut l'air blessé, et Lydia regretta de s'être montrée si franche, mais c'était apparemment la seule méthode qui faisait ses preuves.

— Tu crois que si j'étais revenu à temps et que je ne t'avais pas aperçue avec Stephen, les choses auraient pu être différentes pour nous ? demanda-t-il.

Lydia le regarda dans les yeux, tentant de s'imaginer pendant un instant les retrouvailles très différentes qu'ils auraient pu vivre si le destin n'avait pas eu d'autres projets pour eux. Jackson était-il l'homme dont elle avait cru tomber amoureuse ? Non. Il n'était pas mauvais, seulement désorienté, aussi faillible qu'elle. Même si le revoir n'avait pas mis en péril son amitié avec Joanna, pourrait-elle tomber amoureuse de lui aujourd'hui ? À cette minute, Lydia n'en était pas convaincue. Elle et Jackson s'étaient rencontrés à un moment particulier de sa vie, quand elle était une personne très différente. Sa relation avec Stephen n'avait peut-être pas marché, mais cela lui avait appris ce qu'elle voulait et l'avait aidée à mûrir.

Lydia voulait seulement savoir où elle en était sans se voiler la face. Sans faux-semblants, ni promesses foireuses. Elle voulait être avec quelqu'un qu'elle pourrait aimer et sur qui elle pourrait compter. Quelqu'un qui, elle le savait, l'aimait aussi, sans avoir à y réfléchir, parce que c'était une évidence. Elle voulait un homme qui lui apporterait à la fois la passion de Jackson et la stabilité de Stephen. Une telle créature existait-elle seulement en dehors des romans d'amour et des films romantiques dont elle raffolait ? Elle n'en était pas certaine, mais Jackson avait beau être canon, passionné et irrésistible, il n'était que la moitié de l'homme dont elle avait besoin, il n'était pas fait pour elle. Aimer un homme tel que lui finirait par la rendre folle.

— Honnêtement, quand j'y réfléchis, je suis heureuse que les choses se soient achevées entre nous, lui répondit Lydia. Ce fut un été magnifique et… (Lydia sourit, pensant au nombre de fois où ils avaient regardé *Casablanca* ensemble.)… nous aurons toujours Paris.

Jackson hocha la tête, poussant un profond soupir, et observa un moment les tourbillons et les motifs de la moquette.

— D'accord, je parlerai à Joanna dès que les choses se seront calmées. Je te jure que je vais rectifier le tir. Dans l'intervalle, je devrais être capable de faire quelque chose ?

Lydia opina du chef.

— Jim a dit qu'on procéderait à une évacuation par hélicoptère dès que le vent aura faibli. J'ignore où il va se poser par ici, un terrain plat, je suppose. Si tu pouvais garder un œil depuis là-haut et, quand tu le verras, aller les accueillir. Escorte-les à la maison, cela nous fera peut-être gagner du temps.

— Très bien. (Jackson lui saisit le bras alors qu'elle se dirigeait vers l'escalier.) Lydia, je suis désolé. Pour tout à l'heure. Je n'avais pas l'intention que cela arrive. Je n'ai jamais voulu vous blesser, ni Joanna ni toi.

— Eh bien c'est arrivé, riposta-t-elle. Et dès que j'en aurai l'occasion, je devrai arranger les choses avec Joanna, et toi aussi.

Jackson opina du chef.

— Je vais guetter l'arrivée de l'hélicoptère.

Quand elle revint dans le salon, David faisait marcher Alex de long en large, Katy, visiblement inquiète, sur leurs talons.

— Il était temps ! s'exclama Joanna tandis que Lydia se dépêchait d'étaler les draps sur la chaise longue. Est-ce que tu as trouvé une petite distraction là-haut ? Un autre mec casé à embrasser, peut-être ?

— Je suis tombée sur Jackson qui était sur le point de partir, répondit Lydia en dépliant les serviettes. Je lui ai expliqué qu'il ne pouvait pas s'en aller avant de t'avoir parlé.

— Oh eh bien merci, Lydia ! Tu es vraiment la mieux placée pour me donner des conseils sur mon couple.

— Jo-Jo, intervint Katy. Ce n'est peut-être pas le moment…

— C'est parfait, dit Alex en faisant une grimace. Voir ces deux-là se bouffer le nez est le meilleur antidouleur après le masque à oxygène.

Alcx s'appuya lourdement sur David, tandis que Lydia et Katy faisaient de leur mieux pour lui rendre la chaise longue confortable, et que Joanna lui entourait les épaules du peignoir que Lydia avait apporté, lui ôtant sa jupe et sa culotte une fois qu'elle fut couverte.

Le visage de David pâlit quand Joanna ramassa les vêtements d'Alex pour les mettre au linge sale.

— Que se passe-t-il ? lui demanda Lydia en chuchotant, pendant qu'il regardait fixement le tissu taché de verdâtre.

Elle suivit David dans le hall d'entrée tandis qu'il parlait d'une voix feutrée dans le téléphone.

— Il y a du méconium, expliqua David. Cela veut dire que le bébé est en souffrance, n'est-ce pas ? Qu'il va falloir le faire sortir rapidement. Quand est-ce que l'ambulance sera là ? Nous ne sommes pas assez nombreux ; nous ne pouvons pas gérer cela ! Je ne peux pas m'empêcher de paniquer, il s'agit de ma femme et de mon bébé ! Que puis-je faire ? Il faut que je fassc quelque chose.

David posa la main sur sa bouche, tendant le téléphone à Lydia.

— Allô ?

Lydia entendit une voix féminine à l'autre bout du fil.

— Bonjour, David est un peu bouleversé pour l'instant, expliqua-t-elle. Je m'appelle Lydia, à quel point devons-nous nous inquiéter ?

— Bonjour Lydia, je m'appelle Maxine. Le méconium n'est pas une très bonne nouvelle, mais c'est assez fréquent, beaucoup de bébés naissent à la maison quand il y en a, et ils sont en parfaite santé. Tout ce que vous pouvez faire pour l'instant, c'est veiller à ce qu'Alex reste calme. Notre hélicoptère est en attente, et décollera à la minute où ce sera sans danger. L'hôpital de Carlisle est également prêt à la recevoir. Dès que nous aurons le feu vert, il ne nous faudra que quelques minutes pour prodiguer à Alex l'aide dont elle a besoin.

Lydia se dirigea vers la fenêtre, regardant dans l'obscurité, où le vent féroce projetait des rafales de neige contre les carreaux.

— Et pendant ce temps ?

— Repassez-moi David, laissez-moi lui expliquer quoi faire ensuite.

David écouta Maxine et, prenant une profonde inspiration, retourna auprès de sa femme.

— David, je suis désolée, vraiment désolée, mais je ne peux pas le faire, dit Alex en pleurant. Je suis une épouse nulle, tu devrais demander le divorce, je comprendrais.

— Ne sois pas idiote, la raisonna David en embrassant son front humide. Tu peux tout faire, Alex, tout. Et je suis là, je veillerai sur toi.

— Promets-moi que tu n'iras nulle part, le supplia-t-elle.

— Tu devrais sans doute garder un œil sur lui en présence de Lydia, juste au cas où, lança Joanna d'un ton coupant avant que David puisse répondre. Mieux vaut ne pas laisser son mec seul avec elle.

— Bien, il faut que tout soit aussi propre que possible, leur expliqua David, ignorant le commentaire acéré. Lydia, Joanna, allez faire bouillir de l'eau.

— Pourquoi ça ? lui demanda Joanna.

— Fais-le, c'est tout, d'accord ? Pour une fois, il n'est pas question de toi ni de ta petite vie de diva. Il est question de ma femme et de mon enfant. Alors sors d'ici et rends-toi utile.

Dans la cuisine, Lydia se mit à remplir la bouilloire.

— En quoi est-ce que ce sera utile ? s'exclama Joanna d'un ton irritable, lui arrachant l'appareil des mains. On ne prépare pas du thé, si ? Il nous faut beaucoup, beaucoup d'eau… tiens, aide-moi à remplir ce récipient.

Elle prit une énorme cocotte en métal à deux poignées que Katy gardait sur le sol du garde-manger, peut-être bien pour recueillir les fuites, et la transporta jusqu'à l'évier.

— Bon, ça va mettre des heures à bouillir, souligna Lydia. Et de toute façon, le four ne fonctionne plus alors comment allons-nous la faire chauffer ? On va devoir faire bouillir dans la bouilloire et remplir la cocotte.

— Pourquoi est-ce qu'on fait ça ? lui demanda Joanna. Ce n'est pas comme si on avait quelque chose à stériliser. On devrait être en train de chercher « livraison à domicile » dans Google – et pas le genre de livraison en trois à cinq jours ouvrés pour une paire de pompes achetées sur Internet.

Lydia hasarda un sourire, songeant que si Joanna était toujours prête à plaisanter avec elle, les choses ne pouvaient pas aller aussi mal.

— Je crois que David a établi de façon assez claire que c'est lui qui dirige la suite des opérations et qu'il ne tient pas à nous avoir dans les pattes en train de nous chamailler, fit remarquer Lydia. Je crois que nous faisons bouillir de l'eau pour ne plus être dans le salon. Quoi qu'elle en dise, la dernière chose dont Alex a besoin en ce moment, c'est de toi et moi à couteaux tirés.

Les deux femmes levèrent la tête quand le cri d'Alex retentit dans le couloir, et Lydia sentit son estomac se nouer d'angoisse.

— Je me demande combien de bébés sont nés dans cette maison, dit Joanna, plus pour elle-même que pour Lydia. Si seulement les murs pouvaient parler…

Lydia fit couler le contenu de la bouilloire sifflante dans la cocotte.

— Joanna, pourquoi ne m'as-tu pas parlé de Jackson dès que tu as découvert que lui et moi… Je te l'aurais raconté.

— Oh, vraiment ? dit Joanna, l'air sceptique. Tu as vécu cette histoire avec lui, tu as plus ou moins disparu de la surface de la Terre pendant des semaines, et tu m'as à peine parlé de lui. Et nous vivions ensemble. Pourquoi tu ne l'as pas fait ?

— Je ne sais pas pourquoi, répondit Lydia tout en y réfléchissant. Je suppose que je voulais que cela reste une parenthèse un peu unique. Je crois que je savais, même à l'époque, que cette relation n'avait pas d'avenir, mais je voulais m'y perdre, me perdre dans ma propre histoire d'amour. Tu sais, comme quand on se perd dans un bon livre ou un film. Je voulais me perdre dans ce que Jackson et moi vivions, aussi longtemps que durerait notre histoire – c'est-à-dire à peine quelques mois. Écoute, Joanna, ce n'est pas comme si j'avais essayé de te piquer ton petit ami. Il m'a quittée, ne l'oublie pas, c'était terminé. C'est toi qui l'as amené ici, sachant que cela nous mettrait tous les deux dans une situation particulièrement embarrassante. Pourquoi ?

Joanna ne put réprimer un ricanement nerveux.

— Pourquoi ? Tu ne crois pas que je me suis posé cette question moi-même ? À la minute où j'ai rencontré Jack, j'ai voulu l'avoir. Il était si drôle, charmant et sexy. Il était comme un tourbillon romantique, j'avais vraiment l'impression de vivre un rêve, c'était magique. Et quand j'étais avec lui, il me donnait le sentiment d'être… unique au monde. Comme s'il ne pouvait pas vivre sans moi.

— Oui, acquiesça Lydia tout en remplissant de nouveau la bouilloire. Il est très doué pour ça.

Joanna poussa un soupir.

— Non seulement il était parfait, mais il était différent de tous les autres hommes que j'avais connus. J'ai l'habitude que les garçons tombent tout de suite amoureux de moi. Jackson a résisté, juste un peu, et j'ai voulu savoir pourquoi, s'il y avait quelqu'un d'autre ? Ou seulement parce qu'il n'était pas tout à fait intéressé par moi ? Bon, tu sais comment je suis, je ne pouvais pas en rester là, donc j'ai attendu qu'il soit sous la douche un matin, et j'ai fouillé dans son téléphone pour trouver quelque chose, un truc qu'il aurait pu dire à mon sujet, un contact avec une autre fille.

» Il n'y avait pas de SMS, pas de message sur son répondeur, rien d'aussi compromettant ; néanmoins, comme tu peux l'imaginer, il y avait beaucoup de femmes dans ses contacts ! J'étais seulement en train de regarder ses photos pour m'amuser quand, soudain, je suis tombée sur une photo de toi. Tu me dévisageais derrière l'écran. Tu étais au lit, probablement nue, dans ses draps, et tu lui souriais. Tu étais belle, dit Joanna en secouant la tête. Je n'en croyais pas mes yeux. J'étais sous le choc. J'aurais peut-être dû lui en parler ou t'appeler à ce moment-là, mais pour moi, le fait qu'il garde cette photo signifiait qu'il pensait toujours à toi. Je ne voulais pas le perdre, j'avais peur qu'il cherche à te reconquérir.

— Joanna, dit Lydia en secouant la tête d'un air incrédule tandis qu'elle contemplait son amie. Comme si je pouvais un jour te battre à la loyale.

— Oh, ne fais pas ça.

Joanna leva les yeux au ciel.

— Quoi ?

— Ce truc que tu fais, cette fausse modestie, à faire semblant de ne pas être belle, intelligente, drôle et brillante.

— Quoi ? s'exclama Lydia en la dévisageant. Ne sois pas idiote, Jo-Jo. Tout le monde sait que c'est toi la plus belle, celle qui fait tourner les têtes. Je suis seulement normale.

Joanna l'examina pendant un long moment.

— Tu le crois vraiment, n'est-ce pas ? Tu ne vois vraiment pas à quel point tu es formidable. Je sais que je suis belle, spirituelle et que j'ai un job de rêve, bien payé et glamour de mannequin-présentatrice-actrice, si vendre des pulls en polaire brodés de motifs de loup peut être qualifié de « glamour ». Mais même si on peut lire en toi comme dans un livre ouvert, tu es tellement… authentique, Lydia. Je ne suis que simulation et imposture. J'avais peur de finir par perdre Jackson. Je voulais seulement le garder aussi longtemps que possible, et te parler de lui, ou lui parler de toi, ne me semblait pas être la meilleure façon d'y arriver.

— Même si cela a un sens, ce qui n'est pas le cas au fait… tu l'as amené ici ? À quoi est-ce que tu pensais ?

La bouilloire se mit à clapoter et à faire des bulles activement.

— Je voulais que Jackson et moi restions ensemble, et à moins de ne plus jamais te revoir, je savais que si nous devions rester en couple, alors vos chemins se recroiseraient tôt ou tard, expliqua Joanna. Je sais que ça paraît dingue, mais cette histoire m'a rendue un peu tarée. C'est ce qui arrive aux gens amoureux, non ? (Lydia leva les sourcils ; ayant récemment embrassé un homme qu'elle connaissait à peine, dans la neige, elle n'était pas en position de juger.) J'ai cru que si je l'amenais ici, après t'avoir clairement dit à quel point il était important pour moi, et avec Stephen sur le point de te faire sa demande…

— Attends, tu ne savais pas pour Stephen et la bague avant notre arrivée ici.

— Si, la corrigea calmement Joanna, laissant Lydia franchement perdue. (Elle poussa un soupir.) Très bien, autant que tu connaisses toute l'histoire. J'ai croisé Stephen par hasard sur Bond Street il y a quelques semaines. Je cherchais un nouveau sac et il faisait du lèche-vitrines, chez les bijoutiers ! J'ai tout de suite compris quel genre de bijou il cherchait et je l'ai félicité de te faire enfin sa demande. C'était le timing idéal : j'étais persuadée que je serais plus détendue dans ma relation avec Jack une fois que tu serais fiancée avec Stephen. Le problème, c'est que Stephen cherchait seulement ton cadeau de Noël, il n'avait pas l'intention ferme et définitive de te demander en mariage, et je lui ai un peu forcé la main en suggérant que s'il remettait ça à plus tard, il risquait de te perdre pour de bon…

— Tu as fait quoi ? demanda Lydia, bouche bée. Tu as incité Stephen à me faire sa demande ?

— Non, je l'ai aidé. Je le faisais pour toi, Lily. Bref, après mûre réflexion, il s'est rendu compte que j'avais raison, qu'il devait saisir l'opportunité, mais il n'avait pas la moindre idée du genre de bague à t'offrir. À l'évidence, toi et moi en avons parlé encore et encore pendant ces dix dernières années au moins, donc je lui ai dit que je savais exactement ce que tu désirais. Je l'ai emmené chez Tiffany.

— Tu as choisi ma bague de fiançailles ?

Lydia était stupéfaite. Pendant tout ce temps, elle s'était débattue avec l'idée que Stephen avait dû l'aimer beaucoup, se donner énormément de mal et dépenser une fortune pour lui trouver pile la bonne bague, et c'était l'œuvre de Joanna depuis le début.

— Donc quand je t'ai dit que j'avais découvert la bague et que je n'étais pas certaine d'épouser Stephen, tu le savais ? Je parie que tu étais furieuse que j'aie des réticences, surtout vu que tu avais planifié que je sois tranquillement fiancée et que la voie serait libre quand tu nous révélerais enfin l'identité de ton petit ami.

Joanna se mordit la lèvre inférieure pendant un moment, soulevant la bouilloire de son socle et déversant son contenu dans la cocotte.

— Quand tu le dis de cette façon, cela paraît un peu dingue… Je me suis sentie vraiment mal quand tu m'as confié tes sentiments pour Stephen. Je ne m'en serais jamais mêlée si j'avais cru que tu étais malheureuse. Je croyais que si Jackson et toi étiez brusquement mis en présence, je serais capable de voir s'il te désirait toujours. Il ne m'est jamais venu à l'esprit que tu voudrais le récupérer.

— Mais ce n'est pas le cas ! Je ne veux pas le récupérer, déclara fermement Lydia. L'idée m'a peut-être effleurée l'espace d'un instant lorsque je me suis retrouvée nez à nez avec lui alors que j'étais aussi peu sûre de mes sentiments pour Stephen… Mais en réalité, je n'aurais jamais pu me résoudre à te faire ça. Honnêtement, Jo-Jo, si tu m'avais seulement dit de qui il s'agissait, alors toutes les emmerdes que j'ai vécues ces derniers jours, toute cette confusion et cette angoisse, auraient pu être évitées.

— Sauf qu'il te désirait, bien entendu, or il l'a fait savoir de façon parfaitement claire.

— Tu es folle ? lui demanda Lydia.

— Tu es celle dont tout le monde finit par tomber amoureux, répondit calmement Joanna. Tu es le genre de femme que les hommes épousent, je ne peux pas lutter avec toi.

— Moi ? s'exclama Lydia. Laquelle d'entre nous a été fiancée cinq fois ?

— Exactement, rétorqua Joanna. Je n'arrive pas à garder un homme suffisamment intéressé pour qu'il m'épouse.

— C'est ridicule, déclara Lydia. Tu les jettes quasiment dès que tu as la bague au doigt.

— Oui, avant qu'ils aient l'occasion de changer d'avis, expliqua Joanna d'un air pitoyable. Tout le monde m'a toujours abandonnée, Lydia. Maman, papa, tout le monde. Je voulais seulement garder Jack.

— Oh, Jo-Jo, tu es cliniquement démente, mais ne sais-tu pas que tout le monde ne te quitte pas ? Katy, Alex et moi, nous serons toujours là.

Lydia ouvrit les bras, juste au moment où le sifflet de la bouilloire se mettait à résonner, semblant se transformer en un hurlement aigu tandis que les deux jeunes femmes s'étreignaient.

— Alex.

Joanna et Lydia se dévisagèrent et coururent aider leur amie, la cocotte à moitié remplie d'eau bouillie refroidissant sur la table.

David était agenouillé, téléphone portable à la main, sur le point de regarder entre les genoux fermement serrés d'Alex.

— Écartez-le de là ! gémit celle-ci. Katy, écarte-le de là ! Je lui ai dit qu'il était hors de question qu'il aille par là. S'il voit cela, nous ne ferons plus jamais l'amour.

— Allez. (Lydia passa un bras autour des épaules de David.) Je crois qu'elle a vraiment besoin de ta présence à l'autre extrémité. Laisse-moi regarder.

Peut-être un peu soulagé, David s'éloigna de l'endroit et prit la main d'Alex.

— Oh mon Dieu ! s'exclama Lydia, les yeux écarquillés, tout sentiment de peur ou de dégoût se volatilisant en une fraction de seconde. Je vois la tête. Oh je… je crois que le petit bonhomme est presque là.

David tenta de jeter un coup d'œil, mais Alex le tira dans l'autre sens.

— Je t'en prie, reste avec moi. Lydia, repousse-le à l'intérieur. Je ne suis pas prête, je ne suis pas prête à être mère…

Alex ferma les yeux, des larmes s'échappant pour couler sur ses joues quand la nouvelle vague de douleur la submergea.

— OK, ne va pas croire que le repousser à l'intérieur soit une véritable option, et je ne pense pas non plus qu'attendre l'ambulance en soit une, déclara Lydia, tendant la main pour avoir le téléphone. Laissez-moi parler à Maxine, lui décrire ce que je vois.

Elle attrapa avec dextérité le combiné que lui lança David.

— Allô ? De nouveau Lydia à l'appareil.

Elle tenta de garder sa voix basse, afin qu'Alex n'entende pas sa peur. Mais un coup d'œil au visage de son amie lui apprit que celle-ci était perdue dans son propre univers, complètement absorbée par le fait de mettre au monde un enfant.

— Je crois que le moment est proche.

— D'accord Lydia, regardez et dites-moi ce que vous arrivez à voir.

Se préparant, Lydia jeta un nouveau coup d'œil :

— Putain, c'est incroyable ! Je vois le sommet de la tête du bébé, il a beaucoup de cheveux !

— Très bien, Lydia, reprit Maxine, d'une voix égale et paisible, qui était loin d'égaler le sentiment de panique montant dans la poitrine de Lydia tandis qu'elle prenait conscience du fardeau de responsabilité qu'elle endossait. Il est possible qu'à la prochaine contraction, la tête et les épaules apparaissent, puis ce sera très rapide jusqu'à ce que le bébé soit sorti.

— Oh… OK.

— Dès que vous les verrez, soutenez la tête et les épaules du bébé et, quand il sortira, déposez-le sur le sein de sa mère dès que possible. Plus le bébé se mettra à téter rapidement, plus vite l'utérus commencera à se contracter et moins elle perdra de sang. La bonne nouvelle, c'est que je viens d'apprendre que l'hélico est parti. Nous serons là dans quelques minutes.

— L'ambulance est en route, Alex, expliqua Lydia. Donc à présent, tout ce que tu as à faire, c'est te concentrer pour faire venir ce bébé et lui offrir son premier vol en hélico, d'accord ?

Alex hocha la tête, serrant si fort la main de Katy, que l'extrémité des doigts de celle-ci était blanche.

— Je suis prête.

— Bien. David, aide Alex à retirer son soutien-gorge. Alex, à la prochaine contraction, apprête-toi à rencontrer ton bébé, d'accord ?

— Oui, gémit Alex. Allons-y !

Il y eut une brève accalmie, hormis le tic-tac de l'horloge sur la cheminée, puis David poussa un cri quand Alex lui serra la main.

— Je suis là, la rassura-t-il en passant les bras autour d'elle.

— Je le sens venir !

Le cri d'Alex retentit dans toute la pièce, résonnant dans les couloirs, les cages d'escalier et toutes les pièces de Heron's Pike, et Lydia retint son souffle quand le bébé émergea dans ses bras dans un épanchement de fluide.

— Oh mon Dieu ! C'est une fille !

Elle contempla la petite créature rose dans ses mains, la plus jolie chose qu'elle ait jamais vue. Puis elle comprit que le bébé était parfaitement immobile.

— Katy, vite, le téléphone !

Lâchant la main d'Alex, Katy tendit le combiné contre l'oreille de Lydia.

— Que se passe-t-il ? demanda Alex. Où est mon bébé ?

— Elle est là, dit Lydia dans le téléphone. Elle ne respire pas.

— Tenez-la tête en bas, conseilla calmement Maxine. Cela aide à drainer les fluides qui ont pu entrer dans les voies respiratoires, et frottez-lui le dos, vous pouvez y aller assez franchement.

— Rien !

La voix de Lydia tremblait alors qu'elle tenait la petite étincelle de vie dans ses bras.

— Attendez un peu.

Avec terreur, Lydia se dit qu'elle entendait la peur dans la voix de Maxine pour la première fois.

Alors le bébé parut haleter et tousser, inspirant de façon audible une goulée d'air, qu'il retint une fraction de seconde avant de le laisser échapper en un long et merveilleux gémissement.

— Dieu soit loué, ça a marché !

Lydia s'autorisa à calquer sa respiration sur celle du bébé, consciente que de grosses larmes coulaient le long de ses joues.

— Bon travail, Lydia, approuva Maxine. À présent, amenez ce bébé à sa mère. Maintenez-la au chaud. Les secours seront là dans une minute.

Toujours sanglotant, Lydia déposa la minuscule fillette contre le sein d'Alex, et les amies l'observèrent avec émerveillement quand, au bout d'un moment, sa petite bouche rose se referma sur le téton et se mit à téter.

— Oh mon Dieu, elle est si belle ! s'émerveilla Alex, contemplant sa fille avec tendresse. N'est-elle pas magnifique, mon chéri ?

— C'est la plus belle chose que j'aie jamais vue, répondit David, béat d'admiration, tandis qu'il caressait la tête du bébé de l'un de ses doigts. Tu l'as fait, chérie, tu l'as fait, dit-il à Alex, les larmes aux yeux. Je savais que tu y arriverais.

— Je n'aurais pas pu sans toi, déclara tendrement Alex, avant de regarder ses amies d'un air rayonnant. Ni vous toutes ! Surtout toi, Lydia.

— Tu es notre héroïne, putain ! ajouta David.

Une rafale d'air froid traversa la pièce au moment où on ouvrait la porte de derrière, et brusquement l'endroit fut plein de gens, tous les garçons, y compris Will accompagné d'une femme emmitouflée dans un manteau très épais et transportant une mallette de docteur, plus deux ambulanciers vêtus de chasubles fluorescentes. Lydia s'écarta, découvrant qu'elle tremblait toujours tandis qu'elle observait le médecin examiner Alex et le bébé avant que les ambulanciers ne les transfèrent sur un brancard et ne les attachent avec des ceintures.

Alors qu'on l'emmenait, Alex tendit la main à Lydia.

— Merci. J'ignore ce que j'aurais fait sans toi.

— Eh bien, c'était vraiment un travail d'équipe, répliqua Lydia, les larmes aux yeux.

— Je sais, merci, à tous. Qu'est-ce qu'on aurait fait sans vous ? Et maintenant, bordel, réconciliez-vous et passez un bon Noël. Faites-le pour nous, d'accord ?

Lydia hocha la tête, regardant Joanna.

— Promis.

— Une chose, ajouta Alex d'une voix endormie à David tandis qu'on l'emmenait hors de la pièce. Au moins on échappera à cette dinde mutilée.

# Chapitre 16

Le son lointain des rires et des cris força Lydia à ouvrir ses yeux gonflés par les larmes. C'était le matin de Noël, et il devait être assez tard car une lumière pâle filtrait à travers ses épais rideaux. Tendant le bras par-dessus la moitié vide du lit, elle attrapa sa montre et la regarda. Il était presque 9 heures, le jour de Noël. Le jour que Lydia avait toujours voulu parfait, magique et, par-dessus tout, heureux. Le jour qui, aussi loin qu'elle s'en souvienne, n'avait jamais été à la hauteur de ses attentes.

Néanmoins, le simple fait d'avoir réussi sans l'aide de personne à irriter et se mettre à dos les trois hommes de sa vie d'un seul coup et, étrangement, à se retrouver célibataire au lieu de fiancée ne voulait pas dire qu'elle ne pouvait pas manger son propre poids de dinde et de pudding, ce qui était exactement son intention. Le destin, semblait-il, l'avait programmée à être toujours seule, alors elle ferait aussi bien de devenir très, très grosse et peut-être alcoolique, ce qui avait sa préférence en matière de passe-temps acceptable pour les vieilles filles.

S'extirpant à contrecœur du lit, Lydia frissonna en se dirigeant vers la penderie et sortit le petit top scintillant de rigueur, un long pull en maille de soie fine entrelacée d'argent, qui glissait adorablement sur une épaule – *même si personne ne s'en soucie*, songea-t-elle, morose –, qu'elle associa à un jean slim en panne de velours noire. Cette pauvre épaule n'aurait même pas droit à un baiser râpeux. Elle choisit les bijoux les plus voyants de sa boîte de voyage, des pendants d'oreilles que Joanna lui avait offerts pour son anniversaire, ainsi qu'une bague surmontée d'un énorme faux rubis, qu'elle passa à l'annulaire de sa main gauche, en signe de défi. *Au fond, qui tient vraiment à se fiancer de nos jours ?* songea-t-elle. *Rien de plus ringard que les fiançailles !*

Après avoir assisté à son propre miracle de Noël, Lydia était pleine de tendresse et de bonne volonté envers tous les hommes, y compris Jackson. Même après l'envol d'Alex et David dans le ciel nocturne, et en dépit de l'aspect spectaculaire et de l'étrangeté de la confession de Joanna, c'était comme si elles s'étaient réconciliées et que, d'une façon ou d'une autre, œuvrer de concert pour mettre le bébé au monde avait annulé tout ce qui s'était passé avant l'arrivée en fanfare de la petite fille. Même le fait que Joanna ait manigancé les fiançailles de Lydia, et que Lydia ait roulé des pelles au petit ami de Joanna paraissait insignifiant alors que les trois femmes restantes buvaient un verre à la santé du bébé et se félicitaient de leurs talents de sage-femme. C'était la magie de Noël, songea Lydia avec chaleur, même pas fâchée contre Stephen parce qu'il lui avait fait croire que la demande en mariage était son idée et qu'il avait choisi la bague tout seul. S'il y avait bien une période de l'année où il était question de nouveaux départs, alors c'était celle-ci.

Voyant soudain clairement comment elle devait agir, pleine d'appréhension et le cœur battant, Lydia alla chercher Will avec l'intention de faire précisément ce que chaque parcelle de raison lui interdisait de faire : annoncer à cet homme ce qu'elle ressentait exactement à son sujet. Lydia était prête à jouer cartes sur table, et à dire à Will que le baiser qu'ils avaient partagé avait autant de sens pour elle qu'il en avait pour lui, et que même si tout cela semblait fou, il lui semblait encore plus fou de ne pas agir sur quelque chose qui lui paraissait si juste.

Raison pour laquelle ce fut une douche froide quand, à son désarroi, elle découvrit Will dans l'appentis, prêt à partir avec le médecin.

— Bonjour, Miriam Day. (La femme, qui était un peu plus âgée que Lydia, lui tendit une main déjà gantée, souriant chaleureusement.) Bravo à vous, Alex m'a raconté pendant que je l'installais dans l'ambulance que vous avez mis le bébé au monde et l'avez fait respirer. Vous devez avoir des nerfs d'acier !

— Oh eh bien, je n'ai fait que ce qu'il fallait, repartit Lydia, regardant Will tandis qu'il remontait la fermeture Éclair de son manteau et enroulait son écharpe autour de son cou. Tout le monde aurait fait pareil.

— Détrompez-vous ! J'ai vu des étudiants en médecine s'enfuir à un kilomètre d'un vagin dilaté ! s'exclama le docteur Day en gloussant. Ça a illuminé mon Noël, en tout cas. Rien de tel qu'une urgence médicale pour vous faire sortir de la maison !

— Tu t'en vas ? demanda Lydia à Will qui ramassait son sac à dos.

— Plus rien ne me retient, répondit-il avec une politesse froide. Le bébé est né, le fourneau fonctionne et le chauffage est en route. Vous n'avez plus besoin de moi.

— Oh, on a toujours besoin d'un homme comme Will ! s'exclama le docteur Day en riant. Vous n'êtes pas d'accord ?

Lydia esquissa un sourire crispé, hochant la tête, tentant de trouver une raison pour demander au docteur Day d'attendre dehors dans la neige glaciale pendant qu'elle parlait à Will. Elle n'avait pas envisagé d'avoir un public pour sa déclaration romantique.

— Tu ne crois pas que tu dramatises un peu les événements en partant maintenant ? commença-t-elle. On s'est embrassés et c'était bien, vraiment très bien en fait. Mais de ce que j'en sais, on n'est pas mariés ni rien.

— Ah, fit le docteur Day. Je vais peut-être t'attendre près du tracteur, Will.

Une bourrasque d'air froid passa sur Lydia quand le docteur se dépêcha de sortir, et Will la regarda sévèrement.

— Personne n'a dit cela, c'est juste... Je ne pensais pas que tu étais ce genre de fille ; je me suis trompé. C'est ma faute. Ce n'est pas grave.

— Will ! s'exclama Lydia, furieuse. Qui es-tu pour me juger sur une chose dont tu ne sais rien ? Tu débarques à l'improviste, et soudain, sans que je t'y encourage, tu en pinces pour moi, tu me dis presque que je suis ce qu'il y a de mieux depuis l'invention du pain de mie, tu boudes parce que je suis tellement surprise que je ne te tombe pas immédiatement dans les bras, submergée de gratitude, et ensuite, sans connaître aucun des faits, tu changes complètement d'avis à mon sujet, simplement parce qu'un autre homme a essayé de m'embrasser !

Lydia finit par se taire pour reprendre son souffle. Elle devait reconnaître qu'en matière de déclarations romantiques, celle-ci n'avait pas tourné aussi bien qu'elle l'avait prévu.

— Je prends les gens comme ils sont, expliqua Will, indifférent à son explosion. Je vais laisser le réchaud, juste au cas où. Tu pourras demander à Jim de le rapporter la prochaine fois qu'il passe ?

— Attends une minute. (Lydia se radoucit quand elle posa la main sur la manche de son manteau, l'arrêtant sur place.) Tu aimes le franc-parler, en voilà. J'ai vraiment cru que nous avions un lien, toi et moi. Le fait que nous nous soyons rencontrés pendant ce qui est très certainement la semaine la plus complexe de ma vie m'a fait réfléchir. Mais je suppute que tu t'en doutais quand tu m'as embrassée. Tu savais que je venais tout juste de rompre avec Stephen et que n'importe quelle personne un tant soit peu honnête serait un peu désarçonnée par une chose aussi… surprenante. Et en ce qui concerne Jackson, on m'a appris en droit que chaque individu était innocent tant que sa culpabilité n'avait pas été prouvée. Parle avec Joanna et Jackson, ils te raconteront ce qui s'est vraiment passé dans la cave.

Will ne répondit pas, mais il ne partit pas non plus, ce que Lydia interpréta comme un signe positif.

— Tu me retournes complètement, Will. Je ne m'y attendais pas, mais c'est arrivé et je ne veux pas tout faire foirer pour une broutille. Tu me sembles être quelqu'un d'honnête, et je n'arrive tout simplement pas à croire que tout ce que tu m'as dit ressentir se soit évaporé en une nuit. Tout le reste mis à part, tu as dit qu'il y avait quelque chose chez moi, quelque chose qui te donnait envie de me construire une maison. Eh bien, voici une vérité à ton sujet, Will. (Lydia prit une profonde inspiration.) Quelque chose me dit que j'aimerais y vivre. Avec toi.

Sa déclaration faite, Lydia serra les lèvres tandis que Will la regardait dans les yeux et, l'espace d'une seconde, elle fut absolument certaine qu'il allait l'embrasser. Mais il secoua la tête et s'éloigna.

— La neige a dû m'aveugler, dit-il. Tu es une citadine, une fille du Sud. Je suis un gars de la campagne. Nous vivons à cinq cents kilomètres l'un de l'autre dans des univers opposés. J'ignore où j'avais la tête pour te raconter ces choses-là. Ce n'était pas bien et je n'aurais pas dû le faire. Je devrais savoir à présent que rien de bon ne sort quand on parle trop. Je suis désolé, Lydia, mais je rentre chez moi. Passe un joyeux Noël.

Will regarda derrière elle.

— Prêt ?

— Prêt.

Jackson hocha la tête, les rejoignant.

— Mais… (Lydia se tourna vers lui.) Qu'en est-il de Joanna, qu'en est-il de cette situation que tu fuis ?

— Joanna refuse de me parler, répondit Jackson. Je comprends qu'il faut que je la laisse respirer. Prends soin de toi, Lydia, tu sais où me trouver si jamais tu changes d'avis.

Elle resta dans l'appentis exposé aux courants d'air, la chair de poule lui parcourant la peau, tandis que Will aidait le docteur puis Jackson à grimper sur le tracteur et qu'ils s'éloignaient dans un grondement, laissant Lydia, qui s'entourait de ses bras pour lutter contre le froid, regarder le ciel et se demander comment elle avait réussi une foirade aussi spectaculaire.

S'armant de son plus beau sourire, Lydia se brossa les cheveux jusqu'à ce qu'ils brillent, enfila ses bottines à talons aiguilles et se rendit dans la cuisine, où Katy et Joanna observaient le fourneau avec une tête d'enterrement.

— Euh… Joyeux Noël…, dit Lydia d'une voix où perçait l'incertitude.

— Tu sais que tu as l'air d'avoir revêtu des guirlandes de Noël ? lui demanda Joanna avec un sourire aimable. Et au fait, à un moment pendant la nuit, le fourneau est mort paisiblement dans son sommeil. Nous estimons l'heure du décès à environ 3 heures, vu qu'il est glacé, et que la rigidité cadavérique est déjà installée. Ça ressemble beaucoup à ma vie amoureuse, maintenant que j'y pense.

— Je te tiens pour responsable du trépas de la bête, dit Katy à Lydia, l'air étonnamment joyeuse. Si tu avais emballé en secret le bon des trois rois mages que tu as testés ces derniers jours, Will serait toujours là et il saurait quoi faire.

— Oui, Lydia, tu es vraiment une horrible traînée, tu embrasses tous ceux qui passent, ajouta doucement Joanna. Mais bon, je suppose que je suis la mégalomane qui veut tout contrôler, alors qui suis-je pour parler ?

— Joanna m'a raconté toute l'histoire, expliqua Katy avec le même air désapprobateur qu'elle réservait à ses enfants quand ils faisaient quelque chose qu'il ne fallait pas. Franchement, vous deux, vous savez que vous êtes des adultes et plus des ados ? Quand allez-vous commencer à agir en conséquence, vous marier et vous poser ?

— Quand ils arrêteront de faire des hommes irrationnels auxquels il est impossible de parler, répondit Lydia, repensant à l'expression sur le visage de Will.

— Sans parler des malhonnêtes et des franchement retors, renchérit Joanna. Honnêtement, je croyais que les femmes étaient censées être le sexe compliqué. Je ne comprendrai jamais les hommes, aussi longtemps que je vivrai.

— Eh bien, ça s'annonce comme un formidable Noël, avec vous deux dans le Bourbier de la Déprime et sans repas de Noël, fit remarquer Katy avant de soupirer. Au moins on est au chaud et les enfants s'amusent. Venez, il est inutile de rester plantées là à regarder cette saloperie. Allons voir mes merveilleux et beaux enfants, qui m'ont offert le plus beau des cadeaux en dormant toute la nuit pour la première fois depuis des mois.

— Je suis vraiment désolée d'être aussi abattue, dit Lydia, passant les bras autour des épaules de ses amies et embrassant chacune pendant qu'elles se dirigeaient vers les bruits hystériques émis par les enfants en provenance du salon. Bientôt, je prévois de boire jusqu'à plonger dans le coma, et je serai bien moins emmerdante. Des nouvelles d'Alex ?

— Oui. (Joanna fit un grand sourire.) La mère et l'enfant se portent bien, le père craint pour sa vie, mais il est heureux. Et ils disent que la petite Joanna Katherine Lydia est adorable.

— Vraiment ? Ils l'ont nommée comme nous ? Et j'ai eu droit à la dernière place ?

— Ne sois pas ridicule. (Joanna leva les yeux au ciel.) Elle s'appelle Carole, comme la mère d'Alex. Née le jour de Noël et prénommée Carole, la pauvre, pauvre enfant. Je crois que je vais lui ouvrir un compte pour ses séances de thérapie dès maintenant.

— Et Alex ? (Lydia sourit.) En dehors de faire preuve d'un goût consternant en matière de prénoms, comment va-t-elle ?

— Bien, super. Au septième ciel, en fait. Ce doit être tous ces médicaments, ou le fait d'avoir découvert qu'elle avait un mari magistral, après tout !

— Maman ! (Tilly courut les accueillir, resplendissante avec son diadème particulièrement voyant, don de Joanna, Vincent sur ses talons, un énorme ruban rouge noué à son collier.) Papa a eu une excellente idée !

— Impossible.

Katy fit un grand sourire à la petite fille, la prenant dans ses bras et souriant à Jim, dont la tête était tout juste visible au-dessus de la montagne de papier cadeau, que Vincent van Dog avait l'air de considérer de son devoir de déchirer entre ses pattes.

— Papa n'a jamais de bonnes idées.

— Bon, et qu'est-ce que vous en pensez ? demanda Jim. Nous prenons ce que nous avons à boire et à manger, emballons le tout et le chargeons sur la luge. On s'emmitoufle et on va au pub pour le déjeuner de Noël. Tout le monde sera là, il y aura un repas chaud et, plus important, de la bière.

— Et ils ont une image de dame en bikini sous les cacahouètes, ajouta Jake avec enthousiasme.

Katy parut indécise.

— Un déjeuner de Noël au pub avec plein d'inconnus ? Ce n'est pas exactement comme cela que je m'imaginais notre premier Noël ici.

— Eh bien, tu pourrais le voir sous cet angle, reprit Jim, se levant pour révéler qu'il portait un sabre-laser à la ceinture. Ou tu pourrais envisager qu'il s'agit d'un Noël campagnard traditionnel, avec nos voisins et nos amis. Une vraie communauté, qui se serre les coudes en cas de coup dur, accueillant les pauvres vagabonds dépourvus de fourneau cherchant désespérément un peu de chaleur, un refuge et de l'alcool. Nous avons même notre propre histoire de bébé de Noël, même si je suppose que Will a pu nous couper l'herbe sous le pied.

— Will ? Il sera là-bas ? demanda Lydia même si elle connaissait déjà la réponse à cette question. Et Stephen et Jackson aussi, je suppose.

— Honnêtement, je crois que, pour une fois dans sa misérable vie, Jim a raison, dit Joanna, passant son bras sous celui de Lydia. Écoute, toi et moi ne sommes pas du genre à nous planquer, toute honte bue, non ? Je suis sublime, tu es trop habillée et si quelqu'un mérite un Noël décent ici, c'est bien nous. Qui se soucie de savoir qui sera présent ? Nous pourrions nous enivrer et lever chacune un jeune fermier. Montrer à ces porcs ce qu'ils ratent.

— Will me croit déjà stupide et frivole…

— C'est le cas, dit Katy.

— Je ne veux pas qu'il s'imagine que je le poursuis, objecta Lydia en secouant la tête. Allez-y. Je reste ici pour garder le fourneau.

— Non, affirma Katy en désignant ses enfants. Soit nous y allons tous, soit personne n'y va. Regarde leurs petits visages rayonnants, Lydia. Veux-tu vraiment être la femme qui les déçoit le jour de Noël simplement parce que tu as le sentiment d'avoir été suffisamment humiliée ?

Jake fit la moue, Tilly battit des cils et même Vincent parvint à émettre un gémissement pathétique.

Lydia poussa un soupir.

— Très bien ! Allons-y !

Katy battit des mains et les enfants poussèrent des cris de joie.

— Est-ce que je peux apporter mon sabre-laser ? lui demanda Jake. Je veux voir si j'arrive à utiliser la force sur les moutons.

# Chapitre 17

Le pub était désert quand Lydia et le groupe bigarré de traînards, accompagnés d'un chien à une oreille, achevèrent leur descente jusqu'au cœur du village. On aurait dit que tout le monde, y compris un petit orchestre de cuivres essentiellement constitué d'adolescents à la mine gênée et aigrie, était réuni autour du monument aux morts du village, à chanter des cantiques dirigés de façon très enthousiaste par le pasteur, dont le manteau noir bordé de fourrure lui conférait un air un peu provocateur pour un homme aussi âgé.

Une dame très blonde et très bronzée, vêtue d'une tenue de ski intégrale rose fluo et tenant une pile de feuilles imprimées, leur fit un grand sourire, avant d'en tendre une à chacun tandis qu'ils tiraient la luge, transportant également Tilly et Jake, jusqu'à la lisière du groupe.

— *Il était une fois dans la ville royale de David…*

Jake descendit de la luge et se joignit d'une voix forte au chœur, brandissant son sabre-laser.

— *Un vaisseau solitaire…* L'Étoile de la mort, sans doute, chuchota-t-il à Tilly, qui sautillait d'une botte rouge à pois sur l'autre tout en chantant.

Déposant son sac de courses rempli de morceaux de dinde entre ses pieds, Lydia déplia sa feuille et prit part à la tradition anglaise séculaire consistant à chanter avec la musique, très doucement, et à avoir l'air exceptionnellement embarrassé de se livrer à cette activité. Néanmoins, elle était certaine que tout le monde s'en fichait, vu que Jake beuglait des paroles approximatives et que Joanna faisait son numéro ridicule de soprano, comme si deux semaines dans la chorale de l'université, pendant qu'elle se tapait le chef de chœur, la qualifiaient pour être la prochaine Maria Callas.

Tout en chantant, Lydia observait le groupe autour d'elle, en quête de visages familiers et, sans surprise, là-bas, à l'arrière de l'attroupement, de l'autre côté du monument, elle reconnut Jackson et Stephen, apparemment devenus les meilleurs amis du monde. Jackson chantait fort et fièrement, avec ce genre d'optimisme aux yeux embués que les Américains savaient si bien montrer, et Stephen marmonnait dans son écharpe. Lydia sourit avec tendresse ; il chantait vraiment comme une casserole, si mal que sa mère lui avait carrément interdit de chanter dans la maison quand il était enfant, ce que Lydia avait trouvé très méchant jusqu'à ce qu'elle l'entende chanter sous la douche et soit forcée de vider les lieux. Ses deux ex étaient déjà un peu joyeux, à en juger par leurs joues rougies et les dandinements de Stephen, mais Will avait littéralement disparu de la circulation. *Peut-être n'est-il pas là*, songea Lydia, en proie à une cruelle déception. Son absence aurait dû être un soulagement, mais ce n'était pas le cas. À cet instant, il lui semblait préférable de le croiser quitte à se faire superbement ignorer que de ne jamais le revoir.

— Reprends-toi, femme, marmonna-t-elle tandis que la congrégation entonnait *Petit papa Noël*.

Ceux qui se tenaient à proximité de Tilly et Jake eurent tôt fait de découvrir les paroles de leur version inédite de ce chant.

Lydia ne put s'empêcher d'éprouver de la joie quand elle vit les enfants chanter, et regarda autour d'elle le joli petit village recouvert, au sens propre, de Noël. Une neige immaculée coiffait chaque toit et tapissait les montagnes environnantes, scintillant sous le ciel bleu et limpide, accentué par une demi-lune fantomatique pointée vers le haut. Pendant au moins quelques jours, la neige avait tout rendu parfait, même les gens, qui se blottissaient les uns contre les autres pour avoir chaud pendant qu'ils chantaient, la moitié d'entre eux arborant la toute nouvelle écharpe reçue le matin même. Jusqu'à présent, à part le coquetier en papier mâché que Tilly lui avait fabriqué, Lydia n'avait pas eu droit à un seul cadeau de Noël. Mais ce moment, à l'ombre des montagnes et sous ce ciel sans défaut, dépassait toutes ses espérances, et elle retrouvait peu à peu sa bonne humeur.

Peut-être que rien de ce qu'elle avait espéré n'avait fonctionné conformément à ses projets, et peut-être avait-elle royalement foutu en l'air tout ce qui était en son pouvoir, mais elle était entourée de gens bien, plus que disposés à accueillir des étrangers et à les faire se sentir les bienvenus, et elle avait toujours ses amies. Même Joanna, qui aurait légitimement dû devenir son ennemie jurée, l'aimait encore. Et le plus impressionnant dans tout cela était que, la nuit dernière, elle avait mis la petite Carole au monde presque sans assistance. Lydia avait été la première personne à tenir cette vie minuscule entre ses mains et à sentir sa petite poitrine se gonfler, et c'était à ce moment-là qu'elle avait pris conscience que Noël n'avait rien à voir avec la neige, les guirlandes électriques, les cadeaux et la joie forcée. Cela n'avait rien à voir avec l'idéal hollywoodien qu'elle poursuivait désespérément depuis son plus jeune âge. Cela avait seulement à voir avec un bébé, dont la naissance était entourée d'espoir et d'attentes, et le désir de chérir les gens qui nous sont chers.

Les hommes, c'était bien, songea Lydia qui se redressa et se mit à chanter un peu plus fort, mais l'amour et toutes les choses folles et irrationnelles que cela vous poussait à faire, c'était surfait. Il n'y avait qu'à la regarder, elle qui avait fait des déclarations ridicules à un homme qu'elle connaissait à peine, et qui pétait sans doute au lit comme tous les autres. Et regardez Joanna, s'accrochant à son petit ami au point de mentir, tricher et manipuler pour se retrouver de nouveau célibataire. Joanna valait mieux que cela, et elle aussi. Plantée là, dans la neige, avec les orteils qui s'engourdissaient lentement et les effluves du repas de Noël qui flottaient dans l'air, Lydia décida que rien ne viendrait gâcher son Noël, pas même le fait d'être tombée sous le charme de l'homme le plus agaçant du monde. Avec un regain d'enthousiasme, elle se débarrassa de sa réserve typiquement anglaise et beugla la dernière phrase de la chanson.

— *N'oublie pas mon énorme soutif!*

Une honte, vraiment, qu'elle soit en retard d'un vers, et qu'elle ait prononcé la fin alternative de Jake et Tilly au beau milieu d'une foule silencieuse, attendant l'allocution du pasteur.

— Eh bien, dit l'homme d'église tentant de réprimer un sourire. Ce ne serait pas Noël s'il n'y avait pas toujours quelqu'un pour attaquer le sherry un peu trop tôt.

Il apparut que le bâtiment du XVIe siècle tenant lieu de pub ne pouvait pas accueillir le village tout entier entre ses murs. Mal avait donc monté un grand chapiteau, heureusement chauffé, relié à l'arrière de la bâtisse par les portes-fenêtres de l'établissement. Quelqu'un avait mis un grand soin à le décorer, vu qu'il était orné de dizaines de guirlandes lumineuses colorées et clignotantes. Dans chaque coin trônait un sapin de Noël décoré provenant, semblait-il, de quatre salons différents, et une boule à facettes tournait au centre du plafond. Des tables de tailles différentes avaient été disposées sous le chapiteau, chacune entourée d'un assortiment de chaises dépareillées, sans doute empruntées à des maisons voisines, et décorée de houx et de gui, de crackers et d'une seule bougie rouge plantée directement dans une orange constellée de clous de girofle.

Le long d'une des parois du chapiteau, se trouvaient plusieurs tables à tréteaux mises bout à bout, couvertes du buffet constitué des contributions apportées par chacun pour le festin commun, comprenant une sélection de jambons, quantité de gâteaux de Noël joliment décorés et des piles de tartelettes.

Soulageant Lydia de son gros sac, Katy et Joanna suivirent Alice, qui était immédiatement venue saluer Katy et se présenter, et quelques autres femmes dans la cuisine, où l'on préparait l'attraction principale, laissant les enfants et Vincent van Dog libres de courir indéfiniment avec les autres gamins du village dans le jardin du pub. Jim se dirigea directement vers le bar, étreignant Jackson et Stephen comme s'il ne les avait pas vus depuis des années plutôt que des heures, laissant Lydia seule sous le chapiteau fourmillant d'activité, ignorant que faire ensuite. Décidant de prendre le taureau par les cornes, Lydia traversa la foule pour aller saluer ses deux ex.

Elle leur fit un sourire éclatant, les embrassant sur la joue.

— Bonjour ! Joyeux Noël ! Écoutez, je tiens simplement à mettre les choses au clair. Je suis désolée pour tout ce qui s'est passé. Je n'ai pas eu une conduite exemplaire, je le sais, et j'espère que tu me pardonneras, Stephen… même si tu as laissé Joanna te convaincre de me faire ta demande alors que tu n'étais pas certain de le vouloir. Et Jackson, je suis désolée de t'avoir laissé m'embrasser. J'étais perdue et désorientée, mais je sais que cela a dû te désarçonner. Je suis prête à décider que le passé est le passé, si tu le peux ?

— Je ne t'en veux pas, répondit Jackson avec un sourire contrit. Et je suppose que, si Stephen et moi pouvons être amis, il n'y a aucune raison pour que nous ne le soyons pas. En outre, j'ai réfléchi à tout cela, et tu es dans le vrai. Joanna est une femme extraordinaire. Je ne veux pas qu'elle aussi me file entre les doigts. Si elle n'y voit pas d'inconvénient, j'aimerais vraiment nous donner une autre chance.

Tout en parlant, il aperçut la chevelure flamboyante de Joanna au fond de la salle.

— Excusez-moi un instant.

Lydia prit sa place et se tint à côté de Stephen ; ils demeurèrent silencieux pendant un moment.

— Est-ce que tout va bien ? finit-elle par demander, sentant un pincement au cœur devant ce qu'elle avait perdu, l'amitié d'un homme honnête.

— Et toi ? lui répondit-il.

Lydia poussa un soupir et haussa les épaules.

— Ça va aller. Stephen, je suis désolée de t'avoir traîné jusqu'ici pour ce résultat. Honnêtement, nous aurions été mieux chez ma mère, ou même chez la tienne, ce qui n'est pas peu dire.

— Peut-être bien, mais alors tu n'aurais pas eu cette illumination à notre sujet et, très probablement, tu serais en ce moment même fiancée au mauvais homme, répliqua Stephen avec un petit sourire triste.

— Mais il n'aurait pas été correct de nous marier, n'est-ce pas ? lui demanda-t-elle. Pas seulement pour moi, mais pour toi aussi. Je ne suis pas la fille qu'il te faut, Stephen. Je ne peux pas l'être parce que, si je l'étais, Joanna n'aurait pas eu besoin d'employer la méthode forte pour te faire acheter une bague.

— Je suis atrocement embarrassé que tu aies découvert cela, reconnut Stephen. Je te jure que j'adhérais à cent pour cent à l'idée, une fois que je m'y suis fait. Mais tu as raison, à présent que j'ai commencé à digérer tout ce qui s'est passé, je me sens… bon, ne le prends pas mal, mais je me sens soulagé. Tout ce que je veux dans la vie, c'est une femme qui m'adore, un quatre-pièces en banlieue et deux gamins, un garçon et une fille. Tu es carriériste, ambitieuse, jamais tu n'aurais choisi le bonheur domestique.

Lydia songea à Will, et à la maison qu'il avait fugitivement envisagé de lui construire, et se demanda si ces paroles étaient tout à fait vraies.

— Ce n'est pas que je ne le choisirais pas, nuança-t-elle, songeuse. Mais je voudrais les deux. Avec ma chance, je finirai sans doute sans l'un ni l'autre.

Lydia leva la tête et, à l'autre bout de la pièce, aperçut l'arrière de la tête de Will, penchée d'un côté pendant qu'il parlait avec une très jolie fille d'une vingtaine d'années, qui s'efforçait de rire à tout ce qu'il disait et de passer sa longue chevelurc blonde sur son épaule par-dessus le marché.

— Cette fille finira par avoir des marques de fouet si elle ne fait pas attention, dit Lydia, les lèvres pincées.

— Il t'a vraiment conquise, hein ? lui demanda Stephen. Will.

Lydia secoua la tête.

— Non, pas du tout. Je le connais à peine.

— Et pourtant tu n'arrives pas à le quitter des yeux, fit remarquer Stephen en se retournant vers le bar.

Tu ne m'as jamais regardé comme cela une seule fois, Lydia Grant.

— Jamais ? Vraiment ?

— Pas une seule fois, confirma Stephen en prenant son verre. Je l'aurais remarqué.

Sachant parfaitement où se trouvait Will par rapport à elle, et quelle jolie jeune fille, mère de famille d'âge mûr ou charmante vieille dame flirtait avec lui à chaque instant, Lydia s'autorisa à se détendre tandis qu'elle s'installait avec une assiette de dinde garnie de tous les accompagnements.

Assise autour de la table avec Katy, Jim, les enfants, Joanna et un patron-pêcheur du nom de Craig, Lydia se retrouva également avec Gracie, la vieille dame qu'elle avait rencontrée la veille. Ses cheveux argent étaient coiffés en une queue-de-cheval haute, et elle portait un tailleur rose fuchsia très élégant. Gracie était ravie de revoir Lydia, insistant pour qu'elle s'asseye à côté d'elle, passant l'essentiel du déjeuner à lui chuchoter les détails choquants de toutes les liaisons sexuelles qu'elle avait eues au cours de ses années comme engagée volontaire de la Navy à Londres, pendant le Blitz.

— Et donc je l'ai tout simplement empoigné et je l'ai tiré un bon coup, lui expliqua Gracie, avec un gloussement malicieux. Vous auriez dû voir l'expression sur son visage.

— Il est étonnant que vous ayez eu du temps pour accomplir votre service, la taquina gentiment Lydia, pleine d'admiration pour la dame qui atteignait les quatre-vingt-dix ans, mais avait toujours ces yeux violets pétillants qui avaient remué le cœur de plus d'un jeune soldat.

— Eh bien, nous pensions tous que nous allions mourir, vous voyez ? lui expliqua Gracie. Cela procure une merveilleuse liberté. Réfléchissez-y, si vous pensiez que vous avez de bonnes chances de ne plus être là demain, que feriez-vous ?

— Voir quel genre de gros poisson je pourrais attraper dans mes filets, voilà ce que je ferais, répondit Joanna, faisant la moue à un Craig tout dérouté, qui remuait d'un air mal à l'aise sur sa chaise.

Lydia regarda dans la direction de Will, assis à une table de l'autre côté du chapiteau, et carrément étouffé par l'ample poitrine d'une dame sculpturale, qui aurait eu l'air sévère si elle n'avait pas ri comme une gamine au moindre soupçon de sourire de Will.

Si elle était assurée de ne plus être là le lendemain, elle irait là-bas sur-le-champ pour l'embrasser jusqu'à ce qu'il comprenne qu'il était incapable de vivre un instant de plus sans lui arracher ses vêtements.

— Mon Dieu, Lydia, à quoi est-ce que tu penses ? lui demanda Katy. Quoi qu'il en soit, arrête tout de suite : il y a des enfants, ici !

— Désolée, répliqua-t-elle, reportant son regard sur Will tandis qu'elle prenait sa quatrième ou cinquième tartelette et l'enfournait en un seul morceau dans sa bouche.

Pas une fois elle ne l'avait surpris à regarder dans sa direction, de toute la journée. Pourquoi un homme irait-il embrasser une fille et lui parler de construire une maison si, quelques heures plus tard, il se mettait à la traiter comme s'ils ne s'étaient jamais rencontrés ? C'était tout bonnement révoltant.

— Oh, allez-y, dit Gracie en lui donnant un coup de coude osseux dans les côtes. Allez-y et prenez-le.

— Je vous demande pardon ?

Lydia la dévisagea.

— Il est évident que vous en pincez pour lui et j'ai vu de quelle façon il vous regardait quand il vous a amenée au pub. Je connais ce garçon depuis qu'il porte des couches, et pendant toutes ces années, je ne l'ai jamais vu regarder une fille comme ça. Très vieux jeu. Donc même s'il vous a snobée toute la journée, la fierté d'un homme est toujours ce qui le mène à sa perte. Allez-y et dites-lui que vous le voulez, et je vous parie ma retraite que vous l'aurez. Pour moi, l'approche directe a toujours porté ses fruits. J'ai eu quatre-vingt-six amants, vous savez, précisa Gracie en se rengorgeant fièrement.

— Bien, bredouilla Lydia, la bouche à moitié pleine des restes de sa dernière tartelette. Vous savez quoi, Gracie, vous avez raison. Putain, je vais le faire, alors !

— Lily ! s'exclama Joanna quand Lydia se leva, légèrement chancelante après avoir peut-être bu un peu plus de vin chaud qu'il n'était raisonnable. Où est-ce que tu vas ?

Lydia pointa le dos de Will tandis qu'il quittait le chapiteau pour rentrer dans le pub.

— Dire à cet homme qu'il ne peut pas vivre sans moi.

Cela semblait une prouesse impossible, d'autant qu'elle avait troqué ses bottes contre des talons aiguilles à la première occasion, de rattraper Will qui se dirigeait inexorablement vers la porte. Des autochtones sympathiques ne cessaient de l'arrêter, certains qu'elle avait déjà rencontrés, d'autres qu'elle découvrait, mais tous la saluant chaleureusement. Avec sa politesse légendaire, Lydia estima qu'il était impossible de les ignorer, et elle fut reconnaissante que Will soit tout aussi sollicité pour une rapide discussion ou plusieurs bises sous le gui à l'aspect fané. Enfin, alors qu'elle l'apercevait sortir dans la nuit, et éperonnée par Gracie et deux ou trois verres de vin chaud, elle planta Mrs Grimsdale de la crèmerie en pleine phrase, et fendit la foule derrière lui, criant par-dessus son épaule :

— Désolée, j'ai un homme à rattraper ! Will ! l'appela-t-elle quand il disparut du cercle de lumière émanant du pub pour rejoindre l'obscurité.

Titubant avec difficulté sur ses talons, Lydia parvenait à peine à discerner sa silhouette dans le noir.

— Will !

Il s'arrêta sur place puis, avec une extrême lenteur, se retourna. Il l'attendait.

— Will.

Lydia répéta son nom une fois de plus quand elle finit par le rattraper, légèrement à bout de souffle et trébuchant comme un jeune poulain.

— Lydia.

Il prononça son prénom lentement, posément.

— Je ne voulais pas que tu partes, dit Lydia en prenant une bouffée d'air froid. Ce que je veux dire, c'est que je ne veux pas que les choses entre nous finissent de cette manière, non qu'elles aient vraiment commencé, je suppose… Mais quoi qu'il en soit, je ne voulais pas que tu me quittes sans que tu comprennes que… eh bien, Gracie dit que je devrais seulement t'annoncer que je te veux avant de te traîner au lit, mais je n'ai pas autant de courage qu'elle, et bon, je ne pense pas que tu sois un homme qu'on puisse traîner quelque part. Mais ce que j'essaie vraiment de dire, c'est : ne pars pas, parce que tu me dois encore un baiser, dit Lydia qui se frappa le front du plat de la main. Ça sonnait beaucoup mieux dans ma tête.

Will faillit sourire, posant les mains sur ses hanches alors qu'il levait la tête pour regarder les étoiles.

— Lydia, Lydia, Lydia, dit-il en reposant les yeux sur elle. Jackson m'a tout raconté, sur lui, Joanna et toi.

— Vraiment ? demanda-t-elle fébrilement. Et comment est-ce que je m'en suis sortie ?

— Peut-être un peu désorientée et impulsive, répondit Will. Il m'a dit que rien de tout cela n'était ta faute, vraiment. Il a ajouté que tu étais l'une des femmes les plus remarquables qu'il ait jamais rencontrées. Et qu'il était débile de t'avoir laissée partir.

— Vraiment ? lui demanda-t-elle. Remarquable ? Qu'est-ce que ça veut dire ?

— Je ne sais pas, répondit Will d'un air sombre.

Il se remit à marcher, forçant Lydia à trotter à côté de lui pour s'accorder au rythme de ses longues enjambées.

— Oh, très bien, dit-elle amèrement. Bien, bien, bien. Je débarque et je me jette sur toi, et si tout ce que tu peux faire, c'est être lunatique et mystérieux, alors je n'ai plus envie de t'embrasser. Ça ne peut pas durer longtemps, tu sais, cette fusion entre Heathcliff et Bob le Bricoleur que tu interprètes.

Will s'arrêta net devant un petit cottage à double exposition, qui arborait une simple couronne de houx nouée par un ruban rouge à sa poignée en cuivre luisant.

— Vraiment ? dit-il. Eh bien, c'est pareil pour toi, qui roules des pelles à tous les hommes qui te tournent autour en te trouvant « remarquable ». Satanés Amerloques.

— Oh, oh bien, puisque nous en sommes aux illusions de grandeur, tu crois peut-être que tu es le plus bel homme ici, mais franchement, un mouton avec un chapeau te ferait de l'ombre.

— Ah bon ? (Will fit un pas dans sa direction.) Vraiment, de l'ombre ? Tu débarques avec tes talons et ton haut qui dégage les épaules…

— Oui, et autre chose…

Lydia ne réussit pas à terminer sa phrase quand Will la prit sans cérémonie dans ses bras et l'embrassa. Pas de doux baiser, cette fois, pas de politesse timide : il la serra contre lui de toutes ses forces, si bien qu'elle ne pouvait pas remuer un muscle, pas même lui rendre son étreinte. Mais Lydia s'en fichait, elle était perdue dans la sensation de ses lèvres chaudes sur les siennes, la barbe râpeuse contre son cou, le chuchotement de son souffle dans son oreille, si bien que quand il finit par s'arrêter, elle grommela.

— Non, ne t'arrête pas. Encore des baisers.

— Mais tu es gelée, murmura Will. Tu as dû oublier ton manteau quand tu m'as couru après.

Libérant un bras avec difficulté, Lydia lui donna un petit coup dans la poitrine.

— Je ne t'ai pas couru après. Il est impossible de courir avec ces chaussures.

— Viens.

Will lui prit la main, lui faisant franchir le petit portail en fer forgé qui se trouvait entre les murs d'ardoise et ouvrait sur le court chemin menant à la porte du cottage.

— Tu ne crois pas que cela va déranger ces gens que nous utilisions leur maison ? lui demanda Lydia. Même si je dois avouer que c'est tellement suranné, de ne jamais avoir besoin de verrouiller sa porte.

— Suranné ? Est-ce que tu viens vraiment de dire ça ? demanda Will en haussant un sourcil. C'est ma maison. Et la porte est toujours fermée à double tour.

— C'est là que tu vis ?

Lydia observa la porte d'entrée élégamment peinte avec un œil neuf. Will avait une vraie maison d'adulte, ce qui la surprenait, même si elle ignorait pourquoi. Peut-être avait-elle soupçonné qu'il vivait dans une grotte qu'il avait creusée dans le roc à mains nues.

— Ta chambre est dedans ?

— La plupart des maisons en contiennent au moins une, répondit Will. Même ici, dans le Nord. Et j'ai même des toilettes à l'intérieur.

Déverrouillant la porte, il l'ouvrit d'une poussée et invita Lydia à entrer d'un geste.

— Que suggères-tu que nous fassions dans cette maison ? lui demanda-t-elle d'un air sage. Parce que je ne voudrais pas que tu ailles croire que je suis une fille facile.

Will cessa de retenir son sourire.

— Lydia Grant, au cours des dernières trente-six heures, tu as embrassé trois hommes, pourquoi diable irais-je croire que tu es une fille facile ?

— Oui, mais seulement parce que…, commença-t-elle à protester.

Mais Will la fit taire avec un baiser.

— Ne sois pas bouchée, dit-il. Tu es tout sauf une fille facile. Je dirais même que tu es en fait extrêmement difficile.

Nerveuse, Lydia entra dans le couloir pavé de pierres, aux murs couverts de ce qui ressemblait à des certificats de différentes récompenses de construction. À sa gauche, une porte ouverte dévoilait un petit salon, au parquet nu, avec un canapé en cuir décati mais à l'air confortable et une vieille télé posée sur un tabouret dans un coin. Il y avait quelques photographies encadrées sur le mur qui retinrent son attention. Elles paraissaient anciennes, comme des photos de parents disparus depuis longtemps.

— Viens ici, ça va te plaire, dit Will, la menant dans le salon et l'entraînant devant une photographie aux tons sépia.

— Tu reconnais cette véranda ? lui demanda-t-il.

Lydia se surprit à regarder une image de deux femmes de l'époque victorienne, assises côte à côte. Luttant pour voir au-delà de leurs visages, sans sourire et d'âge indéterminé, mais ayant fermement dépassé leur prime jeunesse, elle étudia les détails architecturaux, le motif des piliers en fer forgé et le bois gravé d'entrelacs.

— Oh, c'est Heron's Pike ! s'exclama-t-elle.

— Oui, à l'époque où il s'agissait de deux maisons. Voici Margaret, sur la gauche, et sa sœur, avant qu'elle ne s'enfuie pour se marier, je suppose.

Lydia scruta le visage de Molly la Folle ; il n'avait rien de dément, mais même derrière le masque de respectabilité qui était de rigueur dans ces premières années de la photographie, Lydia se dit qu'elle discernait, dans ses yeux pâles, une profonde tristesse. Ou peut-être l'imaginait-elle tout simplement.

— Où l'as-tu trouvée ? demanda-t-elle à Will, fascinée.

— Celle-ci vient du marché aux puces. Je collectionne autant de vieilles photos que je peux en trouver. Je trouve que c'est triste. Tous ces gens, toute leur vie, leurs espoirs et leur fierté exposés pour leurs descendants, et puis, quelques années plus tard, ils tombent dans l'anonymat et il n'y a plus personne pour regarder leurs visages, se demander à quoi ils ressemblaient, ou même se rappeler leurs noms. En outre, c'est parfait pour documenter tous les détails authentiques pour mon travail de restauration. (Will surprit Lydia à le contempler d'un air rêveur.) Quoi ?

— Je n'ai jamais vu quelqu'un comme toi, répondit-elle.

Ne sachant soudain pas quoi fairc, ni comment se comporter, Will se retourna, ôta sa veste et la suspendit à la porte.

— Alors, qu'allons-nous faire à présent ? lui demanda Lydia, sentant son estomac se nouer.

— Hum, répondit-il d'un air songeur, la contemplant des pieds à la tête avec une telle intensité que son regard fit naître une vague de frisson le long de son corps. Eh bien, tu as l'air d'avoir un peu froid, donc…

Il la prit par la main et la fit s'asseoir sur son canapé, à côté de la cheminée, où les cendres d'un feu précédent gisaient, froides et grises. Se réjouissant à l'avance, Lydia observa Will préparer le feu et le faire partir en quelques minutes avec une efficacité experte. Essuyant la cendre de ses mains contre son jean, il se retourna et la regarda.

— Tu es sur mon canapé, dit-il. Cela me rend nerveux.

— Vraiment ? s'enquit-elle. Je peux m'installer ailleurs.

— Non, reste où tu es.

Lydia retint son souffle pendant que Will s'agenouillait devant elle, se penchant pour l'embrasser lentement, taquinant et chatouillant ses lèvres de sa langue, la passant doucement sur sa bouche. Reprenant son souffle, il s'écarta.

— C'est irréel de t'avoir ici. Je n'aurais jamais cru que cela arriverait, lui expliqua-t-il. Je croyais que mon entêtement stupide avait tout fichu en l'air.

— Tu es entêté, c'est vrai, reconnut Lydia avec un doux sourire.

— Je sais, mais à présent que je t'ai ici, j'ai envie de savourer chaque instant. Puis-je te retirer tes vêtements, Lydia ?

— Oh, hum… oui, d'accord.

Lui prenant les mains, Will la fit se redresser un peu, lui ôtant son pull de Noël en le passant par la tête et le laissant tomber à ses pieds en un tas soyeux sur le plancher. Chacun de ses poignets doucement retenus par les mains de Will, Lydia se força à garder les yeux ouverts pendant qu'il la parcourait librement du regard. Lui lâchant une main, il suivit la courbe de sa poitrine de son index, le passant sous l'une des bretelles de son soutien-gorge, puis l'autre, les faisant glisser de ses épaules. Puis, de ses deux mains, il écarta les bonnets, soupesant ses seins lourds et pleins. Lydia poussa un soupir quand il caressa ses tétons du pouce, la dévorant des yeux.

— Tu es très belle, lui dit-il d'une voix enrouée. Je pourrais te contempler éternellement.

— Je ne préférerais pas.

L'attirant entre ses genoux, Lydia lui passa les bras autour du cou et l'embrassa avec force, ravie de sentir son tee-shirt rêche contre sa peau nue. Will la repoussa, ses lèvres traçant un chemin de son cou à ses seins, décrivant des cercles sur ses tétons avec sa langue. Soudain pressée, Lydia lui ôta son tee-shirt, passant les ongles le long de son dos, sentant les muscles de ses épaules se contracter et frissonner sous ses doigts.

La caressant partout des mains et de la bouche, Will la guida à l'écart du canapé et sur le sol, l'étendant sur le plancher, s'arrêtant pour admirer un moment, à la lueur du feu, la jeune femme et sa chevelure sombre répandue autour d'elle.

— Attends une seconde, dit-il, sortant précipitamment de la pièce.

— Quoi ? Où est-ce que tu vas ? (Lydia se mit à rire, s'appuyant sur les coudes.) Tu t'es dégonflé ?

— Non… Je me suis dit qu'on ferait mieux… (Will eut l'air un peu penaud quand il sortit une boîte de préservatifs.) La bonne nouvelle, c'est qu'ils ne sont pas encore périmés. Il était moins une.

Lydia lui tendit les bras alors qu'il la rejoignait sur le sol, l'embrassant fougueusement.

— Ouste ! marmonna-t-il, s'embrouillant avec les boutons du jean de la jeune femme trop longtemps, se levant pour ôter son pantalon tandis que Lydia soulevait les hanches et faisait glisser le sien, choisissant délibérément de garder la culotte en dentelle qu'elle portait.

Levant les yeux vers Will, qui se tenait nu au-dessus d'elle, Lydia retint son souffle. C'était un homme très impressionnant.

S'agenouillant, Will lui passa les mains sur les cuisses, caressant ses seins et poussant un grognement quand il saisit la dentelle de son sous-vêtement et l'arracha, glissant en elle son membre dur et brûlant.

— Maintenant, chuchota-t-elle, le regardant dans les yeux.

Will gémit et, l'instant d'après, se mit à remuer en elle, l'emplissant de la plus exquise sensation de plaisir. Les yeux rivés aux siens pendant tout ce temps, il lui posa une main sur la joue, l'embrassant alors que chaque poussée de ses hanches la rapprochait de l'orgasme. Alors, pendant un instant parfait, Lydia poussa un cri de joie, submergée par une déferlante de plaisir au moment où Will s'effondrait sur elle, épuisé, embrassant tendrement son visage.

—Lydia, murmura-t-il à voix basse contre ses cheveux. Je ne veux pas te laisser partir.

—Alors ne le fais pas, répliqua-t-elle dans un murmure en l'étreignant. Ne me laisse pas partir.

# Chapitre 18

*26 décembre*

Lydia s'éveilla en souriant, joyeusement épuisée. Pendant la nuit, ils avaient gagné la chambre de Will à l'étage, mais ils avaient très peu dormi. Pourtant, aussi fatiguée soit-elle, Lydia n'avait pas envie de dormir. La vraie vie dépassait de loin ses rêves les plus fous.

Roulant sur le flanc, elle contempla Will, qui était allongé sur le dos, ses longs cils noirs caressant ses pommettes parfaites, une barbe naissante soulignant sa fossette au menton. Il avait vraiment le plus beau nez qu'elle ait jamais vu, et le genre de mâchoire carrée et virile qui aurait sa place sur la couverture de n'importe quel roman à l'eau de rose. Quant à son corps… Lydia caressa le torse de Will du bout du doigt, se mordant la lèvre quand elle atteignit l'endroit où le drap entortillé était posé en travers de ses hanches. Le soulevant, elle jeta un coup d'œil à ce qu'il y avait en dessous, et se félicita silencieusement. Elle avait réussi à emballer l'équivalent moderne d'un dieu grec et, mieux encore, un dieu grec qui, apparemment, se fichait non seulement de ses hanches enrobées ou de son derrière rond, mais les adorait.

Retirant sa main et roulant sur le dos, Lydia pressa sa paume contre sa bouche, retenant l'éclat de rire qui montait dans sa poitrine. C'était ridicule, elle se comportait comme une gamine de seize ans transie d'amour, et une partie d'elle-même avait envie de rire tout haut, d'envoyer des messages à toutes ses copines et d'écrire le prénom de Will au Tipp-Ex sur sa trousse.

Sauf que, si elle faisait cela, elle le réveillerait, et elle serait alors incapable d'admirer l'arc spectaculaire de ses sourcils ou la moue parfaitement proportionnée de ses lèvres pleines mais viriles. Il était plus prudent de se lever, non seulement pour elle, mais aussi pour Will qui ne supporterait pas qu'elle lui saute dessus une fois de plus. Après tout, elle devait lui laisser le temps de se remettre, au moins une demi-heure.

Lydia sortit précautionneusement du lit et, comme tous ses vêtements se trouvaient toujours par terre dans le salon, y compris une culotte en dentelle déchirée, enfila l'une des chemises de Will qu'elle trouva dans son placard, et une paire de chaussettes roulée en boule dans le tiroir du haut. Lui apporter le petit déjeuner au lit, voilà ce qu'elle allait faire, songea-t-elle avec bonheur ; elle allait le nourrir et l'hydrater, avant de le ravir. Cela ressemblait à un plan.

Silencieusement, elle descendit les marches grinçantes sur la pointe des pieds, se rappelant, tandis qu'elle passait les doigts sur la rampe en chêne, quels délices elle avait découverts la veille au soir à ce même endroit. Elle dut se retenir de traverser le couloir en sautillant pour rejoindre la cuisine, où elle se réjouit de se trouver dans une pièce qui ressemblait tellement à Will. Des éléments faits main, qui semblaicnt constitués de meubles en pin récupérés et recyclés, ce qui donnait comme résultat un patchwork harmonieux de portes de placards et devants de tiroirs, chacun terminé par une poignée dans un style différent de cuivre, céramique ou verre, le tout surmonté de cette ardoise gris-vert typique de la région que Will affectionnait tant. La pièce tout entière fit sourire Lydia, qui adorait que quelqu'un d'aussi direct et masculin que Will visse sur son placard une poignée de porte en céramique crème, délicatement ornée d'un bouton de rose.

Avec entrain, elle ouvrit et ferma les placards jusqu'à dégotter un pot de café instantané et deux tasses, ainsi que du pain rassis à faire griller, fredonnant pendant qu'elle attendait que l'eau se mette à bouillir. Soulevant un peu le store de la fenêtre pour jeter un coup d'œil dehors, Lydia remarqua qu'il avait dû pleuvoir pendant la nuit – mais absorbée par ses ébats passionnés, elle ne s'était rendu compte de rien – et qu'il pleuvait toujours. Tellement, en fait, que des taches de vert commençaient déjà à apparaître dans la neige, qu'une cascade d'eau dégringolait en un flot ininterrompu dans la gouttière et la bouche d'évacuation, et que les stalactites du toit, au-dessus de la fenêtre de la cuisine, dégoulinaient sans interruption sur le rebord. Le dégel était enfin arrivé et il y avait de bonnes chances pour que les routes soient suffisamment dégagées le lendemain pour qu'elle rentre à Londres comme prévu.

Alors ce fut comme si le lourd nuage chargé de pluie qui campait sur le pic de la montagne au-dehors s'était installé dans son cœur, et Lydia comprit qu'elle devrait partir et retourner à la réalité. Travailler chaque heure du jour, ne jamais assez dormir, manger et boire trop, regarder la télé toute la nuit au lieu de dormir et, le plus important, ne pas embrasser Will.

*Ne sois pas stupide*, s'admonesta-t-elle. *Ne laisse pas ta fibre romantique à la con te briser le cœur pour rien une fois de plus. Will est génial ; il est incroyable. Mais n'oublie pas que tu pensais cela de Jackson aussi, et qu'il est quand même parti et qu'ensuite tu n'as plus voulu de lui. Ne te fais pas d'illusions en te disant que cette relation amoureuse a plus d'importance que les autres. Grandis un peu, Lydia Grant, et rappelle-toi qui tu es. Une avocate, une croisée de la justice, voilà ce que tu es.*

— Comment peux-tu être debout ? (Les bras de Will lui entourèrent la taille par-derrière, sa barbe frottant sa joue.) Tu m'as épuisé, femme, j'ai besoin de dormir pendant un mois, et je l'aurais fait, mais tu me manquais.

— La neige est en train de fondre, répondit Lydia, tournant dans ses bras. Les routes seront bientôt dégagées.

Will sourit en la regardant dans les yeux alors qu'il lui fallut un moment pour comprendre ce qu'elle voulait dire.

— Nous aurions dû commencer cette amourette de vacances bien plus tôt, dit-il en lui embrassant doucement le bout du nez. La prochaine fois que je rencontre une femme incroyable mais déroutante, rappelle-moi de ne pas gâcher autant de temps.

— Je n'ai pas envie que tu rencontres d'autres femmes, jamais, déclara Lydia. Est-ce que ce n'est que cela, une amourette de vacances ?

La tartine jaillit du grille-pain, les faisant tous les deux sursauter.

Will secoua la tête, l'air pensif.

— Honnêtement, je n'en sais rien. En ce moment même, j'ai envie de te dire que non, ce n'est pas que cela. Il y a plus. Mais comment est-ce possible ? Resterais-tu ici, avec moi, dans cette maison, sans retourner à Londres, sans être avocate et sans faire le travail que tu adores ?

Lydia scruta les profondeurs de ses yeux sombres, incapable de trouver une réponse.

— Et toi ? rétorqua-t-elle. Laisserais-tu toute cette beauté, ta maison, tes amis et ta famille pour me suivre à Londres ? Trouverais-tu ton chemin dans le métro et m'accompagnerais-tu pour visiter des appartements ?

Will ne dit rien, lui caressant la nuque du doigt.

— Je ne veux pas que tu partes, dit-il.

— Je ne veux pas que tu restes ici, renchérit-elle.

— On pourrait se voir le week-end, suggéra Will. Je pourrais descendre en voiture, ce n'est qu'à environ six heures de Londres, peut-être sept avec la circulation. Ou tu pourrais venir ici ? Il y a des trains.

— Oui, et il y aurait les vacances et le reste, ajouta Lydia. Nous pourrions nous voir pendant les vacances. Même si je n'en prends jamais…

— Moi non plus, on n'en a pas besoin quand on habite ici, surenchérit Will.

Lydia appuya le front contre la poitrine de Will, poussant un soupir.

— Ça ne marchera pas, hein ?

— Probablement pas, reconnut-il d'un air triste. Je veux dire, si, pendant un moment peut-être. Mais pas pour toujours. Même moi je te trouverais dingue d'abandonner ta carrière pour un homme que tu viens tout juste de rencontrer.

— Et je sais que tu détesterais vivre dans une ville, loin de tout cela, dit Lydia, regardant par la fenêtre l'endroit où les pentes escarpées de la colline s'élevaient pour rejoindre le ciel chargé de pluie.

— Cela ne veut pas dire que je n'éprouve pas ce que je ressens pour toi, Lydia, souligna Will.

— Non, je sais, dit-elle dans un sourire. C'est pareil pour moi.

— Donc, reprit Will, la respiration hachée. Qu'est-ce qu'on fait, maintenant ?

— Eh bien, reprit Lydia en se forçant à sourire. Nous avons jusqu'à demain. Ce pourrait aussi bien être pour toujours. Retournons au lit.

La pluie ne cessa pas de tomber, tambourinant contre les petites fenêtres du cottage, jusqu'à ce que le peu de soleil qui était parvenu à traverser les nuages disparaisse une fois de plus dans la nuit humide, et Lydia et Will ne quittèrent le lit que pour aller chercher quelque chose à manger dans la cuisine ou prendre une bouteille de vin. Lydia n'avait pas le souvenir d'avoir ri autant, ni d'avoir ressenti une telle chaleur traverser chaque cellule de son corps rien qu'à être près de Will. Inévitablement, que cela lui plaise ou non, elle ne put s'empêcher de comparer cette romance inattendue à l'intense été qu'elle avait passé avec Jackson. N'était-ce pas exactement pareil ? se demandait-elle alors que les quelques heures qu'ils avaient passées ensemble disparaissaient, minute après minute. N'était-elle pas tout simplement en train de faire ce qu'elle faisait toujours, c'est-à-dire se jeter à corps perdu dans la relation trop tôt, sans se soucier de la déception et de la douleur qui s'ensuivraient ?

*Souviens-toi seulement, cette fois-ci, de ne pas y perdre ton cœur*, se répétait-elle pendant qu'elle observait son reflet dans le miroir au cadre doré avec lequel Will avait mis la touche finale à sa salle de bains fonctionnelle. Ce n'étaient pas uniquement ses yeux brillants, ses cheveux emmêlés et sa peau rosie et irritée par la barbe de Will qui lui disaient combien il serait difficile de le faire. C'était le fait que, en l'espace d'à peine quelques heures, il lui paraissait impossible d'imaginer la vie sans lui.

Le problème était que Lydia savait qu'elle était attirée par la passion comme un papillon par la flamme, même si son expérience de la vie lui avait appris que la réalité n'était pas ainsi. Que tout n'était pas cœurs et fleurs, adieux nobles dans une gare et retrouvailles déchirantes au sommet d'un gratte-ciel. Regardez ce qui était arrivé avec Jackson. Elle avait cru être désespérément amoureuse de lui, mais en fait non, pas vraiment. Peut-être était-ce seulement que sa vie normale était souvent très sombre et difficile, à voir jour après jour comment la vie des autres pouvait s'écrouler et disparaître sur un coup du sort. Il était dur de résister à l'idée de s'échapper dans sa propre histoire d'amour, comme elle le faisait avec les films qu'elle aimait. Et pourtant maintenant, quand tout était parfait, c'était exactement le moment où elle devait se montrer pragmatique et raisonnable. Parce que demain, elle devrait lui dire au revoir.

— Reviens ! l'appela Will depuis la chambre. Tu as disparu trop longtemps.

Ce fut peu après avoir découvert qu'ils n'avaient rien pour le dîner hormis une demi-bouteille de Baileys qu'un de ses clients avait offerte à Will que quelqu'un frappa à la porte d'entrée du cottage.

— Qui est-ce ? demanda Will, les sourcils froncés.

— Le meilleur moyen de le savoir, en général, c'est d'ouvrir la porte, le taquina Lydia.

— Oui, mais je ne porte qu'un caleçon et tu n'as que cette chemise, répliqua-t-il en souriant. Et j'espérais plus ou moins t'en faire sortir une fois de plus. Ou peut-être te la faire garder, je n'ai pas encore décidé.

La sonnette retentit de nouveau.

— Bon, qui que ce soit, il ne comprend pas l'allusion, dit Lydia. Vas-y, je me cacherai ici.

Mais à peine Will eut-il ouvert que Joanna entra en trombe, secouant son parapluie partout sur le carrelage de Will, et le balançant dans l'évier.

— Donc tu n'es pas morte ! s'exclama Joanna, embrassant Lydia sur la joue et se tournant pour admirer un Will à peine habillé, qui enfilait à toute vitesse le pantalon qu'il avait sauvé du sol du salon.

Loin de là, si j'en crois mes yeux, espèce de petite garce ! Franchement, Lydia, tu aurais pu envoyer un message ou nous donner signe de vie, nous étions morts d'inquiétude.

— Vraiment ?

Lydia se sentit touchée.

— Enfin, non, pas morts d'inquiétude. Cette vieille nymphomane cinglée du pub nous a appris que tu étais partie avec Will, mais nous ne savions pas avec certitude s'il n'était pas le tueur en série le plus en vue de tout le district. Tu aurais pu nous dire ce que tu allais faire.

— Désolée, répliqua Lydia, souriant à Will qui avait trouvé refuge sur le seuil, boutonnant sa chemise. Je n'ai pas vu le temps passer.

— Donc, la grande nouvelle, c'est que je suis venue ici en voiture, avec la Range Rover de Jim ! Les routes se dégagent à toute vitesse. Il y a plein de types avec des tracteurs et du sable qui se rendent utiles dehors. Stephen a fait le pari de partir cet après-midi. Ne te formalise pas s'il ne te fait pas ses adieux…

Lydia grimaça ; elle avait tout oublié de Stephen.

— Inutile de culpabiliser, chérie, reprit Joanna. Après notre retour hier soir, Stephen et moi avons noyé notre chagrin ; et tu sais quoi, il va s'en sortir, vraiment. Il m'a même proposé de sortir ensemble. J'ai refusé, bien sûr ; j'ai déjà donné dans le mec d'occase. Bref, Jackson, qui séjourne désormais au pub, va me ramener à la maison, comme ça nous pourrons mettre les choses à plat. C'est lui qui a pris cette initiative, ce qui veut bien dire quelque chose, tu ne crois pas ?

Je ne sais pas quoi, mais… oh, merde, je l'aime Lily, je dois en être sûre.

— Je pense que tu le devrais, approuva Lydia. C'est toujours mieux d'avoir des certitudes que des doutes, pas vrai ?

— Bien, donc la question est : est-ce que tu vois un inconvénient à rentrer en train ? Will pourrait peut-être te déposer à la gare ? Sinon Katy se fera un plaisir de t'y accompagner. Elle est de bien meilleure humeur, tu sais, depuis hier. Elle est rentrée à la maison avec des tonnes de numéros et d'invitations à prendre le thé. Je ne pense pas qu'elle se sente aussi isolée qu'avant, même si elle est toujours visiblement mariée à un abruti. Mais bon, on ne peut pas tout avoir.

— Oui, ce serait bien, dit Lydia, qui aurait vraiment aimé que Joanna cesse de lui rappeler le lendemain.

— Hier, au lieu de m'envoyer en l'air, j'ai feuilleté les brochures touristiques que Katy a laissées dans la chambre. Savais-tu que ce vieux film dont tu n'arrêtes pas de parler a été tourné dans une gare à une heure de route d'ici ? Tu sais, celui avec la femme avec sa petite culotte roulée en boule et le train qui entre dans un tunnel. Tu m'as forcée à le regarder en entier une fois, et j'ai cru que j'allais mourir.

— *Brève rencontre*, vraiment ? La gare voisine ?

— À environ quatre-vingts kilomètres, mais tu pourrais persuader « quelqu'un » de t'y emmener. Tu peux prendre un train pour Lancaster, puis aller directement à Londres.

Lydia regarda Will, se demandant à quoi cela ressemblerait de lui donner un baiser d'adieu sur le même quai que Celia et Trevor.

— Ça ressemble un peu à une expédition. Je pense que je prendrai plutôt un taxi jusqu'à Carlisle et que je prendrai le train de là-bas. Ce sera plus rapide et si j'ai le temps, je pourrai passer voir Alex et le bébé.

— Tu en es certaine ? lui demanda Will. Cela ne me dérange pas. J'aimerais t'emmener voir cet endroit si c'est si important pour toi.

Lydia se raidit pour se forcer à revenir dans la réalité.

— Sûre et certaine.

— Vraiment ? Cela ne te ressemble pas, Lydia, de laisser passer une chance de faire semblant d'être sur grand écran ! Quoi qu'il en soit, écoute, je viens de percuter que tu auras besoin d'un endroit où te poser. Voici la clé de secours de mon appartement. Ne t'inquiète pas : si les choses fonctionnent entre Jack et moi, je m'arrangerai pour rester chez lui. Sinon, je serai disponible à tout moment pour de la vodka et du diazépam.

Joanna se tut assez longtemps pour déposer un baiser sur chacune des joues de Lydia. Celle-ci la dévisagea avec un étonnement teinté de reconnaissance.

— Tu me laisserais emménager de nouveau avec toi, après tout ce qui s'est passé ? demanda-t-elle, méfiante.

— C'est comme l'eau sous les ponts, tout ça, ma chérie. En outre, je n'étais pas tout à fait sans reproche. Pas autant que toi, cela dit, mais j'ai fait un peu trop d'ingérence psychotique.

— Mais je…, commença Lydia, s'interrompant quand elle vit l'expression de Joanna.

— Oh, mon Dieu ! Est-ce qu'on est vraiment obligées de faire cet examen de conscience fastidieux avant que notre amitié reprenne son cours normal ? On dirait que tu m'as confondue avec Oprah Winfrey ! Très bien, voilà : tu as fait une erreur – qui n'en a jamais fait ? Ne recommence pas. Passons à la scène suivante, le travelling, blablabla…

Elle jeta un autre regard courroucé à Lydia avant d'ajouter :

— Mon Dieu, tu es tellement nue sous cette chemise ; c'est révoltant ! Bref, juste au cas où je ne te verrais pas, n'oublie pas de venir à ma soirée du nouvel an ! Ce sera la plus sympa de toutes. Ciao, chérie.

Et après avoir volé un baiser à Will, elle disparut, laissant une bourrasque humide s'insinuer par la porte quand elle sortit.

— Eh bien, ta copine semble t'avoir pardonné, commença Will, lorsque l'ouragan Joanna se fut retiré.

— Oui, sans tout le travail fastidieux consistant à en parler. Les routes se dégagent, dit Lydia avec un petit sourire triste.

— Oh, très bien. Je suppose qu'il ne pouvait pas neiger éternellement.

— Non. M'appellerais-tu un taxi pour demain matin, passant par Heron's Pike, histoire que je puisse récupérer mes affaires ?

— Laisse-moi t'y conduire, dit Will, l'attirant contre lui par les pans de sa chemise. J'en ai envie.

—Non, s'opposa Lydia en secouant la tête. Je veux te dire au revoir ici. Mais tu devras être nu.

—Nous pourrions échanger nos numéros, nos e-mails.

—Non.

Lydia secoua de nouveau la tête avant même d'avoir réfléchi à ce qu'elle disait.

—Non ?

Will parut surpris et blessé.

—Nous sommes parvenus à la conclusion que vingt-quatre heures à s'envoyer sauvagement en l'air ne pourraient pas se transformer en une relation viable. Et je suis une fille : les e-mails, les appels et les messages ne m'aideront pas à me le rentrer dans le crâne. Ils me feront te désirer ardemment, écrire des poèmes, t'appeler à 3 heures du matin et te faire écouter des chansons cucul. C'était génial, je ne veux pas tout ruiner en t'envoyant des poèmes. Crois-moi, ajouta-t-elle dans un sourire, faire des promesses que l'on ne peut pas tenir, ça ne marche jamais, et alors l'un des deux se fait renverser par un taxi et finit dans une chaise roulante pendant que l'autre est au sommet de l'Empire State Building. Ça craint.

—Je ne comprends rien à ce que tu racontes, rétorqua Will. Mais tu as beau être cinglée, tu me plais toujours autant.

—C'est un film, *Elle et Lui*. Je te recommanderais bien de le regarder, mais tu risques de le trouver un poil trop « fille ».

— Ça doit ressembler à un film d'horreur alors, plaisanta Will. Donc, rien. Aucun contact après aujourd'hui ? Tu en es sûre ?

— Oui, mentit Lydia. Je dois remettre ma vie d'aplomb, Will. Je dois grandir. Et c'est le moment de le faire. Tu n'as pas envie de me voir comme ça, dans tous mes états.

— En fait, j'ai très envie de toi dans tous tes états, dit-il doucement, ouvrant le premier bouton de la chemise qu'elle portait.

Lydia y réfléchit un instant.

— Il y a des chances pour que je revienne ici, à un moment ou à un autre. Peut-être que nous nous croiserons par hasard. Et si on convenait que, si on pense toujours l'un à l'autre, on se retrouvera à Heron's Pike la veille de Noël, dans l'abri à bateaux ?

— Dans un an ? demanda Will. Comment as-tu évolué de celle qui embrasse tout ce qui passe à la femme la plus difficile à conquérir de toute l'histoire ?

— Parce que si nous éprouvons toujours la même chose après un an de séparation, alors nous serons fixés. Cela vaudra peut-être la peine de changer nos vies. Mais en allant là-bas, garde un œil sur les taxis.

— Cinglée. (Will l'embrassa, la réchauffant du bout des orteils jusqu'à ses joues roses grâce à son étreinte.) OK, l'an prochain, la veille de Noël, à Heron's Pike. Et vu que cela signifie ceinture pendant un an, je ferais mieux de profiter de toi maintenant.

Lydia poussa un cri quand Will la souleva dans ses bras et la porta dans l'escalier, profondément amoureuse à ce moment-là, d'autant qu'il faisait très bien semblant qu'elle ne pesait pas plus lourd qu'une plume.

# Chapitre 19

*27 décembre*

— Et c'est tout, vous avez juste participé à un marathon sexuel avant de vous dire : « Au revoir, merci pour les orgasmes » ? Cela ne te ressemble pas du tout ! roucoula Alex d'une voix chantante destinée au bébé, berçant la petite Carole dans ses bras et la contemplant avec adoration, tandis qu'elles étaient assises sur les chaises roses lavables de la salle de visite. Oh, regarde ce petit nez, as-tu déjà vu un si joli petit nez mignon ? Dis-moi ? Dis-moi ? Non, tu n'en as jamais vu, parce qu'il n'y en a qu'un, voilà pourquoi !

En dépit du fait qu'elle se targuait d'être la raison principale de la présence de Carole aujourd'hui, et bien que celle-ci soit sans conteste mignonne, Lydia avait du mal à voir les inépuisables et adorables qualités et la beauté sans pareille sur lesquelles son amie énamourée s'extasiait sans cesse depuis qu'elle était arrivée à l'hôpital, le cœur lourd, avec une heure à tuer.

— Oui, son nez est très joli… euh… mignon.

Lydia toussota et, au bout d'un moment, décida de ne pas mentionner son pacte du hangar à bateaux avec Will ; cela ternissait quelque peu son annonce et, en outre, cela n'arriverait probablement jamais de toute façon. Elle préférait garder secrets ses projets pour la prochaine veille de Noël.

— Bref, je sais, mais j'ai décidé d'être raisonnable. C'est la nouvelle moi. Quand il s'agit de ma carrière, je suis un bulldog, impitoyable, coriace, logique… normale. Donc j'ai décidé d'appliquer la même approche à ma vie amoureuse. J'abandonne le romantisme, sous toutes ses formes perfides.

— De la même façon dont tu as abandonné l'alcool pour le carême cette année-là, avant de te casser le poignet le lendemain au cours d'un incident en lien avec la vodka et un trampoline ?

— Oui, je veux dire, non. Je suis sérieuse. Plus question de foncer tête baissée sans réfléchir, plus question d'espérer que ma vie se transforme en film. Parce qu'on ne te montre jamais ce qui arrive après le générique de fin, pas vrai ? Après le montage où ils s'amusent à se lancer des boules de neige, ou après les grands arpèges de violon et le baiser d'adieu qui te tire des larmes ? On ne te montre jamais le moment où tu apprends que ton ex sort avec ta meilleure amie, où tu finis par rompre avec ton propre petit ami plus ou moins en pleine demande en mariage, et où tu t'enfuis avec l'homme à tout faire. On ne te le montre jamais, je me trompe ?

— Ça, c'est parce que tu ne regardes pas de films d'horreur. (Alex contempla son bébé en ronronnant.) N'est-ce pas, ma puce, n'est-ce pas ? Tata Lydia la dévergondée n'aime pas les films d'horreur qui puent, non, non, non !

— Pfiou, je pensais qu'on avait seulement sorti ton placenta avec le bébé, pas ton cerveau aussi ! s'exclama Lydia. Enfin, tu devrais être fière de moi. Je ne vais pas reproduire ce que j'ai fait après Jackson. Je ne vais pas faire une dépression à coups de : « Je ne tomberai plus jamais amoureuse », et je ne prendrai pas cinq kilos après avoir ingéré plus de chocolat qu'il n'est humainement possible d'avaler. J'ai apprécié cette parenthèse avec Will. La passion et le sexe, surtout le sexe...

Lydia s'interrompit, momentanément distraite, avant de devoir chasser de son esprit une image de Will très déshabillé quand il l'avait embrassée pour lui dire au revoir ce matin-là.

— Je suis prête à affronter l'avenir en tant que femme carriériste, célibataire et travailleuse.

Alex ne parut pas surprise le moins du monde quand Lydia fondit en larmes.

— Je ne tomberai plus jamais amoureuse ! sanglota-t-elle dans sa manche, s'attirant les regards sévères de quelques autres mères en train d'allaiter.

— Ne pleure pas, Lily, la consola doucement Alex. Tiens, prends Carole, elle te remontera le moral, et j'ai découvert que, quand on craint de réveiller un bébé, on s'épargne beaucoup de crises de larmes.

Lydia prit la fillette, d'abord maladroitement, avant de sentir le petit corps tiède se nicher dans son bras, et elle dut reconnaître que cela avait un effet plutôt apaisant.

— Je suis tellement stupide qu'en réalité je me déteste, reprit-elle. Comment puis-je en pincer pour

Will alors que je viens de rompre avec Stephen et que, il y a quelques jours, j'hésitais à me remettre avec Jackson ? Je suis à bout. Est-ce qu'ils ont une unité psychiatrique, ici ? Tu devrais me faire interner. Je suis accro à la romance !

Alex la dévisagea.

— Hmm. Oui, un petit peu, mais je ne sais pas…

— Quoi ? lui demanda Lydia tout en observant le minuscule visage fripé de Carole.

— Bon, ce n'est que mon avis. (Alex tendit la main et caressa du doigt la joue de son bébé, comme si elle ne supportait pas de ne pas la toucher, ne serait-ce qu'une seconde.) L'amour survient sans crier gare. Tu ne peux pas prévoir ces choses-là. Il ne dit pas : « Bon, je ne peux vraiment pas importuner cette femme, elle est mariée », ou encore : « Cet homme n'est pas bien, il a beaucoup de travail. » Le truc, c'est d'arriver à déterminer quand c'est l'amour, le vrai, et de s'assurer qu'il ne te file pas entre les doigts. Regarde David et moi. Est-ce que j'aurais cru un jour que le seul homme qui me convienne ferait quelques centimètres de moins que moi et qu'il ne pourrait s'arrêter de radoter sur ces fichus Saxons ? Pas du tout ! C'est pourtant le cas et je l'adore. Savoir que je les ai, lui et la petite, fait de moi la plus heureuse des femmes. (Levant les yeux au ciel, Alex battit des cils pour faire tomber quelques larmes.) Franchement, avec ces foutues hormones, c'est super difficile de continuer à être une pétasse sans cœur.

— Nous savons toutes que tu n'es pas une pétasse sans cœur, repartit Lydia, restituant avec précaution le bébé à sa mère. Enfin, tu n'es pas sans cœur, de toute façon.

Alex lui offrit un bon vieux regard désapprobateur.

— Prends seulement garde à ne pas décider de devenir logique et pragmatique pile au mauvais moment, c'est tout ce que j'en dis. Je sais que Will et toi vivez loin l'un de l'autre, que tu es cinglée et impulsive et qu'il est beau et robuste. Je reconnais qu'il paraît improbable qu'il s'amourache de toi, mais on ne sait jamais. Et il n'y a que trois heures de train de Londres à ici. Vous pourriez vous rendre visite un week-end sur deux.

— Arrête ! s'exclama Lydia. Arrête de me donner l'impression que c'est possible. Nous avons décidé, j'ai décidé que les choses se passeraient ainsi. Cela me déprime en ce moment, bien sûr. Mais j'irai mieux dans une semaine ou deux, et je me ferai des films sur un autre mec.

— Si tu es sûre de toi, répliqua Alex.

— Bref, je suis venue te voir et je n'ai fait que me lamenter... Comment vas-tu, qu'est-ce que ça donne, la maternité ?

— Je vais extrêmement bien, pas un point de suture, et la maternité est la chose la plus remarquable et extraordinaire que j'aie jamais vécue, dit Alex, rayonnante. Je ne crois pas que je pourrais être plus heureuse si j'essayais.

— C'est formidable, Alex ! la félicita Lydia tout en contemplant son amie qui berçait son bébé. Tu es faite pour être mère.

— Je t'en prie, reste un peu plus longtemps, lui lança Alex tandis que Lydia commençait à enfiler son manteau. David sera de retour dans une minute avec mon double cheeseburger et ma grande frite. Il tient vraiment à te remercier pour ce que tu as fait pour Carole et pour nous.

— J'ai été fantastique, c'est vrai ! approuva Lydia dans un sourire. Même si je suppose que tu n'y es pas pour rien. Mais je dois vraiment y aller, sinon je vais rater mon train.

— Mais tu seras à la soirée de Joanna, non ? Pour le nouvel an ?

— Et toi ?

Lydia paraissait sceptique.

— Oui, nous rentrons demain. Le médecin dit que nous sommes dans une forme olympique, donc j'ai pensé qu'on pourrait mettre Carole dans un porte-bébé et venir tous les trois au sommet de l'OXO Tower, ce sera génial !

— Bon, c'est ça ou rester assise devant la télé, donc oui, je ferais aussi bien de me forcer à enfiler une robe de soirée et des talons vertigineux et de me soûler aux frais de Joanna.

Lydia se pencha et déposa un baiser d'adieu sur la joue de son amie.

— On se retrouve dans quelques jours.

Lydia fit quelques pas avant de s'arrêter. Ce n'était pas bien : elle ne pouvait pas partir sans dire ce qu'elle pensait vraiment.

— Il n'est pas trop tard, tu sais, dit-elle.

— Pour quoi ? lui demanda Alex.

— Pour changer d'avis et ne pas appeler ton bébé « Carole ».

L'appartement de Joanna était froid et vide et dégageait une légère odeur de poubelle quand une Lydia épuisée finit par s'y glisser. Allumant les lampes et le chauffage central, elle s'arrêta devant le répondeur, qui clignotait avec insistance, et appuya sur « Lecture ».

— Lily, chérie, je me suis dit que j'allais te laisser un message de bienvenue. Désolée de ne pas être là, mais pour dire les choses, le trajet de retour avec Jack s'est déroulé mieux que prévu, et donc on s'est arrêtés dans un hôtel pour… Bon, bref, on a décidé de s'amuser, c'est tout, et de profiter l'un de l'autre, sans attaches, sans secrets et sans bague de fiançailles. J'espère que ça ne te dérange pas, chérie ? Bien sûr que non, tsss !

Lydia écouta le message, s'attendant à être jalouse, fâchée, pleine de regrets, ou même de rancœur. Mais elle ne ressentait rien, pas un seul vestige de ce qu'elle avait éprouvé pour Jackson. Elle était seulement heureuse d'avoir réussi à ne pas saboter complètement la relation de Joanna avec lui et, même si elle doutait sérieusement que son amie serait capable d'oublier la bague de fiançailles très longtemps, elle était contente que celle-ci paraisse heureuse. Quant à Jackson, les sentiments ou espoirs secrets qu'elle avait nourris à son sujet avaient complètement disparu.

— Et ce sera probablement pareil avec Will, dit-elle à voix haute.

Elle sortit son téléphone et se rappela qu'elle avait eu la bonne idée de ne pas prendre le numéro de Will. Sinon, elle l'aurait appelé sur-le-champ, pour lui dire qu'il lui manquait.

Et plus tard, après avoir bu une bouteille de rouge qu'elle avait trouvée dans la cuisine de Joanna, elle l'aurait appelé pour lui faire écouter « I've had the Time of My Life », avec des sanglots en fond sonore.

Pour l'instant, elle avait peut-être l'impression d'avoir laissé l'amour de sa vie en tenue d'Adam en Cumbria, mais c'était ce qu'elle avait ressenti autrefois avec Jackson, et désormais sa meilleure amie était au lit avec lui et elle s'en fichait complètement. Et même si cette idée la chagrinait, elle devait reconnaître que, sans doute, à un moment donné entre aujourd'hui et Noël prochain, Will cesserait de penser à elle et commencerait à remarquer l'une des nombreuses autres femmes qui se jetaient dans ses bras.

— Ton problème, c'est que tu adores en faire des tonnes, déclara-t-elle, débouchant la bouteille et en versant environ un tiers dans une tasse, qui était le seul récipient propre qu'elle avait trouvé. Il faut souffrir pour être heureuse… Eh bien, terminé, à partir de dorénavant, c'est boulot, boulot, boulot. Et peut-être un couvent ; tu pourrais être la première nonne avocate au monde.

Allumant la télévision, Lydia s'étendit de tout son long sur le canapé de Joanna et se dit qu'elle devrait trouver un moment pour aller chercher ses affaires chez Stephen. Mais pas ce jour-là ; ce jour-là elle allait rester assise sur le canapé de Joanna, regarder la télé de Joanna, boire le vin de Joanna et faire de son mieux pour ne pas traquer Will sur Internet.

Quant au lendemain, eh bien, Geoff, le clerc principal, avait une affaire de coups et blessures volontaires pour elle au cabinet. *C'est officiel*, songea-t-elle tristement tandis que l'atroce sapin de Noël rose de Joanna, acheté en promo, clignotait dans sa direction. *Je suis bel et bien revenue à la réalité.*

# Chapitre 20

*Réveillon du 31 décembre*

Il faisait froid sur la terrasse du bar de l'OXO Tower, mais Lydia préférait être là, appuyée à la rambarde, soulageant alternativement ses pieds du poids de son corps, vu que ses chaussures à très hauts talons incrustées de strass étaient aussi douloureuses qu'elles étaient belles, et la handicapaient quand elle les portait plus d'une demi-heure. Avec sa quatrième ou cinquième flûte de champagne à la main, elle luttait contre la fraîcheur paisible de l'air citadin, d'un froid très différent de celui de Cumbria, et suivait des yeux la Tamise traversant la ville qui scintillait et brillait devant elle.

Perchée au sommet de la tour, Lydia voyait sa ville chérie sous son meilleur jour, comme si Londres s'était habillée pour une soirée en même temps que ses habitants. Étincelante et chic, elle exhibait sa beauté, se hérissant de noirs secrets, d'aventures illicites, pleine à ras bord d'âmes destinées, cette nuit-là, la dernière nuit de l'année, à l'aventure amoureuse, à l'intrigue, ou tout du moins à une sacrée gueule de bois. *D'innombrables vies s'épanouissent ici*, se dit Lydia tout en contemplant l'horizon voluptueux qui resplendissait déjà de feux d'artifice effrontément en avance, localisant un millier d'autres soirées.

Chacune de ces personnes était pleine d'attentes et d'espoirs quant à ce que la nouvelle année allait lui apporter, et c'était également le cas de Lydia, en temps normal. Jamais auparavant elle ne s'était retrouvée, à 23 h 45 un 31 décembre, à souhaiter que les douze mois à venir s'évaporent en un instant et qu'elle soit assise dans l'abri à bateaux au toit percé de Heron's Pike, à contempler les étoiles par la lucarne cassée, le bras de Will autour d'elle, la tiédeur de son corps la réchauffant, sa joue rugueuse râpant la sienne.

Le soupir de Lydia se matérialisa dans l'air cristallin devant elle. C'était extraordinairement difficile, d'être raisonnable.

La soirée du réveillon de Joanna était agréable, remplie de gens élégants, et Lydia savait qu'elle s'amuserait beaucoup plus si elle se jetait dans la mêlée pour se faire des relations et des contacts en haut lieu. Ayant privatisé le bar tout entier, à Dieu seul savait quel prix, Joanna l'avait peuplé d'apparemment toutes les personnes qu'elle avait rencontrées au cours de sa vie, y compris quatre de ses cinq ex-fiancés. Même Stephen était là, en grande conversation avec une chargée de relations publiques blonde que Joanna avait embauchée, déclarant que cette année serait celle où elle percerait à la télévision grand public en journée. Et il y avait Jackson, bien entendu, attaché en permanence à Joanna, qui gardait la main fermement serrée sur son bras, comme une enfant tiendrait un ballon accroché à un ruban, craignant qu'il ne s'envole si elle le lâchait.

Katy et Jim n'avaient pas pu venir ; ils avaient ouvert leurs portes à leurs tout premiers clients, et depuis qu'elle avait distribué embrassades et baisers d'adieu sur les marches de Heron's Pike, Lydia avait décidé de ne pas appeler Katy. Elle aurait fini par demander à son amie où elle était allée, ce qu'elle avait fait, qui elle avait vu et si l'une de ces personnes était Will. Et à quoi il ressemblait, ce qu'il faisait, et s'il avait l'air d'avoir le cœur brisé, peut-être des cernes sous les yeux et un regard un peu vide, pleurant un amour perdu ? Ensuite, et si Katy répondait que non, en fait il avait l'air d'aller bien et d'être heureux vu qu'il embrassait cette laitière, ou une fille qui exerçait une de ces activités rustiques en Cumbria ? Si c'était le cas, Lydia ne voulait pas le savoir.

Alex et David n'étaient pas là non plus, ayant finalement déclaré qu'ils espéraient tous les deux être endormis à 21 heures, souhaitant que la nouvelle année leur apporterait un bébé qui n'aimait pas rester éveillé vingt heures par jour.

*Patience*, se répéta Lydia, suivant des yeux l'avancée sur London Bridge d'un bus à impériale plein de fêtards ivres. Cela faisait moins d'une semaine qu'elle avait quitté Will, même si c'était considérablement plus long que le temps qu'ils avaient véritablement passé ensemble. *Qu'est-ce que je suis conne*, songea-t-elle en finissant son verre de champagne et se hasardant à en prendre un autre abandonné sur une table.

Personne ne tombe vraiment amoureux au bout de quelques jours. Personne, jamais, dans la vraie vie.

Tournant le dos à sa ville aguicheuse, Lydia envisagea de retourner au cœur de la fête. Mais le problème était que, avec deux de ses amies sur trois absentes, il n'y avait pas vraiment de gens à qui elle avait envie de parler, et pourtant elle ne souhaitait pas se trouver dans un taxi ou dans le métro quand Big Ben carillonnerait la nouvelle année. Et par-dessus tout, elle n'avait pas envie de rentrer seule à l'appartement vide de Joanna.

Plus tôt dans la soirée, Joanna était revenue pour se préparer en sa compagnie, avec une brassée de sacs et de boîtes nouées de rubans, qui contenaient certainement des sous-vêtements minuscules et hors de prix.

— Chérie, il faut que j'aie l'air sensationnelle ce soir, que je sois sublime, à tomber par terre, et pour cela, j'ai besoin de toi et de ton imperturbable talent à coller des faux cils, avait-elle annoncé en débarquant.

Et Lydia avait été trop heureuse de l'aider, car s'amuser à maquiller Joanna, pendant qu'elles ouvraient la première bouteille de champagne de la soirée, l'avait brièvement empêchée de penser à autre chose.

— Cela m'a manqué, dit Lydia alors qu'elle laçait la robe corsetée Vivienne Westwood que Joanna était allée s'acheter cet après-midi-là. Toi et moi ; à jouer aux filles ensemble. Stephen était un colocataire agréable. Il remplissait toujours le lave-vaisselle et rabaissait toujours la lunette des toilettes. Mais il ne m'a jamais laissée l'habiller, pas une fois.

— Chérie, il ne se passe quasiment pas un jour sans que je fasse enfiler une culotte en dentelle à Jack avant de lui déposer un peu de gloss sur les lèvres.

Lydia renifla et le rouge à lèvres qu'elle était en train d'appliquer à Joanna balaya la joue de cette dernière comme un feu d'artifice.

— Oups.

— Pas grave.

Joanna prit une lingette démaquillante et reprit :

— Désolée, est-ce que je t'ai balancé trop d'infos ?

— Non, c'est juste que… Disons qu'il ne s'est jamais montré aussi aventureux avec moi. Je suppose que je ne le connaissais pas, en fait. C'est drôle, non, comment peut-on passer autant de temps à être profondément convaincue d'être amoureuse de quelqu'un qui reste, virtuellement, un étranger ?

— Ou, d'un autre côté, dont tu n'es pas amoureuse, répondit Joanna, souriant d'un air compatissant. Maintenant, à mon tour de te maquiller. Assieds-toi.

Joanna lui avait prêté une robe bustier en satin argent, dont la jupe bouffante lui arrivait au genou. Lydia avait été horrifiée quand Joanna l'avait sortie, mais après avoir compris qu'elle n'aurait pas la paix tant qu'elle ne l'aurait pas essayée, elle eut la bonne surprise de découvrir que celle-ci lui allait à merveille, lui affinant la taille et remontant ses seins pour booster son décolleté de façon spectaculaire.

— Voilà, tu es époustouflante, avait déclaré Joanna, pendant que Lydia tournait sur elle-même, posant une main sur la hanche et inclinant la tête sur le côté. Trop époustouflante, retire-moi ça et enfile un truc froissé. Je ne veux pas que Jackson tombe dans le panneau une fois de plus.

— Il ne le fera pas, lui promit Lydia. Vous êtes devenus inséparables, c'est la première fois que tu es à la maison depuis des jours !

Le sourire de Joanna s'estompa, juste un peu.

— C'est vrai. C'est seulement que, parfois, je crains d'être le lot de consolation, qu'il se soit tourné vers moi pour se remettre de votre séparation. Et cela n'a pas très bien marché pour Stephen, pas vrai ?

— Arrête tes bêtises, répliqua Lydia, prenant Joanna par les épaules et la menant jusque devant le miroir en pied. Jackson et toi êtes très différents de Stephen et moi. En outre, regarde-toi, tu ne seras jamais le lot de consolation, et Jackson le sait. S'il y a bien quelqu'un qui peut le prendre à son propre jeu, alors c'est toi, Jo-Jo, et tu es peut-être pile le défi dont il a besoin pour comprendre qu'une véritable relation de couple, c'est plus qu'enchaîner les coups de foudre. Lui et moi, nous n'étions qu'un instant, un soupçon de rien, disparu en un été. Mais tu n'auras aucun mal à le retenir, belle et spirituelle comme tu es.

Elle savait qu'elle aurait dû s'arrêter là, mais elle ne put s'empêcher d'ajouter :

— Tant que tu te rappelles à qui tu as affaire et que tu prends garde à ne plus te brûler les doigts. Tu la joues tranquille, hein ? Ne lui laisse pas savoir combien tu l'aimes pour l'instant.

— Je crois qu'il est peut-être un peu trop tard pour cela. (Joanna fit la grimace.) Est-ce que c'est terrible, Lydia ? Que je me fiche qu'il m'aime en retour, tant qu'il est là ? Je suppose que c'est ça l'amour, non ? Tenter sa chance sur un sentiment dans l'espoir que cela marchera au mieux. Tu ne crois pas ?

Lydia réfléchit un moment et contempla son reflet. Joanna lui avait fait une permanente, si bien que ses cheveux tombaient en vagues sur une épaule, comme une star de cinéma des années cinquante, et elle lui avait coloré les lèvres d'une teinte mûre profonde, rehaussant son teint pâle. Ce soir-là, Lydia se sentait plus belle que jamais, et pourtant cela ne lui donnait pas autant de plaisir que des cheveux en bataille et une des chemises de Will. Il était possible que Joanna et Alex aient raison, elle devrait peut-être retenter sa chance, trouver un moyen de contacter Will. Sauf que voyez où ça l'avait menée de foncer tête baissée auparavant, et Lydia n'était pas certaine qu'elle pourrait supporter que Will, entre tous, la déçoive.

— Je crois qu'il faut être prête à saisir l'occasion, prête à accepter que ça pourrait finir affreusement mal et qu'on risque de passer le restant de ses jours brisée et seule, désespérée, amère et pleine de regrets, dit-elle prudemment. Mais si tu es prête, ce qui est visiblement le cas, alors tu devrais tenter le coup.

— C'est ce qu'il y a de bien chez toi, Lily, lui dit Joanna en lui passant un bras autour de la taille pendant qu'elles s'admiraient dans le miroir. Tu sais toujours trouver les mots justes pour réconforter.

La seule conversation qu'elle avait eue de toute la soirée avec Jackson s'était tenue au bar. Il était en train de récupérer deux verres de champagne supplémentaires, attirant l'attention du barman d'une main, gardant l'autre fermement agrippée à celle de Joanna pendant qu'elle discutait avec des gens des médias que Lydia ne connaissait pas.

— Bonne année, lui dit Jackson avec un signe de tête. Je t'embrasserais bien sur la joue, mais je pense que cela reviendrait à signer mon arrêt de mort.

Lydia sourit.

— Tu as beaucoup d'importance à ses yeux, déclara-t-elle. Prends soin d'elle, Jackson. Cette femme est une de mes amies les plus chères. Même après la débâcle en Cumbria, elle est toujours là pour moi. Je ne permettrai pas qu'elle souffre. Je te poursuivrai et t'arracherai les yeux avec un clou rouillé si je n'ai pas la certitude que tu la rends heureuse à cent pour cent en permanence.

— Je te crois, dit Jackson dans un hochement de tête. Mais écoute, tu n'as pas besoin de t'inquiéter, vraiment. Toute cette histoire m'a fait beaucoup réfléchir au genre d'homme que je m'étais laissé devenir. J'ai toujours aimé les femmes ; j'aime être amoureux, l'élan et le frisson des premières semaines avec une nouvelle partenaire. J'ai recherché ce frisson pendant longtemps, jouant pour m'amuser. Et je suppose que je jouais encore avec toi et Joanna. Mais alors, quand j'ai vu ce que j'ai failli vous infliger à toutes les deux, comment j'ai failli vous séparer… eh bien, j'ai pris conscience que je n'étais pas le genre d'homme dont mon père serait fier. Et ça a été assez dur à digérer.

Jackson prit une profonde inspiration, avant de boire une grande gorgée.

— J'ignore si les choses marcheront avec Joanna de la façon dont elle le souhaite, mais c'est déjà génial de savoir qu'une fille aussi exceptionnelle qu'elle est prête à m'accorder une seconde chance après m'être aussi royalement foiré. Je ne referai pas la même erreur. Quel genre d'idiot est-ce que ça ferait de moi ?

— Un idiot très, très stupide, répondit Lydia en prenant son propre verre.

— Et toi ? Comment vas-tu ? lui demanda Jackson, souriant tendrement quand il jeta un coup d'œil à Joanna, qui battait désormais de ses faux cils devant un producteur de télévision avec un abandon aguicheur.

Lydia sirota son champagne.

— Honnêtement ? Je ne sais pas, en fait. Beaucoup de choses ont changé récemment. J'ai juste besoin de temps pour reprendre mon souffle, faire le point et devenir alcoolique.

— Bonne chance, alors. (Jackson lui fit un bref signe de tête sans vraiment écouter, tandis que Joanna l'entraînait.) Je ferais bien d'y aller, on dirait que ma présence en tant que petit ami-trophée est requise !

— Bonne année ! s'exclama Lydia en le regardant disparaître dans la foule, souriant de voir combien Joanna aimait l'exhiber comme s'il était son taureau de compétition.

Elle fut soulagée de remarquer qu'elle ne ressentait aucun regret quand il la quitta.

De nouveau seule, Lydia avait erré dans la salle, pendant ce qui lui avait paru une éternité, discutant poliment avec des gens qu'elle connaissait à peine, qui finissaient invariablement par lui demander si elle avait déjà défendu quelqu'un qu'elle savait être coupable, ou si elle pouvait ou non leur donner des conseils gratuits. Un homme, franchement pompette, lui assura qu'elle avait la plus belle poitrine des lieux, et lui demanda s'il pouvait y poser la tête, tandis qu'un autre – assez aimable et plutôt mignon – trouva le courage de lui demander son numéro, ce qu'elle déclina poliment. Fatiguée de sourire dans une pièce remplie de gens élégants, Lydia finit par trouver sa place sur la terrasse, se penchant dans la nuit pendant qu'elle admirait la ville qu'elle aimait, déterminée à voir arriver la nouvelle année toute seule.

— J'ai connu des endroits pires que celui-ci, je suppose, dit une voix derrière elle.

Lydia se figea, les sourcils froncés. Est-ce que quelqu'un avait trop chargé son dernier verre ? Ce devait être le cas, parce qu'elle était certaine d'avoir des hallucinations.

— Enfin, ça ne sent pas très bon et il y a beaucoup trop de gens ici, plus qu'il n'est naturel, mais d'où je suis, c'est franchement beau.

Lentement, extrêmement lentement, Lydia se retourna pour découvrir Will qui se trouvait là. En matière de mirage, celui-ci était assez extraordinaire. Il était plus beau que jamais, vêtu d'un jean et d'une chemise blanche, déboutonnée au niveau du cou, sous sa vieille veste en cuir, et tenait deux flûtes de champagne.

Le monde, le temps, tout parut s'immobiliser pendant un siècle tandis que Lydia le dévisageait, n'en croyant pas ses yeux. Will était ici, à Londres. Elle n'en revenait pas.

— Tu es ravissante, dit-il doucement, faisant un pas hésitant dans sa direction. Même si te voir dans cette robe me fait penser que j'aurais dû mettre une cravate. J'ai bien failli ne pas entrer, en l'occurrence. J'ai dû faire venir Joanna pour qu'elle confirme à ce crétin de portier que j'étais invité.

Lydia ouvrit la bouche, mais elle resta sans voix.

— Dis quelque chose, la pressa Will. Quelque chose qui me donnerait moins l'impression d'être un idiot parce que je suis descendu jusqu'ici pour te voir.

— Joanna t'a invité ? Elle ne m'en a rien dit !

— Je lui ai demandé de ne pas le faire, expliqua Will. Et je me suis plus ou moins invité, en l'occurrence.

— Pourquoi ? lui demanda Lydia. Je croyais qu'on était d'accord…

— Oui, acquiesça Will en hochant la tête avec emphase. Oui, je croyais qu'on s'était mis d'accord, moi aussi, et puis un ou deux jours après ton départ, quand j'en ai eu marre de noyer mon chagrin, j'ai brusquement compris que nous n'avions convenu de rien. Tu t'es mise d'accord toute seule et je t'ai suivie, parce que, quand tu veux, tu es très douée pour convaincre les gens qu'ils sont d'accord. C'est ton boulot, après tout.

Will vida un verre de champagne puis, après un instant de réflexion, finit le second également.

— Le problème, Lydia, c'est que je ne suis pas d'accord. Je refuse qu'on ne se voie pas pendant toute une année. Je refuse qu'on soit raisonnables, pragmatiques ou qu'on fasse passer nos boulots en premier. On dirait que je suis tombé amoureux de toi. C'est bizarre, je te l'accorde, vu que tu es franchement retorse et compliquée, sans parler du fait que tu vis dans un endroit peu pratique. Mais quoi qu'il en soit, c'est ce que je ressens. Et j'étais assis au pub, la gueule enfarinée, quand Gracie s'est assise à côté de moi et m'a dit : « Ne sois pas con, Will. Cette fille a eu les tripes d'aller te chercher. Maintenant, comporte-toi en homme et trouve les tripes d'aller la récupérer. »

Lydia esquissa un sourire.

— Elle a dit ça ? Gracie t'a traité de con.

— Oui, confirma Will. Et elle avait raison. Je ne suis pas le genre d'homme à laisser une fille me persuader de faire quelque chose. Je ne sais pas à quoi je pensais, en te laissant me convaincre de participer à ton projet de se retrouver dans ce satané hangar à bateaux dans un an. Bon, j'ai regardé ton film, *Elle et Lui*, bon sang, et s'ils s'étaient tout simplement mis ensemble quand ils sont tombés amoureux, elle n'aurait pas fini dans une chaise roulante et le film aurait été beaucoup plus court. Je veux dire, oui, peut-être que tu devrais attendre de voir si tu n'en es pas certaine, si les choses clochent. Mais j'en suis sûr, rien ne cloche, la situation n'a jamais été aussi bien de toute ma vie, en fait. Alors j'y ai réfléchi. Je ne suis pas prêt à laisser le destin décider de la prochaine fois que je te verrai. Je refuse de ne pas te voir, de ne pas penser à toi, de ne pas te désirer, ou de ne pas me languir de toi chaque seconde où tu n'es pas là. Je refuse. Qu'est-ce que tu vas faire de ça ?

D'un seul mouvement fluide, Lydia franchit l'espace qui les séparait, serrant Will dans ses bras et l'embrassant, avec tellement de fougue qu'il recula de quelques pas en titubant et trouva une chaise, les mains autour de la taille de Lydia pendant qu'il l'attirait sur ses genoux, moment auquel minuit dut sonner, puisque d'un seul coup, le ciel nocturne s'illumina en une explosion de feux d'artifice annonçant la nouvelle année. La tête de Lydia appuyée sur l'épaule de Will, ils restèrent blottis l'un contre l'autre, observant le spectacle enflammer la ville pour les festivités.

En fin de compte, alors que le spectacle s'achevait, Will prit la main de Lydia et embrassa le bout de ses doigts.

— Bon, juste pour que les choses soient claires, sommes-nous désormais d'accord pour ne pas laisser la distance, notre travail et toutes ces complications se mettre en travers de notre chemin, et de faire de notre mieux pour se voir autant que possible ? Parce que j'ai besoin de toi, Lydia, j'ai besoin de toi ici, près de moi, autant qu'il est humainement possible.

— Nous sommes d'accord, répondit Lydia avec bonheur, effleurant le bout du nez de Will avec le sien, pendant qu'elle écartait doucement les cheveux de son visage. Je suis tellement stupide, je me suis convaincue que je faisais la bonne chose, que je faisais le bon choix pour une fois dans ma vie. Mais à la seconde où je t'ai vu ici, j'ai su que je devais être avec toi. Cela tournera peut-être horriblement mal et mon cœur sera de nouveau piétiné, mais je m'en fiche. Parce que tu vaux la peine que je tente ma chance, Will. Et moi aussi, j'ai besoin de toi.

Will resserra les bras autour d'elle, la tenant si étroitement qu'elle sentait son cœur battre à l'unisson du sien.

— Bonne année, Lydia Grant, lui chuchota-t-il à l'oreille. Je sais que ce sera la plus belle de ma vie.

# Épilogue

*24 décembre*
*Nuit de Noël (un an plus tard)*

La nuit était véritablement paisible à Heron's Pike. Épuisés par une journée de fête avec les enfants du village, Jake et Tilly étaient allés volontairement au lit plus tôt que d'habitude et, après avoir glissé la dinde dans le fourneau afin qu'elle soit prête juste à temps pour l'emporter au pub le lendemain matin, Katy et Jim les avaient suivis avec reconnaissance peu après. Le couple avait eu une année chargée, les réservations grimpant à rythme régulier jusqu'à ce que l'hôtel affiche complet tout l'été, de même que socialement, à présent que Katy s'était fait des amies au village.

Alors que Lydia sentait la neige crisser sous ses bottes, elle se retourna pour jeter un coup d'œil à la maison, s'apercevant qu'il y avait toujours une lumière allumée dans la chambre de Jackson et Joanna, où sans le moindre doute Joanna testait l'effet de son nouveau négligé de soie sur son petit ami. Douze mois de relation sans l'ombre d'une bague, pourtant Joanna avait dit à Lydia qu'elle n'aurait pas pu être plus heureuse, ayant le sentiment qu'ils vivaient tous deux une relation unique.

— Et tu sais quoi ? lui avait-elle glissé plus tôt dans la journée. Même s'il me faisait sa demande, je répondrais « non », pour l'instant du moins. Je crois que j'apprends enfin qu'on n'a pas besoin d'un morceau de métal et d'un caillou hors de prix pour forcer une personne à rester avec soi. On n'a besoin que d'amour – qui l'eût cru !

Une veilleuse brillait toujours dans la chambre d'Alex et David, même si Lydia était presque certaine que c'était pour des raisons très différentes. Même le jour de son premier anniversaire, la petite Lily Carole Amis ne manifestait aucun intérêt pour un truc aussi ennuyeux que le sommeil. C'était une bonne chose que ses parents adorent ce petit bout de chou aux joues roses, car elle les menait tous les deux par le bout du nez. David s'était révélé un père admirable et, à l'instant où Lily était venue au monde, Alex s'était adoucie, presque comme si, à présent qu'elle avait un enfant sur lequel veiller, elle ne craignait plus de montrer au monde la personne douce et vulnérable qu'elle était. Et plus elle s'apaisait, plus David gagnait en assurance, tous trois formant une petite cellule familiale soudée, même si l'épuisement ne leur était pas épargné.

Lydia frissonna, s'entourant de ses bras tandis qu'elle poursuivait son trajet jusqu'à l'abri à bateaux, s'arrêtant quand elle aperçut la lumière vacillante à la fenêtre, retenant son souffle d'impatience.

Quelle année cela avait été, quelle année intense, folle et merveilleuse. Parfois, Lydia avait eu l'impression que ses seuls instants de calme étaient ces heures bienheureuses quoique trop courtes qu'elle passait dans les bras de Will. Il était devenu son point d'ancrage, et elle le sien, chacun évoluant et faisant peu à peu tourner sa vie autour de l'autre.

Début février, Will avait commencé à accepter des projets de restauration un peu plus au sud, jusqu'à ce que, finalement, pendant un magnifique été de rêve, il sauve de la ruine un incroyable manoir du XVIIe siècle des Cotswolds, pour un couple de Londoniens qui voulait une gentilhommière et avait entendu dire que Will et son équipe étaient les meilleurs. Lydia s'était délectée de passer chaque week-end avec lui, perdus dans ce qui semblait être un pays merveilleux fait de fleurs cultivées, d'abeilles bourdonnantes et de baisers enfiévrés dans l'herbe haute. Pendant les quatre mois qu'il avait travaillé sur ce projet, Will avait choisi de louer un cottage dans le coin, et peu à peu, tous deux avaient non seulement appris à se connaître, mais aussi à découvrir le paysage plus doux, plus féminin qui les entourait, et ils s'étaient progressivement mis à l'admirer, presque autant que Will admirait ses montagnes bien-aimées au bord des lacs.

Puis le dernier jour, alors que Will faisait visiter à Lydia le terrain de la magnifique vieille demeure, attendant que ses clients arrivent pour découvrir le produit fini, il avait fait remarquer :

— Tu sais quoi ? Je pourrais presque vivre dans cet endroit. Y avoir une maison, au moins. Une succursale pour développer l'affaire.

Donnant un coup dans le tapis de feuilles multicolores du bout de sa botte, Lydia hocha la tête pour acquiescer.

— Moi aussi. En fait, mon cabinet a des bureaux à Oxford, alors m'y installer se ferait presque sans effort…

Ils s'étaient tous deux arrêtés net dans l'après-midi froid, échangeant un regard, mais aucun d'entre eux n'avait voulu dire à voix haute qu'ici, au cœur du Gloucestershire, ils avaient peut-être soulevé, en même temps que les feuilles d'automne, une solution signifiant qu'un avenir ensemble était possible.

Puis l'automne s'était mué en hiver, et Lydia s'était vu confier une affaire de meurtre à défendre susceptible de favoriser sa carrière, et Will était retourné en Cumbria pour un nouveau projet. Lydia avait passé huit semaines tortueuses sans lui, aucun d'entre eux ne parvenant à trouver le temps de combler la douloureuse distance entre eux. Et pourtant, même s'il lui manquait tant qu'elle en avait mal à la peau et aux cheveux, Lydia ne se sentait pas seule, sachant qu'elle lui parlerait chaque nuit avant qu'ils aillent au lit.

— Je déteste être aussi loin de toi, lui avait dit Will la veille au soir, la dernière fois qu'ils s'étaient parlé.

— Moi aussi, mais il n'y a plus longtemps à attendre désormais. Toi et moi au hangar à bateaux, la veille de Noël. Comme on l'avait prévu.

— Je pourrais venir à la maison, tu sais, dit Will en riant. Je serais là vers 21 heures ?

— Oui, tu pourrais, mais ce n'est pas du tout comme dans une comédie romantique, n'est-ce pas, Will ? l'avait réprimandé Lydia. La prochaine fois que je te vois, je veux que ce soit dans cet abri, où nous avons eu l'occasion de nous découvrir pour la première fois. Et j'insiste pour que tu apportes du whisky dans une flasque et une lampe à huile.

— Heureusement que je t'aime, fit semblant de grommeler Will en raccrochant.

Juste à ce moment-là, tandis que Lydia atteignait la porte du hangar, elle fut frappée d'une terrible prémonition. Et s'il n'était pas là ? Et si quelque chose était arrivé entre la veille au soir et cet instant-là qui l'aurait fait changer d'avis ; après tout, il n'avait ni appelé, ni envoyé de message. Elle n'avait pas eu de nouvelles de lui depuis qu'il avait raccroché. Et s'il y avait eu un accident et qu'elle l'avait perdu après tout ? Cette idée était si horrible que des larmes lui montèrent aux yeux et qu'elle ouvrit brutalement la porte, paniquée.

Ce que Lydia découvrit dans le hangar à bateaux la rendit profondément silencieuse.

Will était assis dans le bateau, vivant et en bonne santé, et par-dessus le marché il avait rempli l'abri de centaines de bougies, alignées sur toutes les surfaces, remplissant un bateau tout entier, tellement que l'abri crasseux étincelait de lumière et de chaleur.

— Ouf ! souffla Lydia en regardant autour d'elle. Tu n'es pas mort.

— Je ne suis pas… mort ?

Will se leva dans le bateau, ce qui le fit tanguer légèrement, et lui tendit la main. D'un bond, Lydia se dépêcha de le rejoindre.

— Pendant une seconde, rien qu'une seconde, j'ai imaginé ma vie sans toi et c'était l'enfer. Mais tu es ici, et tu as fait tout cela pour moi. C'est tellement joli, dit Lydia, tout sourires.

— Je suis ravi de te l'entendre dire. Il m'a fallu des siècles pour allumer tout ça.

Will l'aida à monter dans le bateau, l'attirant dans ses bras pendant qu'ils s'embrassaient.

— Seigneur, tu m'as manqué, lui chuchota-t-il dans les cheveux.

— Toi aussi, répliqua Lydia, le regardant en souriant. As-tu apporté du whisky ?

— Oui, mais, écoute… je dois d'abord te dire quelque chose.

— Quoi, est-ce que c'est une mauvaise nouvelle ? Est-ce que tu veux rompre ? lui demanda Lydia avec angoisse.

Will fronça les sourcils.

— Bien sûr, parce que je risque toujours une brûlure au troisième degré en allumant une tonne de bougies quand je veux plaquer une fille. Chut, femme, évidemment que je ne veux pas rompre.

— Quoi, alors ? lui demanda Lydia, un peu déstabilisée tandis que Will cherchait dans les poches de son jean et découvrait quelque chose, dans la poche intérieure de sa veste, qu'il sortit.

Prenant une profonde inspiration, il ouvrit une petite boîte et en montra le contenu à Lydia. C'était une bague ancienne, peut-être de l'époque victorienne, un rubis d'un rouge foncé profond entre deux petits diamants, sertis dans de l'or jaune.

— Ce que je veux dire, c'est, est-ce que tu as des projets pour mardi, parce que, bon… Gretna Green n'est qu'à trente kilomètres d'ici…

— Est-ce que tu me demandes de t'épouser ? lui demanda Lydia, détournant les yeux de la bague pour le regarder.

— Oui, répondit-il, l'air anxieux. Et je ne plaisante que pour Gretna Green, on ne peut plus aller s'y marier sur un coup de tête, j'ai vérifié. En outre, j'ai l'impression que tu voudras probablement une fête, avec une grande robe, tes copines et tous ces trucs de fille. Ce que j'essayais de dire, c'est que, si tu veux de moi, je t'épouserais mardi, je t'épouserais maintenant, ce soir, si je le pouvais, parce que je ne peux pas t'épouser assez tôt.

Lydia ne dit rien.

— Est-ce que c'est la bague ? lui demanda-t-il avec inquiétude. Elle a appartenu à ma grand-mère et à sa mère. Je sais que ce n'est pas un gros diamant de chez Tiffany, mais je n'ai jamais voulu la donner à personne d'autre.

Pourtant, Lydia demeurait silencieuse.

— Dis quelque chose avant que ce foutu bâtiment ne brûle ! s'exclama Will.

— Oui, répondit Lydia. Oui, je t'épouserai, oui, la bague est parfaite, oui, j'aurai envie d'un beau mariage avec une grande robe et oui, je t'aime.

— Formidable ! s'exclama-t-il avec un sourire éblouissant. Oh, il y a encore autre chose.

— Autre chose ? Tu es enceint ? lui demanda Lydia, ce qui le fit rire.

Il déplia un morceau de papier corné et sale qu'il tira de sa poche arrière et le lui tendit. Lydia le lut. Il s'agissait d'une annonce immobilière pour une grange en ruine avec un hectare et demi de terrain dans les Cotswolds.

— Je t'ai acheté cette grange en guise de cadeau de Noël, expliqua Will. Je sais que ça n'a l'air de rien, mais je me suis dit que je pourrais la transformer en maison pour toi. J'y ajouterai même une tourelle, si tu insistes…

Le bateau faillit se retourner quand Lydia se jeta sur Will, manquant de le renverser au moment où elle l'étreignait, et ils se laissèrent tomber au fond du bateau en gloussant.

— Joyeux Noël, ma chérie, lui dit Will alors qu'ils contemplaient les étoiles par la lucarne cassée. Est-ce que c'est un Noël à la hauteur de tes espérances ?

— Le meilleur de tous, murmura Lydia, sentant la chaleur de Will la réchauffer et sa joue frotter contre la sienne. Mon Noël idéal.

# Quelques mots de l'auteur : interview exclusive avec Scarlett Bailey

**Où as-tu puisé ton inspiration pour *Tendre veillée* ?**

Noël est un merveilleux moment de l'année pour servir de décor à un roman. Nous subissons tous une telle pression pour être heureux, pour que tout soit parfait et, bien entendu, pour vraiment apprécier les gens avec lesquels nous passons cette journée. Mais en réalité, ce n'est pas toujours le cas. Je voulais écrire un livre qui soulignerait le divertissement et la magie des fêtes de Noël, mais qui dévoilerait également certaines choses qui peuvent mal tourner quand nous faisons trop d'efforts pour y arriver (l'histoire de la dinde, c'est du vécu !) et pour montrer qu'un Noël parfait tient moins à la façon dont c'est censé se dérouler qu'aux sentiments qu'on y met. Et je voulais également beaucoup de baisers.

**T'es-tu déjà retrouvée coincée par la neige, comme Lydia ?**

Oui, jusqu'aux genoux ! Mais heureusement, j'étais avec de très bons amis, de quoi manger et du vin en abondance. En définitive, c'était un beau Noël.

**Quel est le pire cadeau de Noël que l'on t'a offert ? Et le meilleur ?**

Le pire : un spa pour les pieds, de la part d'un ex-petit ami qui n'est désormais qu'un très lointain souvenir. Depuis, j'ai appris à ne jamais mentionner en passant quelque chose que l'on trouve vaguement intéressant au cours des trois mois qui précèdent Noël ! Mon meilleur cadeau fut une maison de poupées. Mon père l'a fabriquée en secret dans le garage pendant une année entière. Je me rappelle encore aujourd'hui combien c'était exaltant de la voir installée sous le sapin à m'attendre.

**J'adore le décor chic de la soirée du nouvel an de Joanna – as-tu déjà participé à une fête à la Oxo Tower ?**

Oui, et je me souviens à quel point je me sentais sophistiquée à siroter du champagne en regardant le panorama de Londres. Je voulais que la soirée de

Joanna se déroule dans un lieu aussi sensationnel qu'elle et avec un soupçon de l'intérêt dramatique de l'Empire State Building dans *Elle et Lui*.

**Jack demande à Lydia « Le livre ou le film ? » en parlant de *Diamants sur canapé*, lequel choisirais-tu ?**

Le livre est merveilleux, mais c'est forcément le film. Audrey Hepburn est une telle icône, le jeune George Peppard est tellement beau et j'ai tellement envie que Holly ait droit à la fin heureuse que lui offre le film.

**Qu'est-ce que tu préfères à Noël ? Qu'est-ce que tu aimes le moins ?**

Les cadeaux ! J'adore choisir des cadeaux spéciaux pour mes amis et ma famille, et passer beaucoup de temps à essayer de découvrir quelque chose de vraiment spécial pour les gens que je chéris le plus. J'aime emballer les cadeaux avec plein de rubans et papier scintillant, et bien entendu, j'adore les recevoir. À moins qu'il ne s'agisse d'un spa pour les pieds ! En revanche, j'ai horreur de retirer les décorations de Noël : le monde semble soudain très morne.

**Quel est ton film de Noël préféré ?**

Question difficile… Je suppose que je vais devoir choisir *La vie est belle*, James Stewart y est remarquable et le film résume véritablement l'esprit de Noël.

**Quelle est ta comédie romantique préférée ?**

Je devrais peut-être répondre quelque chose avec Doris Day et Rock Hudson, car je les aime tous. Mais en réalité, c'est *Quand Harry rencontre Sally*, qui selon moi n'a pas d'égal dans le genre.

**Quel roman classique as-tu toujours eu l'intention de lire sans jamais y parvenir ?**

Je ne suis pas certaine que je devrais l'avouer ici, mais je n'ai jamais lu *Un chant de Noël* de Charles Dickens. Promis, cette année, c'est sûr.

**Quels sont tes cinq livres préférés ?**

*Autant en emporte le vent* de Margaret Mitchell : impossible de trouver une meilleure histoire d'amour et d'aventure que celle-ci. Je suis un peu partiale, je tiens mon prénom du personnage principal, après tout.

*Jane Eyre*, de Charlotte Brontë : j'adore ce livre depuis que je suis petite fille, et chaque fois que je le relis, je découvre quelque chose de nouveau dans ces pages.

*Orgueil et Préjugés* : il serait très difficile de ne pas inclure le plus bel exemple de comédie romantique jamais écrit.

*De Grandes Espérances*, de Charles Dickens : aucun autre auteur n'a autant de talent pour développer des personnages et des intrigues, ce qui est la raison pour laquelle je dois vraiment trouver le temps de lire *Un chant de Noël*...

*Diamants sur canapé*, de Truman Capote. Comme Lydia, un professeur m'a donné ce livre quand j'étais adolescente et, comme Lydia, je l'ai transporté pendant des années jusqu'à ce qu'il devienne si fragile qu'il trône désormais dans ma bibliothèque. Il est impossible de se lasser de Holly Golightly.

**As-tu un moment et un lieu de prédilection pour écrire ?**

J'écris de 9 heures à 17 heures les jours de semaine à mon bureau campagnard en noyer. Il est très important de se discipliner, en particulier pour une personne très facilement distraite, comme moi.

**Quel personnage de fiction préférerais-tu rencontrer ?**

J'aimerais sans doute boire des cocktails avec Holly dans le New York dans années 1960, et peut-être un mint julep avec Scarlett lors d'une garden party à la plantation, si elle était de bon poil !

**Selon toi, qui est le plus grand écrivain de tous les temps ?**

À mon avis… Charlotte Brontë. Elle n'a pas beaucoup écrit, mais tout ce qu'elle a écrit pendant sa courte vie était d'un génie révolutionnaire.

**En dehors de ta carrière d'écrivain, quels sont les autres métiers ou jobs que tu as exercés ou envisagés ?**

J'ai été libraire, secrétaire, barmaid, serveuse, toiletteuse pour chiens et ouvreuse de cinéma !

**Sur quoi travailles-tu en ce moment ?**

Mais mon nouveau roman, bien sûr… à suivre.

Découvrez aussi chez Milady Romance :

*6 décembre 2013*

**Ros Clarke et Faye Robertson** *Douces nuits*

The Fell Types are digitally reproduced by Igino Marini.
www.iginomarini.com

Achevé d'imprimer en octobre 2013
Par CPI Brodard & Taupin - La Flèche (France)
N° d'impression : 3002564
Dépôt légal : novembre 2013
Imprimé en France
81121110-1